万象文库

逝去的青春

SHI QU DE QING CHUN

韩英成 ◎ 著

人民日报出版社

图书在版编目（CIP）数据

逝去的青春／韩英成著．—北京：人民日报出版
社，2014.10
ISBN 978-7-5115-2845-2

Ⅰ．①逝… Ⅱ．①韩… Ⅲ．①长篇小说—中国—当代
Ⅳ．①I247.5

中国版本图书馆 CIP 数据核字（2014）第 249526 号

书　　名：逝去的青春
著　　者：韩英成

出 版 人：董　伟
责任编辑：陈　红
封面设计：中联学林

出版发行：人民日报出版社
社　　址：北京金台西路 2 号
邮政编码：100733
发行热线：(010) 65369527　65369846　65369509　65369510
邮购热线：(010) 65369530　65363527
编辑热线：(010) 65369844
网　　址：www. peopledailypress. com
经　　销：新华书店
印　　刷：北京天正元印务有限公司

开　　本：710mm×1000mm　1/16
字　　数：295 千字
印　　张：18
印　　次：2015 年 1 月第 1 版　　2015 年 1 月第 1 次印刷

书　　号：ISBN 978-7-5115-2845-2
定　　价：54.00 元

第一章

　　一九七六年五月的第一天，艳阳高照，天空像海一样碧蓝，没有云，也没有风。还未到炎夏时节，太阳就已经像火一样了，大地被烤得特别干燥。还没有到中午，地上刚冒出头的小草，就已经被晒蔫了。从开春到现在，这里没有下过一滴雨。

　　在通往山里的大道上，走着一辆马车。赶车的年近五十，高高的个子，膀阔腰圆，大大的脑袋，四方脸，满脸的胡子茬。他上身穿着大夹袄，所谓的夹袄，就是冬天的大棉袄去掉里面的棉花，剩下里外两层皮儿。下身一条黑色裤子，脚上一双圆头手工纳底上帮子的大布鞋。他手里拿着一根赶车用的皮鞭子。马车走得很慢，但这位赶车的既不吆喝也没有挥动手里的鞭子抽打骡子。他坐在车的耳板上，拿着鞭子的手搭在骡子的后屁股上，两条腿很随意地耷拉在车耳板下面，随着车的摇摆两条腿也悠闲地摇晃着。马车很破，看样子用很多年了，车辕子还有车厢板都裂开好多道缝了。车上坐着两个人，一男一女，都是二十出头的样子。男的坐在十字花捆着的行李上，那么一大块儿，一看就是个大高个子。他一身军装，已经很旧，看样子已穿了几年，洗过不知多少回了，袄领子和袖口都秃边了，但穿着很整齐。女的长得非常漂亮。她同样坐在十字花捆着的行李上，一头长长的秀发，拢到脑后，很自然地用一只灰色衬着红花的手绢扎着。她淡淡的眉毛，很分明的双眼皮，眼睛又大又亮，忽闪忽闪的，好像随时都在说话。

　　大马车上除了两个人，还有几个装着东西的袋子，一袋子棒子面，一袋子白薯面，还有两袋子米——一袋杂交的高粱米，一小袋小米。除此以外，还有一些土豆，那是大队种土豆时剩下的土豆种子，还有一些腌好的咸菜瓜子。另外还有两个大的袋子，有高粱米糠、苞米麸子，这是给猪吃的饲料。

　　大马车就这样慢慢悠悠地走着。

　　绕过前面的山包就到了咱平山公社知青点了，赶车的好像自言自语，到了那儿可不像在庄里，好歹住在家里，能吃口热的。两个年轻人没有言语，好像不是跟他们说的。绕过山包果然看到了前面山坳里那朝阳的山坡上有一排低矮的房子，房前是一大片空地。这里就是赶车人所说的平山公社知青点，这车上的两个年轻人就是来这里报到的。

这两个插队知青，男的叫赵庆国，女的叫王晓兰。他们都来自北京。

一

一九七五年的入秋，正是收获的季节，平山的社员们都忙着收庄稼，有的砍苞米，有的砍高粱，有的在割谷子，还有的在刨花生。

平山地处燕山脚下，是一个只有五百多口人的小山村，按照前街和后街，分成一队和二队两个生产队。由于平山地理位置在这十里八村当中比较居中，因此是公社的所在地。平山公社管辖十三个村庄，人口不到四千。在县里也是个规模比较小的公社。

韩福利是平山的大队长，又兼着一队的队长。这天下午，韩福利正领着社员在地里砍苞米，公社的刘主任亲自领着两个年轻人来到苞米地找他，等韩福利他们一个来回砍到头，刘主任他们三人已经在地头等半天了。韩福利和刘主任握了手，又寒暄了几句，刘主任就把这两个青年介绍给了他，说这是来自北京的两个知青，他们本来可以留在北京郊区的，离城近，回家也方便，但是人家没去，大老远地点着名到咱这儿来了，多难得啊。县里要求我们好好安排一下，公社本来是安排他们去知青点的，可是这里有特殊原因，这位赵庆国同志的父亲和你们村有特殊的感情，该照顾的还要照顾，公社研究决定就把他们安排到你们这儿，怎么也比知青点方便一些。

韩福利乐呵呵地说：好，好，我们这正缺劳力呢，来了两个年轻人，我们欢迎。那好吧，他们两个就交给你了，回头给他们安排到两个比较清静的人家住。粮食按标准分配，其他事情你就看着办吧。你们的李书记到区里去了，回来后你跟他说一下吧。刘主任交代完这件事，他们又唠叨了一些关于秋收的事情。最后刘主任还嘱咐了一句：可要抓紧收哇，别像去年似的，下了雪了，白薯还在地里。不能不能，今年我们下手早。再说了我们还多了几个劳力呢。其实在夏天时，公社就已经给他们派来了三个知青。那三个都是投奔亲戚来的，并没有派到知青点。

韩福利又看了看这两个知青，就让李利民回庄里给安排房子。李利民是大队会计，和韩福利是一个队的。

给这两个知青安排住房，可愁坏了李利民。赵庆国是男的，要安排到有小伙子的家里，人口还不要太多。王晓兰是女的，要安排到有姑娘的家里，这样既不给社员家里添多大的麻烦，也方便两个青年。可这样的人家咋选啊。

最后没办法，李利民就把王晓兰安排到自己家，和他的三个闺女住在一起。赵庆国被安排到隔壁的李老三家里，李老三家就老三老四老哥俩，都三十多岁，又都没个媳妇。家里穷没人给啊。

两个北京来的知青就这样在平山落下了。

这两个青年的到来犹如两枚重磅炸弹，给这个小山村带了巨大的震荡。

都来自首都北京，一男一女，一丑一俊，这消息一会儿的功夫就在平山传开了。其实赵庆国长得不丑，就是个子太高，还膀大腰圆，又黑又壮，站那儿跟铁塔一样。长相又特殊，大脑袋，高颧骨，两道眉毛就跟两把扫帚似的，塌陷的两眼，又黑又大，高鼻梁，大鼻子头，大嘴岔子，厚嘴唇，乍一看好像外国人。

最特别的还要说王晓兰，她个子苗条匀称，丰满的胸脯，细细的腰身，修长的腿，还有细嫩的手。全身没有一处不适度，没有一处不标准。她总是面带笑容，那微露的两排洁白的牙齿就像艺术家雕刻的艺术品。她总是精神饱满，全身的每一处都充满活力，充满朝气。这样一位姑娘，真是人见人爱，女人见了是羡慕，是珍爱，男人见了是赏心，是怜惜。

这样的一男一女来到这个僻远的山村，哪有不惊奇，哪有不震动的道理？

会计李利民刚把王晓兰领到自己家里，还没等把赵庆国送走，大门外、院子里就已经跟进来好几个家庭妇女，他们要看看这个从北京来的姑娘有多俊。

姑娘还没看到，高个子赵庆国跟在李利民的身后从屋里出来了，他们要到隔壁的李老三家去。

立民哪，把北京的漂亮姑娘领你家来了。

你这是图的啥呀？

三个闺女还不够你养活的呀。

几个妇女七嘴八舌嘻嘻哈哈地说开了。

李利民是个老实人。四十多岁，生了仨姑娘，他也不重男轻女，把仨姑娘看得跟眼珠子一样。仨姑娘也争气，一个比一个水灵，老大二十一，老二十九，老三十七。都是家里的好劳力，背扛肩挑一点儿都不比小伙子差。

不管别人咋说，他也不生气。呵呵一乐：人家是北京来的，快别瞎说了，她和仨丫头在一块住有伴儿不是吗，就是多个闺女吧。行了行了，都该干吗干吗去吧，有的是活儿，走吧走吧。人们也就嘻嘻哈哈地跟着他们往外走。

一边说着，一边就出了院子，没走两分钟，就到李老三家了。李老三家，哥俩儿一人一屋，老三住东屋，老四住西屋。李利民就安排赵庆国和老三住东屋。李利民做得了他家的主。

二

太阳西沉，慢慢地失去了那耀眼的光芒，由白亮变得暗黄。这时候，地里干活的男女老少都收工回家了。社员们从不同的方向向庄里走来。他们手里拿着不同的农具，由于干的活儿不同，他们拿的工具也不同。不管干啥活儿，不管累不累，太阳落山就收工，哪怕吃完饭再打夜战。

打夜战是秋收时节常有的事。从入秋开始到秋收结束，所有的村庄都夜战。秋天按说也不短，但从庄稼成熟到霜冻时间就不长了，如果不抓紧时间收拾，就有收不完的可能。在往年的秋收中，常有大豆炸到地里、苞米被大雪盖到地里、白薯冻到地里的情况，要不收秋咋又叫抢收呢。一大年的，图个啥，从春种到夏忙，好不容易盼到秋天粮食熟了，咋地也要收拾到家，不能白搭了。

人们急三火四吃过晚饭，就到外边来了。天还没有大黑，一是凉快，拉拉闲嗑，二是早点儿出来看看打夜战干啥活儿。要是打夜战，人家可不等你，时间差不多队长就走，社员就跟在队长后面该干啥就干啥。要是出来晚了就赶不上，不知上哪里找去。更何况今天新来俩知青，还是北京的，很特殊，挺新鲜的，谁都想看看。

北京来俩知青？有一个大高个，挺丑的？

还有一个挺俊的，女的。

听说人家是点名要来咱这儿的。

大老远的，到咱这干啥呢？

谁知道人家咋想的。

走，看看去吧。

男男女女的，直奔会计李利民家。

李利民的三个闺女收工回家晚了点儿，见到她家落户的王晓兰高兴得不得了，三个姑娘围着王晓兰上看看，下看看，左看看，右看看，还是看不够。这仨闺女本来长得就跟花儿一样，可和王晓兰一比，就差得远了。首先个头就低了一些，那身条的匀称，胖瘦的程度，那皮肤的细嫩白净，就更没法比了，特别是那气质，那言谈、举止。她们哪能和王晓兰相比呀，王晓兰出生北京，父母都在北京军区，父亲是政工干部，母亲在文工团。她从小在军营长大，由于受到父亲和母亲的影响，本身就有一种军人的气质，加上母亲的遗传，她好像就是为文艺而生的。

李利民的三个姑娘毕竟生活在农村，从小就在农田里干活，初中毕业后就更是脸朝黄土背朝天了。她们在家里在村里都起到了半边天的作用，男人能干的活她们能干，男人不能干的她们也能干，是远近有名的铁姑娘假小子。这三个姑娘和王晓兰简直就不是一个世界的人。但是女人到了一块总有说不完的话，唧唧喳喳地说起来没完，老大李梅更是抢着话头不让俩妹子插嘴。

姑娘，妹子，就叫你妹子吧，你没有我大，叫你妹子行吧？北京那么大，咋到我们这个小山沟来了？和你一块儿来的还有一个男的，一个大小伙子？

是啊，那是我哥，就住在西边院子。

你哥？是你亲哥？咋俩人一块到这儿来了？

不是我亲哥，但和亲哥一样。因为我们都在一个院，又是邻居，从小就在一块玩，一块上小学，一块上初中，这么多年来赵哥就像亲哥一样帮着我，护着我。

真难得，有这么好的一个哥，是你的福气啊，等一会儿吃过饭，咱们去看看你哥。李梅冲着老二李芳、老三李英说，李芳、李英快吃饭吧，吃完饭咱都去看看赵哥去。正说着，妈妈已做好饭菜，很简单，水捞的高粱米饭，炒了两个鸡蛋，两碗炒土豆片，一碗咸菜疙瘩。快吃吧，孩子，到我们家没有好吃的，我们吃啥你就跟着吃点儿啥吧。妈妈招呼几个人吃饭，爸爸李利民已经坐在饭桌边了，也招呼着：姑娘啊，到咱家了，就别外道了，就和在你家一样，随便点儿啊。王晓兰是受过教育的，家教很好，有修养，看到一家人对自己这么好，很高兴，就叔叔婶婶地叫着，高高兴兴地吃着高粱米饭。虽然她吃不惯，但还是表现得很自然，因为不管习惯不习惯，也在这儿安家了，也得适应。

一家人吃完晚饭，姐儿四个前拉后拽地就往外走，他们要去看看北京来的住在西院老三家的赵哥。

走到大门口，正和前来看看北京姑娘的男男女女走个对头，为首的是大队长韩福利的大闺女韩香梅，韩梅香可是个大姑娘了，长的虽然不是很漂亮，但也很端庄大方。她性格活泼、开朗，是个男人性格。她既是妇女主任，也是赤脚医生。她虽然文化不高，但各方面都很有水平，特别是看病，庄里人有个小病小灾的都找她，吃个药打个针，一般的小病都能看好。在庄里年轻人中也是个领头人物，因此有些心高气傲，高不成低不就，二十六了，还没有出嫁，这样的年龄在这样的山村就是大龄姑娘了。

韩香梅看到李梅姐三个拥着北京姑娘往外走，抢着嚷嚷：几个大美女你们这是干啥去呀？李梅，我们这是来你家看北京来的漂亮姑娘的，你把人家往哪儿领啊？这位就是北京来的姑娘吧？韩香梅也不等人家回话，就自我介绍了，我叫韩香梅，赤脚医生，以后有个头疼脑热的找我就行了。她看着王晓兰又说，看看还是北京的姑娘，咱们这些人往哪儿比呀，是吧，李梅？但不管咋说，咱这圈里还应该我最大，你也叫我姐吧。她一口气说着，看着王晓兰。王晓兰多聪明啊，笑着叫韩姐，又说，以后韩姐多帮助，多关心，多关照。又冲着大家说，请大家多关照，多帮助。大家一看这样可心的姑娘，谁能不关心不帮助呢。

好了，咱别在这儿说了，到老三家看看赵哥吧。李梅带头，领着这帮人就往老三家走。赵哥？李梅，咋出来个赵哥呀？赵哥在哪儿啊？走，咱都去看看梅妹妹的赵哥去。韩香梅冲着李梅做着鬼脸说着。啥呀，是王晓兰的哥哥，王晓兰跟我叫姐，他的赵哥不也是我们的赵哥了吗？李梅辩解着，不知咋的，她觉得自己的脸有点儿热。

大家说着话，就进了老三家的大门。

老三家人少，两根光棍儿，饭历来好将就，常常是做一锅饭吃几天，一碗瓜子条，也能吃上几顿饭。今天赵庆国住到他家，可给老三找了大麻烦，住倒好说，被子往大炕上一铺就行。主要是吃的，大队长韩福利对他说了，吃的方面别像原先那样对付了，北京来的知青，别让人家太委屈了，队里会多给点儿补贴的。家里也要收拾干净点儿，别太丢人。今天收工一到家，老三就忙开了，又是做饭又是做菜，忙完了，天大黑了。刚吃完饭，一大堆人已进他家大门了。老三老四赶紧迎出去，赵庆国跟在后面，他们不知道这些人到他家干啥来的，特别是来了很多姑娘。以往老三家很少来人，特别是很少来女人。

在出屋门时老四拉着了门灯，院子里顿时亮了起来。哎呀，这是出了啥事了，你们这么多人来我家有……啥事咋地，快快……快……情急中老三不知道该说啥，他有些不知所措。老三是个老实人，为人实在，不会说不会道。他们家本来哥四个，老大当兵转业留在了石家庄，已娶妻生子，老二也搞了对象分家另过。由于爹妈死得早，老三老四又没多大本事，家又穷，老三太老实，老四又懒又滑，哥俩都三十多了，到现在还没个媳妇。虽然都有个人样，差点儿的有点儿残疾的他们不要，但好点儿的姑娘哪家能给他们呢。

老四油嘴滑舌、嬉皮笑脸地冲着来人叫开了：啊呀，今天月亮真的是从西边出来了，这些大美女云集我的寒舍，是来欣赏我呢还是让我欣赏啊，我说这些妹子，这几天我还真没见着你们，你说干活不在一块儿，吃饭不在一块……快闭上你的臭嘴！韩香梅瞪大了眼睛，冲着老四说，老四你这个德行吧，看你还怕扎了我们的眼睛，我们是看北京来的青年呢，你一边待着去。别，别，咋说也是在我家。老四嬉笑着往边上躲，也没人再理他，大家已经围了上来。其实来人无论男女老少，没人注意他们哥俩了，人们的目光早已集中到北京的赵庆国身上了。

赵庆国确实与众不同。

李梅拉着王晓兰的手，吃惊地问：晓兰妹，这大高个子就是你哥呀？是啊，他就是我哥。王晓兰很机灵，回答完李梅的的话，就转过身冲着大伙介绍：各位兄弟姐妹，叔叔婶婶，我们是北京来的知青，我叫王晓兰。她转眼看了一眼赵国庆又说，这位是我的哥哥赵庆国，我们来到咱们庄，就是咱们庄的社员了，各方面我们都很生，还请求大家多多帮助，多多关照。说完她还鞠了一躬。这时人已经聚了很多，院里院外站满了男男女女，因为月亮刚出来，队长还没有敲牌子，打不打夜战不知道，大家吃过晚饭都出来等着了。大家注意到王晓兰的声音十分甜美，就更往前凑了。

好，太好了，太好了！王晓兰的话音刚落，人群中不知道哪些个男男女女，大喊了起来，也不知道是说讲得好，还是声音好，还是人长得好。喊声一落，竟然鼓起掌来，掌声逐渐热烈，喊声又起，掌声不断。弄得王晓兰一时不知道说啥才好。就在这时大喇叭响了，是李德林书记喊话：李利民领着两个青年到大队来，另外男的跟韩队长到河北砍苞米去。喊声刚落，李利民从人群中挤过来说：正好你们俩都在这儿，王晓兰和赵庆国你俩跟我到大队去吧，大家都别围着了，跟队长到河北砍苞米去吧。走吧，都走吧。他转过身来，冲着王晓兰和赵庆国说：你俩跟我走吧。围观的人也都各自散去，有的回家取镰刀，有的闲聊去了。

李利民带着王晓兰、赵庆国来到大队，这是村中间的一个院子，朝南一排几间平房，其中的两间开着灯。几个人先后进了屋，书记李德林就坐在简单的办公桌边上，眼睛看着门外。李德林五十多岁，面相很慈祥，衣着朴素，一副农村憨厚老汉的形象。他见人进来，从椅子上站起来，笑着说：快来，进来，坐凳子吧，咱们也认识认识。屋里摆着几个长方形凳子，三个人都坐了下来。李德林又笑着对两个青年说：非常欢迎两个年轻人来呀，但我们这儿条件差，没有大米白面，猪肉也没有，活计又累，你们可要受苦了。

没关系的，书记，我们受得了。王晓兰很有信心地说。然后赵庆国也说：不怕的，不管有啥能吃饱就行，干活我更不怕累。

好，是个好孩子，一看就知道，不是流里流气的。现在的青年，唉，省心的不多呀。李德林感慨地说。

他们村上半年已经来三个知青了，不过那纯粹是投奔亲戚。有到叔叔家来的，有到姨妈家来的，还有一个是到表姑家来的。这样入户的好管理，或者说不用管理。就给安排活计就行了，生活上，按人头该分啥就分啥。

李德林是个老书记，人好。他今天到区里开会，区委书记向他介绍了这俩知青的情况，他心里挺热乎的。赵庆国的父亲十几岁就扛枪打鬼子，在鬼子投降后，赵庆国父亲的部队改编为独立六十一团，四八年解放天门寨时，他已经是独立团的营长了。在攻打天门寨的城门时他身先士卒，冲在前面，就在城门攻破的一刹那，一颗子弹穿透他的胸膛，险些丧命，是平山担架队的老乡把他及时地从前线抢下来，用担架抬到后方，使他捡了一条命。他伤好后，多次打听是谁救了他，但都没有结果。因此他对平山有一种特殊的感情。解放后，他被调到北京军区，和王晓兰的父亲在一起，都是正师级干部。下乡前，组织上再三让赵庆国的父亲为儿子选择下乡地点，但他什么地方都没选，点名让孩子到平山来，到给了他第二次生命的地方来，好为这里的乡亲们做点儿事。王晓兰和赵庆国从小一起长大，情似亲兄妹，赵庆国到哪里王晓兰就跟到哪里，说有哥照应。就这样他们一起来到了平山。

李德林很佩服赵庆国的父亲，也很佩服这俩青年，不怕艰苦，随父亲心愿，来到这个偏僻的山村。他嘱咐道：好啊，俩好青年，都住下了吧，以后有啥困难就别见外，就和我说，和会计说也行，能解决的咱都解决，不能解

决的咱也要想办法。干活呢就和大伙一样，该干啥就干啥，不会就慢慢学，没啥难的，以后习惯了就好了。行吧，就这样，你俩还有啥说的没有？

两个青年都说没有。

说完，李德林和李利民夜战去了，两个青年回去休息。

三

平山环境太差，生活艰苦，但他们两个做好了思想准备，做好了吃苦的准备。这两个青年在这里真正地落下了。

平山很快接受了他们，他们很快融进了平山。

早晨，天还没大亮，他们和社员一样就早早地起床了，顾不得洗脸，顾不得刷牙，队长就当当当地敲响了牌子，他们和社员们一样来到牌子下面，等待队长分配活，然后跟着队长下地干活了。

男的活计还比较好干，开始两天就是砍苞米，老三简单地告诉了几句，赵庆国会了，他拿着镰刀学着别人的样子，咔咔咔，不管三七二十一，低着头就往前砍。他非常有力气，干起活来显得很轻松，但由于他只是一个劲地蛮干，就比别人累得多。别看砍苞米的活计简单，但也有技巧，找到技巧干起来就轻松多了，左手抓住苞米秆的上部往怀里一带，眼睛看好苞米秆的根部，右手的镰刀顺势一砍，苞米秆就咔嚓一声砍掉了。砍苞米眼睛要看好了，镰刀千万别砍到苞米秆的结子上，结子很结实，往往一刀下去是砍不断的，那就费力了。赵庆国哪懂这些啊，不一会儿，他就流汗了。李利民看到他的毛病，告诉他该咋干，嗨，真见效，有了技巧，加上他力气大，一会就干到前面去了。干顺了，他也高兴了，也和大家搭话了，到了地头你一言我一语地说笑着，看到大片大片的苞米被砍倒，看着地上一堆一堆的苞米，他感到了劳动的乐趣，也有一种成功的喜悦，也就越干越爱干了。

但干活终究是干活，劳累是免不了的，再加上他个子高，砍苞米时猫腰的弯度比一般人要大得多，他就比别人更累了，也就特别爱腰疼。但这些他都不怕，这是他的性格。他不愿落后，不愿受别人指挥，他喜欢走在别人的前边，更喜欢指手画脚指挥别人。按农村干活的习惯，都是队长在前边领着干，社员群众在后边跟着干，很少有哪个社员干到队长的前边去，可如今赵庆国却这样干了。

赵庆国的干法，队长韩福利自然高兴，有这样一个打头的，他自然省心了。可后面的群众不行啊，这样下去多累呀，他们受不了啊。这些人就叫开了，特别是老三，以为赵庆国在他家住会听他的，就喊起来：庆国，慢点儿，你干啥呢，哪有干到队长前边的，快等等吧。他越喊，这个赵庆国干得越快了，真是初生牛犊不怕虎啊。等都到了地头，人们累得气喘吁吁，一个个坐在地头喘着粗气，都埋怨赵庆国干得太快。赵庆国以一种胜利者的姿态憨笑，说：你们快点儿不就行了吗？你们老把式了还不如我一个新手啊。他还是照样那样干。韩福利高兴，心想这孩子还真是一把好手。他索性把领头的角色交给赵庆国，这下好了，他干得更来劲了。在他的带动下，砍苞米的速度大大加快了。

这一下，可气坏了后边的那些人，他们哪里这样干过活儿啊，如果这样干下去，还不得累死啊。就连队长韩福利都有些受不了了，但他还是坚持着往上跟。其他人七嘴八舌地叫开了，干啥呢这是？哪有这么干的啊。不嫌累呀，显摆啥呢。有的还带出了脏字：真他妈不叫东西，北京来的咋了，天天这么干试试，看看能顶几天……

民兵连长王立新受不了了，他疯子一样跑到赵庆国跟前，一把拽住了他的胳膊，说道：你别逞能了，等一会儿大家啊。王立新二十三岁，也是高高的个子。

赵庆国看王立新拽住了自己，不让干了，有点儿不满了。他本来就有不服别人的性格，再加上王立新态度蛮横，他就更不服了。真想挥拳给他几下子，本来嘛，干活快点儿有啥不好的，还出毛病了？但他没有，他刚到这里，要注意影响，要好好接受贫下中农的再教育，最要紧的是努力和这里的广大社员群众搞好关系，要不咋在这里生活啊。他忍住了，他要适应这里的一切。

一天的劳动结束了，赵庆国是觉得有些累，但他很高兴，他掌握了一项劳动技能，他可以和这里的人们干好同样的农活了，这就是收获，他很满足。他这样想，一天学会一样，用不了多久，就可以掌握很多劳动技术了。

晚饭，老三做的棒子面大饼子，土豆汤。他们一边吃一边唠，赵庆国吃得很香，他虽然没吃过这样的饭菜，但还是觉得好吃。一是累了，二是他高兴，他吃了四块大饼子，喝了三大碗土豆汤，还说没吃饱。老四看着有些意外，城里人咋这样能吃啊，他一个人顶我们俩吃的了，这还得了，分的粮食哪够他吃的呀。老四心里有些不满。

吃过饭，他想到了他的晓兰妹子，这一天她咋样啊？干啥活了？会干吗？

累吗？受得了吗？这些他都不放心，他要到李利民家看看去。刚要走，被老三叫住了，老三说：我说兄弟呀，你住到我家，我就不拿你当外人了，哥和你说几句话，你看合适你就听，你觉得不合适就别听。干活啊，你可得悠着点儿，不能只顾自己，得看着点儿别人啊，都像你今天这么干还不把人累死啊。今天干了，明天还干不？还有啊，不管干啥得看队长的，别不长眼睛，你干到队长前边去，人家队长咋干哪？大伙对你还有意见，多不合适啊。老三的确是个老实人，真把赵庆国当成兄弟了，要不刚一天，互相都不了解，咋就说这些话。赵庆国听着好像有道理，但他还是不理解。其实老三还真不了解赵庆国，他就是听不惯别人的话，有一股子不撞南墙不回头的劲。

这时，院子里就传来了清脆的声音：赵哥，吃完饭了吗？我们看你来了。大喊的不是王晓兰，是李梅。喊声刚落，姐四个已经迈进屋门槛了。老四殷勤极了，赶忙迎出去，咧着嘴说道：哎呀，几个大妹子，我们家真要改变门风了，快来吧，你们能经常到我家来，我们非常欢迎，快往里屋。老四说着，眼睛不时地往王晓兰身上瞄，那贪婪劲儿好像要把衣服看透似的。李梅连看都没看他一眼，说：我们是看赵哥来了。说着进了里屋。没等几个姑娘站稳，赵庆国就迫不及待地问：妹子，咋样今天，干啥活儿了？会干吗？累不累呀？和你一起干活的人都好吧？王晓兰其实也挺急的，她也想尽快把自己的情况告诉哥哥，也想知道哥哥的情况，毕竟是第一天。王晓兰看到哥哥这么急，反倒笑了，说：哥，都挺好的，你不用担心。我们是砍豆子，我是不会，梅姐韩姐都教我，其实掌握了要领就好干了，大家对我都很好的，我干得慢，梅姐就帮我，我可有福了。言谈中透着一种骄傲。

老三老四忙着找凳子，让几个姑娘坐下。李梅不理他们，忙着问赵庆国，赵哥今天砍苞米累吗？听我爸说，你砍得特别快，把队长都超过去了，可别太快了，累坏了可不行啊。李梅这是发自内心的，她满怀深情地对赵庆国说着。刚说完，老四歪着脑袋接过话来，你咋也叫赵哥？你俩谁大？我大就不兴叫哥了？是晓兰的哥，就是我哥，我俩是姐儿们，咋的？李梅嘴不让人，对老四一点儿情面都不给，她快言快语，是个爽快人，说完还瞪了一眼老四。那姐俩在一旁呵呵地笑。老四弄个没趣：行了，我说不过你，梅子，你也叫我一声四哥，不屈吧。嗬，看你这点儿出息，叫你一声哥，你能多啥呀？四哥，你答应吧。看把你美的。李梅说完笑起来，大家包括老三也都大笑起来。老四被笑傻了。大家都笑，赵庆国也跟着笑了，他那憨笑，实在可爱，李梅内心一种说不出的感觉油然而生。

很快，赵庆国、王晓兰就和平山的社员群众打成了一片，他们很快适应了这里的生活。他们没有留恋家里软软的床铺，几天就睡惯了大炕，没有留恋家里的大米白面，认为这里的饭比家里的好吃。王晓兰舒心又甜美地和他哥哥说：哥哥，你发现没有，刚来的几天吧，吃这里的棒子面大饼子，喝着土豆汤，吃着用水冲的高粱米水饭，咬着大块咸菜瓜子，觉得咽不下去，吃不饱，可这几天，不知咋的越吃越好吃了，吃的也越来越多了。哥哥笑了，他对妹妹说：晓兰，你说的太对了，头几顿饭我也是吃不惯，咽不下去，后来我也爱吃了，而且吃的很多，大饼子吃四个，土豆汤喝三碗，高粱米干饭我吃了五碗哪，给老三老四吃的呀，直瞪眼。老四都受不了了，龇着牙说我，你吃这么多，不怕撑着啊。妹妹，你说，多有意思啊。赵庆国笑了起来，王晓兰也咯咯地笑了，笑个没完。

两个青年人以他们纯朴的品格展现自己，他们努力向这里的每一个人学习，除学习生活本领，更多地是学习劳动本领。

一天，王晓兰为了感谢帮她的这些兄弟、姐妹，在休息的时候，她主动为大家唱歌，一曲《歌唱祖国》震惊了所有人，那歌声的清脆、甜美，是他们从来都没听到的。鼓掌、惊叹之余，人们重新认识了王晓兰。不但人品好，而且多才多艺。

从此，喜欢她的人更多了，喜欢她的人不但喜欢她的漂亮，还有她的才艺。从此，哪里有她，哪里就有欢笑，哪里有她，哪里就有歌声。

四

短短的十几天，两个青年人在平山受到了极大的锻炼，他们的表现也得到了平山社员群众的认可。

赵庆国有一身的力气，而且他一点也不惜力，哪里有活，只要他有空，哪里一定有他的身影。就连对他意见最大的民兵连长王立新也带着佩服的语调问他累不累。连长，我真不累。他从小就有尊重别人的习惯，他尽管知道连长对他极大地不满，还是恭敬地回答他，劲儿是身上长来的，使完了，还长。

队长韩福利看出了赵庆国的长处，这么大的劲，一个顶三个，要人尽其才，物尽其用。装车又是扛，又是搬，又是举的，那就让他去跟车呀，他装

车、卸车最合适。他一合计，就定了，赵庆国跟着车老板李占武走了。李占武是有名的车老板。他的车到哪儿，赵庆国就到哪儿，他的车拉啥，赵庆国就装啥卸啥。他们队两辆大车，另一辆每车两个跟车的，这辆车就赵庆国一个，给他加一个，他不让，他说：人多了碍事。

　　跟车的活累呀，你想啊，队里八百亩地的庄稼，哪种东西不得用大车拉回来呀。那时收庄稼全靠肩扛，车拉。村里除了大车就什么交通工具都没有了。几十万斤的收成，几乎全是大车一车一车地拉回来，这就要全靠跟车的把它们装到车上，再卸下车来。可这些对赵庆国来说跟玩似的。那大车大车的粮食拉回来，赵庆国高兴。可正是拉秋忙碌的时节，正是赵庆国干得高兴的时候，出事了。

　　那是一天中午，李占武的大车拉完大豆回来，刚卸完牲口，赵庆国拎着一件外衣往家走，当走到大队门口时，看到王晓兰、李梅几个人在村委会的房上敲敲打打抖着芝麻。这天天气格外晴朗，但风不小，几个姑娘在房上说说笑笑的。

　　这时她们也看到了赵庆国，王晓兰冲着他喊：哥，今天拉的啥呀，等一会儿，咱俩一块走吧。

　　李梅也笑着喊：赵哥，过来呀，等一会儿吧。

　　赵庆国看到几个姑娘准备收工回家，都往房山这边的梯子走来，他笑着喊道：好了，别着急，慢点儿下房啊！他边喊边赶紧往前走了几步，准备扶一下立在房山的高高的梯子。就在他距离梯子还有十几步远的时候，他看见李梅嬉笑着快步朝房上走来，李梅边走边说着话，也不看着脚下，几步就走到了东山墙靠梯子的地方，但她没有停下来，她眼睛看着房下的赵庆国，脚还在往前迈。下边的赵庆国看到了，还没来得及喊别走了，李梅的一只脚已经踏空了，她妈呀大叫了一声，瞬间整个身体顺势往房下扑去，房上的几个姑娘被眼前突发的一瞬吓得不知喊啥了，就只能眼看着李梅直愣愣地往下摔。

　　就在这千钧一发的时刻，赵庆国以让人们想象不到的速度，飞奔到了房山下边，当他刚伸出双手想接住李梅，两手刚刚伸出还没有完全伸平的时候，李梅就扑到，不，应该说是砸到赵庆国的前胸上，随着重重的沉闷的"嗵"的一声响，赵庆国被仰面砸倒在地上，李梅则趴到了赵庆国的身上。

　　李梅！姐！

　　庆国！哥！

……

房上房下顿时乱作一团。房上的人赶紧下房，房下的人，也就是车老板李占武，还有几个妇女，也赶紧往跟前跑。李梅趴在赵庆国的前胸上动都没有动一下。

李占武还有几个妇女疯一样跑到他们跟前，这时房上的王晓兰、李芳几个人也下来了，她们围上来，疯狂地呼叫着李梅，呼叫着赵庆国。

李芳靠着姐姐的肩膀哭着喊姐姐。

过了一会儿，李梅清醒过来，她看到自己正趴在赵庆国的身上，显得很不自然，使出全身力气想起来，但没劲了。李芳还有王晓兰几个人伸手把李梅拽起来，这时人们才看见赵庆国的脑袋下边有一堆血，人们立马又惊叫起来：血呀！赵庆国躺在那儿，紧闭双眼，一动不动。这下可吓坏了围着的所有人，李芳几个人把李梅放到墙根那儿，李芳问：姐，咋样啊，摔着哪儿没有啊？李梅摇摇头，小声地说：我没事。然后指指躺在地上的赵庆国，王晓兰已经过去，李梅看看姐姐，也转身跑过去。王晓兰哭个不停，她跪在赵庆国身边，抓着他的胳臂，边哭边喊哥哥。李占武还有李芳也蹲下来大喊赵庆国的名字，赵庆国一点儿反应都没有。围着的这些人都傻了，谁都以为人完了，肯定完了，脑袋下那多血，一定是脑袋摔坏了。这时，正赶上中午收工，人越聚越多，可是谁也没有办法。

正在人们焦急不知所措时，韩香梅急匆匆跑来，不知谁给她送的信。她来到赵庆国跟前，用手在赵庆国的鼻子前试了试，呼吸正常，她又搬起赵庆国的头，看了看地上，有血的地方有一块小石头，看来是脑袋磕到这块石头上了。王晓兰还在哭，还在喊哥，韩香梅也不说话，双手照着赵庆国的胸部按了几下，又叫人从队部弄点儿水来，给他喝下去。还别说，奇迹真的出现了，赵庆国慢慢睁开了眼睛。醒了，醒了！人们又叫起来。赵庆国眨着眼睛，把胳臂从王晓兰手里拿回来，用手撑着地，吃力地坐直了身体，想起来，但怎么也没有起来。韩香梅在赵庆国的头上找到了伤口，伤口很大，还在往外流血，韩香梅从兜里掏出一卷纱布，这回她说话了：伤口挺大，先包扎上，免得出血过多。她熟练地把赵庆国的头包上了，回身又对身边的李占武说：大叔，你赶快把大车套上，得把他们送医院去，不能耽误。行，我马上去套车。李占武说完起身就走。就在这时，赵庆国说话了：不行，我不去，我没事，你们扶我起来。不行，头上的伤不轻，再说了，你摔成啥样，谁也不知道，必须到医院全面检查，再说了，李梅啥样还不知道呢。韩香梅坚持说。李梅在墙根坐着，听到韩香梅说话，她努力地扶着墙往起站。李芳来到跟前说：姐，你没事吧？没事，来扶姐姐起来，看看赵哥去。李梅由妹妹李芳扶着来到赵庆国跟前，她哭了，此时的她不是吓的，是感动，感激。赵哥谢谢你。说完跪下了。赵庆国看到这情景，搂着王晓兰竟然站起来了。他在王晓兰的搀扶下在原地走了几步，又活动了几下胳膊，动了动腰，说：没事。

李梅没有太大的事情，只是手蹭破了点儿皮，因为在着地的瞬间，她的整个身体全在赵庆国身上了。

赵庆国坚持不去医院，他说他一点儿事都没有，用不着去医院。韩香梅、王晓兰还有在场的李占武等人都劝他，他就是不去。没办法，韩香梅只好让王晓兰把他扶到自己家里，给他处理头上的伤口。

听到消息的书记李德林，还有李梅的爸爸李利民，都吓坏了，急忙向大队部跑来，这时，赵庆国几个人去了韩香梅家处理伤口，其他人见没大事了，也都各自回家吃饭了。李梅在妹子李芳的搀扶下，正在往家走，李德林、李利民听说赵庆国去韩香梅家包扎去了，又马上追到韩香梅家。赵庆国头上的伤口已经处理好了，酒精消了毒，磕的口子不小，韩香梅给他绑上了纱布。李德林上来就问：香梅，庆国的伤咋样？严重不？咋不上医院啊？是啊，快点儿上医院吧。孩子，可不能耽误啊。李利民看着赵庆国，为了保护自己的闺女，弄成这样，他看着他头上包的纱布，知道伤的不轻。我都劝他半天了，伤口也包上了，但还是上医院再看看吧。韩香梅又跟着说。没等韩香梅说话，赵庆国先说了：两位叔叔，没事的，就是摔了一下，头磕破了，没大事。韩香梅抢过话来：还没事哪，磕了那么大一个口子，出了那么多血。她冲着两位大队领导又是抱怨，又是关心，说：一个青年，为了咱李梅，摔成这样，差点儿把命都丢了，让他去医院检查检查，把伤口也好好处理一下，可他就是不去，伤口万一我处理不好，发炎、破伤风啥的，不就完了吗？韩香梅一副无奈的样子。是啊，庆国，这可不是玩的，赶紧上医院吧，千万别耽误事啊。韩福利也着急了。正说着，王晓兰的眼泪又流下来了，说：哥，还是上医院查查吧。李德林上前搂着赵庆国说：走走走，别耽误了。说着就往外拽。赵庆国还是坚持着不去，他说：叔叔，我真的没事，在家练体育的时候，我经常挨摔，都练出来了，头上这点儿伤也不算啥，几天就好了，用不着上医院。再说了，我身体好，摔不坏的，不信你看。他说着，在地上蹦了几下。

快别蹦了，你头上还有伤，蹦出血了咋办哪！韩香梅急了，她差点儿哭了。其实，是赵庆国的行为感动了她，她是钦佩赵庆国，是心疼赵庆国。

实在没办法，只好同意赵庆国，不去医院了。但，书记李德林对他提出了几点要求，一是不准干活了，在家休息养伤，啥时候好啥时候算。二是韩香梅这几天也不下地了，在家陪着，随时检查。三多吃点儿营养的，剁一只老母鸡，必须全吃掉。话音刚落，李利民就接上了，前两点我不管，第三条我管，剁母鸡的事我包了。赵庆国笑了，慢声慢语地说：这么高的待遇啊。

赵庆国在危急之时挺身而出、舍己救人的事很快传遍了整个平山村，平山的男女老少没有一个不被他的精神感动的。

最受感动的是李梅，是李梅一家。

怎样感谢赵庆国，李梅不知道，她的爸妈也不知道。他们只能尽最大可能地去做。李利民宰了他家的老母鸡，为赵庆国炖了鸡汤，由他领着他家的四个女人来到老三家，看望慰问赵庆国这个救命恩人。一进屋，看到赵庆国在炕上躺着，头上裹着纱布，李梅的内心有一种说不出来的感觉，是感激，是敬佩，是怜爱，是心疼，她说不清楚。此时，她的眼泪不由自主地刷刷往下流，她也不去擦，只管让它尽情流着。

庆国呀，怎么样啊，还疼吗？李利民眼圈也有点儿发红，他感慨地说：你是我们家的恩人哪，我们全家感谢你啊。来，你婶子炖了点儿鸡汤，喝点儿吧。

赵庆国看到李梅一家看自己来了，又端来了鸡肉、鸡汤，也很感动，他坐起来笑着说：叔叔，婶子，用不着这么客气，这点儿事算啥呀，当时谁在跟前都会这样做的。没啥了不起的啊。

不是啊，你救了闺女的命啊，我们一辈子都要感谢你啊。李利民有一肚子感谢的话，不知道说啥。

李梅的妈妈端着一碗鸡汤向赵庆国递过去，诚恳地说：孩子，都伤成这样了，还没吃饭吧，喝点儿鸡汤，这几天，我给你做好吃的，来，快吃吧。

赵庆国看着大碗的鸡肉，那香味扑鼻而来，他真想吃了，他多少天没吃着肉了，看着那飘着油花的汤，那大块的肥鸡肉，他真馋。他笑着说：好，叔叔，婶子，好，那我就吃。说完，接过大碗，喝了一口汤，真香啊。他又说：谢谢叔叔、婶婶，那我就吃了。

快吃吧，要不就凉了。李梅眼里流着泪，也在一边催促着。

赵庆国啥都不说了，大口地吃起来。

下午，赵庆国没有上工，他在家养伤，韩香梅作为医生也没有去干活，她看护着赵庆国。赵庆国很不好意思，他执意不要韩香梅看护，说自己没事，用不着别人陪着。但韩香梅执意坚持要留下来照顾她，她眼里几乎是含着泪，说：你都摔成这样了，还撵我走干啥呀，让我陪着你、看护你，我也放心啊。要不出个一差二错的，我咋交代呀？

我能有啥事？啥事都没有，明天我干活去都没事。赵庆国还是大大咧咧地冲着韩香梅说。

行了吧，行了吧，好好养着吧，你这位大英雄可是我们平山的宝贝，可不能再出点儿啥事了。韩香梅说。

大英雄，啥大英雄？赵庆国憨笑着说，他一笑起来特别可爱。

韩香梅不走，赵庆国也没办法。

韩香梅和赵庆国就唠着闲嗑，韩香梅比赵庆国大几岁，于是，赵庆国就叫韩香梅姐了。

叫姐行吧？能当我姐吗？我们家，包括我们家亲戚都没有我叫姐的。赵庆国对韩香梅亲切地说。

韩香梅很感动，这样一个大男人，大英雄，这样规规矩矩地征求自己意见，这不是开玩笑啊，不是闹着玩的，这是郑重其事的。她控制自己激动的感情，故作平静地说：行啊，行啊，往后你就叫我姐吧，我就把你当我的兄弟，啊。往后有啥事别见外，就跟姐说，啊。

赵庆国马上笑着对韩香梅说：姐，那今后我可就叫你姐了，你千万别烦我呀。不烦，不烦，我巴不得认你这个英雄弟弟哪，就这样定了。韩香梅爽快地笑着说。

她这话还没说完，李梅还有她妈妈又来看赵庆国了。李梅用一个瓷盆端着半盆鸡蛋，妈妈手里还拿着几个，一进屋妈妈就说：孩子，吃几个鸡蛋吧，中午光喝了点儿汤，也不顶饭吃，快把这几个鸡蛋吃了。

不等赵庆国说话，李梅已经把盆子放到桌上，从妈妈手里拿过一个鸡蛋，往炕沿上一磕，就剥去了蛋皮，往赵庆国的嘴边送去。赵庆国刚想说啥，李梅的鸡蛋就已经被塞进他嘴里了。紧接着，第二个剥完，没等赵庆国全咽下去，又塞进去了，紧接着又是第三个。

在一边的韩香梅看着急了：行了，李梅，你先等一会儿吧，等他吃完一个你再给他吃还不晚哪，你看把他噎的，脸都红了。李梅没有说啥，连看都不看一眼韩香梅，第四个鸡蛋又塞进去了，第五个又剥上了。这回赵庆国真的受不了了，鸡蛋在嘴里堵得满满的，脸憋得通红，咽不下去，又说不好话，只能用手比画。

你看看，你看看，把他噎的，先别给他了，别给他噎坏了。韩香梅急了，转身对李梅的妈妈说：婶，快别让她给了，等他吃完了吧。

李梅看着韩香梅的急样，一下子笑了，冲着韩香梅说：心疼他了？心疼你就把这个吃了吧。

去你的吧，啥心疼啊，就是看你太急了，怕你把他噎坏了。李梅那么一说，韩香梅倒急了，更有些不好意思，脸一下子红了起来。

赵庆国好不容易把嘴里的鸡蛋都咽下去，李梅又把第五个递过去，她可真的是心疼。再吃一个吧，多吃点儿，好得快。声音不高，但清脆诚恳，像是哀求，但这是发自内心的哀求。

赵庆国看看李梅，那白净的脸有点儿泛红，他不好推迟，笑着接过最后一个剥好的鸡蛋，调皮地说：嗨，今天是这些天最解馋的一天，吃了鸡肉，喝了鸡汤，又吃了这么多的鸡蛋，真像过年了呢。说得几个人也都笑了。

这笑声还没落呢，屋外传来了王晓兰的声音：哥，咋样了，还疼吗？我回来看你来了。随着话音，人就已经到屋了。

王晓兰是跑着进来的，她气喘吁吁，满脸是汗，没有了姑娘的矜持，抹了一把脸上的汗，别人连看都不看一眼，就挤到赵庆国的炕沿前，焦急地问：哥，咋样了，还疼吗？

赵庆国看到王晓兰的样子，反倒笑了，说：看把你急的，你担心啥呀，看哥像疼的样子吗？说完还抖抖上身，举举胳膊。

咋不担心啊，我就怕有啥后遗症，在地里说啥也干不下去了，就赶紧赶回来看你，喝点儿水吗？

不喝，刚才我吃了五个大鸡蛋，实在喝不下去了。

那我给你弄点儿啥呢？

在一旁听他俩你一言我一语的韩香梅笑了，说：晓兰，放心吧，你哥有我们呢，他想吃啥，我们弄，你坐下歇会儿吧，看给你累的，是跑着回来的吧？

可不是吗，在地里我满脑子是哥哥，也干不下活了，和韩叔说了声就跑

回来了。她说着又看着赵庆国头上的纱布说：看，血都渗出来了，没事吧，韩姐？要不输点儿液，或打一针，是不是会好点儿？她这么一说，韩香梅心想，按说没大事，吃点药也就行了，但王晓兰说的对，还是输点儿液好得快些。想到这儿，她也好像看到了事情的严重性，坚决地说：真是的，咋出了这么多的血呀，赶紧输液吧，要不发炎就坏了。说着就打开药箱，取出药。

没事吧。赵庆国有点儿不相信似的说，我一点儿感觉都没有啊。

输吧，好得快点儿。李梅和她妈妈也都劝他。韩香梅已经把药配好了，把药瓶挂在房顶挂电灯的钩子上，不由分说，让赵庆国躺在炕上。赵庆国没办法，只好躺下。

液输上了，这回就真的离不开人了，韩香梅不能走，她走了出了事咋办？王晓兰陪着她哥，李梅也不愿回去，结果三个人就都陪在赵庆国的身边。

晚上，液输完了，书记队长和村里的一些长辈还有年轻人吃过饭又都来看他，里里外外站了好多人。老三做的棒子面大饼子，李梅没让赵庆国吃，李利民和李梅的妈妈又端着做好的白面汤给送来了。赵庆国当着看他来的这些人，也不客气，三下五除二，半小盆的面汤都喝进去了，嘴里还没忘记说谢谢叔婶。

过了一会儿，书记队长嘱咐了几句，就回去了，大家也都走了。第二天，又是三个人。书记队长也不攀着她们干活，也就这几天，把人给看好了比啥都强。她们仨也有分工，有打针输液换药的，有给烧水喝药的，有想办法做饭的。

好事传千里。也没有谁去公社汇报，公社竟然知道了这事。在第三天的上午，公社的刘主任带着两个干部在李书记的陪同下看赵庆国来了。还拿来了点心、水果，算是慰问。刘主任坐下就夸，就表扬，说赵庆国是舍己救人的模范，是雷锋式的英雄，是全体社员学习的榜样。他还说他要号召全公社向他学习。刘主任慷慨激昂，看来他是真的被这个北京青年感动了。

赵庆国很受鼓舞，也很谦虚，一个劲地说这点儿事不算啥，也算不得英雄，在那种情况下谁都会那么做的。刘主任更感到了赵庆国精神的崇高，他再三安慰，嘱咐，要好好养伤，不要着急下地干活等等。

刘主任走了，赵庆国不好意思地摸着自己的头笑着说：给我戴了这么多的高帽子，我的头都快顶不住了。

果然，刘主任回去的第二天早晨，公社广播站就播出了赵庆国舍身救人的事迹，并要求全公社的广大社员都向他学习，学习他这种大无畏精神和舍己为人的精神。村里的大喇叭在广播，各家各户的小喇叭也在广播，赵庆国听了很不好意思，对照顾他的李梅还有韩香梅说：我哪是啥英雄啊，说得我都不好见人了。

第七天换药的时候，韩香梅说：伤口很好。赵庆国高兴得不得了。这几天可把他憋坏了，他哪有过这事啊，在屋里闷这么多天。这几天多亏了李梅和她妈妈，每天三顿饭，做好了送来，而且每顿饭搭配得都挺好，每天都有鸡蛋，每天都有鸡汤鸡肉，每天都有水果。李梅家五个下蛋的母鸡宰了三个。

七天，赵庆国吃胖了。

又过了几天，赵庆国的伤口痊愈了。他又下地干活了，任务还是跟车。

第二章

一

赵庆国救李梅这件事，使这两个北京知青在平山广大的社员群众中的形象高大起来，人们都说这俩年轻人特别好，心好，勤快，有礼貌，有文化，真是难得的好青年。特别是赵庆国，在他刚来的时候姑娘们多数都躲着他，没有哪个往他身上多看一眼，觉得在他身上可欣赏的部分实在不多。那件事后，姑娘们的称赞多了起来：

看人家北京的小伙子多棒，言谈举止就是和咱们这儿的男人不一样。

你说他那高个子是咋长的？咱们这的小伙子咋没有那么高的？是吃的不好吧？

人家是篮球队员，是队长，打篮球的哪有个儿不高的？

嘿，你说，李梅摔在他身上半天不动，是啥感觉？

啥感觉呀，她还有工夫感觉呀，她是吓得动不了了。

多亏人家救了李梅一条命，她得咋感谢人家呀。

嫁给他呀，以身相许来报答那是最好的感谢。

说着说着，话题就歪了。但不管咋说，最起码的，姑娘们在赵庆国身上有了欣赏的目光，更有一些姑娘对他多了一份特殊的好感。李梅自不用提，见了赵庆国哥呀哥地叫得跟吃了蜂蜜似的，在一块干活时，李梅的眼睛也离不开赵庆国。

赵庆国在家养伤那十多天的时间里，可忙坏了李梅，她比王晓兰还上心，还着急，每天做饭送饭，烧水，做汤，赶集买东西。特别是一天三顿饭都做啥，她更是费尽了心思。

十多天的光景，赵庆国胖了，李梅瘦了。因为她不但受到了巨大的惊吓，每天还要为赵庆国操心。其实，很多人都在为他操心，比如王晓兰，韩香梅，书记，队长，等等。但情况都不同，最想感恩、最想报答的还是李梅。她每天白天忙碌，却吃不下饭，晚上休息了却睡不着觉。她总在想：她要感谢赵庆国，但想着想着，她又恨起赵庆国来。那天中午，赵庆国如果不来，她也看不见他，她也就不会莫名其妙地急着下房而踩空了。她又苦恼了，赵庆国的影子不断地在她眼前出现，挥之不去。

赵庆国恢复了正常，李梅好像还没有从那片阴影中解脱出来。在她和王晓兰的交谈中赵庆国是重要的话题。王晓兰对赵庆国自然是关心备至，这谁都知道。李梅对赵庆国的感恩，大家也都理解。每天晚饭后王晓兰必须到老三家和赵庆国见一面，凡是这时，李梅一定会和她一块去见赵庆国，唠唠嗑，互相问候一下。有时老三的晚饭早了，赵庆国也会到李梅的家里来看看，凡是这时，李梅的爸爸妈妈就显得格外热情，李梅的两个妹妹也显得格外亲切，几个姑娘都哥呀哥的叫着，赵庆国也不谦虚，哥就哥吧，几个年轻人说说笑笑的，很是亲热。看着闺女的救命恩人这样实在，这样心好，李梅的爸爸妈妈别提多高兴了，孩子大老远地来到这儿，没亲没故地多不易呀，他们就像对自己的孩子一样对待他和王晓兰。他们俩也确实感受到了这种亲人般的温暖，他们有时过意不去也说一些感谢的话，但李梅还有她的爸爸妈妈都说既然有这缘分就别客气，别见外。他们俩也就真把这里当成自己的家，随便起来。

深秋，天气有些凉了，地里的庄稼也收得差不多了，大多数的粮食都运到场上了。大地安静了许多，场上热闹起来，小山一样的大豆，一垛一垛的高粱、谷子，一堆一堆的金黄的苞米，把打谷场围了起来。白天这里欢声笑语，社员群众看着丰收的粮食高兴，他们在队长韩福利的带领下，把那些豆子啊，高粱啊，谷子啊，摊到场上，然后套上驴，套上骡子，挥舞着长鞭，这些驴呀骡子啊就拉着碌子在场上压起来。晚上这里则是灯火通明，几乎每天都要打夜战，晚上多数时间是用机器打苞米，巨大的轰鸣声一响就是半夜，妇女们用筐把苞米运到机器旁，再装到机器里，男人们用叉子把打出来的苞米棒挑出来，用木锨把苞米扬到别处去，分工明确，干得热火朝天。

粮食打出来了，首先是交给国家，要完成国家的征粮任务，最后才能分给社员群众。交公粮可是力气活，大麻袋的粮食要装上大车，运到粮食局，再卸车，过磅称，一车五千斤，又是装又是卸，赵庆国一点儿不在乎，别人两个人抬一袋子往车上装，他一个人两手一抱，二百斤的大麻袋就起来了，顺势两手一举，胸脯一挺，大麻袋的粮食就稳稳被装到车上了。那优美的姿

势，那轻松的动作就像是在表演，男人女人佩服得五体投地。车老板李占武总要和他一起抬着装，可他嫌两个人不顺手，不如一个人方便。

但你别以为他真的轻松，其实他真的累呀。每天五千斤的粮食抱上车，抱下车，过磅装仓，累得他也是筋疲力尽，他却从不叫累。他常说，劲是使不完的，白天使没了，一晚上又有了。

高涨的劳动热情，使得秋收的进度大大加快了，再加上粮食的丰收，大队提前庆祝。休息两晚上，不打夜战了，为群众放电影。大家知道这个消息，个个欢欣鼓舞，白天干活更有精神了，想着干完了晚上好看电影。不管啥片子，能看上就行。

娱乐活动太少了。

这天，下午收工也比往常稍微早了一点儿，太阳刚刚没山，红霞还没有抹去，人们就已经到家了。赵庆国的大车可没有那么幸运，照样天黑以后到家，等他卸完牲口，大队的院子里已经坐上人了。今晚上演的是战斗片《地雷战》和《南征北战》。

回到家里，老三老四已经吃完饭，正往外走，和他打了个照面。饭都在大锅里，我们先出去了，你慢慢吃吧。老三对赵庆国说完就和老四出了大门。赵庆国答应了一声，回到屋里洗洗脸，喝了口水，往大锅里一看，新烙的饼子，还有一大碗土豆片，他吃了几块饼子，一碗的土豆片吃没了，又喝了几口水，摸摸肚子，还挺饱。这时演电影的大喇叭响了，正在播放新闻简报，电影快开演了。

赵庆国急急忙忙往外走，刚走出大门，看见李梅家的西屋还亮着灯。怎么，她们还没走，干啥呢，叫上她们一块走吧。赵庆国想着就往李梅家走来。

李梅家的东屋黑着，她的爸爸妈妈已经看电影去了。西屋挂着窗户帘，灯亮着，他径直朝西屋走来，屋里很静，在外边听不着声音。在干啥呢？赵庆国疑惑起来，他走到屋门前，推开门就往里走，当他的右脚迈进屋里，左脚还在屋外，整个身体前倾，几乎是进去了。就在这时，他被屋里的一幕惊呆了。一个人在洗澡，那个人就是李梅。顿时他呆了，他害怕，他紧张，他好像失去了知觉。此时，李梅正背对着屋门，赵庆国进来她一点儿都没有感觉到。李梅好像也在边洗边欣赏自己，她把水撩到前胸，双手轻轻地抹着。忽然，她的两脚像是站累了，她向右稍微挪动了一步，身体也随之一侧，整个身体几乎就转了过来，前面就正对着赵庆国了。就在她一侧身的瞬间，李梅骤然发现了他。

李梅先是一惊，但又调整了过来。他！他怎么在这儿？她简直不敢相信，她的心猛烈地跳动，都要跳出来了。她害羞，但她没有躲避；她害怕，但她没有逃跑。不知咋的，她面对着赵庆国，双手不去撩水，也好像呆住了，就那么站着。赵庆国傻了一样，就那么面对着李梅。就在李梅和赵庆国无言对视的刹那，大门外突然传来李芳的喊声：姐，快点儿，干啥哪？都演上了，你还看不看了！她边喊边向院里走来，赵庆国听到喊声猛地从梦中惊醒，他机灵一下，没等李芳喊完就一下子转身急速地从后门跑了出去。李梅并没有慌张，她又转过身，慢条斯里地说：喊啥呀，你看你的呗，管我干啥呀，你去吧，啊。李芳刚进院子，听到姐姐这样说，她来气了，嘟囔着：真是的，拿好心没好意，叫你来了，不领情，爱看不看。说完屋都没进就回去了。

赵庆国从后门跑出来，马不停蹄，一口气跑到大队门口，他也没进院里看电影，他的心乱极了，他后悔，他后怕，他愧疚，他想：这是咋的了？咋能这样呢？真是犯了大错呀。

李梅在赵庆国走后，她浑身无力，整个身体软绵绵的。看啥电影啊，她一点儿心思都没有了。她躺到炕上准备睡觉了。

她躺在炕上，却翻来覆去怎么也睡不着，她哪能睡得着觉呢。睁着眼睛闭着眼睛，赵庆国的身影都在她眼前不停地晃动，高颧骨，大鼻子，两只大手，两条又粗又壮的大腿，特别是那双深情的眼睛。

她极力控制着不去想赵庆国，她想着她的姐妹王晓兰，想着王晓兰那俊美的模样，想着她甜甜的笑，想着她清亮的嗓音，想着在地头歇息的时候她唱的"一条大河波浪宽"，想着她苗条的身段，柔美的身姿，还有白净的脸。

她就这么迷迷糊糊在炕上胡思乱想着。

二

赵庆国在大队部院子的外面徘徊了很久，他还是没有进去看电影。第一部电影演的是《地道战》，大队部的院子里挤满了人，由于人多，先来的都自带了小凳子，很有秩序地整整齐齐地坐在前面，后来的再坐也坐不下了，就在后面站着，有的就自己随便找个地方站着，有的爬到了墙头上，有的还到银幕的背后去看。在背面看的有坐着的，也有站着的。背面看的也一样，只不过不如前面那样清楚，还有人的活动都是反的，正面人要是往东走，背面

就是往西走，字也是反的。但能有个地方看，也很高兴。你说，人们整天在地里干活，真是脸朝黄土背朝天，都很少出门，能在家门口看上电影那就是书记队长给社员群众造的福了，正面背面还有什么分别啊。

在电影屏幕背后，王晓兰和李芳、李英站在一块，她们本来是拿着小凳子来的，可是来的晚了点儿，好点儿的位子早就让人给站了。来看电影的人不光是平山的，三里五村的听说平山今晚有电影，社员群众就向队长央求早点儿收工，好来看电影。看回电影多不易啊，队长也通人情，就早早收工吃饭，人们就早早来到平山，这就是一个村演电影，几个村来看，你说人能不多吗？连墙上、房上都上了人。

王晓兰一看李芳那样，知道没得着好气，就笑着问：怎么，挨说了，还是挨打了？

李芳还是气呼呼地说：好心叫她，不领情。

怎么，她不来呀，她在家干啥呢？王晓兰又问。

谁知道啊，我没进屋，她不让我管，我就回来了。

那我再去叫大姐吧。李英在一边说。李英很懂事，年龄虽小，说话办事都很有分寸的，听二姐说大姐还在家，就着急了，好不容易演场电影，有啥事啊，不来看？我去叫行吧？李英又问二姐。二姐没有出声，王晓兰心想：李梅在干啥呢，家里就她一个人，难得看电影的机会，什么事不能放下呢？想必真的有脱不开的事呢。想到这儿，不等李芳说话，她就对李英说：别叫大姐了，她不来，可能真有事，没事她准会来的，你说这么好看的电影她能不来看吗？姐俩一听也是，就不再说话了。

电影演得正热闹，鬼子到处找地道，到处刨，到处挖。不好，鬼子在院子里挖到了地道，他们往地道里灌水，放烟，但都被高传宝的民兵给挡住了，水是宝贵的，应该送回原处，鬼子束手无策。看电影的人们高兴极了，李英竟然笑得拍起手来。

看抗日的电影，不管怎么演，凡是鬼子杀害老百姓的，人们就恨得咬牙切齿，凡是鬼子失败，八路军胜利，人们就高兴得欢呼雀跃。看到鬼子拿民兵都没有办法，王晓兰也笑了，虽然《地道战》她看了不止一遍。

就在王晓兰看得高兴的时候，一个人悄悄地挤到她的旁边，他个子不低，文文静静的，和王晓兰站在一起，个头差不多。他站到王晓兰的一边，周围的人们都在看电影，没人注意，王晓兰也一点儿不知道。电影演得好热闹，但他却没心思看，脸冲着银幕，眼睛却在王晓兰身上扫来扫去，他稍微侧歪着脸斜视着她的脸，往下是她的胸，他注视着她微微地一起一伏隆起的胸。

他喜欢王晓兰。

自从王晓兰来到平山后，自从他见到她的第一面后，她就给他留下了很深的印象，她那苗条的身形，俊俏的脸，白白的皮肤，水灵的眼睛，甜甜的笑，无时无刻不在他的眼前出现。这就是人间的女神，多么好的姑娘啊。

他想接近她，想和她多说句话，但都没有机会，他们只是见面说句累吗，吃饭吗，干啥去呀等等。

今天演电影，他想找机会和她单独待会儿，哪怕一会儿都行。他找了好半天，终于找到了，站在一边，但始终不敢开口。他恨自己胆子小，又恨自己不会说话。

怎么办？他着急，怎么开口啊。

正在他急得没有办法时，一卷演到头了，空隙间几个孩子跑来跑去地追着，一个男孩被后面的几个孩子追着跑，撞到了他的身上，多好的机会，他顺势往左边一倒，一下子碰到了王晓兰的身上，王晓兰打了个趔趄，差点儿摔倒，说时迟那时快他伸手搂住王晓兰的胳膊，没让她摔倒，并连忙道歉：对不起，实在对不起，碰疼你了吧？

王连长？王晓兰吃惊地望着王立新连长，说：没事，没事的。王连长，你也在这儿看哪。

是啊，前面没有地方看了，在这儿不也挺好的吗？你也在这儿看哪？

可不是吗，来晚了，就在后边凑乎看呗。李芳接上了王立新的话，王晓兰没出声，她低头看看自己的胳膊，王立新还抓着不放，王晓兰猫腰假装提鞋，抽出自己的胳膊。

王立新有些尴尬，第三卷儿开始了，他连忙说：演上了，这电影多好看，我最爱看这样打仗的片子，看着过瘾。你爱看啥片子啊？不知是问谁，三个姑娘都没回答，过了一会儿，还是王晓兰说了：都爱看战争片，每个战争片，解放军都胜利，看着高兴。

对对，咱们都一样……

王哥，别说了，看电影吧，你说话我都听不着了，这电影咋看哪？李英不管那个，没等王立新说完就不让他说了。

李英说话挺冲的，王立新没办法，他清楚，别看李英年龄小，嘴可厉害

了，平山没有不知道她的。王立新想接近王晓兰，现在还不敢光明正大地，怕别人知道。他不敢得罪李英，只好不做声，等待机会。

其实，王立新也是个不错的孩子，七四年社办高中毕业回村，本本分分地当了农民，他勤恳，实在，对人有礼貌，是一个好苗子。李书记看中了这个年轻人，回村不到一年就让他当了民兵连长。村里不少叔叔婶婶也看中了他，想把自己的姑娘给他，托人给他介绍，可他总是说自己还年轻，不急，几句话就把说媒的给推了。就连李利民都想把闺女李梅介绍给他，也是被他不疼不痒地回绝了。

可就在他看到王晓兰第一眼的时候，他就被打动了，那时他就有了想办法接近王晓兰的想法。他越是这么想就越是胆怯，就越有距离感。

王立新不再说话了，他怕影响别人。他在等待机会，或创造机会。他一直站在王晓兰的身边，与其说他在看电影，还不如说他在看王晓兰。就是不说话，能待在她身边也好啊，他想。

王晓兰早就看出王立新在想什么了，她想走，到别处看去，或者回家，不看了，但又一想，没有必要，走了反倒不好了。他能把自己咋样？李芳、李英都在，怕啥。就是他们都不在，我自己怕啥，他能咋样呢。想到这儿，她轻松起来。要是哥哥在就好了，他到哪儿去了呢？来看了吗？她又四处张望，寻找起赵庆国来。

晓兰，找谁呢？用我去找吗？王立新看到王晓兰东张西望，就急着问。

没事，就是没看见我哥，不知道他在哪里看呢。王晓兰说完就问李芳，你看见我哥在哪儿了吗？都快演完了，也没看见他。

我在前面找了两回都没看见他。李芳说，他个高，要来肯定看得见。

对呀。王晓兰想，没看见他，他就是没来看，那他干啥去了呢？也许白天太累，休息了吧。她没想其他的事情。

其实，这时的赵庆国就在大队部的门口，他没进来，在外边走来走去，他心神不宁，情绪恍惚。听不进电影里的枪炮声、喊杀声，更听不见看电影的人们说啥议论啥，他的心不在这儿，他还在想刚才发生的事，他一直都在后悔自己做的事，干吗要进李梅的屋啊，进了屋看到李梅洗澡干吗又不出来啊，嗨，自己这是在干啥呀。

他觉得自己愧对李梅。

看电影的人们没人注意到他，他也没心思看，没心思听，也没心思在这儿待了，他跑着回到老三家，倒头便睡，可怎么也睡不着。今天是咋了？他不断地埋怨自己。

电影散了，人们都急着往外挤，大队部的大门小，一下子出不去那多人，王立新不知道哪里来的勇气，一把拽住王晓兰的手说：晓兰，别着急，咱最后走，正好我有话想和你说。王晓兰问道：有什么事？王立新小声说：晓兰，我稀罕你，想和你搞对象。

王晓兰像没听见一样，快步向院门口走去。

姐，你在后边干啥哪，不快走啊。李芳着急了，就这么一会儿，人走没了，就剩下两个放电影的了。可不是，院子里看电影的人都走了，半夜了，电影散了都急着回家睡觉了。

没事的，你还怕姐姐丢了？快回家吧。王晓兰说着，拉着姐俩往家走去。

<h2 style="text-align:center">三</h2>

当！当！当！早晨，队长起得早，他把牌子敲得很响，人们听到牌子响，都很快来到队部门前等着队长给分配活儿，也有的不等牌子响，就习惯性地早早起床，来到这里等着。大家边等人边议论昨天晚上的电影，由于演电影，人们睡得晚，起得也就晚了，稀稀拉拉地老半天人也到不齐。队长韩福利好像有气了，他大声说：看电影就睡懒觉，太阳都快照屁股了，还不出来，今天早晨现在在这儿的男的记三分，女的记两分。他停了一会儿，看看在场的男男女女，又说：今天女的打秧子去，男的刨白薯，赶紧拿镐上地。说完扛着大板镐领头就走了，扛镐的在后面跟着，没准备家伙的急忙回家去取，然后一路小跑往前追。

李梅一夜都没睡好。李芳、李英、王晓兰她们三个回来时已经是半夜了，刚一进屋，就听见李梅在不停地哼哼，那声音像是干活劳累的喘息，又像是痛苦的呻吟。

她在做梦吧，王晓兰说，电影都没看，是白天太累了。李芳坐在姐姐身边，她说怕姐姐在做恶梦，就使劲推推她的肩头，喊道：姐，姐，快醒醒吧，做啥梦呢？李梅醒了，其实她根本就没有睡实，问：电影散了？

姐，累的吧，你一个劲地哼哼。李芳说。你咋没看电影去呀？白天累坏了吧？王晓兰也笑着问。是啊，快睡吧，都啥时候了。她待理不理地催促着。三人不再理她，倒头就睡。

李梅更睡不着了。

嗨，咋又这样了。她在心里叹息着，她始终忘不掉赵庆国。朦胧中，赵庆国又来到她身边，他光着宽厚的肩膀，抱着她。她没有反抗，没有挣扎。她感到了他的呼吸，听到了他的心跳。她有一种说不出的感觉，这种感觉是平生第一次的。

李梅舒展了一下身体，她情不自禁地回忆着梦中的情景，她实在控制不住自己的思绪。赵庆国彻底打破了她心中的平静。

她真的忘不掉赵庆国，自从赵庆国危急中救了她以后，他在她心中就抹不掉了。她不止一次地想着她从五米高的房上扑下来，赵庆国飞一样跑上前，伸出双手把她接住的情景，她感动得不止一次掉泪。没有他她早就没了。

李梅一夜没睡。王晓兰回来取镰刀，好去打薯秧子，她还没起来。

李梅，快起来吧，上西边地打白薯秧子去。再不起来，就赶不上了，快点儿啊。王晓兰大声喊着就出去了。

李梅强打精神，穿上衣服，脸都不洗，围上围巾，就跑着追出去。

打秧子的女社员每人两垅，一齐往前打。秧子长，打着打着，就滚成了一大堆，大家一边干着一边说笑着。李梅可没有往日的精神，她默默地顺着垅随着大家往前打着。别人没有注意，王晓兰感到了她的变化。咋的了她呀，有病了还是别的？她疑惑地关注着她，她怎么也不会想到昨晚在李梅家的那一幕。

其实，王晓兰昨晚也没有睡好。王立新看完电影对她的举动实在让她接受不了，虽然以前的一段时间她对王立新的印象还不坏，但是说上天也没有搞对象的感觉，更何况他那种方式让她讨厌到了极点。堂堂高中生，没修养，没素质，没水平。

王晓兰对他产生了厌恶的感觉。

他还会来纠缠的，怎么摆脱他呢？王晓兰在思索着。

满地的白薯实在让人喜欢。男人们抡起大镐，你一镐，我一镐，一嘟噜一嘟噜的白薯从土里刨出来，那种收获果实的喜悦，洋溢在每个人的脸上。粮食收多了，他们就饿不着肚子，这是多现实的问题啊，谁不知道呢。

王立新干劲十足，每一镐下去都是那么有劲，他干得是那么高兴。但是在低头捡白薯的间歇，他还是没有忘记偷眼寻找王晓兰的身影。王晓兰挥舞镰刀和姐妹们说笑着打着秧子，她是那么突出，是那么显眼，王立新看不到她就好像丢了什么似的。

王立新抱住王晓兰，虽然在电影散后，但还是让人看见了，这事一时就成了平山最新的新闻。年轻人搞对象其实也不是啥新鲜事，搞得热乎的年轻人，一块看电影，亲亲热热的有的是，别说看电影抱了一下，就是未婚先育的事也一点儿都不新鲜。可这件事就不同了，王晓兰是北京的青年，特别是她长得太漂亮了，人又好，这样的姑娘谁能配得上啊。

新鲜事传得快，并且越传越邪乎，有的说王立新抱着王晓兰半宿，有的说抱着亲嘴了。大老爷们儿听到这些议论没有多大反响，这耳朵听那耳朵跑，没人往心里去。妇女们就不一样了，她们聚到一起就扯个没完，年轻人就更在意了，他们最关心哪家的姑娘小伙子搞对象，在跟谁搞对象。

韩香梅不是最早听到这事的。那天，是中午，她到李占武家给他老婆武姐看病，他媳妇四十多岁了，两个月没来了，她害怕又怀孕了，三个大儿子了，都挨肩的，一个都没搞上对象，闺女还在上学，万一再怀上，盖房子娶媳妇，还不把她累死啊，就把韩香梅叫到家，叫给她看看。

韩香梅给她一摸脉，还真让她猜对了——怀孕了。她不信，说：没有一点儿反应啊。韩香梅笑了，说：有的有反应，有的没啥反应，你都生四个了，还不知道哇？啥都别说了，赶紧去医院做了吧。武姐抱怨说，嗨呀，你说咋整啊，又要遭罪了，去年做去一个了……你说他没完没了地，嗨，遭罪的命啊。

快别说了，能光赖我叔一个人？明天去医院吧。韩香梅是妇女主任，也管计划生育，她虽是个姑娘，妇女的事她都懂。看完了，两人唠了一会儿，就唠到了王晓兰，她很可惜地说：王晓兰多好的姑娘，仙女似的，让王立新给抱了，要真搞他多亏呀。

王晓兰长得好，搞谁都觉得亏。

咋的？咋回事？婶，你说说呀。韩香梅听了，一惊，急着想听个详细。这个武姐就东一句西一句地说开了。那天看电影，王晓兰怎么被王立新拽到墙角，又怎么怎么了，等等。她说的真的似的，就跟她亲眼看到的一样。

韩香梅很是惊讶。回家连吃饭都顾不上了，一直向李梅家跑去，她要问问王晓兰，这到底是咋回事？是真的吗？真要和王立新搞对象？是不是让王立新给欺负了？真要是欺负了王晓兰那可不行，自己一定要给她做主。

她背着药箱一口气跑到了李梅家，李梅一家正在吃饭，韩香梅气喘吁吁地进了屋，也不用让，就坐到了门槛上。李梅一家人看到韩香梅累得那样，不知道发生了什么事，都很紧张。李利民没等韩香梅缓过来劲来，忙问：梅子，出啥事了？这么着急啊？韩香梅摇摇头，摆摆手，喘着气说：没事，叔，你吃饭吧。说完，站起身上前，拉起王晓兰就往外走，弄得一家人不知道发生了什么事。王晓兰也丈二和尚摸不着头脑，她手里还拿着筷子哪，也不等她说话，就被韩香梅从屋里拽出来了。

韩姐，干啥？到了屋外，王晓兰急着问。

韩香梅把她拽到院子的墙根下，急赤白脸地问：前天晚上咋了？是不是王立新那小子欺负你了？告我说，我给你做主，我要好好整他，给你出气，别看他是连长。

这事啊，王晓兰一听，明白了，她想，韩香梅肯定是听了什么闲话了，怕我吃亏。她笑了。笑得还很自然。

你还乐，气死我了。到底咋回事，告诉我。韩香梅是真着急真生气了。

梅姐，是这么回事。她就把那天发生的事和韩香梅说了。韩香梅听完，气还是没消，她小声地气呼呼地说：那也不行，咱大姑娘家的干吗让他抱一下啊，不行，我还得找他去。她说完停了一下，歪着头，仔细地看着王晓兰，好半天才说：晓兰，不是你真的想和他搞对象吧？要是真想和他搞对象，我这可是多余啊。

说啥哪，梅姐，我怎么能和他搞对象哪，我是那样的人吗？王晓兰还是那样轻松地笑着说。

我说嘛，我的兰妹子不是那样的人，再说了，搞对象也得搞一个对得起你，配得上你的，是吧。韩香梅像是松了口气，脸上也露出了笑容，又说：那行，你吃饭吧，我回去了，等我看到他我一定好好说他，好好教训他。往后你离他远点儿，人哪，从表面看不出好坏，加点儿小心没坏处，我们千万别吃亏才是真的。她像给孩子上课一样，认真地嘱咐着。

知道了，梅姐，你在这儿吃了饭再走吧。王晓兰笑着说。

不了，我妈把饭也都做好了，等我回去吃哪。她边说边往大门外走，王晓兰也回屋继续吃饭了。

李利民看着王晓兰回来，脸上还挂着笑，知道没啥大事，也就没问。李梅妈还是忍不住问了一句：兰子，没啥事吧？有事和姐说啊。

没事，姐子，真的没事，快吃饭吧。王晓兰说着，端起碗大口吃起来。

李梅、李芳可不这么认为，她们知道这里一定有事。

吃完了饭，回到屋里，李梅抓起王晓兰的手问：兰子，真没事吗？有事可别瞒着我们，咱们可是一家啊。那种真诚实在让人不能隐瞒什么。

王晓兰就把那天晚上的事又和她们学了一遍。

李梅望着王晓兰啥都没有说，李芳、李英急了，气得不得了，说：怪不得那天你在后边不出来，原来是他搞的鬼，看我们怎么收拾他。

不用，其实也没啥，往后我不理他，离他远点儿就行了。王晓兰好像在宽慰自己。

李梅看着王晓兰还是没有说啥。王晓兰有些奇怪，李梅在这件事情上怎么这样淡定啊，就笑着问：梅姐，你咋看这件事啊？

李梅没想到王晓兰会问她，这突然的问话，还真让她不知道咋说，半天才说：王立新哪，人不坏，但他绝对配不上你，你不能和他搞啊。

啥呀，你说啥呢？谁和他搞了！王晓兰反驳着李梅的话。

晓兰，别急，我是说呀，咱以后不搭理他，离他远点儿。李梅纠正她的说法，停了一会儿又说，等我看到王立新，好好教训他一下，癞蛤蟆想吃天鹅肉了，够得着吗？她这么一说，几个姑娘都笑了。

从那以后，王晓兰就时时处处地躲着王立新，不管什么场合尽量和他保持一定的距离，不给他和自己接近和说话的机会。

四

赵庆国听说这件事已经是几天后的事了，他是在打夜战的时候听说的。那天他和十几个男劳力在花生场打花生，一帮妇女和姑娘在场边抹花生，她们既动手又动嘴，手上的活干得不多，嘴倒叽叽喳喳地唠个不停，东家长，西家短，唠起来就没完。大家嘻嘻哈哈地，说着说着，不知是谁把话题转到了王晓兰的身上，王晓兰没和她们搭腔，因为对平山的情况她还不太熟，就是熟了，她也不是扯老婆舌的人。

不是说王晓兰和咱们王连长王立新搞对象了吗？不知道搞到啥程度了？

不是挺热乎吗？又是搂搂抱抱，又是亲亲热热的，晓兰哪，是不是啊？有的人也许把这句话当作一句笑话，说出来大家哈哈一笑，就图个热闹。但王晓兰对她们说的话早就反感了，她马上大声反驳道：都不要瞎说了，我和王立新根本就没有那么回事，以后不要造谣了。

咋是造谣啊，那天看电影，王立新不是把你拽走了吗？又有人加了一句。

赵庆国在场里打花生，但他时刻都在关注着王晓兰，当他听到有人提到王晓兰时，注意力更集中了，他听明白了一切，这时，他几乎是停下来了，他已无心干下去了。这些都是真的吗？晓兰怎么能搞他呢？绝对不会的。

他要找王晓兰，问这究竟是不是真的。他停了下来，但他没有动，他控制了情绪，他不能当着这么多人的面问妹妹，他相信妹妹，妹妹绝不会的，那到底是怎么回事？一定是王立新欺负了妹妹，想到这儿，一股无名之火燃烧起来，他要向王立新问个明白，他要为妹妹讨个公道。

打夜战结束，赵庆国没有直接回家，他在回家的路上等到了王晓兰，一见面，他张口就问：妹妹，王立新是怎么欺负你的？告诉我，我给你报仇。

王晓兰一惊，哥哥怎么知道了？她最怕他知道这件事。虽说她有哥哥这个保护神，但她实在怕他惹出事来。于是她说：你听谁说的，没事，哥哥。

什么没事啊，你不说我也知道了，你就等着吧，哥哥给你报仇。说完就走了。回去后，赵庆国还是一夜没有睡好，他想着妹妹怎么能让人家欺负呢？太不像话了，这个哥哥是咋当的？连妹妹都保护不了，太无能了。不行，一定让他王立新知道王晓兰还有一个哥哥，她的哥哥是多么厉害。

第二天吃过早饭，挂在大队部对面庙台上那棵大松树上的钟又敲响了，大家都聚集在大队部门前，等着队长分工。赵庆国瞧准了机会，他就要在这个场合和王立新对质一下，他要教训一下这个连长，让他知道，也让所有人知道还有个哥哥在保护王晓兰。

他早早地来到这里，等着王立新的到来。

今天，王立新姗姗来迟，他穿着灰色的秋衣，披了件棉袄，手里拎着一把大锹，往人群的外边一站，等着和大伙挖梯田去。

赵庆国看见他来了，几步就来到他面前，劈头就问：为啥欺负我妹妹？

王立新被问得愣住了，过了一会儿他缓过神来，才怯怯地说：没有啊，我啥时欺负你妹妹了？

赵庆国看到他那样，又回想起昨晚妇女们说的话，气不打一处来，他涨红了脸，瞪着眼睛，大声说道：还说没有？说时迟那时快，他一边说一边挥起右拳，猛地朝王立新的脸上就打过去，王立新还没反应过来呢，这重重的一拳就已经打在他的鼻梁上了。他蹬蹬蹬倒退了好几步，然后仰面摔倒在地，手里的尖锹也甩出了好远，同时鼻子里的血刷地流出来了。

　　这一幕也把在场的人惊呆了。看着王立新一手撑着地想站起来，一手摸着流出血的鼻子。大家还都没清醒过来呢，赵庆国又几步上前，左手抓住他的棉袄，右手照着他的脸又是一拳，嘴里还说着：看你还欺负我妹妹。王立新清醒了，他又抹了一下脸上流着的血，举拳准备还手了。这时，人们终于看明白了，他们这是在打架。王立新跟跟跄跄地举拳想还手，赵庆国已经举拳头要打第三拳了，人们呼啦一下围了上来，拽住赵庆国举起的胳膊，大喊着别打了，别打了。大家都来拉架，有的在往后拉王立新，有的在往后拉赵庆国，赵庆国也不想再打了，教训一下就行了。他顺势往后退了几步，嘴里还在说：欺负人，就得挨打。

　　那边的王立新也大声地嚷嚷：谁欺负了，谁欺负了，打我，凭啥打我呀。一边喊着，鼻子里的血还在流着。人们就说还流血呢，快洗洗去吧。就把他往人群外边拽。等队长韩福利和书记李德林从庙台上下来，架已经打完。

　　王立新被几个人拽回家洗脸去了，赵庆国的气还没有消。

　　韩福利来到赵庆国面前，气呼呼地说：打什么架，年轻人?! 又转过身对大伙说：今天都去修梯田，中午不回家，地里吃。说完扛着大镐带头就走。看来他对打架是非常反感的。

　　王立新没有去跟着修梯田，他怕那么多男男女女笑话他的狼狈，笑话他塌进去的鼻子和肿起来的脸。他向花生场走去，那里是些年龄大的叔叔辈的在收拾花生，在那里他不至于被奚落，还可得到同情。

　　王立新被赵庆国打了，虽然大家没有当面对他质问，背地里的议论对他确实造成了一些不好的影响。

　　当天晚上，李德林书记找到了赵庆国，还是在大队部办公室，还是第一次见面时坐的位子，李书记看着赵庆国，他心想：是个好孩子，咋干出这么混账的事来呢？年轻人都让人操心哪。赵庆国也知道书记找他是为啥事，没等书记说话，他先开口了：叔啊，我给您找麻烦了，其实我也很后悔，恨我情绪太激动，当时没控制，是我不好，对不起您了。赵庆国的一番话很诚恳，说得书记反倒没话可说了，他看着赵庆国半天才说：嗨，庆国呀，别打架，打了谁都不好，和和气气多好啊，是吧？你看把人家打出伤来了，脸都变形了，搞对象都不好搞了。不管因为啥，都不该呀。李书记语重心长，让赵庆国倍感愧疚。

　　就在这时，韩福利进来了，对李德林说：老哥，今晚就别打夜战了，花

生再有几天就打完了，再说了，修梯田白天大伙都很累，歇歇吧。

行啊，活也不是一天干的。李德林答应着。韩福利转过身来，看看直愣愣在那儿坐着的赵庆国，既气又恨，指着他的头说：挺好的孩子，怎么就来了股疯劲，看给人打的，有啥事不能说非动手呢？

韩叔，您不用说了，是我不好，给你们找麻烦了，以后决不再打架了。赵庆国说着站了起来，显得很规矩。

行了，行了，和我们说没用，明天到小卖部买点儿东西，看看王立新，给人家赔个不是，事也就过去了，行吧？李德林一边说着一边用手比划着。

其实，中午书记、队长就到王立新家去看他了，看到打成那样了，也很心疼，很气恨，但能咋办，告派出所吗？也给平山人丢人哪。两位村领导做了做工作，王立新也就同意了，让赵庆国给赔个不是，道个歉，找回个面子，也就得了。

赵庆国回到家，还没坐稳，王晓兰还有李梅、李芳就来了。一进屋，王晓兰就生气地对赵庆国说：哥，今天你是咋的了？干吗打人家王立新，打得那么狠，多不好啊。赵庆国看着她生气的样子，心想：还不是为你吗？你不领情反而生气了？心里想着嘴里就说了：都是为你，他欺负你我就不干，不怕，有哥呢。

那也不能打人啊。王晓兰坚定地说。

咋了？你不愿意了？难道你真的对他有意吗？赵庆国有些生气，他刚说完这话，王晓兰就更不愿意了，说：哥，你说啥哪，就是我不愿意也别动手打人家啊。

赵庆国看着王晓兰真的生气了，马上笑了，说：我错了，我是不应该打他，我向你赔礼，向他赔礼，行吧？他这么一说，那憨劲又让人好笑，王晓兰和李梅姐俩都笑了。

李梅看着赵庆国，内心有一种说不出的味道，当他俩的目光相碰时，两个人就像触了电一样，全身唰的一下，脸立刻热了。就这么细微的变化，王晓兰看在了眼里，她心想，这两个人有点儿问题了，但她又不好说什么，就笑着对赵庆国说：哥，我看不如这样，咱几个到王立新家去，给他道个歉，也省得他心里不舒服，行吧？李梅姐，你也跟着一块去吧。李梅满口答应，赵庆国也没说啥，于是几个人就到王立新家去了。

王立新的爸爸是个老实人，有点儿文化，在公社当了一名农业技术助理。

妈妈更是通情达理的贤妻良母，不会说不会道。赵庆国几个人来到他们家，诚恳地赔了不是，承认了错误，道了歉，请求叔叔婶婶和王立新的原谅。说了一堆好听的话，后来又恭恭敬敬地鞠了个大满躬。

一家人看到这个北京的小伙子这么诚心，也就原谅了他。

第二天，赵庆国又买了两包点心送到王立新家，一家人的气又消了一大半。

就这样，一天的云彩也就散了。很快，平山也就恢复了平静。

第三章

一

一九七六年，北方的春天，好像比往年来得早点儿，刚出正月，大地还有些冻意，这里的社员可等不了了，这一帮挑着条筐在地里散粪，那一伙举着二镐在地里刨茬子，还有些老年人用铁锹在修壕。由于春脖子短些，大家在为春耕提早做着准备，很是忙碌。

年前的冬天，连一场大雪都没下，刚开春，正是大地返浆的季节，但由于气候干燥，雨雪稀少，大地没有了往年的湿度，干巴巴的，加上整天刮着西北风，偶尔还来上一场沙尘暴，弄得昏天黑地的，地上真的连一点儿潮气都没有了。刨茬子的妇女把镐举得老高，落下来还是刨不动，有的偷懒，就把茬子管刨下来，队长看见了，就大喊：都使点儿劲，把茬子都刨出来，别光锛茬子管，咋打垄啊。听着队长的招呼，人们就使点儿劲，尽量刨到底。

按节气，清明就该打垄播种谷子了，可今年不行，年前没下雪，年后没下雨，算起来地上差不多也有半年没见湿了，地硬得很。人们冬天盼着下雪，北方哪有冬天不下雪的，盼着盼着，下了，飘飘悠悠地下了点儿雪花，地上落了一层，太阳一出，化了，这就算雪在冬天来这儿点个卯，应付一下差事。雪化了，地皮都没湿，你说这算多大的雪？冬天干旱倒没啥，春天就下点儿雨啊，更穷，除了刮风，啥都没有。

到节气了，该种地了，不下雨咋耕地呀。盼着盼着，清明到了。这天早晨天气还万里无云，接近中午，天突然暗了下来，乌云慢慢布满天空，一会儿小雨下了起来，雨密密的，往远处看，雾蒙蒙的。雨越来越大，不一会儿，地上就积了水。一九七六年的第一场雨，在人们的祈盼中降临了，人们别提多高兴了。在家吃饭的韩福利，放下饭碗，来到门前，看着从天而降的喜雨，乐得合不上嘴。下吧下吧，多下点儿，下透了好种地啊。他像自言自语又像是对着老天说话。

可是好景不长，也就是一顿饭的工夫，一个响雷，把云惊散了。春雨响雷，这还是少有的。雨不下了，大地别说下透了，连一巴掌深都没有。那也没办法，韩福利跑到后院，后院有块菜地，他拿镐使劲刨了一下，看了看，说：嗨，地皮刚湿，没有眼皮子厚，就不下了，好像玩呢，这地可咋弄啊。韩福利看着渐晴的天，愁得没办法，他是队长，是全庄的当家人，地种不上，他愁，一家人也跟着发愁。

那也得趁着这点儿雨，赶快把谷子种上。

下午三点多，他敲响了牌子。人们议论着，很快都出来了。

他安排种谷子。山坡地，干旱半年了，下这么点儿雨，但种谷子还能凑合。这下大地热闹起来了，东一帮，西一帮的，人们嘻嘻哈哈地叫着，吆喝牲口的叫喊声，牲口的嘶叫声，混在一起。大家高兴，终于能下种了，虽然雨下得小，但总比不下好。

赵庆国第一次春耕，感觉很新鲜。他一会儿去撒粪，一会儿拉磙子，一会儿又替人拉牲口，一点儿也不闲着。韩福利看着他忙忙碌碌地，就招呼他：赵庆国，你光拉磙子就行了，别的活别干了，累了就休息一会儿，活儿不是一天干的，还有明天呢。

没关系的，不累，明天您就给我安排两个人的活，我干得过来。赵庆国用手抹了一把脸上的汗水，笑着边说边干。

全力以赴地耕了两天，谷子总算快种完了，风又刮起来，地很快被吹干了。可大田还没种呢，大家的脸上又多了愁云。

地种不上，队长社员都跟着愁。五月还不到，天就显热了。按说今年的天比往年热得还晚了点儿，地浆没返上来，地温也上不来了。怎么办？书记队长一合计，早几天就早几天，把苞米种上，能出就出，不出就等雨。

于是，清明刚过几天，热火朝天的春耕就拉开了序幕。

其他庄看到平山下了苞米种，也都跟着学上了。韩福利在十里八村很有威望，一是老队长，二是种地有经验，几年来跟着他学，准是没错。

地硬，一条垄耕过去，出现了不少的土疙瘩，要是土湿，墒情好，这土疙瘩让木磙子一压，就都碎了。这地硬不行，土疙瘩不碎，就多了道程序，就得安排人拿着镐打疙瘩。这样的活得妇女干，每盘犋六个人，她们按垄一字排开，每个人一段，见着土疙瘩就打碎。

李梅和赵庆国在一盘犋上。他们种的这块地特别硬，疙瘩多，李梅挥动

着二镐不停地砸着土块，这垅还没砸完，那垅又回来了，忙得她热汗淋漓。拉着这盘犁的是李占武的辕骡子，虽然瘦点儿，但又高又大，有的是力气。它单挑一车，拉两吨货没问题。李占武扶着犁，不用拿鞭子，那骡子就噌噌地往前跑，也就是李占武和这骡子有感情，别人还真扶不了。

李占武也跑了一身的汗，看到妇女们跟不上了，就在地头歇下。赵庆国撒粪，这点儿活对他来说那是白给，撒完了粪，不闲着，他用粪耙子噼里啪啦打着土疙瘩，打着打着和李梅碰到了一起，一抬头两人的目光也碰到了一起，像过电，两人都有一种感觉，互相一笑，这一笑两个人都懂。

自从那次在李梅家的偶遇以后，两人内心都有了忌讳，不管在何种场合，都有意无意地想刻意回避对方，但又都克制不了，想着能更多地见到对方。

王晓兰通过几次和他们俩的接触，看出了问题，有一次她试探着问李梅：梅姐，你说我哥这人咋样？李梅不解，疑惑地看着王晓兰，你哥咋样你还不知道？王晓兰又问：哥，你看我梅姐的眼神咋不一样啊。别瞎说，有啥不一样的？赵庆国的脸红了。王晓兰确信，最起码哥哥对李梅有好感。

李梅是个好姑娘，哥哥是啥想法呢？是想追求吗？李梅又是啥想法呢？她看中哥哥了吗？他们俩合适吗？下乡的青年和当地的青年成家的不少，她听说过，已经生儿育女的也不少。他们能吗？

她，只能作为旁观者，不能也不适合在中间起任何作用。看到他们不同的眼神，她理解，她也只能为他们提供一些方便，当他们三个在一起的时候，她就会找借口尽快离开。时间一长，李梅的爸爸妈妈也好像看出了问题，先是赵庆国不常来，后是他们俩在一起待的机会反倒多了。李芳、李英也是这样，赵庆国来了，就说有事溜出去了。她们懂得姐姐的心，也理解姐姐的心，有时李芳拉着姐姐的手，亲热地说：姐，你真好。这话里包含着很多的含义。

爸爸妈妈担心哪，怕有啥事。有一次，妈妈问李梅：闺女，你和你赵哥可得注意呀，可不能有啥事啊，尽量少单独在一起，啊！妈妈只是语重心长的嘱咐，还能说啥呢？

妈，我们没事的，你放心吧。李梅拉长语调对妈妈说着。

妈妈看着闺女，想说什么又什么都没说。

但是，他们都看出了李梅的变化，她好打扮了，不管干啥，都注意穿戴。在庄里的年轻人中，也有人背地里悄悄议论：李梅和赵庆国好上了。

爸爸妈妈宁可不相信。自己的闺女是好孩子，不能乱来的，赵庆国也是好孩子，也不能乱来的。

但是，有一天，妈妈终于还是相信了。那是一天晚上，一家人吃过晚饭，由于春耕，都挺累的，李利民洗洗脚，老早就躺下了，妈妈听着几个姑娘喊喊喳喳地唠个不停，就下地来到西屋，说：别唠了，挺累的，早点儿睡吧。一看，老大没在屋，就问：你姐呢？姐仨说不出来，这姐仨也实在，撒个谎也就得了，可就是不会。妈妈看出来了，怕出事，跑到老三家一看，赵庆国也不在。出事了，她的心一下子慌了。到哪去了呢？她又不敢回家和她爸爸说，只好自己去找。

她气呼呼地从前街到后街；没有，从东边到西边，没有。边找边想：这死丫头，上哪去了，可千万别干出坏事来呀，气死我了。年轻人没搞对象就有孩子的十里八村可都有，她真怕她闺女出点儿啥事，那时候多丢人哪。她想着，也没有办法。就又回到了她家后门，后门还没有关，刚迈进一只脚，就听院里有人小声说话，但听不清。院里靠西边有个堆柴火的屋子，声音就从那屋里传出来的。她探头往里一看，吓了她一跳，两个人正亲密地待在一起。她的到来，两个人没有半点儿觉察。

妈妈看到这一幕，差点儿背过气去，真想找个棒子打过去，但她没有，她怕打坏了他们。她又想大骂他们，也没有，她又怕吓着他们。于是，她悄悄地出来，在大门外面跺了跺脚，又干咳了声，然后又重新回到院里，把脚步踩得很重，边走边大声地说：大丫头上哪去了呢，让她抱点儿柴火烧烧炕就是找不着她。说完又招呼李芳：李芳，快点儿找你姐去，让她烧炕。喊完了开了后门进屋去。

这几句话，吓坏了李梅和赵庆国，李梅小声地说：坏了，我妈知道了。

不能，婶儿又没来，咋知道的？赵庆国还不信。

走吧，不管咋说咱得走了。李梅说着就往外走。

过了几分钟，李梅从前门回来了。妈妈把李梅叫到东屋，她看着闺女那成熟的身材，那俊俏白净的脸，那忽闪忽闪的眼睛，想骂她的话全没了。这是她的闺女，亲生的闺女，她稀罕她的闺女，心疼她的闺女。闺女大了，也是时候了。她想，该搞对象了，但和这个赵庆国合适吗？人家是北京人，高干子弟，咱配得上吗？哪天人走了，你一个农村丫头能咋样啊。再说了，一个姑娘家的，哪能就这样搞对象呢？这个当妈的又爱又恨，又疼又气。看着眼前这个水灵的闺女，一肚子的话想说，又啥都没说。

爸爸也心疼闺女，他已从孩子妈的表情中看出发生了什么事。爸爸披着件夹袄，坐起来，靠在东大山墙上，他本不爱抽烟，却卷了根烟，点着了，眼睛看着点燃的烟卷。李梅靠着柜子站着，很不自在，她也猜想到了，爸妈叫她是啥事，她做好了准备，等着挨骂，甚至挨打。

但没有，爸爸抽了几口烟，咳了两下，缓慢而又低沉地说：闺女，白天干活，多累啊，晚上早点儿歇着，别到外面去了，啊！爸妈都担心你啊。妈妈始终看着闺女。李梅听着爸爸的话，看着妈妈那慈祥的脸，她眼圈一热，差点儿流出泪来。

爸妈，我知道了，往后不了。听着闺女的话，爸妈的心又软了。

去，歇着吧。妈让闺女走了，她听到那屋的关门声后，叹口气：嗨，闺女大了，要搞对象了。但对于赵庆国，她怎么想都不合适。

第二天，吃完晚饭，赵庆国又来了，还是叔婶地叫着。李利民和李梅的妈妈对赵庆国实际上没有啥反感，相反对他还都是很欣赏，大城市里的孩子，一点儿都不臭美，能吃苦耐劳，勤恳能干，忠厚老实，平山人没有哪个说他不好的。就是前几天打架，大家也只是说不该打，打得太狠了点儿，对他的好没有多大的影响。但最赏心的还是他是李梅的救命恩人，没有他，李梅还有吗？仅就这一点他们一家就是没有啥可报答的了。李利民还是亲热地招呼着，让他坐，让他吃。王晓兰笑着叫哥哥，李芳、李英也笑着跟着叫哥哥，唯独李梅矜持地没有出声，但她那笑容的甜蜜是谁也没有的。

李梅在人们说话的时候，回到西屋。王晓兰和李芳也跟着李梅回屋了，紧接着王晓兰叫哥哥：哥，来，我有事问你。赵庆国随身进了西屋，看着妹妹问：啥事？王晓兰诡秘地笑了，看看李梅，又说要找韩香梅有事，得出去一趟，临走对赵庆国说：哥，你千万别走，等我回来啊。

王晓兰刚出去，李芳、李英也说有事，出去了。

一会儿功夫，屋里就剩下李梅和赵庆国。

两人互相看着，都笑了，会心地笑了，是那样得意，那样甜蜜。

妈妈和爸爸在这屋急得不知怎么办好。西屋赵庆国拉着李梅的手，两人坐在炕沿上，亲密地小声地说着悄悄话。爸爸受不了了，他终于下定决心，喊道：李梅呀，你过来一会儿，爸爸叫你有事。爸，啥事啊。过了一会儿，李梅过来了，笑着问爸爸。妈妈看着李梅：闺女，妈咋跟你说呢，你和他不行，听妈话，啊。爸爸也坚定地说：人家是北京的，又是高干子弟，谁知道在这儿能待几年，人家一走，你咋办，你想过没有？爸爸说话的声音越来越高。那屋的赵庆国清楚地听到了他们说话的内容，怎么办？是继续在屋等她，还是到东屋去？他为难了。

李梅没有和爸爸妈妈争辩，只是听着二位老人的教诲。

爸爸妈妈的话她理解，但她心里就是丢不掉他，他长得不俊，但她就是欣赏他那高大的身躯，欣赏他那宽厚的胸脯，欣赏他的勤劳，哪怕他那无边的力气也是她所欣赏的。李梅更欣赏的是他吃苦耐劳、忠厚诚实的性格。从见到他的第一眼，李梅就心中一动。

她自己也试图忘掉他，不去想他，但她没有做到。她想过，如果她能找到这样的对象，和这样的男人过日子，那是多么踏实。在这种朦胧的意识逐渐清晰时，她更是日夜思念着他。

爸爸的话语重心长，妈妈的话掏心掏肺，她诚恳地听着，耐心地答应着，她听得懂，但她的内心就是舍不得他。她还是表示要下决心试试不再和他接触，她是个听话、懂事的孩子。

当她回到西屋的时候，赵庆国已经走了。看着空荡荡的屋子，她的内心也空荡荡的了。她有些失落。

二

苞米、高粱、谷子的种子都已下到地里，就等着下雨出苗了。

这时大队的活就零散了，平山的田地里到处是人，有的去刨地头子，有的去修理壕沟，有的给牲口圈拉土。

韩香梅带着的一帮妇女被派到还没种的花生地里搂石头。这里都是山地，石头多，地里的石头每年都要搂，就是搂不净。一部分人搂，一部分人用条筐把搂到一块的石头挑出去，扔到沟里，王晓兰别看是北京的姑娘，她可不怕累，什么累活脏活都抢着干，干起来从不叫苦叫累，她的这种精神就是土生土长的姑娘也佩服得五体投地。她一担担地挑着石子往地外的沟里倒，汗水从脸上流下来，她用手拽着袖子一抹，汗水擦没了，脸红红的。快到半晌，她的肩疼了，挑筐的扁担压在肩上热辣辣地疼，走到上坡或下坡时，就好像扁担在拧她肩上的肉。她坚持着，没有撂下担子。

韩香梅看到她难受的样子，把她叫到跟前，说：咋样，肩膀子疼了吧？来，我看看。她不等王晓兰说话，就把她肩上的担子拽下来，翻开袄领子一

看，吓了她一跳，王晓兰肩上的肉都磨掉皮了，掉皮的地方已经渗出血来。韩香梅埋怨她说：看，都磨掉皮了，都出血了，逞啥能啊，歇会儿，别挑了，你就上上筐得了啊。王晓兰还笑，说：没事，过几天就好了。快行了吧，当英雄啊，我还心疼你哪。她看到其他人也累了，的确，大家都气喘吁吁，脸上也都挂着汗水。韩香梅是领着这帮妇女干活的头，她看到姐妹们累成这样，也到了半晌，就吆喝大家就地歇息。

王晓兰坐在地上歇了一会儿，有方便的也从沟里回来了。她站起来向西沟望了望，也想方便一下，就朝那沟走去。过了一会儿，她惊魂未定似的回来了，喘着粗气。韩香梅看着她着急的样儿，还说：着啥急啊，还没干上呢。

王晓兰没有接韩香梅的话茬，反倒问起韩香梅来，沟那面有男的干活吗？

有啊，咋啦？韩香梅疑惑地问，你问这干啥？

她还是没有接韩香梅的话茬，又问刚才到沟里解手的几个人：你们在沟里看到啥没有？

没有啊，咋了？那几个人问。

王晓兰奇怪地又朝那沟的方向望去。自言自语地说：是谁呢？

韩香梅奇怪了，王晓兰这是咋了，解个手回来怎么自惊自怪的了？她又问：晓兰，到底咋了？你快说呀。她着急了，她知道，一定是有啥事了。

王晓兰望着她们，有些羞愧似的说：有人趴在沟里看我解手。

啊？王晓兰刚说出口，大家就惊呼起来。真的吗？不会吧。

是的。王晓兰拉长声肯定地说。

大家更加奇怪，谁会这么缺德呢？

咋回事？是不是你看花了眼哪？哪个大男人能干出这种事来呀。韩香梅还是不信，再说了，这么多年也没有过这样的事啊。因为她对平山的男人们还是有信心的。

是真的，我刚解完手，就看到后边的沟里好像有个人影一闪就不见了。王晓兰描述着。

你看清了吗？也有可能是你干活累的，蹲了半天，一起来，眼花了。哪有什么人看你解手啊，快别瞎想了，啊，干活吧。韩香梅唠叨了半天，她说啥也不信平山会有这样缺德不入眼的人。

王晓兰没再争辩，她笑了笑，说：但愿吧。嘴里说着，她心里在想，自己一定没花眼，那会是谁呢？

会是王立新吗？她想，自从赵庆国打了王立新后，他没有再做那样过火的行为，但看得出来，他还是没有死心，有事没事地总要往她跟前凑。

这事儿会是他吗？她在心里反复地问，他看着挺文气的，不会干出这样的事吧。她否定了，但也没准，她在怀疑，他对自己一直不死心，很多时候他有意无意地接近自己。

不行，我一定要弄个明白。她决定，要问问王立新，上午他都上哪儿了。

晌午，她连饭都没吃，把挑筐往家里一扔，就出去了，李梅的妈妈招呼她：晓兰，不吃饭，又干啥去呀？

有点儿事，一会儿就回来。她头都没回，就朝王立新家走去。她边走边想：要是王立新，我饶不了他。

王立新家在庄的北边，她还没到他家，就看见王立新和几个小伙子从庄外回来。王晓兰迎上去，没等王晓兰说话，王立新先说了：晓兰，干啥去呀，大晌午的？他叫得好亲切。

几个人已走到一起，王晓兰站住，王立新也站住了，他笑着对那几个人说：你们先走吧，我等会儿。

王晓兰没管这些，她冲着王立新就问：上午你在哪儿干活？

在西岭刨土哇，咋了？

歇息时你都上哪儿去啦？

哪儿也没去呀，你问这干吗呀？王立新有些奇怪。

今天上午你去过西沟吗？王晓兰还在追问。

上午哪儿也没去呀，就在西岭刨土，不信你问他们。王立新用手一指。

那几个人不知是啥，只是点头：是的，是的。

王晓兰没问出啥来，气得呼呼喘着粗气，高耸的胸脯一起一伏的。

王立新看着她生气的神情，那样子真好，他想，美人真美，就连生气都美。他看着她的脸，看着她的胸。问：发生什么事了？晓兰，告诉我，我有办法为你做主。

王晓兰狠狠地瞪了他一眼，头一扭，理都没理他，转身就往回走了。

王立新给弄懵了，其他人更懵了，都不知道到底是咋回事。

王晓兰回到家，李梅她们一家没有吃饭，在等着她。她回来跟没事人似的，嬉笑着对李梅的爸爸妈妈说：叔，婶，你们等啥呀，快吃吧，不吃，都凉了是吧。

一家人不知道发生了什么事，问她，她却说：真的没啥事，快吃饭吧，吃完饭歇会儿，下午还得干活呢。说着，拿起碗筷吃起来，弄得一家人没有了话说，也都赶紧吃饭。

午后还是到地里搂石头，这回是到东边地，和上午的地就隔着一道西沟。

王晓兰没有再挑担子，她只负责装筐。韩香梅怕压坏了她，毕竟她不是农村长大的，肉皮子还嫩，身子骨也挺不住。

一边干，王晓兰还在想，上午那个人是谁呢？在我要提裤子站起来时分明地看到一个人从地上爬起来，向沟下边跑去。也许他看到我发现了他，他才爬起来逃跑的，如果我不发现他，他是不会那么慌忙逃跑的。可惜，他跑得快，没看清是谁。

他还会干这样的事吗？我一定要弄个清楚。

下午在西山，歇息的时候，她又到上午她去的西沟解手，结果，什么也没有。她放心了，也许那只是偶遇的一次。

她惊恐的内心恢复了平静，和往常一样，早出晚归，活虽然不累，但哪天都不闲着。

这时的天已经十分热了，人们的衣服在减少，小伙子们的身形显现出来，姑娘们的线条也更加分明。

炎夏到来了。

雨还是不下，花生种不上，先撒的种子也不出苗，大田里连草都没出来，地锄不了，农活不紧了。每天中午可以稍稍休息一下了。

这天中午，王晓兰吃过午饭，喝了口水漱漱口，在屋里待了一会儿，就到后院的茅房去解手，就在她解完手时，她看到茅房坑下的墙外一张面孔一晃就没了。顿时，她的头轰的一下，身体条件反射般猛地站起来，她仔细地听着，墙外是否有啥动静，过了一会儿，她啥都没听见。她没有马上回屋去，她低下头，仔细看看茅坑，看看茅坑通向墙外的窟窿。从这个窟窿可以看到外面，从外面也可以看到里面。

王晓兰看罢，吓了一跳，莫非又有人在看我解手？她的汗一下出来了。这是真的吗？她越想越害怕，浑身打着寒战。如果是真的，今天这个人又是谁呢？

她边想边回到屋子。几个人都躺下睡觉了，她也躺在炕上，但怎么也睡不着。那个可怕的影子始终在眼前晃动。

要弄个明白，看看他到底是谁。文静的王晓兰也有个倔劲。

她没有和其他人说啥，也没有根据说啥。

她每天中午吃过午饭都会去茅房，这已成了规律。每次她都会非常注意通向外面的方口，一连两天无事，她很欣慰。

但是从那以后，她每次解手都小心地从下面的方口往外面看看。

又是一天中午，她解完手，又习惯性地低头小心地往外面看了看，这时，真的让她大惊失色。她分明看到了一张脸，那瞪得圆圆的贼溜溜的狼一样的一双眼睛正顺着那个方口往里盯着她。

她熟悉那张脸，更熟悉那双眼睛，就在她看到那张脸的时候，她的头就像要炸开一样，整个身体也忽地一下像着火了，她险些摔倒。啊！在那一瞬，她下意思地大叫了一声，就猛地站起来，整个身体软软地靠在墙上，喘着粗气。她就叫了那么一声，就再也没有力气了。

过了好一会儿，她才缓过劲来。

三

听到叫声，李梅从屋里急忙跑过来，大声地问：刚才是你喊的吗？晓兰，咋的了？

王晓兰慢慢地从茅房出来，脸都白了。

你这是咋了？李梅又惊奇地问。

王晓兰啥都没说，扶着李梅回到了屋里。她靠着山墙坐下，两眼直直的。

李梅姐俩齐刷刷地看着她，没再问啥。过了一会儿，王晓兰气匀了些，脸也有了点儿红色，她看看李梅，又看看李芳，两只眼睛顿时饱含了泪水。

李梅、李芳上前，拉着她的手，她们知道，王晓兰在茅房一定是发生了什么事，李梅问了两次，她都没说，也就不好再问她。李芳还是要弄明白究竟发生了啥事，她拉着王晓兰的手，望着满眼泪水的她亲热地问道：兰姐，你到底咋了？发生啥事了？就和我们说嘛，别憋在心里，说出来，我们给你做主。

王晓兰再也控制不住，眼里的泪唰唰地流了出来，但她坚持着，没有哭出声来。她看着她们，欲言又止，说吗？这毕竟不是光彩的事，将来对自己没有好处，如果不说，那是太便宜他了，前几天的事一定也是他干的。不能饶他，自己不管咋样也要揭露他，让人们认识他的本性，让人们都知道他到

底是个什么样的流氓和畜生。

王晓兰想到这儿，平静了许多，擦了擦眼泪，对她们说：刚才我看到，又有人在墙外趴着看我解手。

在哪儿？李梅惊奇地问。

就在茅房。

怎么可能？李梅根本不相信，前几天在西沟，她就说有人看她解手，她就怀疑事情的真实性，如果有可能，那也是在野外，四通八达的。如今说在茅房里，她说啥也不信，再说了，平山不会有这样的败类。

是真的，他是从墙底下的方窟窿往里看的。王晓兰肯定地说。

啊？李梅、李芳都快傻了，她们知道那个不大的方口。那个方口离地面才多高啊，就那么低的口，他怎么趴在地上啊。兰姐，那人是谁呀？你看清吗？李芳看着王晓兰问。

王晓兰没有回答。她想：说了会咋样呢？能把他咋样呢？唉，哥要是在该多好，他会给我出主意，给我做主。这几天，哥也不来了，想看他，白天要不在一块干活，那只有晚上去他那儿了。王晓兰想着，说吗？告诉她们吗？她们一找，自己跟着丢人，再说了哥哥还在他家住呢。不说吧，又真是太便宜了这个流氓。

李梅正想安慰几句，李英从外面院子里喊道：姐，快走吧，队长让咱们套驴，下午驮土去。喊完就走了。

李芳知道王晓兰看到了那个人，可她为啥不说呢？李芳急得都快跳起来了，兰姐，你就说吧，你瞒着他干啥？你告诉我们，我们给你做主，给你报仇！

李梅也急着劝她：告诉我们，你不用管，我们找他去，不能便宜了他，今天你饶了他，明天他不定还干啥呢。

王晓兰听了李芳、李梅的话，她不再流泪，下定决心，宁可自己丢人，也不放过这个流氓。走，咱们找老四去。王晓兰拉着她俩就往外走。

啥？李梅、李芳惊呆了，是老四？不可能吧，你看清了吗？

我不会撒谎的，我看的很清楚，就是老四！你们去不？不去，我自己去！王晓兰说着，撒开拽着李梅、李芳的手，自己往外走。

去，去，不管谁，咱们绝不放过他！李梅忙说，然后跟在王晓兰的后边往外走。边走边想，老四咋干出这样缺德的事啊，挨千刀的。

出了大门，转身走几步就到了老四家的门外。她们止住了脚步，站在大门外，朝着院里就喊开了，先是李梅喊：老四，你给我滚出来。

李芳更恨，开口就骂：老四，你个大流氓，快滚出来，我们在这等你哪，赶快出来！

老三还有赵庆国都在屋里，他们正要往外走，到时候了，得上工了。听到外面有人大喊，都很奇怪：咋了，老四闹事了？干吗专骂他？犯啥事了？

老四在屋里没有动，他心里清楚，心想：坏了，事大了。嗨，哪曾想会这样。他没想到他趴茅房会让王晓兰发现，更没想到她会说出去，还会来他家找他。他原以为王晓兰是个弱女子，不会拿他咋样，正因为有这样的想法，他才干出了那样缺德的事。

老四干这事已经蓄谋已久了。他从看到王晓兰的第一眼起，就被王晓兰吸引了，他没有见过这么漂亮的姑娘，从那时起就对王晓兰垂涎三尺。他想亲近王晓兰，但他知道他不敢也不配，就连和王晓兰说句话，他都胆颤心惊的，他知道他离王晓兰太远了。于是他处处留心、观察王晓兰，他想好好看看她。于是一个邪恶的想法在他脑中出现了，他酝酿了很久，计划了很久，他想做，又不敢，他怕，他知道这是缺德的事。他也怕让人看见丢人，也怕赵庆国，王立新那顿打让他想起来就怕，但他又有一种侥幸心理，要不被人发现不就便宜了吗？他铤而走险了，他每天都在寻找机会，终于那天在西沟他看到王晓兰她们在西山地干活，就提前来到沟里，他知道，准有人到沟里解手去，王晓兰也会去的，于是事情发生了。

可事过之后，没有了消息，他知道王晓兰不敢说啥，那是磕碜事，谁都不能说出去。于是他有了胆子。他家和李梅家就隔一道很低的墙，两边的人都能看得见，他每天都瞄着王晓兰，知道了她去茅房的时间。其实他已经偷看好多次了，只是王晓兰没发现。

听到外面叫骂，赵庆国先出来了，因为他听到李梅就在外面。

赵庆国一出现，王晓兰就像见到了主心骨，委屈得又流泪了。

这时李芳又喊道：哥，你叫那个老四出来，他那么欺负兰姐，我们不干，你也要为兰姐做主。

一听李芳的话，他先是一愣，吃惊了，咋？老四欺负晓兰？咋欺负了？就在这时老三出来了，他没听明白咋回事，问：谁欺负兰子了？

老四，你让他出来！李梅大喊。

老四在屋里听到外面的喊声，他害怕了，他怕挨打，他哪知道会这样啊。他不敢出去，尽管外面喊着让他出去，但他真的不敢，他是没脸见人。

赵庆国明白了咋回事，知道这几个姐妹是找老四的，老四欺负了王晓兰。那还了得，欺负妹妹，吃豹子胆了。不管是谁他都要为妹妹做主。

他几步回到屋子，拽起坐在炕沿上的老四，就像抓着一只鸡一样把他从屋里拉出来。

正是下午上工时候，人们陆陆续续从家里出来。李芳、李梅喊得正响。大家不知道发生什么事，都好奇地过来看热闹。

赵庆国把老四拉到了大门外，往那儿一甩，老四歪歪斜斜往后倒退几步，险些摔倒。怎么回事？赵庆国转过身对王晓兰说，妹子，人，我拉出来了，到底咋回事？你说啊，我给你做主。

王晓兰看看赵庆国，又看看低着头站在那儿的老四，气愤地说：哥，你让他说！

赵庆国听了，他虽然不知道老四做了啥事，但他知道他一定是做了坏事。他看着满含泪水的王晓兰，上前几步拉过老四，大声问道：老四，你干了什么坏事？干了什么欺负我妹妹的坏事？快说！

老四不敢正面看着赵庆国，也不敢正面对着大家，他没了骨气，一副赖皮的样子。他斜着眼看了看赵庆国，没有说啥的意思。

老四，你这个畜生，自己做的事，为啥不敢说了？快说，让大家也知道知道你的德行！李梅冲着老四大喊。

平时看着你赖皮赖脸，花言巧语地，就没看出你是个流氓畜生！李芳也跟着喊起来。

赵庆国看着这个欺负妹妹的老四，他虽不知道是咋欺负的，但他知道老四一定是欺负妹妹了。他看看泪流满面的王晓兰，气一下子就冲到了脑门子上，他冲着老四喊道：你说不说？随着右手的拳头就举起来了，老四还没反应过来，拳头就落在了他的脸上。赵庆国嘴里还喊着：谁让你欺负我妹妹？快说，到底干啥了？

老四被赵庆国的一拳打在了嘴巴子上，血顿时就从嘴角流出来了。

快说，到底干啥了？赵庆国喊着，又举起了拳头，老四吓得双手抱住脑袋，连喊：我说，我说。

赵庆国的拳头没有落下去，他在等着他说话。

我趴在茅房外边看你妹子……老四不敢说完，他斜眼看着赵庆国。

他不说不要紧，赵庆国听他这么一说，眼睛都要出血了，抡起他那大拳头就往老四的脸上、头上砸下来，一拳，两拳……老四也不知道是疼的还是吓的，用手抱着头嗷嗷直叫，血顺着下巴往下流，赵庆国看着他那流氓德行，更是气炸了肺，照着他的鼻子就打下去。老四看着拳头大锤似的砸下来，吓得要大喊，可嘴还没张开，拳头就下来了。这一拳不偏不倚，正好砸在他的嘴上，两颗门牙顺着嘴里流出的血掉在了地上。

大家开始见到赵庆国抓着老四抡拳就打，还都认为有什么大事，用得着这么动手打人吗，当听到老四这么一说，都明白了，人群中顿时就有人喊：

打他，简直是畜生！

该打！使劲儿打他！

老四没有反抗，赵庆国胳臂长，拳头大，他根本就没办法反抗。只有抱着头挨打的份，几拳下去老四的脸就血葫芦似的了。

老四挨打，大家解恨，因为平时，老四就油嘴滑舌，游手好闲，好吃懒做的，在老百姓中自然人缘不好，更何况他做了伤天害理的事呢。

就在赵庆国抡拳乱打之时，有一个人不干了，那就是老三。对于老四做的缺德事，老三也恨他，干吗要做那缺德事？挨打也不屈。但他看着自己的亲兄弟被打成那样，他心疼了，他开始恨赵庆国了，打两下就行了，还往死里打呀，他受不了了。打仗亲兄弟，上阵父子兵。他冲过去想抱住赵庆国，赵庆国以为他是来打他的，当老三冲到近前时，赵庆国回手就是一拳，正打在老三的腮帮子上，这一拳太重了，把老三一下子打倒在地。这下老三真急了，他爬起来，向院里跑，转眼举着一根大棒子跑出来，围观的人吓得四处逃跑，生怕挨上一棒子。看样子老三是红了眼，他是来拼命了。他举着大棒子，横着向赵庆国打来。哥，快跑！王晓兰看着老三疯子一样打来，吓得高喊，她怕她的哥哥挨打，这一棒子要是打在脑袋上，非打个脑浆崩裂不可！

赵庆国也害怕，他没想到老三会这么狠。眼看着棒子冲他的两腿打来，看那架势非要把他的两腿往折里打呀，说时迟那时快，棒子到了。赵庆国也害怕呀，吓得脸都白了，咋办，赵庆国是打篮球出身，身体灵活，弹跳特别好，眼看棒子就要打在腿上，他两脚一弹，双手往老四的肩上一按，身体一下子窜到圈外，他躲过去了。可老四却没有躲过他哥哥的棒子，那棒子啪地打在了腿上，只听老四妈呀惨叫一声，随后就倒在地上，老三看到这一棒子

正打在他兄弟的腿上，也吓坏了。老四躺在地上乱叫。老三扔掉棒子，跑到老四跟前。围观的人们吓得都往后退，赵庆国可不管，他还没解恨，上前，照着老四不管三七二十一，咣咣就是几脚，踢得老四在地上翻滚，他还想再踢，被老三抱住了他的那只脚。赵庆国真是红了眼睛，回身挥拳就向老三的头砸去。

住手！声音太大了，把在场的人都吓了一大跳。

赵庆国举起的拳头没有砸下去，他冲着喊声看去，李德林怒目圆睁，疾步向他走来。

赵庆国，你太胆大了，你逞什么英雄！李德林来到他的跟前，冲着他喊着。

老三松开抱住赵庆国一条腿的双手，站起来。他看看在地上打滚的老四，对李德林说：书记，你看这被他打的，你可要为我们做主啊。

李德林看看在地上嚎叫的老四，又看看气喘呼呼的赵庆国，咬着牙说道：你，浑哪。然后又对围观的群众吼着，打成这样了，你们也不知道拉架？光看热闹？都快出人命了！看样子书记李德林是真着急，真生气了，他真怕这个愣头青把老四打坏了。

这时，老三想把老四扶起来，可老四连坐起来都不能。李德林看着老四，冲着人群又喊：快套车把他送卫生院吧，李占武呢？

李占武从人群中过来。李德林冲李占武喊：你上我这儿干吗？赶紧套车去呀！

李占武看书记那着急劲儿，转身就走。

迎面队长韩福利走过来，他也是听说这里打架才过来的。他走进人群，看到书记在这里，就冲人群喊：都下地干活吧，上午干啥，下午还干啥，快走，有啥看的？再不走扣你们工分儿！

人们呼啦一下都走了，李德林把王立新留下了。赵庆国也想走。李德林瞪着赵庆国，喝道：你给我站住！

赵庆国没有走，王晓兰、李梅、李芳也没有走。

李占武赶着大车过来了，李德林指挥着，王立新、老三、李占武还有赵庆国把躺在地上的老四抬上了大车。

四

老四被拉到公社卫生院，韩香梅也被书记派来了。护士把他的脸洗洗，门牙掉了两颗，嘴唇打开了，眼睛都快肿得睁不开了，脸青一块紫一块的。然后对全身进行了检查，发现问题很严重。一条腿不能动，肿得很粗，肉皮子亮亮的，出气胸脯子也疼，卫生院的大夫不敢看，说赶快上山江煤矿医院，要不怕耽误了。

又过了一个多小时，大车终于把他拉到了山江煤矿医院。在医院，韩香梅和大夫都熟，测体温、血压、照相、等等，不到一个小时，结果就出来了。大家听了结果，吓了一跳，左腿骨折，右胸三根肋骨骨折，嘴上打掉两颗门牙，脸部肌肉损伤。这一系列的伤，都不轻啊，需住院治疗。不住也得住啊，小腿骨折了，走不了。

韩香梅帮着安排好住院后，老三留下照顾老四，李占武就和王立新、韩香梅一起回家了。

回来后，韩香梅向李德林做了汇报，李德林没想到这么严重，他都快气死了，这次他真的恨赵庆国了。中午，要不是他及时赶到，还说不定把老四打成啥样呢。嗨，就是老四再坏，也不至于把他打成残废吧，再说了，还有大队和公社呢。他真想让赵庆国去陪床，但不行，他怕在医院再打起来，那就是特大新闻了，平山在全区就出名了。就让老三陪着吧。

第二天，医院给老四的腿打上了石膏，给他的胸部缠上了绷带，老三就陪着老四住院。

老三看着兄弟被打成这样，既气恨又心疼。他心中憋着一口气，他气恨他兄弟不争气，干那个缺德事儿。看着不成人样的兄弟，他又心疼。都打成啥样了，快打死了。他恨赵庆国，干吗下那么狠的手，还往死里打？这是欺负我们家没人哪，姓赵的没良心，吃我们的，喝我们的，住我们的，到头来还没好，因为点儿什么事就翻脸不认人。不用狂，他想，我们也不是好欺负的，我要为我兄弟报仇。

下午，他来到派出所报案了。

天还没黑，一辆吉普车开进平山，车上下来两个派出所民警。

干活的群众还都没回来，民警在庄里等着，他们是来抓赵庆国的。

王晓兰下午没有下地干活，她要歇歇。听说警察来抓赵庆国，她害怕了，被警察抓走会咋样啊？会挨打吗？会被判刑坐牢吗？可怎么办哪。她又后悔，后悔不该这么办，不这么办又能怎么办呢？她在家胡思乱想着。让哥哥别回家？从地里逃跑？不行，能跑到哪里去呢？嗨，没准儿到派出所没啥事呢。

她尽量往好里想。

她这样想着，太阳就落山了。赵庆国回来了。他看到庄里停着的吉普车和那两个警察，心里就明白了。他来到警察跟前，说：别着急，我回去拿件衣服，一会儿就回来，不怕，我不会跑的。警察答应了。

正是收工的时候，一会儿就围了不少人。大家围在警察周围，七嘴八舌，都说这事不赖赵庆国，打得是重了点儿，但是像这样的流氓你不打他，能改吗？妇女们说得最狠，他不改，我们妇女就都可能是侵害的对象，这不是祸害吗？警察只是听，也不表态，他们就是来完成任务的。

一会儿，赵庆国来了，他换了一身衣服，显得挺精神的。他刚到，李梅跑来了，她啥也不管，拉着赵庆国的手，泪流下来了，大家有些吃惊，她也不顾忌了，说：你不能去，凭啥呀？打流氓还打出错来了？

说着话，王晓兰也跑来了，她看着哥哥，眼睛也红了，这是为自己呀，是自己牵连了哥哥。她啥都没说，只是看着哥哥哭。

李德林、韩福利都来了，李德林对警察说：赵庆国可是好同志啊，你们不能对他不好，明天我去找你们所长。然后他对赵庆国说：去吧，明天我们再想办法。李梅听说能想办法，急着对李德林说：叔，干吗非得明天啊，今天，现在想不行吗？王晓兰也说：叔，赶快想办法吧，别让我哥去呀。

我们也着急，办法得慢慢想，要是现在有办法，还用你说吗？李德林生气地说。回过头来对赵庆国说：办法我们想，你先去吧。

赵庆国啥都没说，钻进吉普车，两个警察和李德林、韩福利握握手，开车走了。

王晓兰、李梅都流下了泪水。

赵庆国被警察抓走了，这个消息很快就传遍了平山，大家都为赵庆国鸣不平，打得是狠了点儿，但是为打这样一个人被抓起来，有点儿不值。

第二天，李德林来到公社，他来找刘主任，刘主任也听说了这件事，但他说他也没有办法。李德林不干，他对刘主任说：刘主任，人可是你送到我那儿去的，如今出了这档子事，你不管谁管？再说了，这个孩子不错，我才来找你，要不好，我也不来找你呀。反正你不答应，我就不走了。他往刘主任的椅子上一坐，摆出一副不走的架势。

刘主任笑了，对李德林说：看来你对这小子还不错，行吧，我找找派出所看看吧。你先回去，等我消息。

这回李德林乐了，站起来，说：感谢刘主任啊，我完成了一项任务。

不是啊，还没问呢，可不一定啊。

没问题，刘主任出马，马到成功。我先走，等好消息了。临走还追了一句，刘主任，可得紧着点儿啊。

刘主任果然办事，他送走了李德林，就到区派出所找人去了。

第二天，赵庆国就回来了。

赵庆国一到家，李梅比王晓兰跑得还快，她第一个来到老三家来看赵庆国。老三、老四都不在家，李梅激动起来，一种无法诉说的感情油然而生，她扑到赵庆国的怀里，又哭了起来。

真的为你担心啊。李梅说。她这是掏心窝子的话。赵庆国感觉到了，连她的体温、她的心跳、她的颤抖他都能感觉得到，他的心像被她揉着。

王晓兰进屋了，看到这一幕，咳了一声，赵庆国推开李梅，李梅看着王晓兰，显得有些羞涩。

李梅和赵庆国的亲密，急坏了李利民，他和李梅的妈妈商量，要想办法，不然非出事不可，怎么办，最好的办法就是把赵庆国撵走，撵到青年点去，离得远了，也许就好了。

就在赵庆国回来的当天晚上，李利民就找到了李德林。他向李德林讲了李梅和赵庆国的事，李德林听说过李梅和赵庆国的事，他不在乎，年轻人，搞对象没错呀，他理解他们的感情。可李利民不干，他不同意他们搞对象，他讲了他的想法，并让李德林替他想办法，无论如何都得把赵庆国撵走。

李德林想了好半天，要说让他们走，他从心里说，是没意见，人在他这儿，他得操心，多一事不如少一事啊，再说了，他俩来的这段时间，惹出不少事来，走了也省心。但他没表态，他得和公社刘主任商量。

老三听说赵庆国从派出所出来了，气得直骂：咋？把人打成这样，就没事了？哪有这样的便宜事？别看平时他和赵庆国嘻嘻哈哈地兄弟长兄弟短地叫着，真遇上事了，人家才是真兄弟。老四动不了，他要为老四做主，讨个公道。

他先找到大队书记李德林：书记你把他从派出所弄出来，我不管，但绝不能便宜了他，我得让他出钱，给我兄弟看伤，从住院到伤好的所有费用都得他赵庆国出，还有，我兄弟不能白打，他得给补贴。

其实，这事李德林也想过，打了人给看病这是理所应当的，在赵庆国回来的时候就和他说了，赵庆国也答应给老四付医药费。当老三和他说这事时，李德林当场就答应了老三，说他可以让赵庆国出医药费，别的就不用想了，别说赵庆国，我就通不过。李德林当场拒绝其他费用，人家为啥打他？他要不要流氓看人家撒尿，他能挨打？我看打得好，还要补贴，亏你想得出，能给你出点儿医药费就行了，别不知足，这，还不知人家愿意不愿意呢。你等我信儿吧。

李德林说完都没等老三答话，就不理他了。他恨老四，该打，谁让他干那缺德事的，三十好几的大老爷们儿，丢不丢人？整个平山都跟着现眼，就连他这个书记都跟着害臊，再说了，往后谁还能和他搞对象啊。

老三没办法，也只得认了。老四在医院啥都不敢说。

在老四住院的第五天上午，李占武赶着大车又来医院了，跟车来的有书记李德林，还有赵庆国。在车上，李德林还不住地嘱咐赵庆国：到医院别发脾气，对老四说两句好听的，把钱给他们，咱就算完成任务。

赵庆国不爱听了，对李德林说：叔，叫我对老四说好听的？我不说，他还有理了？我不发脾气就很不错了，我恨不得再给他几下子呢。

行了，祖宗，别惹事了，消停点儿吧，老老实实把钱给他，他也别闹事就行了。你啥也别说行了吧？李德林生怕他在医院脾气上来，再打起来。

山江煤矿医院住院的人不太多，大病、不好治的病都转到县医院或秦港医院了。老四在这里一人一个病房，三张床老三老四一人一张，还有一张空着，在医院比在他们家还舒服。

李德林带头，李占武第二，赵庆国最后，他穿着一身旧军装，手里拎着一个网兜子，里面有两包点心、一盒罐头。三个人前后进了老四的病房。老四住最里边的床，老三住中间，他看到书记进来了，马上从床上坐起来，老四在输液，手脚都不能动。

还是老三先说的话：书记，你的事多多呀，还有时间上这儿来呀？老四也抬抬头，但没动，他也动不了。

李德林没理老三，冲老四来了：老四啊，咋样？还疼吗？

老四一听书记这么问，脸反倒红了，他没有说话，只是摇摇头，表示不疼了。

老三站起来让座：来，坐吧，书记大老远的，也挺累的。他说着把两个凳子摆在他们面前。

别忙了，老三哪，好好照顾老四，也好让他早点儿出院，啊。李德林没有坐，嘱咐着老三。他看看老四，又看看老三，说：赵庆国今天没出工，特意跟大车来到这儿看你们，还买了东西。这时赵庆国连忙把网兜放在床头的一个小柜子上，他啥也没说。

李德林又看看赵庆国，接着说：赵庆国是个好孩子，知道你们在这儿得用钱，把平时攒下的零花钱给拿来了，让你们先花着。说完回头示意赵庆国，把钱拿出来。赵庆国明白，从上衣兜里掏出一把钱，往小柜子上一放，说：这是一百块钱，就这些了。

就一百？是不是少点儿啊。老三又一想，是少点儿，可再要，赵庆国这小子看样子是不能给了。行啊，少点儿就少点儿吧。他想，这钱看病是够用了，误工补助就不用提了，也只能这样了。他心里不愿意，但没办法。

老三，你把这钱拿起来，打个收条给人家。李德林说。

老三按书记说的，写了个收条，递给赵庆国。

三个人没再多待，转身往外走，老三也没送。当他们三个走到门口时，老三蹦出一句：书记回去你找地方吧，他别在我家住了，那是我家，我说了算。

三人同时愣了一下。虽然就一句，但他们都听懂了，老三不让赵庆国在他家住了。

什么？李德林回头看看老三。你安排吧，给你三天，过三天我就换锁了。老三态度挺坚决的。

李德林开始没有应声，狠狠地瞪了他一眼，说了一句：什么事啊，这是。说完转身走出了房间。

老三说出这样的话，赵庆国早就料到了。其实，就是老三不说，老三、老四一回来，赵庆国也不能在他家住了。

出了医院，李德林和赵庆国又坐着大车往回走。

算是完成了任务，李德林既轻松又沉重，轻松的是领着赵庆国把钱交给了老三，也算来到医院看看老四，从哪方面说，这礼节是过了。沉重的是老三给他出了个难题，他家不让赵庆国住了，让他住哪家合适呢？李德林坐在大车上苦想着。

日到中天，快晌午了，李占武啪啪地甩着鞭子，骡子的脚步快了起来，李德林还是愁眉苦脸。嗨，这个老三，真不是东西。他好像自言自语，又好

像是和他俩说话。

赵庆国知道书记为啥发愁，他憨憨地笑着对李德林说：叔啊，您别犯愁，别说老三不让住了，就是他让我住，您说他家我还能住吗？就那样的人说啥我也不能和他们住在一起呀，更何况我打了他，已经结下仇了。赵庆国停了一下，又接着说：叔啊，您不用发愁，到谁家都行，您安排哪儿我都可以去的，实在不行我住大队部去。

李德林抬头看着赵庆国，疑惑地问道：啥地方都行？啥地方都去？

是啊，叔，我不会让您为难的。赵庆国依然憨笑着说。

他哪里知道，书记李德林正想着是不是和公社的刘主任商量着让他到青年点去呢。

青年点赵庆国没有去过，但他经常听人们说起过，那里有十多个青年，一起吃一起住一起干，挺有意思的，但吃的住的干的都挺苦的。

是的，那个青年点的确挺苦的。原来那里就叫林场，一个青年都没有，十来个全是公社选出的壮劳力，任务是从燕山深处的原始森林里砍原木，供着公社的木器厂的原料。他们每天天不亮就从林场出发，爬过几道陡峭的山梁，跨过几道险滩山谷，往返七八十里路程，在原始森林砍好木料，然后用肩膀子把砍倒的原木扛出来，堆放到林场。公社有个木器加工厂，生产一些桌椅、板凳等办公用具，有时也加工一些擀面杖、擀面板等生活用品。这个木器厂归公社所有，是公社副业的一大支柱，有一段时间在全县挺有名的，不少公社的办公桌椅都出自这里。

木器厂每周用拖拉机到林场拉一次木料，这一拖拉机的木料足够木器厂用一周的。这一周的时间里，林场的人必须每天都到山里去扛木材，才能供得上木器厂的使用。他们每天早晨胡乱吃点儿，中午带上点儿干粮，夏天多数是玉米面饼子，冬天则是白薯，吃的稳当一点儿的就是晚上一顿饭。这顿饭不管啥饭大家都吃得饱吃得香，因为这一天太累了，每个人扛的木料都超过一百斤，扛着这一百斤多斤的木料还要爬山梁跨沟谷，渴了，就喝一口河水，饿了就吃一口硬邦邦的大饼子或凉白薯。傍晚，回到家，个个都是汗流浃背，没有一个衣服不被汗水浸透的，他们把木头往地上一扔，轻松了，浑身就像散了架，连湿衣服都不想脱，往木板床上一躺，就不想起来了。

后来公社里下乡青年来得多了，尤其是一些男青年，村里不好安排，就送到林场来，小青年初生牛犊不怕虎，虽然苦点儿，但哪个都不含糊。再后来林场里的青年多了，公社就干脆把这林场里的工人全部撤走，林场的人员全部由青年组成，林场就正式变成知青点了。

知青点正式成立是一九七四年的五月份，那时这里只有八个男青年、一个女青年，后来队伍不断扩大，不到一年就达到了十一个。但他们除留下女青年在家做饭外，男青年全部上山扛木料。遇有特殊情况，另作安排。

青年点大小也是一个单位，这十几个人得有一个领头的，不然这些人谁来管？在公社刘主任的主持下，经过民主选举，来自天津的青年韩天宇成了这个青年点的点长，他负责这个青年点的生活、劳动等一切事情。生活用品如粮食啊，蔬菜啊等由公社统一安排各大队定期送来。砍的木料还是一周运回一次。青年点距离公社虽然不算远，也就十来里地，但因为偏僻，没事谁也不来。这里简直就是世外桃源。

中午时分，他们进村了。赵庆国还得去老三家，不去他家，他能去哪儿呢？他热了点儿冷饭，啃了一个棒子面的窝窝头，胡乱吃了点儿菜，就躺到了炕上。

李德林回到家，他说啥也没心情吃饭，老婆子让了几回他理都不理，在门槛子上坐了一会儿，啥都没说，站起来就走。他快步来到韩福利家，韩福利正在吃饭，大闺女韩香梅看到书记来了，客气地从炕沿上站起来让坐。韩福利和他的老婆也客气地问吃饭没有，没吃就好赖吃点儿。李德林叹着气说：吃啥呀，我吃不下去，来就是和你商量事来了。他不客气地坐到炕头上，看着韩福利。你们吃你们的，我慢慢说。

李德林说完，韩福利、韩香梅还有她妈都听明白了，老三赶走赵庆国，不让他在他家住了。李利民赶着赵庆国不让他在平山住了。

咋办？让他上哪儿住去？几个人的脑子里都在画着问号。

青年点咋样？憋了半天，还是李德林先说话了，说完他看着韩福利，等着他的态度。

韩福利听完，愣了一下，但立刻又恢复了正常：这是不是得和刘主任商量啊？

是啊，咱们统一了，刘主任那儿我去找。

也只有这样了。

下午，李德林到公社找到了刘主任，汇报了春耕生产的事情，快结束时，讲了赵庆国的事情，并把如何安排赵庆国也向刘主任谈了自己的想法。

刘主任想了半天，终于下了决心，同意李德林的安排。并表示都是同样的青年，待遇也应该一样啊。

李德林回来和韩福利做了沟通，晚上还没吃饭，李德林就找到赵庆国，向他说明了新的安排。赵庆国听后，脑袋轰的一下，他怎么也没有想到，会让他到青年点去。他不愿意，但没有办法，他得听从安排，他得去。

李德林交代完了，也安排完了。赵庆国顾不上吃饭，就跑到李利民家把这个消息告诉王晓兰，同时也告诉了李梅。

王晓兰听后，想都没想，就说：哥，你走，我也走。走，咱俩找李书记去。说完，他拉着赵庆国就走。

李梅则走了魂一样，傻愣愣地站在那儿。

第四章

一

第二天，是一九七六年的五月一日。在农村，五月一日和其他的日子没有什么两样。吃过早饭，韩福利带领大家抗旱种花生去了，李德林还是派李占武赶着大车去送赵庆国和王晓兰。本来李占武是随着大伙拉水抗旱的，他把车上的大水箱子弄下来，用笤帚把车厢打扫干净，到大队部装了一些高粱米、小米、棒子面，还有几大捆新鲜的菠菜，更主要的是昨天李德林特别派人到区里买的十斤猪肉。这是李德林托人走后门弄到的。为了青年点的知青，他啥都舍得，为了他们，他宁可舍脸子求别人。除去给人送的吃的，又到饲养处搬了两袋猪饲料，是给那里饲养的猪吃的。本来送这些东西还得几天轮到平山，公社十三个村每个村轮着给青年点送吃的用的。这次该轮到平山送了，书记早晨就吩咐，在送赵庆国时，把青年点上人吃的和猪吃的一块送去算了，省得过几天还得送一回。

李占武把东西都装好，就赶着车来到李利民家门前等着了。说实在的，李占武不愿意让赵庆国走，这半年多来，赵庆国和李占武建立了深厚的感情，赵庆国的为人也让李占武佩服，他想劝劝赵庆国，别去青年点，可又一想，这是领导的决定，你不想去也不行。

先出来的是王晓兰，跟她出来的还有李梅，她是借口送王晓兰没去抗旱。她帮王晓兰收拾好东西，拿到大车上。这时李德林和韩福利过来了，他们给社员群众分配完活儿以后，不约而同地找到对方，韩福利先开口了：咱看看去吧，俩孩子要走了，他们都是好孩子，我们不看看去也不好啊。李德林笑着点点头。

李叔，韩叔，我们就要走了，以后想你们了，还让我们回来吗？王晓兰看见李德林和韩福利来了，甜甜地叫着。那声音里带着无奈，带着委屈。

回来，回来。你们要不回来，就外道了，你们是我们平山人，啥时回来

都行。韩福利赶紧冲着王晓兰说。

李梅听了，抢着话头：什么平山人？平山人还撺他们走，哪儿不能待呀？非到青年点去？

青年点咋了？青年点不好吗？李德林反问李梅，他话头一转，梅子，你咋不去抗旱？在这儿干啥？

送送晓兰，晓兰要走了，送送不行吗？

行，行。李德林笑了。

李占武把车停在李利民家的门口，王晓兰和李梅装着东西。他就到老三家找赵庆国去了。临走了，赵庆国的心情很不好，毕竟是因为他打架才让他走的。为这事就把他撺走，他实在有些委屈。他哪里知道，他的走还有另一层原因。

赵庆国拎着他的行李包，李占武拎着他的网兜子，从老三家出来。

李梅赶紧上前去，从赵庆国手里接过行李，走了两步把行李放到车上。

韩福利和李德林互相对笑了一下。李德林心想，把赵庆国弄到青年点去，就能把两人分开吗？

李占武看看车上的东西，问：就这点儿东西吗？看看还有啥落下的没有，落下了再回来取就麻烦了。

赵庆国说他啥都没有了，王晓兰回屋又检查了一遍，空手回来。说：啥都没有了。

李德林看着赵庆国，嘱咐道：到青年点还要好好干，那里的活儿不比咱庄里的活儿轻，特别是到深山里扛木料，翻山越岭地要小心，别摔着。

赵庆国看着李德林，点点头，没有说话。他恨李德林吗？他也说不上恨，他对李德林有一种说不出的感觉。老书记也是情不得已啊。

李德林又叮嘱了李占武一番，到青年点和韩点长说清楚，他俩是公社派去的，好好安排吃住和劳动，并告诉他，一定别忘了把公社的介绍信给韩点长。其实，李德林说这些都是多余的，公社已经给青年林场打电话了。停了一会儿，李德林又说：行啊，刘主任可能给点上打了电话了。

李占武点着头，说：放一百个心吧，这点儿事还怕我办不好？

没啥可就走了。李占武说着把大车的闸呱嗒一声撂下了，回手就是一鞭子，大骡子一伸腰，大车启动了。

太阳热辣辣地照在大地上，还不到半午，就有点儿晒人了。

要动身了，赵庆国和王晓兰坐到了车上，回头望着他们。李梅向前走了几步，抬手挥了挥，她想说啥但还是啥都没说，她的内心很痛苦，有一种说不出的滋味。

李德林和韩福利看着大车走远，才向着抗旱的地块走去。

大车在干巴巴的土道上颠簸前行。赵庆国的心里很不是滋味，到了青年点人家会怎么看？不行，不管他们咋看，我都要给他们看看，我都要好好干，要带头干，干出个样子来。

想到这儿，他突然冒出个想法来，他要当点长。对，要当点长，但他没说出来，他想到那儿再想办法。

顶着烈日一路行走，看着路旁灰灰的土地，蔫巴巴的小草，他们都默默无语。赵庆国在想着心事，走出平山他不怕，来青年点他不怕，苦点儿累点儿他也不怕，他最怕丢他的名声。他很重自己的名声，这样被逐出平山，是对他最大的侮辱。他在想李梅，他想，离得远了，怎样见李梅呢？见不着李梅，他想他一定会受不了的，怎么办呢？

大车绕过一道土丘，青年点就在眼前了。

青年点很小很简单，就在燕山山坳里的一片斜坡上，坐北朝南一排四间房子，房子后边就是高高的杂木丛生的燕山，房子的前边有一片平地，这是人工平整的，下边就是斜坡，坡下又是平地。这片平地很大，是林场的木场，堆放着从深林里砍来的木料。在房子的右前边顺着斜坡修了一个猪圈，这个猪圈三面靠土墙，是顺着斜坡往下挖的，南面用粗木立排着埋成了一道木墙，圈里青年们养了四头黑底白花的小猪。左下边是青年们开出来的地，靠近房子的地方种菜，远一点儿的地方种庄稼。

四间平房，西边一间是仓库，堆放着一些粮食、饲料，还有一些杂物、劳动工具啥的。其余三间，中间的一间是厨房，西边的一间是女知青的宿舍，住着唯一的女知青。她来自天津，已是两年的老知青了。东边的一间是男知青宿舍，南北两铺大炕，住着十名男青年。

这就是青年林场知青住的小屋了。

大车爬上一道斜坡，就要到达青年点了。李占武大声吆喝着，甩着鞭子啪啪地响，他也是告诉点上的人，大车到了。

其实，点上的青年早在房前等候了，看到大车越来越近，房里顿时跑出了十个小伙子，还有一个姑娘。看到大车来了，呼啦一下子冲到房前的空地，迎接新到的俩青年。要来新人，他们头天晚上就知道了，是公社的刘主任打电话告诉的，要他们做好准备，一是安排好住的，二是要欢迎，要搞好团结，五湖四海的青年是一家嘛。另外还告诉他们，平山顺便送些吃的。他们一听都很高兴，人多力量大，人多好干活，人多热闹。更重要的是平山送东西来了，这是他们急切盼望的，他们知道，凡是平山来送的，准有他可吃的东西，特别是每次都有猪肉，平日里能吃上猪肉是多么不容易啊。

为迎接新来的战友，为迎接平山送来的东西，青年点点长韩天宇和大家商量决定休息一天，还决定中午改善生活，蒸白面馒头，粉条子熬白菜，另外把腌在坛子里的那块过年留下的足有二斤多的猪肉拿出来，让大家解解馋，再炒个瓜子条啥的，弄几个菜，也算是欢迎午餐了。

点长韩天宇吃过早饭就在房前看着，等了这么长时间，好不容易等来了。

李占武又一声吆喝，大车在空地上停下，大伙儿一下子围了上来，对李占武问长问短，大家对李占武太熟了，两年来，每次都是他赶着大车来送东西，大家都亲切地叫他武叔。

王晓兰、赵庆国从大车上跳下来，看着他们和李占武亲热。

几句客气话过去，李占武没忘向他们介绍新来的俩年轻人，他退后一步，郑重其事地说话了：各位，这两位就是新来的北京青年，赵庆国、王晓兰。

他的话音刚落，韩天宇急忙伸出双手，上前一步来到大个子赵庆国面前，很友好地笑着说：赵庆国，舍身救人的英雄，欢迎，欢迎，真的非常欢迎啊。

李占武回过头来对赵庆国说：他是这儿的点长，叫……叫韩天宇。

听了李占武的话，赵庆国憨笑起来，他那两只蒲扇一样的手，抓住了韩天宇伸过来的双手，回应着：谢谢，谢谢。

就在他俩握手的刹那，韩天宇的表情却变得异样苦涩。赵庆国在握韩天宇手的时候，使劲地攥了攥。

二

韩天宇艰难地从赵庆国手里抽出双手，表情很快恢复了正常。

韩天宇依旧礼貌地笑着，他又向王晓兰伸出了双手，当他两眼从王晓兰脸上不经意地扫过之后，他心里一惊，他眼前站着的是一个美女，他好像从没见过这么好看的姑娘。

王晓兰面前站着的这个青年，是多么标准哪，在她看来，他应该是年轻人中少有的帅气了。偏高的个头，书生一样白净的四方脸，那迷人的笑容，那大度的举止，从身高到形象到气质实在是太好了。

欢迎你的到来。韩天宇伸出手，看到她没有反应时又补充了一句。那自然的话语打破了短暂的尴尬，把她从幻想中唤回，她急忙伸出那白白细嫩的双手，霎时觉得脸热热的。

见过面，韩天宇说，大家我就不一一介绍了，有话以后有的是机会说，现在先把大车上的好东西搬下来吧。

几个青年听了，嘻嘻哈哈地来到大车前，准备从车上往下搬东西。

先慢着。一声吆喝，声音又粗又大，大家一愣，都停了行动。

先不要搬。又是一声，喊话的是赵庆国，他叉着两腿，胸前抱着两手。我还有话说。

他这一喊，大家都愣了，你看看我，我看看你，又都不约而同地看看赵庆国，不知发生了什么事。

反应最大的还是韩天宇，他是这里的头儿，啥事他都要负责。他还是微笑着看着赵庆国，慢声细雨地问：庆国，还有啥事？

赵庆国显得很深沉的样子，向前走了一步。王晓兰不知哥哥要干什么。

你是这儿的点长？

是啊，咋了？

他们的一问一答，弄得大家都莫名其妙，不约而同地把目光投向他们。刚才老李不是给介绍了吗？韩天宇依然很有风度地笑着说，有啥事咱到屋里说吧，他边说边抬脚就想往坡上走。

等等再走。赵庆国上前挡住了韩天宇，同时脸色也变得严肃了许多，等把事说清楚了再走也不迟啊。韩天宇被赵庆国挡住了去路，不能往前去，他也不知道这个赵庆国要干什么。他站在那儿，看着赵庆国，像是等着他把啥事说清楚。王晓兰这时来到了赵庆国的跟前，小声对他说：哥，你干啥嘛，有啥事嘛。兰子，这事你别管，我和这个点长要分个长短。

韩天宇听着，刚要说话，还没等他张口，赵庆国又冲着他说：你这个点长不管是谁给的，今天我来了，你这个点长就不算数了，你得让出来。他说完这话，两眼直直地瞪着韩天宇，大有命令和挑衅的味道。

他这话一说完，包括李占武在内，都明白了，这个赵庆国要抢班夺权，他要当这个青年点的点长。

身边的王晓兰听了一愣，哥这是咋的了，干吗要当这个点长啊，这也是想当就当的吗？她又小声地对赵庆国说：哥，你这是干啥呀，别闹了。赵庆国就像没听见一样，韩天宇可听得一清二楚，王晓兰是反对的。

韩天宇看着王晓兰，他呆住了。

赵庆国看他两眼盯着王晓兰，心生怒气，他近乎发狂一样地喊叫：让出点长，不然决不罢休！

韩天宇仍旧心平气和，他微笑着面对着赵庆国说：我要是不让呢？

不软不硬的话语，像挑战。赵庆国的目的终于达到了，他心中的怒气好像消了许多，声音也有些平和了。你不让？好啊，你我进行一场决斗，你斗得过我，点长你还当，你斗不过我，让出点长。你看行不？

韩天宇看着赵庆国，他想：面对这样一个高大威猛的汉子的挑战，自己不能服输，就是战败了，也要败在搏斗中，绝不能让他的气势给吓倒。大男人嘛，更何况，谁败还不知道呢。他不清楚这个赵庆国的来历和身手，但他知道，这个赵庆国一定力大无比，因为，他拳打民兵连长王立新，脚踢无赖李老四的事他早有耳闻。

怎么斗？韩天宇依旧微笑着问赵庆国。

摔跤，三跤两胜。我把你摔倒，你听我的，我当点长，你把我摔倒，我听你的，你还当点长，不用立字据，大家作证。赵庆国心有成竹。大家不希望决斗，但看样子没人能劝得了。

哥，非要摔吗？点长就那么重要吗？王晓兰还在劝阻，摔不摔伤先不说，谁败了都不是一件好事，何必为争这个点长搞这个决斗伤了和气呢。

赵庆国没理她，他在准备着。

韩天宇也默认地在活动着双脚，活动着腰身。他看着赵庆国，似乎也是信心十足。一场摔跤决斗即将开始。

两个人都做好了准备，互相看了一眼，就算是开始。

赵庆国看到韩天宇准备好了，他也不出声，跨出他的长腿，几步就冲到韩天宇的面前，伸出他又长又粗的两只胳膊，两只簸箕一样的大手抓住韩天宇的两臂。他想，他力大无比，他抓住他的两臂向外一甩，顺势脚在他的腿下一绊，就能轻松把他摔倒在地。但是他可能想得太容易了，也可能太轻敌了，就在他抓住韩天宇两臂的同时，韩天宇眼疾手快，他的两手顺势也抓住了赵庆国的两臂，只一瞬间，只见韩天宇瞪大双目，使足了力气，就着赵庆国向前猛冲的力量，一下子向后倒去。这一刹那，周围的人们啊的一声都惊叫起来，王晓兰叫得更响，她下意识地喊道：别摔坏了。就在人们还没反应过来的时候，韩天宇已经倒地，他后背着地，两腿歪曲，屁股抬起，两手抓住赵庆国的两只胳臂，猛地往前一拽，赵庆国就毫无防备地向着韩天宇倒地的方向扑去，人们又一个惊呼。人们担心，这么重的一个人猛地扑到倒在地上的韩天宇的身上，非压扁了不可。可就在赵庆国向前一扑的瞬间，韩天宇蜷曲的双脚猛地抬起，朝着赵庆国的肚子就蹬过去。说时迟那时快，人们还没明白咋回事，韩天宇就已经翻过身来，一回腿就骑到了赵庆国的前胸上。整个动作干净利落，大家惊呆了，不知道发生了什么事，分明看到韩天宇倒在地上，赵庆国扑向韩天宇，怎么转眼就变了，韩天宇反倒骑到赵庆国的身上了？大家不再惊呼，来不及惊呼，都呆呆傻傻地看着地上的两个人，一个躺在地上，一个骑在身上。

一瞬寂静过后，掌声响起。就像竞技场上为胜利者欢呼一样，接着就有人叫好，声音最响的，是青年点的女知青田雨。田雨站在最前边，从赵庆国起事开始，她的内心就紧张起来，她有预感，她知道今天一定有事情发生，一定发生在韩天宇和赵庆国之间。于是她就为韩天宇担心起来，在韩天宇和赵庆国交手之后，她紧攥着两手，他能行吗？赵庆国又高又大，一看就力大无比，可是他韩天宇身单力薄，哪能摔得过他呀。她两手都攥出了汗。

田雨二十二岁，她前年从天津和韩天宇、杨柏、马东风一起来到平山，一到平山四人就被安排到这个砍木料的林场，紧接着又有七个青年来到这里，于是公社决定撤出这里原有的扛木料的人，将平山林场改名为平山青年林场，林场就变成了平山的青年点了。

来到这里的就田雨一个女知青，每天都是男的到山里扛木料，田雨留在家里看看家，做做饭，在周围干点儿活，一切都很安静。可是过了一段时间，一件事情的发生，打破了这里的安宁。

那天，青年点的青年们照常起得很早，照常吃了田雨做的早饭，照常拿着大板斧进了山。中午，她照常一个人做了点儿饭，就着萝卜条喝了点儿粥，就到她的西屋休息去了。吃了午饭，也没啥活，她想舒心地躺到炕上睡会儿觉。

中午的太阳很热，房屋正北朝南，阳光直射到她躺的炕上，她沐浴着从窗户照进来的温暖的阳光，想好好睡一会儿。她脱掉了外衣，盖上了被子，好舒服。她闭上了眼睛，一会儿就朦朦胧胧地进入了梦乡。不好，一个贼头贼脑的家伙，从山底下爬上来，他看中了那片绿油油的小白菜和菠菜，大把大把地拔着她种的青菜。她冲出屋子，冲到那个贼人面前大喝一声：住手，不许偷我的菜！那人根本不把她的话当回事，没听见一样。她气得发疯了，冲上去抓住那人的双手，那人便使劲挣脱，反过来抓住她的胳膊拼命往下压着，把她按倒在地。他骑到她的身上，她明显感觉到了他喘气的气息，那气息臭臭的、热乎乎的。她急了，使出全身的力气，使劲地咬，恨不得把那手腕咬掉一块肉。那人实在忍受不住了，大叫一声，撒开了两手。他从她身上滚下来，忍着剧痛从她口中拽回了那只手，鲜血从那手腕子上流下来。他顾不了许多，连忙抓起扔在炕上的那条破裤子，仓惶跳下大炕，逃出了房间，向山下跑去。

这时的她才从刚才的搏斗中回过神来，再也没有刚才搏斗时的力量，她就像泄了气的皮球，简直就是瘫软在炕上，就连滴在她前胸上的那个人的黑血都没有力气去擦了。

她只有委屈地流泪，痛苦地哭号。

她毕竟是个坚强的姑娘，下午照样劳动，晚上照样做饭。

晚上，进山的回来，点长看到她红肿的眼睛，问她发生了什么事。她向他们讲述了中午发生的一切。

小伙子们疯了，发誓要找到这个流氓，抽了他的筋，扒了他的皮。最后还是点长发了话，此事不能乱来，必须报告派出所。第二天，点长没有进山，他和田雨来到了区派出所，向派出所报了案。她详细叙述了事情的经过，并讲述了那人的体貌特征。警察表示，尽快抓住这个流氓，给他们一个交代。

事情没过几天，就有了线索，在派出所确定的几个重点嫌疑人中，很快就确定了那个人。他的手腕子被咬掉了一块肉，前胸被抓出了几道血口子。这个人是柳条沟的一个光棍，快三十了没个媳妇。他垂涎田雨已经有好多天了，那天他在地里干活，又看到田雨独自一人在家。于是，一个邪恶的念头产生了。

后来这个流氓被定为强奸未遂罪，判处五年徒刑。也就是这件事，让这些青年和柳条沟记下了深仇大恨。

这件事情发生以后，韩天宇及点上所有的青年向公社强烈要求再派一个女青年到青年点来，好给田雨做个伴。公社刘主任也及时向区里做了请示，区里也很重视，马上派了一个女青年来到青年点。田雨着实高兴了一阵子。

三

韩天宇从赵庆国的身上跳起来，依然是微笑着。他站起来并没有走，回身拽住赵庆国的一只手，将他从地上拉起来。赵庆国拍拍身上的土，一脸的尴尬，一脸的愁云，一脸的沮丧。他怎么也没有想到自己竟被韩天宇踹倒到地上了。他茫然，他不知所措了。十几个人的掌声停止了，大家就像看了一场游戏似的，谁也没当回事，大家嘻嘻哈哈地想着各就各位，该干啥就干啥了。赵庆国不干了，他说：不行，都不要走，还得摔哪。他要坚持到底，他坚信，这第一局是他根本没注意，按实力，他韩天宇根本不是他的对手，这一局是纯属偶然。他看着大伙要动，又大声喊道：各位先别动，三摔两胜，这还没完呢，还得接着来。韩天宇微笑着说：我说庆国呀，咱别摔了，分出个高低来能咋地啊。不行，赵庆国的态度很坚决，按咱说的，三局两胜嘛，得摔完了，不到最后不是结果。他坚信，他一定能赢，这一次只是他没有注意而已。

那好吧，只能这样了。韩天宇仍旧笑着，看样子他根本没有把这次的摔跤当一回事，他也没有和赵庆国决斗的意思，他只是想，既然赵庆国想摔，那就随他的意吧。

赵庆国又摆好了架势，这次他树立了信心，更加谨慎，更加小心了。他两腿叉开，略微弯下腰，两手抬起，脑袋也略微扬起，两眼警惕地看着对方，他充分做好了进攻或防守的准备。

哥，别摔了。王晓兰站在赵庆国的身后小声说。她极力反对他哥哥这样做。逞啥能啊，她心里想，一个点长多大的官啊，干吗非要争啊，再说，这点长是公社定的，你说当就能当吗？就是当上了，又能咋样？哥以前不是这样的人啊，今天是咋了？

赵庆国好像没有听见王晓兰的话，依然警惕地看着韩天宇。杨柏、马东风和韩天宇都是天津来的，他们的关系自然比与其他人要好些。杨柏、马东风从一开始就为韩天宇捏着一把汗，他们对赵庆国有一些了解，赵庆国的厉害，他们早就有所耳闻。

赵庆国小心谨慎地向前挪动着脚步，两眼瞪着，两手在做着使劲的动作。韩天宇一副不屑一顾的样子，稍微弯着腰，很自然地站在那儿。这让赵庆国摸不着头脑，他这是干吗，我准备进攻，他咋不准备迎战，这演的哪一出啊。赵庆国心里想，不行，我要主动进攻，这次一定要战胜韩天宇。他像一头冲出牛圈的公牛，一头向韩天宇扑来，一眨眼之间，韩天宇都没来得及反应，赵庆国就冲到他的跟前，拦腰把他抱住，旱地拔葱一样把他抱起来，紧接着大喊一声，两只胳臂就把韩天横着举过了头顶。韩天宇对赵庆国这突如其来的举动先是一惊，还没来得及反应就被他抱住举过了头顶。周围的人们吓傻了眼，他们谁也没想到，赵庆国真的有这么大的力气，韩天宇一个大活人，一百多斤，就那么轻而易举地举起来了。赵庆国一咬牙，使出了全身的力气，他脸憋得通红，瞪大眼睛，脑袋往前一探，把双手举起的韩天宇就想往前边扔去。就在这千钧一发的关键时刻，韩天宇的两腿往后一蹬，上身往后一翻，整个人不但没扔出去，反而就到了赵庆国的脑后，赵庆国的两只胳臂就再也支持不住了，整个往脑后背过去。韩天宇的整个身体的重量一下子改变了中心，由原来的与赵庆国的身体垂直，变到了他身体的后面，使得赵庆国的两臂连同他的整个身体一起往后倾斜，并且有立刻往后面倾倒的可能。赵庆国意识到了这一点，他马上松开了掐住韩天宇的两手，想顺劲把韩天宇摔到身后，韩天宇早有防备，他跳到地上，紧接着，赵庆国两脚站立不住，连往后退一步的机会都没有，整个身体像一堵墙一样，扑通一声，仰面倒在地上。韩天宇眼疾手快，两手仍旧没有撒开赵庆国的两臂，使得赵庆国的两条长腿、屁股，还有宽宽的后背都落到了地上，唯独两条长长的胳膊被韩天宇提着，没有着地，那大大的脑袋夹在两臂之间，没有着地。

韩天宇提着赵庆国的两臂，没有松手，他看着仰面躺在地上的赵庆国，依然那么镇定。他大气都没出一口，像没有经历这场摔跤一样，只是脸色有些发白，可能是在赵庆国把他举过头顶时有些胆怯吧。

赵庆国又被摔倒了，不管你信不信，这就是事实。赵庆国就倒在那儿。

田雨又是在十几个人中第一个反应过来，第一个叫好，第一个鼓掌。大家也都喊叫起来，好，好哇！漂亮！太厉害了！

韩天宇把赵庆国拉起来，赵庆国傻笑了一下，那表情特别难看。王晓兰走过来，哥，摔着了吗？没摔坏吧？没事，这算啥。他提提裤子，并没有拍身上的土。

咋样，庆国，三局两胜，不摔了吧？这次韩天宇并没有笑。

大家还都没动，还在看热闹，他们不知道下面还会有啥更热闹的。赵庆国没有马上回答，他在做激烈的思想斗争。怎么会这样呢？但事实就是这样，他不服，他憋气，他窝囊，但他又没有办法。过了一会儿，他转过身对着大伙似笑非笑地说：韩点长有本事，他还是点长，我，服了。说完，不等别人说话，就大步向大车走去，他要卸车了。他的话音一落，十几个人的掌声顿时响起。

赵庆国失败了，但他却显得很大度，他像没事一样从车上卸下拉来的东西，李占武在一旁以长辈的身份对赵庆国说：就到这儿了，别太逞强，和这些年轻人要搞好关系，别再打架了，打了谁都不好。

赵庆国点点头，他啥都没说，他也不想说啥，刚才发生的事是他一手造成的，是搬起石头砸自己的脚，怨不得别人。但他对李占武对他的关心充满了感激。

正午，阳光更足了，从高高的斜坡往山下看，整个大地白亮白亮的。按说五月天不应该这么热，平山的老年人都说今年特殊，冬天不下雪，春天不下雨，没有了正常的节气，地还没种上，天就像下火了。

年轻人热得脱了上衣，屋里闷得很，外面又晒得很。赵庆国待不住，总想着干点儿啥。杨柏找来扁担和水桶，又拿来一个葫芦水瓢，领着他到山下的水井淘水去了。说到淘水，不是挑水，就说明井里的水不多，得用水瓢往上淘。

水井就在木场的下边，他们挑着水桶来到井边。这井也就一米多的井口，井边是用石头砌的，五六米深，往下一望就能望到井底，井底亮亮的一汪水能看到自己的脸。赵庆国把绳子系到水桶的梁子上就往井里下，当的一声到底了，摆桶，打水，提上来一看连半桶都没有，又提了一次，倒在一桶里也没满。杨柏这时告诉他，光提不行，得到井下去淘，看见没有，这葫芦瓢就是淘水用的，怎么样？敢下去吗？赵庆国哪有不敢的事啊，扳着井口就下，到了井底一看，就这么点儿水呀？他几乎叫出声来。他用那个葫芦瓢把水桶淘满爬了上来，对杨柏说：就这么点儿水，够吃吗？

一天一宿渗出两挑子水，除去三顿饭，剩不下多少，省着用呗。洗碗刷锅的水喂猪，洗脸完了再洗脚，合理运用水资源。

就这儿有水？别处没有？

东山梁那边有条河，河水一年四季不断，那不是太远嘛！一个来回得一个多小时，关键是翻山越岭地没法走。

赵庆国不再说啥，他挑起两桶水就跟玩似的，不觉得累，但一想到这十几个人就吃这又浑又少的一点点水，他的心比挑着的水还沉。

四

田雨叫着王晓兰，两人在中屋做饭，这回田雨算是有伴了。从摔跤结束，她就喜笑颜开，一手抱着王晓兰的行李，一手拉着王晓兰进了她的房间。这屋里很简单，一铺大炕就一套行李，这回好了，她把王晓兰的行李往炕上一扔笑嘻嘻地说：这回咱俩了，可好了，干啥都有伴了。没等王晓兰说话，也没等王晓兰把行李铺上，她拉上王晓兰就来到中屋张罗午饭了。她说：今天中午她要把饭菜做得好好的，表示对他们两个的欢迎。韩天宇领着几个人在屋里跟着瞎忙乎，一会儿取几根柴火，一会儿舀两瓢水，一会儿又添一把火，几个人叽叽咕咕地说着唠着，手也动着。

韩天宇把李占武留下了，赶上中午有肉，也算改善生活，难得。两年多，李占武送多少回东西了，没有吃过一顿饭，也没啥好吃的，这也让他们有些过意不去，今天赶上了，不吃了回去，这里的人都不同意。李占武也实在，把大车往木场一赶，回来等着吃饭了。

午饭被田雨张罗得挺丰盛的，白面的馒头，这可是田雨的一绝，别看她年龄不大，馒头蒸的是又白又胖又软，用杨柏的一句话说那真是咬上一口都没鼻梁了，越嚼越香。这些小伙子可是有半个月都没吃上白面了，今天这顿白面馒头一看就香。两大碗炖肉，每块切得四四方方的，这每块肉上，一半是肥肉，一半是瘦肉，肥的白白的，瘦的红红的。肉炖得咸淡正好，吃起来满嘴的香味，还不腻。人多了，在一张桌子上搁不下，就把锅台当桌子，找几个木头当板凳，盛上一碗熬菠菜夹上两块肉，手里一个大馒头，在那里吃着。

李占武被让在桌上，他夹了一块炖肉，边吃边赞赏：这肉真好吃，我们家你嫂子都弄不出这味道来，你们这儿真有能人啊。要说这能人就得是咱家的田雨了。张中正最爱取笑最爱夸人的，咱家的田雨，本事大，尝尝这碗粉条炖大肉，那香呢，吃了解馋。

田雨被说得好像有点儿不好意思，其实也没啥不好意思的，谁都知道张中正好逗，再说了，这两年她也的确练得不错，大家也都适应了她的口味。在这个偏僻的孤零零的青年点中，就她这么一个女孩，不但人长得好看，还那么可人。

这里和他们陪伴的就是这山、这树，还有漫无边际的寂寞。时光过去了，他们已经习惯了这没有喧嚣的日子，习惯了这里寂寞的生活。

有个女的多不方便啊，要不就多来几个，就一个。田雨和韩天宇、杨柏还有马东风是先来到这里的。张中正等七个人是第二拨，在他们到来的当天就发表了这样的议论。不管你愿意不愿意，反正是来了。他们的到来就预示着原来的林场彻底结束了它的历史，取而代之的是平山公社的青年点林场，一个崭新的阶段开始了。可是来到这里的第一天晚上，就发生了意外。刚入秋，天已经很凉了，吃过晚饭，大家唠了一会儿家常，就各自干自己的了，男青年的东屋，两铺大炕南北对着，韩天宇在南炕，他仰靠在大炕的一头，摆弄着那个长方形的收音机，这个收音机是吴国臣从家里拿来的。吴国臣就是平山的，家离得近，带啥都方便。嘈杂的声音不断地从那个戏匣子里头传出来，他两个指头不断拧着，调着台，一会儿是《沙家浜》中胡传魁的唱调，一会儿又是《智取威虎山》中杨子荣的打虎上山，一会又是新闻简报。田雨迷迷糊糊，不知过了多少时间，她觉得自己身上有东西，贴着肉皮子，顺着大腿往上，凉凉的，一长条，是啥？长长的，软软的，麻麻的，她渐渐清醒了，是啥呀？她吓得不敢动，心跳得都快蹦出来了。还在爬，爬到肚子上了，感觉更清晰了，她怕，她攥着双手，全身紧绷着。爬到胸上了，那种麻麻的感觉、凉凉的感觉使她再也坚持不住了。她大叫一声，猛地掀开被子！

男青年都没有睡着，听到田雨惊魂落魄的大叫，没有命令，大家不约而同地跳下大炕，就往西屋跑。第一个跑进来的是点长韩天宇，他来到西屋，伸手拉亮了电灯，电灯一亮，他却被惊得一愣，田雨上身赤裸地躺在炕上，被子甩在一边，男青年们也都只穿着裤衩，光着脊背，他们有的已经进到屋里，有的还在屋外。田雨啥都不顾，全身不敢动一下，带着哭腔，用手比画着下巴。这时韩天宇才发现，一条黑黑长长的大虫子正从她的乳房慢慢地爬下来，向她的脖子爬去。那虫子黑褐色的脊背，一节一节的，足有两寸多长，小手指那么粗。怎么办？韩天宇顾不上许多，伸手，啪，他拍在了虫子上，那虫子没有死，他不敢使太大的劲，怕打坏了那白白的皮肤。虫子在她的肩下翻了个个，啪，又一下，这回使的劲大了，虫子被打得掉到了炕上。田雨的左上胸留下了两个红红的手印，打完了，她也清醒了，一骨碌爬起来坐到炕头上，猛地抓起被子盖住了身体，依然失魂地看着大家。那虫子还在动，

韩天宇从地上捡了根小木棒，狠狠地向炕上的虫子打去，虫子被打烂了。

行了，这条虫子，已经命丧西天了，没事了。韩天宇说。

田雨抱着被子靠在炕头上，她看着韩天宇，身体还不住地打着哆嗦。

屋里的几个青年，看看地上踩扁了的那条大蜈蚣，也都松了一口气，陆续出了屋子。

行了，虫子也死了，我们出去了，你也该睡觉了。韩天宇转过身，向门外走去。

不行，你们不能走，我害怕，我不敢一个人在这儿睡觉。田雨哭着说。

韩天宇停住了已经迈出的右脚，回过头来，看着蜷缩在炕头的田雨，心生怜悯，他把迈出的脚又收了回来。咋办哪，能在这屋陪她一宿吗？这是不可能的。他又回到屋里，看着紧抱被子的田雨说：没事的，虫子死了，不会有了，再说了，我们就在那屋，又不远，有啥事你一叫我们就到了。

不行，我怕，你们在我这屋还差不多。田雨哀求。

不怕的，那屋这屋这么近，和一个屋没啥区别。韩天宇看看只有一个褥子的大炕，又说，再说了，我们在这屋也没法儿待呀。

田雨望着韩天宇，又想说啥，张张嘴却没说出来。她和韩天宇虽然都来自天津，彼此也都认识，但他是个男的。她也不好意思非让他陪自己在一个炕上给她做伴。

韩天宇又嘱咐了几句，才回到东屋。

几个男青年对田雨给予了极大的同情。一个二十岁的姑娘，在家还正和爸妈撒娇呢，就只身来到这个远离人烟的山里，且没有一个同伴，于是他们约定：对她，田雨，要格外照顾，要向对亲妹妹一样关心，一样照顾，绝不能让她受到任何委屈。

为减轻她的负担，每天男人们晚上吃完饭，都要把水缸给挑满，免得白天她再去挑水受累。他们排好了班，哪天谁挑水，已经责任到人了。烧的柴火他们也想到了，每天下山时每人必须从山上带下来足够做一顿饭的干柴，有那么多的男人在，哪能让一个姑娘受累呢？男人们对她的好，她都明白，她想尽办法去回报，她努力为他们做些事情。洗衣服已经是她的日常工作了，他们晚上脱下的脏衣服，白天她都洗得干干净净的，等他们从山里回来找脱下来的脏衣服时，已经晒干叠得整整齐齐的衣服，都摆在他们的褥子上了。男人们除了嘴上说着谢谢，心里也在感谢她。

田雨是个有心的姑娘，她除了为他们洗衣服，还跑到二十里外的天门镇买来三个大水盆，并对他们实行了严格的洗澡管理。她每天都在他们回来前烧热一大锅热水，每天吃过晚饭后，都要洗个热水澡。她说洗澡解乏，特别是洗热水澡，更解乏。男人听女人的话，更听姑娘的话，吃过晚饭，就把三个水盆倒满，按顺序洗澡。韩天宇擅长管理，洗澡的顺序和挑水的顺序一样都是他安排的，先后轮着来，大家都没意见。

　　田雨是个闲不住的人，她除了做饭，帮男青年洗衣服，烧水，更多的时间就是开垦，在住的小屋四周，凡是能开的地她都开了，开出来的地除了种大田，就是种蔬菜。男青年看着她每天忙着，累着，都心疼她，制止她开荒种地。她呢，总是嫣然一笑，第二天继续。功夫不负有心人，不到半年，愣是开出三亩多地来。看着绿油油的庄稼、水灵灵的蔬菜，再苦再累她都高兴。

第五章

一

　　青年点迎来两个北京青年的第一个夜晚是欢乐的。虽然上午出现了一点小状况，但是对离家在外的年轻人来说，又算个啥？特别是赵庆国，是个体大心粗的人，事情结束了，就算过去了。他输了，输得心服口服，摔完了跤，他却在心里和自己过不去。咋就没有摔倒一个书生反倒被人摔了呢？他找不到答案，如果再摔下去可能还是一样的结果，他认为。这个韩天宇不一般，赵庆国在心里既佩服又忌恨，是他让自己在众人面前丢了面子，他本想找回自己被赶出平山的尊严，反倒又失去了威信。他觉得自己没了脸面，思虑之中他又想到了李梅，李梅现在干啥？她在吃饭吗？她和她的爸爸妈妈说啥吗？她会想我吗？会哭吗？如果她在场会是啥结果？她会看不起自己吗？

　　王晓兰可不像他那样，她还是那样活泼，那样有说有笑的。她和田雨在西屋住，行李也在来的时候放到了田雨褥子的西边，可是吃过晚饭后，她硬是拉着田雨来到男人屋里和他们唠起了嗑。闹的满屋子都是笑声，这屋里可是很长时间没有这么快乐过了。

　　夜已经很深了，虽然白天没有上山，他们还是都犯困了，王晓兰是个明事理的姑娘，就笑着对大家说：看来我赖着不走，你们都没法睡觉了，我俩走了，你们也睡觉吧，明天还得上山呢。说完拉着田雨就出了东屋。

　　两个姑娘睡在一起，算是有伴了，她们有说不完的话，田雨也是个开朗的姑娘，最让她高兴的是，她终于有个伴了。自从那次她遭到那个流氓的骚扰后，她就盼着能有个伴，韩天宇也向公社反映了，公社也向区里反映了，区里也确实给安排了一个刚刚毕业的女高中生。她是区里一个领导的闺女，到这里还没有把炕头睡热，只一宿就回去插队了。她实在是受不了这里的寂寞，受不了这里的困苦。田雨知道，王晓兰不会短时间就走的。

　　田雨和王晓兰唠着心里话，东屋就已经响起呼呼的鼾声了，那呼噜声此起彼伏，弄得她们没法入睡。他们天天这样吗？王晓兰问。总这样，天天上山累的。能睡着吗？习惯了，要是哪天他们不打呼噜了，我反倒不习惯。王晓兰笑了，多甜的姑娘啊。

在呼呼的呼噜声中，她们迷迷糊糊地睡着了。

"吱……吱……吱……"连续的尖叫，划破了寂静的大山的夜空。叫声之尖利，之惨烈，之痛楚，穿透了黑暗，刺破了夜空，惊醒了十三名青年，他们几乎同时从炕上坐起来。

是猪在叫。除去赵庆国、王晓兰两个人，其他的十一个人都知道这是猪在叫，而且都知道猪圈一定是进狼了，猪遭到了狼的袭击。

他们还记得不久前那晚的情景。

猪圈在小屋的南下方，距小屋的垂直距离也就二十多米，一面就坡，三面都是用木棍架起来的，那晚，狼就是顺着就坡的一面进的猪圈。

狼在里面，人在外面。怎么办？人没有想出好的办法打狼，狼也没有想出好的办法逃生。双方就这样僵持了足有两分钟。

有能力逮住或打死这只狼吗？韩天宇想，如果有把握，还行，如果没有，那就有可能伤到人。这时张中正急不可耐了，他大声说：干啥啊，打死它啊，打死了吃狼肉。说完转身捡了一根碗口粗的木棍，就往猪圈里打。可是尽管他个子高，任他怎么使劲也打不到圈里去，围猪圈的木棒子太高了，比一个人高出很多，人站在外面根本就够不到圈里。

张中正用木棍一惊，不但没打着狼，反倒把狼激怒了，它扔掉了嘴里叼着的那块滴着血的肉，张着红红的大嘴，龇着被血染红的牙，疯狂地向围着猪圈的木棍冲闯。外边的人吓得跳出老远。怎么办？韩天宇急速地思考着，不能这样僵持着。既然逮不到也打不死它，就放跑它，反正有了这次的教训，以后它再也不会祸害猪了。韩天宇来不及多想，就让张中正把猪圈的门打开。狼四腿腾空疯狂地向前扑，一下子冲出了猪圈，一眨眼就不见了。

青年们这时从猪圈外面进来，躺着的那头猪已经死了。大家看着这头死猪的惨象，咬牙切齿地恨着这只狼，后悔不该放跑它。韩天宇没有吱声。

大家七手八脚地把死猪抬到小屋门前，看着死猪都笑了。这猪一死，得了猪肉，虽然小点儿，也是猪肉啊，还是小猪，肉准嫩。他们也不睡觉了，连夜就把它剥皮去肚，最后剩了二十多斤肉。改善了一个月的生活。

如今也许是放跑的那只狼又来了。

猪还在声嘶力竭地叫。快，狼来了！韩天宇一嗓子，大家顾不上穿衣服，每人光着膀子，穿着大裤衩子趿拉着鞋就都冲出了小屋。

赵庆国不知道咋回事，他听到韩天宇这一喊，又看到大家连衣服都来不及穿，就都跳下炕，知道发生了紧急情况。他在平山时就听到有狼的传言，但从没经历过，连狼的叫声都没听见过。狼真的来了？那叫声不是猪的叫声吗？他在平山见到过猪，听到过猪的叫声。

他来不及多想，也不去多问，跟着大伙跳下炕，就向屋外跑。跑到外面，见大伙都在找东西，有的抓起个扁担，有的拿起根木棒，有的没找着什么就一手抓起一个大石头。赵庆国也学着别人，他跑到房子的东边捡了两根一米多长小碗口粗的木棍。他抓着两根木棍就顺着斜坡向下跑。跑得快的已经来到了猪圈外，一眨眼的功夫所有的男青年就都到齐了，就连王晓兰和田雨也跟着跑来了。

果不其然，一只大灰狼正在猪圈里。这只灰狼和之前来的那只一样，最起码都是灰色，个头也差不多。

就是那只狼。韩天宇肯定地说。

几道手电的强光直射到了狼的身上，它正和一头六七十斤的大猪进行撕咬。说撕咬也只是狼对猪进行撕咬。猪看样子还没被咬断喉咙，还在做最后的挣扎。其实，不管是人还是动物，临死前求生的愿望都是最强烈的。

青年们围在猪圈外边，他们大声地呼喊，举着木棍不断地敲打着围着猪圈的木棒，还有强烈的手电光亮，震慑了那只灰狼，它惊恐地望着圈外，怒视着那十几个青年人。那头猪挣扎着翻身爬起，踉跄地跑向土墙根下。狼傻了，狼怕火，手电的亮光使它不敢乱动。

那晚的情景又重演了。怎么办，还放跑它吗？再放跑，还可能为今后引起一些麻烦。但怎么打死它不留后患呢？这还是个难题。

赵庆国站在土墙的边上，他仔细观察着，他想，必须得把它打死，一是猪安静了，不会有狼来捣乱了，二还可以吃到狼肉，何乐而不为呢。要想把狼打死，必须到圈里去，并且必须保证把狼打死，而不被狼咬伤。赵庆国观察着圈的四周，他发现了就着土坡的土墙，只能从坡上跳到猪圈里边才行，就这么办了。他决定后，谁都不理，飞快地爬到猪圈后墙的土坡上。这时大家都把注意力放到了狼的身上，没人注意赵庆国，他站到山坡上，那土墙高两米左右，这么高的土墙对赵庆国来说不算啥。赵庆国高大的身影在坡上一晃，说时迟那时快，人们还没回过神来，赵庆国就已经到了猪圈里。

这时的猪圈里有四头猪，一只狼，还有一个人。

大家惊呆了，吓傻了，他要干什么？这不是送死吗？

王晓兰和田雨吓得瞪着大眼睛说不出话来。

那狼见从坡上跳下一个这么高大的人，也吓了一跳，它怎么也没想到会有人跳到里面来。它射出两道蓝光的眼睛瞪得更大了，两只耳朵竖了起来，前腿弯曲，做出了向前冲的姿势。赵庆国可不怕这些，他跳进猪圈，就抡起手里的木棒，左右开弓，向那狼打去，那狼也做好了准备，灵活地跳出了棒打的范围，随后蹬腿就向赵庆国扑来。大家都吓得惊呼起来：快躲！赵庆国不等大家喊完就已灵活地闪身躲过，狼扑了个空，就在那狼还没回过身来的时候，赵庆国已经抡起那小碗口粗的木棒，向狼的后背猛地砸下去，这一棒太准了，劲太大了，只一棒子，就听到嗷的一声惨叫，那狼就被打得趴到了地上。紧接着，他高举木棒，左右开弓，第二棒，第三棒，接二连三地向那狼的头上打去。那狼只惨叫了几声，四条腿胡乱地蹬了蹬，再也没有了声音。

太快了！太痛快了！从赵庆国往猪圈里跳到那狼被打得不动，不超过两分钟。外面的人还没反应过来，有的连怎么打的都没看清楚，那狼就已经趴在地上不动了。人们又被惊呆了，就连摔倒赵庆国的韩天宇也都瞪大两眼，直勾勾地发呆了。

过了一会儿，人们弄清了咋回事，便立刻呼叫起来：好，好，太厉害了！

好样的，真是好样的！王晓兰和田雨竟然拍着手跳起来。

赵庆国在猪圈里听到人们的呼喊，内心一种自豪油然而生，白天被摔倒的沮丧被此时的自豪冲刷得干干净净。他扔掉一只手里的木棍，拽起狼的脑袋，血正从狼的鼻子和嘴里往外冒，狼的脑袋已经被打塌进去一大块，狼已经死了。

赵庆国高傲地直起身，仰起头，冲着外面大声喊道：都躲远点儿，我把死狼撇出去！

他一只手拎起那只死狼，斜着往高一提又顺手往外一扔，那狼就被甩出圈外四五米远。

外面的人呼啦躲出老远，那死狼扑通一声落到地上，没人管圈里的赵庆国，又呼啦一下围到那死狼跟前，用手电照着，要好好看看狼的模样，看看狼被打成啥样。

在看那死狼的同时，人们不由对赵庆国产生一种敬畏之情。

此时的赵庆国还不知道咋从猪圈里爬出来呢。还是王晓兰提醒韩天宇，打开了圈门，赵庆国才走了出来。

韩天宇拉着赵庆国，伸出大拇指，说：你才是真英雄。赵庆国听了，孩子一样，心里甜甜的。没啥，没啥，这算不了啥。说着憨笑开了。

赵庆国终于找到了被称赞的满足感。

二

早晨，天还没亮，青年们就起了床，他们还得上山。为了奖励赵庆国打狼有功，第一天他可以不上山扛木头，在家剥狼皮，炖狼肉，晚上改善生活。韩天宇说这话的时候是真诚的，他是从心里佩服赵庆国。他自己清楚，换成他，怎么也没有勇气、没有胆量跳到猪圈里单独和那只恶狼去拼死，就是跳下去了，也绝没有把那只狼打死的可能。

让赵庆国留在家里的奖励，大家都没有意见。特别是王晓兰和田雨，高兴地蹦了起来，田雨拍着手叫道：好，好，好，大英雄应该的，应该的，帮我们剥狼皮，炖狼肉，你们就等着吃吧！田雨笑嘻嘻地说完，盯着赵庆国看。可赵庆国不同意。他不想留在家里，何况这是第一天上山呢。奖励，他可不需要，他不会因为任何理由搞特殊，这也是他的本性。他说：剥狼皮的事还是留给她们两位吧，我真的不需要奖励，还是和大家一起上山吧。王晓兰不解地看着哥哥，她不明白他为啥不留下来，不就一天吗？再说了，奖励有啥不可的，除了他，谁还能干出这样惊天动地的事情来啊。说实话，在赵庆国跳到猪圈里的一刹那，王晓兰的心都跳出来了。她是多么为哥哥担心啊，那是拿自己的命做赌注啊。如今不上他上山，帮着她俩剥狼皮，有啥不行的呢？但她没有对哥哥说啥，她尊重他的意见。

赵庆国早已准备好了大斧子和绳子，吃过早饭，他还是不听韩天宇和大家的意见，坚持和大家一起上山。没办法，咋也不能用绳子把他绑上啊，也就只好随他了。他学着大家的样子，把绳子捆到腰间，那把大斧子往后腰上一别，和其他人一样，用手巾包了两块棒子面大饼子，装到一个军用黄色背包里，这可是他的宝贝，是从北京出发时，爸爸送的。送这个书包时爸爸还嘱咐了几句，说要保持军人家庭的品格和作风。这是多么珍贵的物品啊。

全副武装，他高高兴兴地和大家一起出发了。

　　第一次进山，赵庆国感到格外新鲜，兴奋的心情溢于言表。昨天上午被摔的沮丧，就像风吹散了浮云一样，已看不到一点儿踪迹。他时而走在中间，时而走在前面，又时而走到后面，他一边走一边问，好奇得像个孩子。

　　老赵，可加小心啊，这山道不好走，别摔了。韩天宇笑着提醒赵庆国，短短的一天时间，他就对赵庆国有了一定的了解，直率，坦诚，力大，灵活，勤劳勇敢，是一个好青年。就是有点儿争强好胜。

　　赵庆国回头看看韩天宇，抹了一把额头上的汗，憨笑着答应：放心吧，没事的。

　　可别说没事，还是小心点儿好。吴国臣的爸爸是平山公社的副主任，妈妈是老师。虽然是干部家庭出身，但他从小就生活在大山的边缘，爬山的故事听到不少，而且小时候就经常和放羊的一起往山里跑，他深知爬山的危险，他进一步提醒：这山路陡峭，扛山滚崖子的事可不少，要真的摔下去，轻者伤着，重者送命啊。吴国臣这可不是瞎说，这么多年，进山砍树、扛货挨摔的不少。俗话说，靠山吃山，靠水吃水。这里的人除了上山采些山货自己吃，有时还偷着拿到附近的大集上或煤矿上去卖，还有些人铤而走险，在夜里上山砍树，扛回来偷着换几个钱零用。柳条沟离大山较近，谁都知道这个庄差不多哪家都有夜里上山扛木头的事，但出事的也不少，滚山坡受伤的，胳臂腿摔折的，都常有。山里山外闻名的扛山王老侯就是夜里上山砍木头，摔得两条腿失去了知觉，连站都站不起来了。

　　就这个事，吴国臣和他们这支扛山队伍没少讲过。

　　赵庆国虽然兴奋，但大家的提醒也使他小心了许多，他也知道，真的摔了，自己难受不怕，给大家带来麻烦是大事。于是，他和大家一起，按部就班地排成"一"字队伍，顺着陡峭的山坡艰难行进。

　　四个小时过去了，赵庆国可没了出发时的激动，他感到了疲劳，走路的速度降了下来，跟在队伍里，明显感到了吃力。别看他力大，但论爬山他和这些人比起来还有点儿差距。爬山讲的是腿力，也有技巧。这些人都经过了两年的锻炼，都成了爬山的老手，他怎么比得上呢。但他不服输，他依仗着力大腿长，始终没有被落下。

　　顺着山谷攀岩而上，又翻过几道山梁，他们来到了原始森林。这里树高林密，树种繁多。针叶树，阔叶树都有，它们你不让我，我不让你，争着往高里长，齐刷刷的，像人工排列的一样，特别整齐，有直冲云霄之势。人站

在林里，就显得特别渺小。

赵庆国第一次看到这原始森林，第一次看到这么整齐的林木，第一次看到这么高、这么直、这么光滑的树，他忘掉了疲劳，又兴奋起来。他乐呵呵的，像个天真的孩子，在林里转来转去，摸摸这个，又摸摸那个，嘴里不住地说着：这树多好啊，要是砍了，多可惜呀。

大家都各自找了一块干净的石头，坐下来休息，准备吃饭。他还是看个没完，大家看着他像孩子一样地转悠，都笑了。张中正憋不住了，他拿出干粮，对赵庆国说：我说老赵，别稀罕个没完，你说这树光长，要不砍，干吗用啊？它长着不就是给咱用的吗？有啥舍不得的？别转悠了，快歇会儿，吃点儿东西，好干活儿呀。

是啊，别转悠了，歇歇吧，待会儿扛上木头往回走那才叫劲哪。吴国臣一边咬着大饼子，一边对赵庆国说。

赵庆国笑着，找了块石头坐下，他啥都没说，也从背包里拿出大饼子，掺了黄豆面的大饼子叫田雨烙得两面都是焦黄的，她又在和面的时候加了一些糖精。白糖是没有那么多的，要买白糖红糖得拿供应票。大家都爱吃田雨做的掺了豆面又加了糖精的大饼子，又软又甜。

赵庆国看到大家说说笑笑地大口吃着，吃得那么香，他咬一口左手的饼子，又咬一口右手的萝卜瓜子，那才带劲。他第一次上山，也是第一次在山上吃午饭，大饼子就腌好的萝卜瓜子，说起来也挺新鲜。

庆国，快吃吧，吃完了咱好砍树，也好尽快往回返哪。可别看现在刚晌午过点儿，这天一晃就黑呀，何况回去是扛着木头啊，可不比来时那么轻松啊。吴国臣看着赵庆国不紧不慢的样子，在为他着急。韩天宇看着赵庆国笑了，说：庆国，这干粮吃得来吗？他说完就知道自己这话等于没说，吃不来咋办，还能吃别的吗？其实赵庆国不怕苦，更不怕吃得不好，他只要有吃的，能把肚子填满就啥都不怕。他冲韩天宇笑了，别担心我，我是啥都能吃饱。说着，赵庆国一大口就把大饼子咬下去一小半，紧接着，瓜子条又咬下去一大口。看着他吃得那么香，那么起劲，韩天宇心里特别高兴。又一个这么好的战友，他将和大家朝夕相处，就这样往来于大山深处和林场之间了。

吃罢干粮，喝了几口用罐头瓶子带来的凉水，喘了口气，舒服极了。饱了，劲儿来了。

他们顾不得过多地休息一会儿，没人叫，也没人喊，就各自到林子里去了。他们东找西找，摸摸这个，看看那个，挑选着既适合木器加工厂又适合自己力量的树木。一旦选中了，他们就抡起大板斧，咔咔咔地砍起来了。没几分钟，咔咔咔的声音就在这片原始深林里响起来了。赵庆国学着大家的样子，东摸西看，他最终选了一棵又粗又高的曲柳树砍起来。

转眼间，硕大的一棵水曲柳树被他砍倒，他照着别人的样子，伸开两臂趴到放倒的树木上，沿着树木从根部量起，量到两臂长的时候，韩天宇在远处喊话了：行了，老赵，够长了，太长了太沉，也不好扛。这两年他们扛木头都扛出了经验，多粗的木头，应该扛多长，啥样的树木应该扛多粗的，他们心里都有数。一般地说，碗口粗的树木，砍到两个人体的长度就不短了。长了，粗了，太沉，有的时候还没扛出去，就扛不动了；太细，短了，又觉得进山一次浪费了自己的力气。每个人都尽力扛上合适的木料，谁都不会因怕累而尽量砍倒小些的树木，相反都会尽力砍些粗的树木，既能尽力扛出去，又不会太累，因为，他们今天扛下来了，明天还得来扛。一天不扛，公社的木器加工厂就可能会因为木料短缺而影响生产。他们知道，他们的责任不小。

赵庆国不知道这里的情况，他砍的树木比其他人砍的都粗，水曲柳的木质又硬，密度大，比一般的杨树、椴木都重一些。他不知道这些，量到他两个身高时，还要往长量，韩天宇大喊，让他别量太长了，太长了扛不动。因为年轻气盛，最初的时候，他们一个一个比着扛，你扛的粗，我比你的还要粗，你扛的长，我比你的还要长。可人的力量是有限的，每个人的力气也是不同的，同样粗、同样长的木头，人家能扛得了，你就扛不动。逞一时的能，扛到半路上，若是扛不动，还得再砍去一段。

在韩天宇再三劝说下，赵庆国砍了他两个身长的木头。砍完后，他把木头抬起来，笑了，冲着韩天宇说：点长，就这点儿东西，不沉啊，上当了，要知道就这么沉，还不如再长点儿。

吴国臣这时已经砍好自己的木料，就等着大伙都弄完一起出发了，听到赵庆国的话，像是自言自语，又像是对赵庆国说：不沉，不知你有多大的劲，扛扛试试，这可不是逞能的事。

张中正在原有的人员中应该是比较有力气的了，他大声对赵庆国喊：老赵，这可不是玩的，这东西可是实打实地沉啊。

赵庆国抬头听着他俩的话，啥意思，是挑战吗？他可不怕。其实吴国臣和张中正都是怕他扛不动，提醒他不要扛得太长，两个人的几句话不起眼，

把赵庆国的劲儿激起来了，他本来就觉得他砍的木头不沉，听了他俩的话，他还真的要挑战一下。他看了看自己砍后剩下的那一段树木，还有其他人砍倒的树木那么粗，而且还很直，扔下真的很可惜，还不如往上再砍一段，一起扛下山去。他用脚步量着剩下的树木，在三步的地方站下了，他回头看看，有三米吧。他脸上露出了得意的笑容，然后抡起大板斧砍起来。

离他不远的几个人，都不解地看着他。他要干啥？说时迟那时快，三米一段的木头已经断了，他熟练地砍去这段木头周边的树枝，扔掉板斧，用一只手搬住木头的一端，用劲一提，木头就起来了。不沉，没问题。他笑着说。其他人都已准备好了，板斧有的别在后腰带上，有的用绳子绑在木头的一端，有的已经把木头立起了。韩天宇来到赵庆国跟前，还是有些不解，他看看地上的两根木头，又抬头看看赵庆国，说：老赵，这是干吗，你不是要扛两根吧？咋的，不行吗？不行，就你这一根又粗又长的，还怕你扛不到山下呢，两根，那不是说笑话吗？

说话间，大家也都来到跟前，知道他要扛两根木头下山，都以为是笑话。扛一根在路上还不知要歇多少次哪，两根，根本扛不了。大家疑惑，也不理解，为啥非要扛两根？大家都劝他，一是扛不动，二是下山的路实在不好走，别看上山不太累，下山那是扛东西啊。扛一根都累得不行，何况两根。

吴国臣像是开玩笑，他对赵庆国说：我说老赵啊，之前吧，也听说你力气大，这我们都信，在我们这儿，谁都没你力气大，要不昨晚上两根木棒就打死一只大活狼啊。他停了停又说，可这扛木头的事，和打狼不一样，这几十里的爬山跨沟，可不是玩的，你可别逞能啊，半路上扛不动再扔一根，那就更可惜了。吴国臣想着是劝他，下山的路不好走，万一出点儿事都不好，可他这么一说，不但没起到劝的作用，反倒增强了赵庆国挑战的决心。他笑着对大家说：我知道哥们都是怕我累，但没事的，我，两根，扛下山一点儿没问题。我，有那么大的劲，如果不用，岂不是浪费了吗？大家相信我吧。说着，他把两根木头并排放到一起，把背包里的绳子拿出来，递给韩天宇一根，说：点长，麻烦你，把那头给我捆上，捆得结实点儿。他说着自己就先把这粗的一头捆上了。韩天宇拧不过他，把另一头也捆紧了，但他实在担心，他担心的不是赵庆国扛不动，而是怕下山的路不好走，摔了。真要摔了，那可不是玩的，轻者摔伤，重者残废，甚至有丢命的危险。

捆绑完毕，赵庆国笑了，他对大伙作了一个揖。说：我耽误大家不少时间，实在对不起。行了，可以走了。在一边的韩天宇还有张中正、马东风几个人，帮着他把木头抬起，放到他的肩上。怎么样？能行吗？要不行可千万别硬撑着啊。张中正笑着对他说。没问题。他歪着脑袋说。两根并起来的木头在他的肩上比他的脑袋还高那么多。

大家各自扛起木头，吴国臣走在最前边，每天都是这样，上山、下山都是他领头。他是本地人，对上山下山怎么走他都熟，他不走，大家谁都不走。

大家一字排开，赵庆国没有在最后，韩天宇走在最后，他让赵庆国走在自己前边，好随时看着点儿。

真不让人省心。韩天宇看着走在自己前边的赵庆国心里想着。但赵庆国不怕累不怕苦的精神确实又让他感动。

其实，也早已被这里所有的弟兄感动了。在赵庆国、王晓兰没到之前，十一个青年中，只有吴国臣一个是平山公社的，其他的青年有天津的，有唐山的，还有滨海的。这些青年远离父母不说，之前哪里经受过这样苦的生活啊。远离村庄，远离人群，他们看到的只是这十几个熟悉的面孔，月末放一天假，用他们的说法叫放风。这一天他们就疯子一样到区工委所在地的天门寨去逛供销社，买一些零用的东西，完了就在大街小巷逛个够。哪儿有大街啊，只是能过一辆马车的村中小巷。街上也不热闹，能看到的是看小孩子的老太太，还有挪出屋子晒太阳的老头子，再有就是光着屁股疯跑的孩子。但这就已经让他们很满足了。吃的就更不用说了，村里送啥就吃啥。一个月能吃上一顿肉、吃上一顿馒头就是天上掉下来的福了。棒子面、白薯面、高粱米、大白薯，这是主食；大白菜、萝卜瓜子、土豆、大萝卜，这是主菜。自己种了点儿豆角啊，黄瓜呀，辣椒啊，让他们的生活有了点儿滋味。不管咋样能吃得饱，他们就满足了。有多少人家一到青黄不接时节就断了粮食啊。

每天进山往返百八十里路，这样的活计实在太累了。这百八十里哪里有路啊，都是越峡谷，爬陡坡，跨山梁，穿山林。特别是扛上木头，那艰苦的路途你就可想而知了。

开始大家对扛木头都不熟，出点儿小伤是经常的事。这儿破了，那儿破了，胳膊腿出血了，肩磨破了，脚出泡了，腰累酸了，直不起来了，腿疼了，迈不开步了，等等，那艰难困苦多得说不清。他们是刚出学校的学生，在家连饭碗都不洗，哪里干过这样的活儿，受过这样的苦啊。但他们没有一个人叫过苦，没有一个人喊过累，肩磨破了，他们带块肩垫，扛木头时垫到肩上；

脚磨出泡了，他们给田雨要根头发丝穿到针眼里，再往那水泡里一穿，就解决问题，第二天照样上山。

想到大家的坚强，韩天宇的眼里就噙满泪花。

他为这些可爱的青年感动，他为这些可爱的朋友感动，他为这些可爱的兄弟感动。点长，其实不是啥官，但，公社让他在这个青年点上负责，他就得义无返顾地负好责，管好这里的事，不辜负公社对自己的期望。韩天宇经常这样想。保证不出事，大家高高兴兴地上山，安安全全地下山。保证公社木器加工厂木料的使用，要多少供多少，保证不给公社添麻烦。他总想，他们是到这里锻炼来了，不是享受来了，要有扎根农村的准备，要经受这里的一切，坚决不和领导说不，坚决不在这里叫苦。他做到了。

如今，又来了北京的赵庆国，见面时的摔跤，让他内心好不舒服，但赵庆国的直爽，又让他欣慰。特别是他关键时刻挺身而出，不怕牺牲的精神又让他佩服。现在又看到赵庆国如此不怕劳累，他哪能不被感动呢。

三

赵庆国跟在下山的队伍中间，艰难地行走在茂密的杂林间，行走在崎岖的陡坡上，行走在蜿蜒的峡谷边。行走的过程中，他们很少有人说话，偶尔传来一声：注意了，这儿不好走。这儿脚要踩实了。看好脚下。大家注意了，这段路危险，小小心。这些话是吴国臣喊出的，凡是走到危险地段或难走的地方他都要提示大家，以免发生危险。每次都是如此，就从这一点，大家就都很佩服他，再加上平时他又是个热肠子，谁有个困难，哪怕经济上的困难，他也是第一个冲上去帮着解决。他家虽然不宽裕但他会想办法让他妈妈帮忙，他妈妈更是个热心肠，两年多来，吃的，用的，花的，奉献了不少。谁要是缺东少西的，一到月末他就会回家，只要他家有就会拿来，就是没有他也会找到。这十几个人谁没吃过他妈妈做的粘饽饽，包的椵椤叶饼，韭菜馅的白面饺子，还有韭菜馅的棒子面饽饽？大家对棒子面韭菜馅大饽饽很有印象，这东西个儿大，韭菜多，吃起来很实惠。还有那鸡蛋炒大酱也没少吃。特别是一到春天，他妈妈就会烀一大堆白薯筋儿，让吴国臣拿上山来，大伙就都抢着吃。那是在秋天，大队出完白薯，他妈妈拿着大镐到白薯地里倒出来的丢下的小白薯，然后烀熟了晾干，到春天洗洗大锅一烀，又甜又筋道，特好吃。再有，谁有个头痛脑热的，吴国臣就像医生一样问长问短的，摸摸头，号号脉，然后一句话，就让你大病变小，小病变无。他说：没大病啊，喝碗开水吧，一会儿就好。这时谁都不用动，也不许你动，他把开水端来，嘴里还不停地絮叨：来来来，药来了，喝了吧，喝了病就好了，趁热喝了吧。水端到嘴边，不由得你不喝。说也怪，喝了他端来的水，这病真就好了三分。这时大家就叫他吴半仙。极好的心肠也换来了极好的人缘，大家都很喜欢他。

吴国臣走在最前边，后边每个人之间的距离都在五六米开外，这样十几个人就拉开了五六十米的距离，大家前后互相照应着慢慢地前行。下山不比上山，扛着木头不说，眼睛是向下看，稍不留神脚就踩滑了，踩空了，那后果就不堪设想了，所以大家都很小心。

二三百斤的重量对于赵庆国来说并不怎样沉。走出一段路程，韩天宇看着他走路的样子，问：老赵，咋样？累了吱声，大家一块歇会儿。没事，不累，刚走这么点儿路程，先不歇。又走了一段路程，看着他走路有点儿吃劲了，头歪得有些厉害了，前面扶着木头的手也显得很吃劲，步子也有些艰难了。韩天宇又问：老赵，咋样？行不行啊，累了就歇会儿吧，别硬撑了。没事，走吧，还能挺哪。说话的声音挺大的。声音虽然大，但听得出，他是喘着粗气的。

赵庆国确实是挺累的了。他虽然有劲，但时间长了就不一样了，道远都不捎书呢，何况几百斤的木头。又走了一段距离，他就有些支撑不住了，腰弯下了，原来一只手扶着肩上的木头，变成了两只手都上来了，他和前边的距离拉得越来越大了。韩天宇一看不行了，必须得歇着了。其实他也很累了，按以往的规矩，也应该到休息的时候了。于是他也没再问赵庆国，就大声冲着前边的吴国臣喊：老吴，下了这段斜坡，先别走了，撂下歇一会儿吧。他这一嗓子还没落呢，就听赵庆国妈呀一声，这声音之大，让人吃了一惊，随着这一声怪叫，一条比大碗口还要粗的大蛇从赵庆国的脚下快速爬过．这条大蛇有多长，赵庆国根本就不知道，前边他没有看到蛇头，后边没有看到蛇尾。赵庆国哪里看到过这样的东西啊，他见过蛇，但从来没有看到过这么大、这么粗的蛇呀，在那条蛇进入他视线的那一刹那，他大叫了起来。他吓坏了，整个人的神经都蹦起来，眼前那粗大的蛇占据了他整个意识。他看着那条大蛇从脚前爬行，不知道该咋办。特别是两只脚，吓得不知往哪里放，他身子晃了几晃，努力保持着身体的平衡，但由于肩上的木头太重，他实在是坚持不住，身子一歪，那两根木头从他的右肩上滑过他后背一下子滚落到坡上，

然后顺着斜坡向坡下滚去。赵庆国在木头从他肩上滑落到地的那一瞬间，眼前一黑，就摔倒在坡上，然后顺着大蛇爬去的方向向下滚去。

这一切来得太突然了，太快了。前边的人来不及回头，大家肩上都扛着东西，尤其是都扛着这么长的木头在树木丛生的杂林中就根本回不了头。

前面的人不知道发生了什么事，听到赵庆国的喊叫，紧接着又听到木头着地的声音，也都猜到是赵庆国摔倒了，都站下等待着，有的想把木头放下，但大斜坡也不好放啊。韩天宇被眼前发生的一切惊呆了，也吓呆了，在一瞬间过去之后，他猛地清醒过来，这回可要出大事了。赵庆国这一摔，要滚到沟里去不死即重伤。第一次上山就出这样的事故，真是不敢想象。他啥都顾不上了，把肩上的木头往下一扔，也不管这木头滚到啥地方了。他大喊起来：老赵！老赵！老赵！他几乎是哭着喊出来的，他一边喊一边向赵庆国滚去的地方跑去。

赵庆国在草丛间又滚了好几个个儿，他已经神志不清了。山坡上树棵子茂密，再加上他身体高大，在滚了几个滚后，他的身体被卡在一丛树棵子上。就在这时，韩天宇清楚地看到，那条又粗又长的蛇，刚刚从距离赵庆国跟前不到一米的地方快速向下爬去。那蛇的腰部比他扛的木头还要粗，尾巴也有大人的胳膊那么粗。在爬行的过程中，那尾巴还不时左右摆动，发出的唰唰声也让人不寒而栗。韩天宇也是第一次看到这样大的蛇，第一次看到这样大的蛇在草丛间，在树棵子里爬行，那样子那声响实在太恐怖了。韩天宇的汗水早已湿透了衣服。

蛇爬过去了，留下的是被它压倒的蒿草和压折了的树枝。

韩天宇已经来到赵庆国跟前。此时赵庆国的军用胶鞋被树枝挂掉了一只，两腿叉开着。他两眼紧闭，鲜血从脸上流下来。韩天宇一看，完了。他想，这回可出大事了！他的心剧烈跳起来，赵庆国这回是完了。他蹲下来，冲着赵庆国大声叫着：老赵！老赵！醒醒！老赵！快醒醒啊！一边喊，还一边把手放到赵庆国的鼻孔那儿试试。好像还有呼吸。他又大声地喊起来：赵庆国，醒醒，醒醒啊。他边喊边伸手去搬赵庆国的头，试图把他抱起来。

这时其他几个人，也都把扛着的木头放下，连颠带跑地过来了。大家围在赵庆国跟前看着赵庆国的样子，都吓坏了。吴国臣挤到韩天宇前边，也摸摸赵庆国的鼻子，然后说：还有口气。说完他就掐赵庆国的人中，过了一会儿，奇迹还真的出现了，赵庆国慢慢地睁开了眼睛。看到他醒过来，大家都不喊了，也都稍微松了一口气。韩天宇用袖子擦去了赵庆国脸上的血，看清了，脸可能是被树枝划的，但看样子只是划了一个小口子，出了点儿血，问题不大。怎么样啊，老赵？赵庆国看着大家，张了张嘴想说啥，但没说，可能还没从刚才的惊恐中缓过劲来，过了有一分钟，他说：给我口水喝吧。我这就有。杨柏的水壶就在屁股后边挂着呢，他把水壶拽下来，递给吴国臣，吴国臣又递到赵庆国手里。赵庆国把嘴对着壶嘴，一扬脖子，咕噜喝了一口。他把水壶又递到吴国臣手里，长出了一口气，说话了：啊呀，差点儿吓死我呀，我看到妖精了，那是蛇精啊，差点儿吃了我呀。

哪来的妖精啊，那是一条大蛇。韩天宇说。你都快把我们吓死了，咋样？能站起来吗？大家看到赵庆国说话了，紧张的情绪就又放松了一点儿。

赵庆国也不知道他到底摔成了啥样，他伸伸胳膊，摇摇脑袋，晃晃腰身，又动动大腿，还都能动，他笑了。没事，他说。真没事就好，没事比啥都强。韩天宇站起身来说道。赵庆国动了动，觉得确实没事，他撩开裤腿，只是小腿肚子划了个血口子，出了点儿血，问题不大，胳臂也只是蹭破了点儿皮，也没大碍，大家这才放了心。还有一只鞋呢，快穿上吧。杨柏从棵子里捡到了那只掉了的军用胶鞋，他递给了赵庆国。赵庆国站着穿鞋，又差点儿摔倒，大家又是一惊。

吴国臣马上扶住他。一个小的扶一个大的，很不般配。

韩天宇看到赵庆国真的没啥事，心落到了肚子里，说：没事真是大喜啊，你说要真是摔个好歹的，咋交代呀。

没啥，赵庆国又来精神了，要摔死了，是不是应该算烈士啊。

算什么烈士，顶多算你个工伤，还烈士呢。张中正大大咧咧地说，你捡条命啊你知道吗？你得感谢这树棵子，要不是这树棵子把你挡住，你早就滚到沟底下去了，那时还真说不定要成烈士，不是烈士也应该是因公而死。

大家又都笑起来，笑着说他捡了一条命。韩天宇笑完就说：行了，咱到那边歇着吧，别在这儿站着，多难受啊。

赵庆国这时东瞅瞅西看看，他在找他扛的木头。别找了，找着也不能扛了，我那木头都滚到沟里去了。赵庆国没听他说，他到下边找，在不远处还真找着了。由于他扛的木头是两根绑在一起的，所以在往下滚的过程中，也被卡在了树茬子上，没有滚到沟底下。赵庆国非要扛着，没人拧得过他，只好依他，但条件是拆开绑的木头。韩天宇的木头滚到沟底下去了，他俩一人

一个，赵庆国扛大的，韩天宇扛小的，赵庆国也只好答应。

两人一人一根，把两根木头抬到了休息的地方，大家坐下来，准备好好地歇一会儿。

这是一块斜坡上稍微平坦的地方，赵庆国就坐在他扛的木头上，脸色显然还没恢复过来，脸上划出的道子还在渗着血。大家有的在喝水，有的在用衣角扇风，有的躺在地上，但话题仍然没变，赵庆国你咋就摔下去了呢？韩天宇没有说啥，最感觉稀奇的是张中正，他和赵庆国并排坐在木头上，歪着脑袋，看着赵庆国，这么个大人怎么就被一条蛇吓摔了呢。他问：我说老赵，看你脸上还出血呢。我就不懂了，这么大人，没看到过蛇吗？一条蛇就能把你吓成那样？不是扛不动了压的吧。

哎呀，蛇我可看到过，可刚才，嘻！你可没看到啊，那家伙，大呀，有这么粗，我没看到头尾，估计也得有十多米吧。赵庆国说着就用手比画着，他比画的也有小锅那么粗。他这一比画，大家都精神了，但又都不相信。

太吓人了吧？你快别夸张了，哪有那么粗的蛇呀，你看花眼了吧？张中正第一个不相信。也是，赵庆国是有点儿夸张，但他不是有意的，他没看到头，也没看到尾，他只是看到中间，那么一眼，就把他吓得丢了魂，哪能细看多粗呢。再说了，那蛇在草丛里，只是看个大概，具体多粗他哪敢细看哪。

杨柏觉得更是可笑，他笑着说：老赵，你快别吓人了，那么粗的蛇还不成精了？那得多少年才长那么大啊。

哎，老赵，真要那么大，从你跟前过，还不把你吃了？我听说大蛇只要把嘴一张，就又一股吸劲，东西自动被吸进去，真要像你说的那么大，你还能在这儿待着？早到蛇肚子里了。马东风也把赵庆国说的当成了笑话，他们都以为赵庆国在故弄玄虚，夸大其词。

天宇，你在赵庆国的后边，那大蛇你应该看到了吧？有老赵说的那么粗吗？一本正经地问韩天宇的是陈浩。陈浩在这些人当中是不爱说话的一个，他是唐山人，一口纯正的唐山话，他性格内向，不好言辞，一般情况下对任何事情不发表看法，别人说啥他只是听着，听到有意思的时候，只是轻轻一笑。韩天宇听陈浩这么一问，没有马上回答，他在想，咋说呢，虽然不像赵庆国说的那么大，但确实不小，如果照实了说，会不会引起恐慌啊。韩天宇把目光停在赵庆国的脸上说：老赵说的虽然有点儿夸大，但我看得清楚，那是一条超大的蛇，我也没看到它的头，中间的部分足有大碗口那么粗。韩天宇说着也比画着，他比赵庆国比画的细了点。他又看看自己屁股下坐的木头说，足有我坐的这根木头这么粗，就连尾巴也有胳膊粗哇，确实吓人，就是它不吃你，从你跟前一过，带着一股凉风，你说吓人不？

真那么粗啊，老赵还挺得住，要我早吓破胆了。杨柏看着赵庆国说。

你说真怪呀，不爱说话的陈浩又开口了，咱们上山扛了两年多都没有遇到这样大的蛇，老赵第一天咋就看到它了呢？咋就这么巧，它单等着李国峰过去才突然从坡上边过来？李国峰也是唐山人，和陈浩一起来到平山的，他和陈浩一样不好言辞。这次下山李国峰走在赵庆国前边，由于赵庆国扛了两根木头，比大家重很多，后来走的速度慢了点儿，和李国峰的距离拉得大了点儿，但也没有超过二十米。李国峰走过去时没有问题，就在赵庆国走到那儿时大蟒蛇才从上边下来。

这大蛇和咱老赵有缘哪。陈浩又来了一句。

这时杨柏笑了，他对赵庆国说：老赵，你是和这条蛇有缘哪。

可别有缘，下次咱再也不愿看到它，也不能看到它了，你说是吧，老赵？马东风也笑着说。

赵庆国脸色恢复了过来，精神也好了许多。他长出一口气，说：其实也没啥，吴国臣既然说是好蛇，那我们看到它和它交个朋友都是有可能的。

行了，和蛇交朋友，有病啊，能和人交好朋友就不错了。张中正说着站了起来，大家也都跟着站起来。吴国臣是领班，他看看韩天宇，又看看赵庆国，然后对大家说：蛇，没啥，你不惹它，它肯定不理你，再说了，这是条好蛇，我敢保证，从今以后，我们再也看不到它了，它知道我们经常从这个方向走，它会躲得远远的，大家不用怕，啊。为了消除大家的恐惧心理，吴国臣说了这些话。韩天宇看着吴国臣很满意，他最担心的是大家害怕，不敢上山，吴国臣的这几句话对消除大家的恐惧可能会起一定的作用。

咋样，老赵，扛得了吗？韩天宇问。

没问题，就是两根我还都扛也行。

四

在太阳落山的时候，十一个青年人扛着木头回到了山下。还没到山口，大家就看到山外的高地上站着两个人，田雨和赵晓兰。

田雨和王晓兰早就把晚饭做好了，比以往的下山时间，他们晚了一个多小时。怎么今天还没有回来？以往早就回来了，再晚也应该到家了。田雨站在门前一边张望一边说。每次这些上山扛木头的回来晚了，她都很担心，今天这么晚还不回来，她更是着急。王晓兰虽然不知道以前他们都啥时回来，但也显得很不安，赵庆国第一次上山适应吗？太阳都落山了，到底咋回事呢？会不会出事啊？王晓兰不想问但还是问了。不会吧，好几年了，他们上山从来没事，今天更不会出事的，只是回来晚了让人着急，等着着急，真没办法。

为了晚上这顿饭，她俩从早晨就开始忙活。关键是怎样处理昨晚打死的那只狼，王晓兰束手无策，看到满脑袋是血的死狼，她的心都揪到一块了，更不用说动刀子了。

早饭后，男青年别着斧子上山了，她俩就开始琢磨剥狼皮了。

对于处理这只野狼，王晓兰发愁，田雨则一副不屑一顾的样子，这算啥，你看我的吧。她说着就去厨房取来了两把菜刀，一大一小，大的是平时切菜用的，小的，是特意为剥肉准备的。

田雨来青年点两年多，确实得到了锻炼。首先是做饭，十多人的三顿饭都是她张罗，由不会做到会做，再到做得比较好。现在她会做各种各样的饭食了。其次她会种菜了，虽说种的菜品种不多，但白菜萝卜，豆角黄瓜，茄子辣椒都吃上了。开始不会种，她就跑到一里多地外的柳条沟找老贫下中农问这问那，还让老农给她做示范。第一年大家就吃上田雨种的青菜了，吃着自己种的青菜，那才叫自豪呢。

那个年代，很少有肉吃，凭票供应。田雨看大家上山太累，又吃不着肉，怕他们身体受不了，很是心疼。刚来那年秋天，她在山边开地，一只灰色的野兔在草丛里躲躲闪闪的，引起了她的注意，看着毛茸茸的野兔，善良的田雨心生了杀念。她举着大镐，默默念叨着，原谅我，兔子，我也是迫不得已啊，他们太累了，得补充些营养，你就是他们的营养啊。

那天她不再开地了，她要给大家弄兔子肉吃了。

第一次弄兔子，她啥都不会，咋办啊，看着眼前的大兔子，她可真是束手无策了。

正当田雨发愁的时候，电话铃响了。是公社木器加工厂的张厂长打来的，询问木材的存量。这可是来了大救星，她不放过机会，问兔子咋弄，张厂长很奇怪，哪来的兔子啊。我打死的。田雨自豪地说。真了不起，你能打死兔子。是啊，咋吃啊，我不会弄了。对方就慢慢地告诉她。她摸索着，一步一步进行。

扛木头的人们下山来，还没进到屋里，兔肉的香味就飘进了他们的鼻子。这么香啊，啥东西？不像炒菜，好像炖肉。哪里来的肉啊，你馋了吧？那你说这香不是炖肉是啥？是呢，不是炖肉是啥呀，啥东西这么香呢？别猜了，快点儿进屋看看不就知道了吗？大家你一言一语地说着就进了屋，田雨和往常一样，把蒸好的窝窝头，煮好的高粱米粥，摆到桌子上，一大盆青白菜在锅台上，没有别的了。大伙东看看，西看看，啥都没有了，那香味哪里来的？大伙看看田雨谁都没问，从屋里又都到屋外去洗脸了，洗完了脸又都回到屋里，还是香味扑鼻。

快吃吧，挺饿的。田雨像往常一样让大伙吃饭，她很沉着，她早就看出了他们的表情，但她还是要等一等，看看谁沉不住气。

桌子是长方形的，有人坐到桌边上了，韩天宇没有坐，他还在找。其实兔子肉就在锅里，他们以为白菜都做好了，锅是空的呢。大家都坐到桌边了，有人拿碗盛了白菜，吃起窝窝头来。这里吃饭随便，饭菜往那一摆，想吃啥就吃啥，吃饱完事，大家都管这叫共产主义。吃了几口，大家看看田雨，她还是没反应，就憋不住了。先是马东风，他嘴里嚼着窝窝头，两眼瞪着田雨，说：田雨，不对吧，是不是还有啥吃的没端上来呀？

是啊，是不是还有炖肉啊。杨柏更是着急，直接就要炖肉。

别瞎说，哪来的肉啊，你别给田雨出难题了啊。张中正急了，他第一句还一本正经，第二句就变样了，田雨，我咋闻着这么香呢，真好像是炖肉呢。他说完就两眼一眨不眨地看着田雨。

半天，田雨实在是憋不住了，噗嗤一声笑了起来，这一下别人也都笑了，顿时就满屋子的笑声了。笑罢，田雨说话了，你们哪，真没办法，啥都瞒不过你们，鼻子就是灵。说完，站起来走到大锅前，把锅盖拿开，端出一小盆，放到桌上。那真是满屋子香味啊。

吴国臣没等田雨把手拿回，就伸长脖子看那盆里到底是啥东西，这时，田雨又说了：看啥呀，今天你要猜不出这是啥，就不用吃了，行吧。

嗨，小意思，这算不了啥，看我的吧。吴国臣用筷子扒拉一块肉，又仔细看看，笑了，大声说：兔子肉，兔子肉，对不对？他看着田雨，你说，对不对？

大家也都看着田雨，兔子肉，哪来的兔子肉呢？

田雨又笑了，吴国臣，你真是火眼金睛啊，你是咋看出这是兔子肉的呀？

这真是兔子肉啊。真的吗？吴国臣笑了，你看，我猜对了吧。啥事能难倒我呢？

韩天宇确实很惊奇，问起了兔子的来历，田雨就把来龙去脉说了一遍。她话刚落，大家赞扬声一片：了不起。有本事。巾帼英雄。最后还是落到肉上，好吃吗？不好吃能这么香吗？真是的。那以后就能总吃兔子肉了？哪来的兔子？田雨用镐头子打呀。你还没完了，那兔子那么好打呀，就在那等着你打呀？大家七嘴八舌地说开了。

田雨说，先别说了，尝尝这兔子肉好吃不，要不凉了可能就真的不好吃了。这才阻止了大家的话语，对了，先吃吧，馋半天了，还等啥呀。不爱说话的李国峰这时说话了，大家都甩开筷子夹肉。真香。又是一番称道，真比猪肉还香啊。最后连汤都喝了，还没吃够。行了，解解馋就行了，下次想吃，咱就自己打，别指着田雨，就看咱有没有本事了。韩天宇说着，站起来。

好，那就看我的了，拿兔子，好说，等着吧。吴国臣接上了话，他可不是说大话，以后大家真就经常吃上了兔子肉。吴国臣可不是瞎说的，他为此从家里弄来两个夹兔子的夹子，每天早晨他都早早地起床，把夹子下到他认为兔子常去的地方，傍晚，从山上回来的第一项任务就是去看夹子夹到兔子没有。也是这些青年有口福，隔三差五地还真能夹到兔子，这可让大家高兴得不得了。不管兔子大小，夹到了就能改善一下伙食。为了更好地剥兔子皮，吴国臣还特意回家找了一把宰羊剥皮的小刀，田雨用着更顺手了。时间一长，田雨对剥兔子皮炖兔子肉那是越来越熟了。

此时，面对这条丑陋的野狼，王晓兰没办法，田雨可胸有成竹，狼和兔子一样，剥皮剁肉，大同小异，只是一小一大罢了。

中午她俩胡乱吃了点儿饭。热了点儿窝窝头，热了点儿青白菜，吃得还挺香。

下午的主要任务就是炖狼肉。吃完饭，田雨说，这狼肉一定很香，肯定比兔子肉獾子肉貉子肉好吃。为啥？王晓兰问。狼吃啥？吃肉，兔子吃啥？吃草。田雨很自信她的判断。接下来她把大块的狼肉放到菜板子上，剁成了小块，然后让王晓兰放到大锅里，添了半锅水。她又放了些大料、花椒，切了生姜、大葱，又放了一大把盐。

大半锅的狼肉，炖了一下午。肉香慢慢从锅里飘出来，香味越来越浓，飘满屋子，飘到屋外。

揭开锅，看着香喷喷的狼肉，田雨用筷子扎了扎，熟了，都烂糊了。

两位姑娘的口水都流出来了，她们多想马上夹出一块尝尝啊。

但是，田雨又把锅盖盖上了。

等他们回来一块吃吧。田雨笑着对王晓兰说。应该，他们一天多累呀，我们在家够享福的了。王晓兰没有笑，她说得很郑重。

太阳已经落山了，今天怎么回事？田雨把晚饭做好了，焦急地等待他们回来。王晓兰更是担心，拉着田雨向山口跑去。

第六章

一

靠山根儿，太阳落山都觉得早，刚刚还红红的太阳，一会儿功夫就滚到山那边去了，太阳的红光从山的那边射出来，把那片山都映红了，把那片天映红了，把整个大地也映红了，那蔫蔫的树、蔫蔫的草也都红艳艳的了。两个姑娘在山口的土坡上也被染红了。一切都变成红的了。

她俩顾不上欣赏这绚丽的色彩、这诱人的风景，不住地向山口张望。

来了！王晓兰指着山口拐弯处。还很远，人刚刚露头，她就迫不及待地喊道。田雨也看到了，她也兴奋起来，毕竟她俩担心一个多小时了，这一个多小时她俩确实难熬。

山口里的人扛着木头越走越近，两个姑娘也迎着他们走去。

老远，吴国臣先喊上了：咋了，你们到这儿干啥来了？不是出啥事了吧？能有啥事？还不是等你们着急了，是怕你们有啥事，我们是来看看你们的，是来接你们的。王晓兰和吴国臣还不太熟，没有接他的话，田雨急忙回答。她俩没有再搭理吴国臣，一个劲地向后面寻找，寻找的目标都是第一天上山的赵庆国。

就在他们说话的时候，走在后面的赵庆国和韩天宇也赶了上来。看到赵庆国扛着木头走过来，她们心放下了，特别是王晓兰。赵庆国走到她们跟前，王晓兰一眼就看到了他脸上的伤痕，虽然不再流血了，但从上到下的血口子还是很显眼的。王晓兰很是吃惊，又很是不解，脸上的口子是咋弄的？可是，没等她说话，赵庆国先问上了：你俩到这儿干啥来了，走这么远？王晓兰没有回答，反问了一句：哥，你脸是咋弄的，咋弄那么大一个口子？赵庆国已经从她俩眼前走过去，他也没有回答王晓兰的话。

韩天宇走在赵庆国后面，离得又不远，他歪着脑袋，看着王晓兰，说：你哥没事的，他的脸只是让树枝给划了一下。他停了一下，又说：在山里走，让树枝划破了那是常事，一点儿都用不着大惊小怪的。快走吧，天都快黑了。听了韩天宇的话，王晓兰提着的心放下了，她紧走几步，跟上了赵庆国。

虽然今天干的活不比以往多，但每个人都觉得今天很累，以往回到他们吃住的小屋，就是回到他们的家了，把肩上的木头往木头垛上一撂，就轻松了，说说笑笑的，你一句我一句，有时还和田雨开个玩笑。小田，今天给我们做啥好吃的了？吃不好我们可不干啊。小雨，给我们打兔子了吗？我们可馋兔子肉了。有时还真把田雨弄得好尴尬，然后几个大小伙子就大笑。田雨也知道他们是在逗她，她也不在乎，大家在一起，说说笑笑没啥，她这样想。但她是个要强的姑娘，想尽办法把吃的弄得好一些，她太知道他们的累了。可是今天大家把木头扔到那儿，又都整齐地垛到那儿了，可没像往常那样说笑，一个个耷拉着脑袋，极其疲惫的样子，无精打采地往住的房子走。

田雨和王晓兰没有到木场去，她俩还没有看到他们的变化，田雨和往常一样，从屋里端出两大盆水，放到屋前的两大块石头上，两个脸盆沿上都搭上了一条已经很旧但洗得很白的毛巾，两个脸盆的边上都有一个肥皂盒，肥皂盒里有一块已经使得剩下半块的老肥皂。田雨一样一样地往外拿，王晓兰在一边跟着看着，她想干点儿啥，但田雨说：过几天你就知道咋干了，以后有你干的。

田雨端第二盆水时，王晓兰就到屋里找肥皂盒了，田雨就夸王晓兰真聪明。王晓兰一笑，说：还得你夸我，我长这么大还没有人夸我呢。

男青年们从木场回来了，默不作声地一个接一个地来到水盆前洗脸。吴国臣看不下去了，他胡乱地抹了两把脸，小声说了句：咱谁也不要哭丧个脸，都精神点儿，别让两个姑娘担心害怕的，啊。

还真见效，大家又都精神起来，没话找话说起来，哪怕是强装的呢。

都洗完了，两盆水也变成黑的了。王晓兰从屋里出来，走到脸盆前端起水盆就要泼水。别泼，韩天宇还没说完水已经泼出去了。

王晓兰没弄清咋回事，她以为韩天宇不让她干活呢，谁知后边的话，让她大吃一惊。泼了这盆水，今晚我就不洗脚了。原来为了节约用水，他们洗完脸的水，还要用来洗脚。为啥要这样呢？王晓兰不解地问。还不是水少吗？一天就这么两三桶水，不省着用不行啊。快进屋吃饭吧，再不吃，这狼肉凉了可就不好吃了啊。韩天宇的话刚落，田雨就喊上了。一听说吃狼肉，大家精气神就来了，一个个急忙向屋里走，都想尝尝狼肉到底是啥味。

大饭桌的四周摆上了碗筷，桌子的中间放着两大碗狼肉，盛得挺满，还有一大碗熬白菜，一小碗咸菜条，一大碗炒萝卜干。大家还没进屋，诱人的香味就飘进了每个人的鼻孔。真香啊。吴国臣说，这哪是狼肉啊，分明就是狗肉嘛。这香啊，我的口水都流出来了。大家急忙进屋，不用人让就都围到桌前，有的是觉得新鲜，急着看看狼肉啥样，有的真馋了，就想早点儿吃到喷香的狼肉。

赵庆国最后一个进屋，他是等别人都洗完了，用手巾擦的脸，他不敢用水洗，他怕划出的口子沾水感染了。

天已经黑了，一盏 25 瓦的电灯亮了起来。大家有的坐着，有的站着，你挤我，我挨你。赵庆国别看个子大，他没有挤上去，其实他是不想往前挤，就他那么大块，一个人都占两个人的地方，他不愿去占，在哪儿还不一样吃啊。王晓兰也没有坐到桌上去，她在给大家盛饭。还有杨一飞和孙浩晨，他俩本来已经坐下了，但看到赵庆国站着，也站了起来。

大家站着的坐着的，都看着桌子上的饭菜直流口水，田雨剥了一把蒜，放到桌子上，看大家都没动筷，奇怪了，就笑着说：咋都不吃啊，发啥愣啊？再不吃，我告诉你们，这肉凉了可真就不好吃了。

杨一飞站在圈外，笑嘻嘻地说：田雨，你还忙活呢，谁敢吃啊，吃这肉，你可是大功臣。

不对吧？孙浩晨手里拿着一个大碗，杨一飞话刚落，他就接上了，要说功臣应该是赵庆国才对吧？昨天晚上要不是老赵打死野狼，咱能看到狼肉吗？

是，是，最大的功臣是老赵，老赵咋还站着呢，快来坐到这儿来。马东风边说边站起来。

他这么一站，坐着的也都站起来喊道：来，来，坐这儿来，老赵。

赵庆国倒很不好意思了，他有些羞答答地说：快不用，我个子大，站着挺好的，你们坐着吧。快吃吧，要不凉了真不好吃了。

韩天宇也站起来，他看看赵庆国发话了：大家谁也别谦让了，都坐下吧，你们也找个地方吃吧。

杨一飞和孙浩晨就坐在靠墙的长条桌边。来，老赵坐这儿，挺好的。杨一飞叫道。赵庆国就坐到杨一飞的旁边了，孙浩晨找了一个碗，又盛了一大碗肉，边盛边说：还是我们合适，仨人一碗肉。

两个姑娘被张中正和吴国臣拽到桌子旁，挤着坐下了，大家这才伸筷子。

吴国臣第一个夹了一块肉，放到嘴里嚼了一下说：呵，真烂糊，煮了多长时间啊？他一边吃一边赞赏。

田雨看着他的吃样，笑了说：整整煮了一下午，还能不烂糊？大家看吴国臣吃着这么香，都吃起来。好吃，咋这么像狗肉啊，和狗肉一样一样的。孙浩晨也接着话茬说，咋能不香呢，你看那狼多像狗啊。

长得像狗，肉就像狗？这是谁告诉你的。刘海剑不爱说话，说到狗，他说话了：狗肉好吃，你吃得着吗？吃狗肉那得费多大的劲啊，还狗肉哪。刘海剑说的狗肉，他们确实吃过，可那狗是偷来的，谁都不会忘记。

去年春天，也就刚过正月，天还很冷，他们扛木头回来，吃过晚饭，就想起好长时间没吃兔子肉了。大家议论纷纷，不知谁说了一句，兔子肉可没有狗肉好吃，狗肉那才香呢。就这一句话，惹祸了，张中正笑着说：狗多的是，你们谁能弄来呀？一条就行。

那还不好说，不就一条狗吗？吴国臣说。

月末休息的时候，吴国臣骑着自行车回家了，妈妈正好休息，中午他让妈妈蒸了一锅馒头，他饱饱地吃了一顿，临走时又给大家带了几个。出了家门，他没有马上回山上，而是去了公社卫生所。卫生所的王大夫和吴国臣的妈妈是好姐儿们，吴国臣早就认识，总是姨啊姨地叫着。王大夫一看吴国臣来了，很是热情，知道他在林场很苦，便问长问短的。吴国臣一副疲惫的样子，吃不好，喝不好，睡不好地说了一堆，王大夫就说能帮啥忙吗？吴国臣说晚上睡不着觉，想要点儿安眠药，王大夫说那还不容易，要多少都有，说着就给吴国臣拿了一瓶安眠药，并嘱咐他说一次最多吃两片，多了不好。吴国臣谢过了王大夫，从卫生所出来，他没有回山，沿着后街慢慢悠悠地一边骑，一边张望，他在观察哪家有狗，哪家地形好偷。其实庄里哪家有狗他都知道，他就是沿路落实一下。庄北头的李奇家有一条大狗，他径直往那个方向骑去。上高中时李奇和吴国臣在一个班，那时高中就上两年，在高二时，因为他给李奇起外号，他俩打了一架。吴国臣没有李奇个子大，他自然占不到便宜，两人打到一起，最后他不但让李奇给按倒在地，裤子还差点儿让李奇给拽了下来，使他这个大男子汉在众多同学面前丢了大脸。他一直为这事耿耿于怀，想报仇却一直找不到机会。这次，李奇家就是最好的选择，既报了羞辱之仇，又能吃到狗肉，一举两得。当然，这事他不能让别人知道。吴国臣骑到李奇家门前，大门开着，那条大黄狗还在院里拴着，他停下车，两

脚又开向院里张望，他要看清狗窝的位置。大黄狗看到有人向里张望，就"汪汪汪"地叫起来，李奇的奶奶听到狗叫从屋里出来，吴国臣骑车就跑。这回他一直骑到林场，坑坑洼洼的路他骑了快一个小时。

几个人在林场等了小一天。咋样？张中正见吴国臣回来，着急地问，办好了吗？办好了，一切顺利。好！大家齐声说。

吃过晚饭，他们就开始准备了。吴国臣把他妈妈做的馒头从中间掰成两半，把安眠药都碾碎了，用水和好倒进掰开的馒头里，又在馒头上倒了些花生油。这样的馒头他们弄了三个，生怕一个两个不够劲。

天已经大黑了，他们行动了。吴国臣领路，除去韩天宇、陈浩、田雨以外，其他八个人全部出动。他们从小路直奔平山村，来到村头时刚刚九点，村里社员大多熄灯睡觉了。李奇家的灯没有灭，说明他家还没有睡觉，他们来到李奇家的后院，后院的门关着，他们顺着门缝往里看，院子不太大，没啥东西，偶尔听到屋里还有说话的声音和断断续续的咳嗽声。过了一会儿，灯都灭了，吴国臣乐了，留下刘海剑、杨一飞在后门守着，有啥情况马上到前边报告，然后他领着其他人顺着墙根绕到前院。前院临街，说是街，其实就只能通过一辆大马车，路面坑坑洼洼，街道也很不规则。

李奇家就在庄边上，天黑后周围显得很僻静。前边的大门紧闭，用石头垒砌的院墙不算高，翘起脚就能看到院里。他们贴着墙根悄悄地扬着头往里望，吴国臣个儿低，就找了一块石头垫在脚下。院子东边的墙根有一个低矮的小棚子，那就是狗窝，狗没在院子里，估计是进窝睡觉了。他们又缩回脑袋，蹲在墙根，小声地合计着。

杨柏说：马上就把馒头扔进去，没等狗睡着，就吃了馒头，完事咱走人。

吴国臣说：不行，先等等，人还没睡着，万一有了动静，人从屋里出来，发现了咋办？还不如等一会儿保险。

那狗睡死了，你扔东西它听不见，不白来了吗？张中正急着说。

真外行，狗是看家的，耳朵灵着呢！吴国臣看一眼张中正说，你听我的吧，咱还是等一会儿保险。吴国臣说完大家就没有吱声的了，他们就在墙根蹲着，等待时机的到来。

大约又过了半个钟头，他们觉得屋里的人应该是睡着了。差不多了，他们开始行动。吴国臣让张中正把馒头扔到狗窝里，他个子大，有劲，扔东西又准。

别扔到别处去，扔到别处去，可真的白来了。马东风担心地说。

没事，来吧。张中正说完，接过孙浩晨递过来的第一个馒头，举过头顶，向狗窝的方向使劲一扔，不偏不斜，一下子就扔到了狗窝里。狗受到了惊吓，"汪汪"叫了两声，然后就不叫了，也没有出来，显然是闻到了馒头的香味，吃起了馒头。过了一会儿，还没动静，张中正又把第二个馒头扔出去了，"嘭"的一声，馒头落到了狗窝边。馒头刚落地，大黄狗就从窝里钻出来，直奔馒头。

这时东屋的灯突然亮了，几个人急忙缩回头，蹲到墙根，仔细听里面的动静，一旦大门一开，他们就得撒丫子逃跑。他们老老实实地蹲在那儿听了半天，没动静，灯灭了。

他们又等了一会儿，估计差不多了，吴国臣让张中正把第三个馒头扔出去，又"嘭"的一声，馒头落地，肯定地说这个馒头又没落到窝里。大家就等着狗从窝里出来，可等了半天，狗没有出来，咋了？大家疑惑。是不是药劲起作用了？吴国臣看着里面，头都没回就叫杨柏递他一块石头。

干吗？杨柏问，砸它？没等大家反应，吴国臣就把石头又递给了张中正，用石头砸一下。吴国臣对张中正说。张中正乖乖地举起石头砸下去，这一石头砸到了狗窝的棚上，嗵的一声，声音特别大，吓得他们又缩回了脑袋。过了半天，狗也没有叫，屋里也没有动静。

吴国臣高兴了，小声对张中正和孙浩晨说：药起作用了，狗肯定是睡死了，你俩进去，把狗背出来，咱就成功了。

孙浩晨说：没事吧？他胆小。

没事，放心吧。吴国臣说，你俩进去吧，还有老张呢。

他俩慢慢地翻墙进去，张中正打头，孙浩晨紧跟在后面，都猫着腰，迈着小步，生怕弄出点儿响声。他们还没到狗窝跟前，就看到了那只大黄狗，那狗的头在外边，半个身子在里边，一动不动地躺着。张中正为保险起见，从地上捡了一小块石头，向狗扔去，石块正好砸在狗的身上，狗也没动。他俩放心了，几步来到跟前，拽起狗就走，走没两步，拽不动了。狗被绳子拴着。咋办？解绳子吧，孙浩晨就去解狗脖子上的绳子。一是天黑，看不见，再者也着急，弄了半天怎么也解不开，孙浩晨急出了一身汗。老半天了，狗脖子上的绳子就是解不开。张中正急了，他来，也不行。没办法，不能耽误时间了，干脆连绳子一起拽走吧，孙浩晨顺着栓狗的绳子找到了钉在地上的一根钢钎。他两手抓住钢钎使劲往上拔，半天钢钎纹丝不动。他又左摇摇，右摇摇，还真有点儿效果，钢钎有了松动，这回他憋足了劲，往一边使劲一拔，由于用力过猛，钢钎出来了，孙浩晨倒退了两步，"扑通"一下仰坐到地上，屁股正好坐到了一块小石头上，他疼得差点儿叫出声来。就这一坐，他的屁股疼了将近一个月。

孙浩晨半天不起来，张中正急了，过去把他拽起来，背着大黄狗就走，孙浩晨跟在后面。外面的人接过黄狗，他俩又翻墙跳出来。几个人啥都不敢多说，顺着墙根叫上刘海剑、杨一飞一口气回到林场。他们连夜扒皮、炖肉，吃了个饱，也解了馋。等吃完要躺下歇一会儿时，天也快亮了。

早饭大家没有吃，每个人包了一块狗肉，带了一块苞米面饼子上山了。

他们上了山，不知道他们走后要发生的事。早饭后不久，田雨刚要到后面去开地，李奇带着几个年轻人，气冲冲地来到林场，堵住了田雨，说他家的狗丢了，被人给药了，他怀疑是林场的人干的。他手旦拿着一个馒头，说是在他家院子里捡到的，他家的大黄狗就是被这样的馒头给药的，他指着田雨大声说：承不承认这狗是你们这帮人药的？

田雨当时吓得不得了，但很快就平静下来，和气地说没有，这么远哪能去呢？再说了，这样缺德的事，我们哪能干得出来呢？也许是其他庄的坏小子夜长没事儿时干的坏事。李奇不信，要看看昨天他们做的啥饭，是不是馒头，他在屋里翻看了半天，看到的只是剩下的棒子面饼子，还有半小盆子熬白菜，一大碗炒萝卜条。他还不信，又到房前房后查看了半天，也没看到什么，才气呼呼地走了。临走还对田雨说：他们回来告诉他们，加点儿小心，别让我逮住，要让我逮住，我会像剥狗一样剥了他的皮。李奇虽说不是流氓地痞，但也不是一个省油的主。昨晚要不是韩天宇有先见之明，把狗皮、下水等都埋了，早晨又把剩下的带走，就是汤汤水水的也都倒在了坑里，然后埋上了土，没留下任何蛛丝马迹，要不然，事情还不知道咋样呢。

但即使是这样，事情后来还是败露了。李奇在庄里大骂吴国臣带人偷狗，把他家心爱的大黄狗给药死吃肉了，吴国成的爸妈听说了，很是生气。吴国臣再次回家，在他爸爸妈妈的逼问下，老老实实地承认了此事，又在爸爸妈妈的陪同下，到李奇家向他和他的家人认错、道歉，并主动要求赔偿白面二十斤。那可是他妈妈爸爸将近两个月的细粮啊，李奇不干，就要他那条狗。奶奶急眼了，干啥？杀人不过头点地，人家错也认了，歉也道了，理也赔了，你还不干，狗早就变成大粪了，你要吧。老太太气得直喘气，说：今天我做主，狗就算我送给他们改善生活了，他们从大城市离开爹妈来咱这山沟里扛木头容易吗？别说吃你条狗，就是吃你头猪也应该，啥都不要，白面拿走。别看李奇人虎，但他是个孝顺的孩子，看到奶奶真生气了，也就软了，低声对奶奶说：奶奶，别生气了，咱啥都不要还不行吗？吴国臣和他的爸爸妈妈都很感动，吴国臣就差没给奶奶跪下了。回到林场吴国臣把这事一说，青年们真是羞愧难当，韩天宇发誓，再也不干偷鸡摸狗的事了，对不起人，馋了把舌头吐出来用脚踩两下。

二

吃了狼肉，见了荤腥，确实解了馋，可大家的心情还是轻松不起来。李国峰拿着电棒走出屋子，陈浩也跟了出去，这俩青年老实巴交的，今天晚了，还没人挑水，他俩要去挑水。李国峰挑起水桶刚要走，田雨在屋里喊上了：今天不用你们挑水了，而且以后也不用你们挑了，有了晓兰，我俩就可以了。

陈浩回转身看了看墙角的水缸，确实有了半缸的水，不禁赞叹道：半边天真的顶起来了，我们只好歇着了。

李国峰也回到屋里，看着田雨认真地说：我们大小伙子干点儿活儿没关系，你俩能行吗？那么深的井，不好下去又不好上来的。李国峰的担心没错，因为井水少，得下井去淘水，井又深，一个姑娘能行吗？

嗨，下井又不是一回两回了，没事的。田雨边说边拾掇屋子。

韩天宇也很担心，但田雨的性格他是了解的，别看是个姑娘，一旦她决定的事，别人就不好改变。也只好嘱咐两句：你俩可得小心啊，特别是上下井，可不是玩的，脚要踩实，你俩听到了吗？韩天宇像家长嘱咐孩子。他担心，万一出了事摔着，五六米深的井啊，后果他不敢想象。他不是大官，但一个点长，最起码要对这十几个人负责。

赵庆国今天是万幸，没有摔出大伤，大家有福。真要摔出大事，他真不敢想该咋办。赵庆国的事是人为，应该说是他自己造成的。韩天宇想，如果他听了他的话扛一根木头，也许今天的事就不会发生。但他这些话只在自己的心里说说而已，他没有露出对赵庆国的不满，有的只是关心和爱护。虽然赵庆国刚到两天，但大家也都对他表示了战友般的热情和关爱。

王晓兰很想细细地看看赵庆国脸上的伤，但看到他已躺下了，也就不好

意思把他再叫起来。反正也没大事，就是树枝划个道子，王晓兰想，他们挺累的，也该早点儿休息了。于是就和田雨回西屋去了。

以往，吃过晚饭，大家都要在一起说说话，唠唠嗑，特别是杨柏必须要听听收音机。这台收音机是吴国臣的爸爸到市里开会特意花了十二块钱给他买来的，十二块钱当时可不简单哪，国家干部一个月才开多少工资啊。给儿子买还不是给大家买的吗，这些青年在山里太寂寞了。从山上回来，听听收音机，也算是有个事干。收音机拿来了，大家像见了亲娘一样，第一件事就是把收音机打开，没有新鲜的，也要打开让它响着，然后才干别的，洗脸呀，挑水呀，弄柴火呀，每天都是如此。可今天不同，大家吃过饭，没人去打开收音机，也没人说过多的话，大家依然被那条大蛇和赵庆国摔倒的惊骇笼罩着。

两个姑娘回到西屋，男青年们很快脱了衣服默默地躺下，他们中有的很快进入了梦乡，有的翻来覆去地在炕上折腾，有的躺在那儿一动不动，脑子里却想着心事。赵庆国躺下得最早，他没有了昨天打死野狼后的英雄气概，只穿一条军用短裤，光个大膀子，连被子都不盖，两只胳膊伸得老长，一只压到他的半边脸上。他躺下得早，但却怎么也睡不着。第一天上山，的确很累，他感觉到了，这种累和打篮球、练长跑完全不是一回事，和搬麻袋砍苞米也不是一股劲，扛木头用的是腿劲、肩劲、脚劲，更主要的是腰劲。今天他第一次感觉到了腰酸腿痛。他想，得尽快睡了，好好休息一下，明天还得上山。

他想着上山，那大蛇又向他爬来，张着大嘴，蛇芯子吐出很长，大蛇从远处唰唰地爬来，越来越近，越来越近，就在他吓得就要惊叫起来时，那大蛇却从他的身边过去了。他长长地出了一口气，心想这大蛇不是来吃我的，看来是一条善良的蛇。他庆幸碰到了一条善良的蛇。那条白蛇越爬越远，转眼就不见了，可接着出现的就是一个一身素装的姑娘，她白色的上衣，长长的袖子，白色的裤子，就连鞋子都是白的，头上还扎了一条白色的纱巾。这不是白素贞吗？白素贞笑着向他走来，那笑是天然的美丽。白素贞越走越近，越走越近，就要到眼前了。他欣喜若狂，白素贞却变成一股白烟，飘然而去。他失落了。

他正想着，白素贞又回来了，她慢慢地向他走来，越来越近，越来越近，他看清了，原来不是白素贞，是李梅。李梅就在他眼前，他高兴地大叫起来。

李梅穿着透明的纱衣，那白白的皮肤清晰可见，圆润的肩膀，白皙的胳膊，高高挺起的胸脯，细长的两腿，丰满圆润的臀部，都明明白白地呈现在他的眼前。他真的又看见他的心上人了，他看着他心爱的人，像个孩子受了委屈一样，鼻子酸酸的，两眼湿润了。他想对她说，今天没有被蛇吞掉，葬身蛇腹，没有滚到山涧，粉身碎骨，是上天的关照，是你给的福气，我们可要好好珍惜呀。

李梅看着他，已是泪如雨下，两片红唇张了张，想说什么却什么也没有说出来，她也有很多很多委屈。

赵庆国的心在颤抖，他无法控制自己，敞开宽宽的胸膛，伸出长长的两臂，把李梅紧紧地抱住。就这样，甜甜地抱着他心爱的李梅睡着了。

韩天宇更是没有一点儿睡意，他一闭上眼，眼前就出现赵庆国连同那根木头一同摔下山坡翻滚的情景，那条大蛇从赵庆国身边快速爬过的情景，还有大家听吴国臣讲故事时惊骇的表情。那条大蛇的存在是不容置疑的了，他担心，他担心那条大蛇的再次出现，谁能保证它不会出现呢？害怕，不上山了吗？不行，明知山有虎，偏向虎山行，要有一不怕苦，二不怕死的大无畏精神。韩天宇看着漆黑的屋顶，精神了许多。

他的思路渐渐明晰了。不要因为这件事影响战友们的精神状况，更不能影响他们的劳动。

田雨也没有睡，她还在想今天大家怎么回来这么晚，这两年多来，今天是最晚的一次，而且，赵庆国的脸还出现了那么长的一道伤痕。静下来好好想想，一定发生什么事了，再联想到他们回来后反常的表现，她判定，一定发生了什么事。想到这儿，她拽了拽王晓兰的被子，问道：晓兰，睡着了吗？

没有，睡不着。王晓兰确实没睡着，她想的是他的哥哥。

听了田雨的担心，王晓兰说，我觉得也是，不管啥事，他们人没事就行。

嗨，他们太不容易了，我们在家一定要把饭给弄好了，最好是让他们吃个饱，上山也有劲。明天早晨吃点儿啥呢？午饭带点儿啥呢？田雨像自言自语，又像在和王晓兰商量。她每天都为男青年的饭菜发愁。王晓兰刚到，啥都不懂，她能说啥，只是附和着。

要不在棒子面里加点儿白面？白面不多，只能加一点儿，两样面烙饼再加点儿盐，准好吃。田雨嘴上说着，心里满意。

中午吃这些不怕凉吗？他们也没法热啊。王晓兰说。

大山上，到哪里去热，每天就这样凑合吃，一天三顿饭，就晚上一顿能吃个安稳饭。田雨心疼地说，难为他们哪，所以晚上一定要做得好点儿，最少要熬两个热菜，让他们吃饱。

没想到他们这么苦。

是啊，要不当地的知识青年都不愿意到这里来呢，他们宁可到生产队去插队。那吴国臣咋来了呢？吴国臣是公社吴副主任的儿子，他到哪个生产队插队不行啊？可他爸非要让他到林场来，吴国臣也听话，让来就来了。他这一来，我们方便多了，大事小事都找他，他又是热心肠，爱帮助人。

一看就知道他是个好人，上山的苦他也能受，真不简单。

林场的人撤走两年多了，两年多来就是他们十个人供着公社木器厂的木料，每天如此。

王晓兰真的佩服他们，远离家乡，远离父母，来到这儿，每天翻山越岭，跨沟越壑，超负荷地往山下扛着木料，吃的又是那样差，他们没有一点儿怨言，多么高尚啊。

三

这是一个寂静的夜晚。

就在林场里的青年们想着心事的同时，平山的李梅也睡不着。

她躺在炕上，翻来覆去，闭上眼睛，满眼都是赵庆国。虽然赵庆国进山才两天，可在她看来真比两年还长。赵庆国有啥好？哪都好。她心里说，那铁塔一样的身躯，柱子一样的大腿，扇子一样的手掌，大山一样的胸腔，这才是真正的男人。在她从大队的房上掉下来，赵庆国风一样跑过来，用双臂把她接住的那一刻，她爱上了这个男人。是他给了她第二次生命，她要用一生来回报他。

在她送走了赵庆国的那天上午，她回到家里，就像丢了魂一样，浑身软软的，整个身体都散了架，趴到炕上就起不来了，泪水泉涌一样。送走赵庆国不要紧，要紧的是爸爸妈妈下定决心不同意自己和赵庆国来往。怎么办？她的心软了，碎了。她自己都说不出是怎样一种痛苦。她恨爸爸妈妈，为啥非要把他弄走？她又理解爸爸妈妈，他们是为自己好，可自己忘不掉他，舍不掉他。

她痛苦，悲伤，无助。

此时的她只有任泪水尽情地流淌。

中午，爸爸回来了，妈妈回来了，妹妹也回来了。

抗旱种地是大事，能干的都要下地，妈妈也不例外。妈妈看到闺女趴在炕上，没有说啥，就烧火做饭了。饭很简单，早晨烙饼子，中午熬锅土豆汤。

李梅没有起来吃饭，几个人都叫她了，就是不吃。

一会儿，李占武的媳妇来了，这是一个要强女人，年轻的时候，都管她叫假小子，干起活来比男人一点儿不差，没有一样不行。她心又好，爱帮人，在庄里的妇女中，就是在男人中也有人缘，大家都管她叫武姐。武姐人没到，声音就来了：梅子，上午没上地去，咋了，病了？这时候有病可不是时候，你看天这么旱，地种不上，你可不能在家泡病号，轻伤不下火线嘛！下午可得下地了。说着就进屋来了，也不用人让一屁股坐到了炕沿上。

她是给李梅介绍对象来了。

梅子，你不说我也知道，赵庆国上山了，你有些舍不得，这是常理，婶子理解。可你不能想不开，赵庆国是个好青年，可你们不是一路人，人家是大城市人，又是高干子弟，我们和人家门不当，户不对，听婶子一句话，想开点儿，和他断了念想，婶子给你介绍个好样的，行吧？武姐从进屋嘴就不闲着。

李梅妈也在一旁帮着说话。武姐就是她给叫来的。她看到闺女的样子，家里谁说都不行，她也很心疼，哪有妈不心疼闺女的。咋办哪？李梅妈和李利民一商量，只好叫来有声望的武姐，一来劝说，二来给闺女介绍对象。

李梅见武姐进来了，坐了起来。

梅子，咱庄有多少好小伙子，咱随便挑，你相中哪个，婶子去说，准没跑。干吗认准那个赵庆国呢？武姐看着李梅的眼睛说，你看，眼睛都哭红了，何苦呢？咱找个更好的。李梅看着武姐说：婶，你就别操心了，我的事我会弄好的。

武姐愣了一下，又说：那哪儿行啊，搞对象的事就得有人说和，你的事包在婶身上了。你看王立新咋样？人长得好，一表人才，又能干，年纪轻轻就当上了民兵连长，将来说不定能当啥大官呢。我看你俩就是天生的一对。妈妈在一旁也说：听你婶的吧，王立新那孩子是挺好。我看最好不过了。李利民在东屋也大声喊起来：就这么定了，让你武婶今天就去说去！李梅笑了，她说：爸妈，立新人是不错，可我没相中，我搞对象的事爸妈就别操心了。

她站起身又对武姐说：婶，真的谢谢您对我的关心，等我相中哪个了，我找您去，保准让您介绍，行吧。我得吃饭了，一会该敲牌子了。李梅说完就下地吃饭去了。

武姐看看李梅妈，又看看李梅，说：看看，还是梅子说的对，搞对象不是急活，慢慢来，相中哪个了说一声，婶全包了。说完就往外走。

再坐会儿吧，武姐，你吃饭了吗？要不在我家吃点儿吧。李梅妈跟出来。

吃了，现成的饭，到家就吃的。你们吃吧。武姐边说边往外走，李梅妈送到了院子里。

李梅妈刚回到屋里，大队的牌子敲响了。下午又下地了。李梅吃了点儿饭，眼睛虽然红点儿，但还是和没事人一样担着水桶第一个从家里出去了。妈妈爸爸互看了一眼，妈妈说：也许想开了吧。但愿吧，爸爸说。走吧，别等人家都走了，咱后撵。

整个下午，李梅和大家说说笑笑，没事人似的，但她心里还是没有放下赵庆国。其间，韩香梅问道：上午去山里了？李梅笑了，说：没有。韩香梅看看李梅说：晚上串门啊。李梅知道韩香梅的意思，就答应了。

晚上吃过饭，韩香梅果然来串门了。她和李梅的爸爸妈妈打过招呼，来到李梅的西屋，把两个妹妹打发走了，两姐妹说起了悄悄话。

灯光下，两人对坐着，李梅拿着一团白线绳，她打算织一双袜子。梅姐，我想织一双线袜子给庆国，行吗？

庆国？都这么叫了？你俩都到这程度了？韩香梅看着李梅，小声地说。

别逗了，梅姐，你说行不？

梅子，告诉姐，你真稀罕他吗？

他救过我一条命。

那不等于你就得和他好，和他好你得真爱她，你对他的感觉是感恩还是啥呀？

我也不知道，反正他不在我跟前，就是想他，从心里想。

我没有搞过对象，更没有什么感觉。韩香梅笑了，梅子，你真的搞对象了。

看你，和你说你还逗我，不和你说了。李梅有气的样子。韩香梅缓和了气氛，不逗你了，说正事吧。你俩到啥程度了？

梅姐，真是的，什么啥程度啊。李梅脸红了，很不好意思地说。

韩香梅接着说：搞对象都这样，你别不好意思。武姐把她的经验早就告诉我了，我就是没人搞呢，我要是相中哪个男人，就大胆搞。

　　韩香梅看着李梅，又问：他稀罕你吗？她两眼盯着李梅。

　　李梅的脸更红了。她不会忘记那个夜晚，平山放电影，电影的名字叫《奇袭白虎团》，这是个新片，全村人几乎都来到了大院。赵庆国和李梅约好了，电影开演，他们就先后离开大队的院子，回到李梅的屋子。他们两个人在屋里欢快地说着话，激情之中，赵庆国拉着她的手，将热辣辣的嘴唇贴在了她的嘴上脸上。她开始还有意地躲着，后来，她的全身就热起来，她就像一只乖乖的小羊，全身都软了下来。她哭了，泪水顺着脸颊流下来。就在这个时候，妈妈在院子里喊话了。妈妈可能是觉察到了什么，急忙回家，一进院子就看到西屋的电灯亮着，就大声喊道：梅子，你咋不去看电影？要不去就去烧水，快点儿，干了一天活了，不看电影就赶紧洗脚睡觉。善良的妈妈，没有推门进屋，妈妈的高喊，是给他们一个严重的警告。

　　赵庆国像被当头一棒，猛地清醒过来，一个鲤鱼打挺站到地上。李梅回答着妈妈：知道了，妈，别喊了，我累了，看电影不去了，水早烧开了。她喊着却没有动，她知道，这是她妈警告她。因为，水早已烧好了，妈妈知道的。

　　赵庆国冲李梅摆摆手慌忙走出屋，正好和李梅的妈妈走了个碰头，他向李梅的妈妈告别：婶婶，您休息吧，我走了。李梅妈妈没有出声。

　　妈妈来到李梅的屋子，李梅坐了起来。妈妈看着李梅，她在观察闺女，半天，她对李梅说：梅子啊，可不能乱来啊，大闺女家的，大黑天和一个大小伙子在一个屋里，这算咋回事啊，妈妈可怕丢人哪。妈妈是真的生气了，但又一脸的无奈，这要是让你爸知道，还了得啊。

　　梅子啊，妈能给你亏吃吗？不管搞不搞，都不能和他单独在一起，更不能干出出格的事来，吃亏的是你呀。妈妈都掏出心来了，她真怕闺女吃亏。

　　知道了，妈，你就别操心了，我都懂。李梅站起来，妈你快看电影去吧，还没演完呢。她推着妈妈，把妈妈推出了屋，关上门，又无力地躺下了。

　　李梅那次的感觉，是她终生难忘的。那一次，她感受到了爱一个男人的感觉，和被一个男人爱的感觉，也许她还不懂爱的含义，但她却体会到了爱的滋味。这种滋味牢牢地印到了她的心中。

　　韩香梅看出来了，赵庆国和李梅的关系已经不一般了。

那你打算怎么办？叔叔婶婶不同意，你能坚持到底吗？韩香梅问她。

当然坚持。李梅态度坚决。

武姐不是给你介绍对象来了吗？

她介绍她的，与我没关系。

如果你坚持找他，叔叔婶婶会生气的，你咋办哪？韩香梅担心起来。其实韩香梅也不赞同她和赵庆国好，但李梅坚决的态度，感动了她。

姐，你一定给我想想办法，一定帮帮妹子啊。李梅在恳求。

韩香梅看着李梅，内心有种说不出的感觉，行，既然你的态度这样坚决，我就试试看，找叔叔婶婶说说，通不通可不保险。但有一点，如果叔叔婶婶不通，你就得放弃，你绝不会和赵庆国私奔吧？

李梅笑了，是苦笑。她可真是处在两难的境地。

李梅睡不着觉。韩香梅的话又回响在耳边：梅子，别犯傻了，爸爸妈妈话也许是对的，你千万不能气着两位老人。再说了，你才多大，着啥急呀？

她弄不明白，梅姐怎么也不理解她呢？难道自己真的错了吗？不会的，自己的感觉不会错，赵庆国是个好男人。她相信他。

但这时她又想起爸爸妈妈的话，找男人一定要找一个靠得住的男人。他靠得住吗？她的心一抖。靠得住，肯定靠得住。她坚信自己的判断。他说他一定要娶她，要和她好一辈子。

四

又是一个艳阳天。开春以来，这里的天气真是格外的好，每天都是阳光普照，特别是清明以后，太阳好像也比往年热，气温不断升高。过了五一，连一场像样的春雨都没有。春天不下一滴水，秋天能收几颗粮哪。

青年们早早起来，有光着膀子的，有穿着汗衫的，大家帮着田雨烧火做饭。每天早晨都是这样，大家早早起来，烧火的烧火，挑水的挑水，弄菜的弄菜，但多数情况下，男青年干些力气活，劈柴火烧火挑水之类的，细活还是田雨干。大家也不分轻重，也不挑拣，也不攀比，谁爱干谁就伸把手，不爱干就不干，谁也不说啥。就是这样，大家却都抢着干活，生怕干不着。

今天天一放亮，大家呼啦一下都起来了，脸盆里半盆子水，洗脸，你洗完，他洗，三把屁股两把脸，几下就完事，男人就是简单。以往水多的时候，大家都有自己的脸盆，现在水这么金贵，大家就在一个脸盆里洗洗。

洗完脸，杨柏挑起水桶往山下的水井走去，张中正就在后边跟着，还大声喊着：慢点儿慢点儿，着啥急。杨柏就回头笑了，咧着嘴说：你那大步，几步就追上了，我还得下井呢。说着又向前去了。张中正就在后边小跑了几步追上去。吴国臣还有韩天宇到西房山子的劈柴垛那儿抱了几块劈柴，孙浩晨也到西房山子捡了些树枝当引柴。其他几个也在堂屋那儿想着干点儿啥。田雨手里拿着水瓢，微笑着说：我说几位哥呀，你们快到屋里歇着吧，你看这儿你们又插不上手，在这儿站着又没有地方，弄你们一身水我还真不忍心的，是吧？

　　马东风、刘海剑、陈浩等人就笑了，几个人回到东屋，赵庆国正在摆弄着收音机，调台他还不熟，收音机里发出吱吱的刺耳的声音，杨一飞来到跟前，说：来吧，我来，这个东西就怕我，谁调不好，我一到就行。

　　赵庆国往一边躲躲，杨一飞拧了几下，收音机里马上就传出了声音。杨一飞，你看看去，杨柏他们这一挑子水挑哪去了，都这么半天不回来，咋回事啊？韩天宇在外屋喊道。杨一飞关掉收音机，急忙跑出去，过了很长时间，杨柏挑着水桶回来了，丧气地抱怨：你说，这水都哪儿去了？前几天还能提的，现在就连下到井里去淘都没有了，你们看吧，这一宿才流出这么点儿水。他这么一喊，大家就都围到两只水桶边上观望，不看则罢，一看吓一跳，两只水桶都没满，而且就像黄河的水一样黄，一看就知道这是连沙子带泥一块淘来了。

　　咋的，就这么点儿水了？韩天宇问。可不是吗？张中正说，井里都淘干净的了，就这么一点儿。这可咋办，这井水咋下去这么快，昨天还能淘一挑子多呢，今天就没了，可真怪了。吴国臣说。

　　大家不要怕，你们不知道，昨天我和田雨已经淘了一担了，所以今天才少的。王晓兰在后边说话了。

　　不是的，以前也是这样，晚上他们回来必定要挑一担水的。田雨说，只不过昨天咱俩淘的早点儿。

　　有啥奇怪的，杨一飞不以为然，天这么旱，哪有井水不干的，你没看今年春天掉了几滴雨点啊，天不下雨，地上哪来的水呀，没听收音机里说吗？抗旱保春种，各地都旱，咱这井里没水那是自然的。

　　大家不说话了，但看着这半挑子浑水，谁都犯难，没有水喝啥？拿啥做饭？猪吃啥？行了，都别看了，看也看不出来水，先吃饭，吃完饭还得上山

呢，这可是大事。这时饭熟了，田雨催促大家，赶快吃饭。

天无绝人之路，都别发愁，时间不早了，吃饭，吃完好上山，水的问题田雨和王晓兰解决。韩天宇发话，大家急忙盛饭。

太阳一竿子高，大家吃过饭，准备齐当，出发了。今天的午饭统一，每个人四个窝窝头，带了两饭盒子菠菜粉条。这是近一段最硬的午饭了。大家高兴极了，欢欢喜喜地进山了。

男青年走了以后，王晓兰着急了，她看看水桶里的浑水，又看看田雨，说：田雨，井里没水了，咋办？咱俩得想办法呀。

是呗，不想办法哪行，先把猪喂了再说吧。田雨烧着火，给猪烧食，不大一会儿，她就提着半桶猪食来到猪圈，王晓兰也跟着过来，想帮帮忙，田雨却说：行了，我自己来吧，等你学会了，你自己来。说着把半桶猪食倒进猪槽子里，四头猪就像饿疯了似的抢起来，一边吃着一边用脑袋挡着，还吱吱地叫着，那吃相极其难看，吧唧吧唧的响声传出很远。它们吃得很香，根本不考虑水的问题。没有思想真好。

回到屋里，田雨还是不着急不上火的样子，王晓兰更急了，韩天宇发话的样子就像一位将军在下命令：天无绝人之路，吃饭，吃完好上山，水的问题田雨和王晓兰解决。她眼前又浮现韩天宇说话的样子，两道目光显现的是那样的强硬和坚毅，让人不容分辩，不容置疑，那神情表露的是他内心的坚强和自信。从第一天见面，从他把赵庆国摔倒的那一刻起她对韩天宇就有了一种她自己也说不清的情愫。

田雨，点长把任务交给咱俩了，咱到哪里弄水去，你咋不着急呀。

急，有啥用，急就能急出水来吗？等弄完锅碗瓢盆，我带你去弄水。田雨边拾掇饭菜边说。

啊，看来你已经有办法了。王晓兰高兴了，听到田雨的话，她心里有底了。

好了。田雨拾掇完说，我带你到一个好地方去。

她俩走出屋子。你挑上水桶，田雨对王晓兰说，去时你挑空桶，回来时我挑装满水的桶，走吧。她说完，也不等王晓兰说话，扭头就走，那胸有成竹的样子让你不得不相信她。

她们顺着后山崎岖的山道翻过一道山梁，顺着山梁再往沟里走去，道很窄，显然平时走的人不多。下了一个斜坡，拐过一片杂林，王晓兰惊呆了，河水从山沟里流下来，河很宽。水虽然不多，水流的声音却依然清晰入耳。那水清澈极了，顺着大石碎沙形成的弯弯曲曲的河道缓缓下流，河道里的石头有大有小，大多数是圆圆的。这是年年发大水，水流冲击着石头顺着河道往下滚，石头之间互相碰撞磨擦，时间久了就磨圆了。这些石头被水洗得光滑亮堂。

她们又顺着水流往下走了几十米，又一奇景出现在王晓兰眼前，一片水塘。由于这里地势低洼，河水流到这里积存下来，形成了一个面积不大但也不小的河塘。这河塘没有淤泥，砂石河底，水特别清澈，能见到河底的砂石，在太阳的照射下，像一面镜子。

王晓兰惊叫起来：田雨，你咋不早说呀，这里还有这么好的地方，这么好的河水，简直太美了！

这不是想给你一个惊喜吗？咋样，这个地方好吧？

太好了！你总来吧？

哪有啊，你想啊，这儿多远，哪能总来呀。

王晓兰把水桶扔到河滩上，拉着田雨就往河边走。她们蹲到河边用手撩着河水，那亲劲儿就像对待久别的孩子一样。

多清凉，多凉爽啊！王晓兰笑着感叹，能喝吗？她问田雨。能喝，这水比井水都干净都好喝，这是从山里流出来的，是正经的山泉水，可好喝了，不信你喝喝试试。田雨说着捧起一捧水就喝。王晓兰也学着田雨的样子捧起一捧喝起来。啊，真凉啊，还有点儿甜味。王晓兰赞叹道。

喝完水，她俩就哗啦哗啦地洗手洗脸，欢喜的笑声在山沟里回响。

洗洗脚吧。王晓兰说，这清凉的水洗洗脚多爽啊。

行啊，到下边去洗，咱还得挑水回去呢。

好啊。她俩就光着脚，提着鞋往下走去。河的下游又传来了甜甜的笑声。

回去，是田雨挑着水，她不让王晓兰挑，说她不会挑，爬山下岭的把水都弄洒了，就白挑了。田雨还真是个铁姑娘，一担水挑到家，虽然只剩下半挑子，但还是挑回来了。一上午挑两次，合起来两桶，但两个人已累得腰酸腿疼了。可水还是不够，下午又是两趟，她俩最后不是挑，而是抬了。两个人一个在前，一个在后，一步一步艰难地爬坡下坎，最终把两挑子水弄了回来，但她俩的肩却都磨破了，扁担压到肩上，钻心地疼。

晚上，上山的男青年回来，喝上了清凉甘甜的山泉水，脸上都笑容绽放。

但马上又都疑惑不解，这水从哪里来的。吴国臣笑着说：田雨聪明，一个电话打过去，李占武就把大车赶来，水不就拉来了吗？

是吗？杨柏急问。

是啥是，你傻呀，现在抗旱多忙啊，能赶大车给你送水，你皇上啊。马东风不信。

这时韩天宇笑了，这次的笑是那样的可爱，他就这样笑着看着田雨，又看着王晓兰，说：妇女能顶半边天，伟大领袖毛主席的话就是真理，你们男人连想都想不到，人家就能办到。他又显出了那种高傲自信的神情，这是纯粹的山泉水，山泉水，知道吗？要从山里挑出来。

这时吴国臣恍然大悟，他惊叫起来：我知道了，我知道了，这是从东沟挑回来的。他刚喊完，就又蔫了下来，不对呀，那儿多远哪，又爬山又过沟的，咋挑回来的？太难了！

杨柏马上就问：是的吗？要真是的那可真让我佩服你们俩。

水虽然不多，但解了大家的燃眉之急，大家都很感谢。看到大家高兴，她俩虽然累点儿，疼点儿，但心甜。

时间过得好快，一晃几天过去了。赵庆国和王晓兰已经适应了这里的环境，适应了这里的劳动和生活。

但当夜深人静的时候，赵庆国却经常睡不着觉，他闭上眼睛，李梅的影子就出现在眼前……每当这时他就激情满怀，就会失眠，整夜睡不着。

他想李梅，甚至无法自已。终于有一天，他没有控制住自己。

这天，吃过晚饭，大家都围在东屋例行公事地听着收音机，赵庆国趁着人们不注意悄然消失在夜色里。他快步走出林场的地界，然后以长跑的速度向平山跑去。他不管月暗天黑，不顾路窄坑深，一口气向前跑去。他恨不得长出两只翅膀飞起来，恨不得他那两条腿就是飞毛腿，一步就跑到李梅的身边。

眼前就是星星点点的灯光了，就要到了，他想，真的不远，就这么一会儿，十来里的路不也就到了吗？快要进村的时候，前方好像一个人影，那人快速从村里往村外走。谁呀，大黑夜的，干啥呢？他想着，距离越来越近，那人也不躲避，继续快速向前走着。赵庆国哪里管得了这些，几步就来到跟前，就在赵庆国从那人身边擦肩而过的时候，那人站住了，回过头看了一眼，然后低声叫道：庆国。黑夜，四周静静的，声音虽低，但马上传出很远。显然赵庆国听到了声音。是在叫他，他听清了，是李梅在叫他，李梅的声音他太熟了，是那样清脆甜美。

他欢喜无比，马上快速往回走，几步就来到了李梅跟前，他拉住李梅的手，嗓子热辣辣的，几乎说不出话了，你咋到这儿来了？李梅看到他，她没想到在这看到他，半晌他也问：你那么跑干啥去啊？还不是找你来了？李梅听了，鼻子发酸，眼泪刷刷地流下来。她是高兴还是委屈，自己都说不清。你干啥去呀？赵庆国又问。找你去啊。李梅哭了。她不顾一切，扑到赵庆国的怀里。赵庆国抱住她，紧紧地抱住她。他啥都没说。

过了一会儿，李梅从赵庆国的怀里挣出来。走。她说。拉起赵庆国就向村东走去，赵庆国也不出声，跟着就走。不一会儿就来到一座小房子前，赵庆国看清了，这是平山秋天打场看场的房子，就一间，房子里有土炕，看场的人晚上就睡在这里。现在是春夏之交，这房子自然空着。

李梅把赵庆国拉进这间房子里，啥都没说就又扑到赵庆国的怀里。等你等得好苦啊，你咋不早来啊。你再不来，今晚我就到林场找你了。

我这不是来了吗？我想你才来的。赵庆国说。

李梅抱着赵庆国的脖子，赵庆国个子高，只能抱住李梅的双肩，他坐到土炕上，李梅就坐到赵庆国的大腿上。李梅抱住赵庆国的脖子，脸贴在赵庆国的前胸。庆国，李梅轻轻地叫着，我多想你啊。她说，你走了，我吃不好饭，整夜睡不着觉，我的心都在你这儿了。赵庆国何尝不是啊，他有多少话想对她说，但此时他啥都说不出来，他只有一句，我也是，然后他们就紧紧地抱在了一起。赵庆国的身体就像燃起了火一样。他的心跳出来了，就堵在喉咙，他的血喷出来了，就含在嘴里。赵庆国抱着他心爱的姑娘，把他全部的情，全部的爱都给了她。此时的李梅紧紧地抱着赵庆国的腰，她哭了，泪水哗哗地顺着脸流下来。这是心满意足的哭，幸福的哭啊，人生还有比这更幸福的吗？

两个年轻人融到了一起，这个小屋可以作证，老天可以作证，大地可以作证。

月亮笑了，咧开了圆圆的嘴巴，星星笑了，眨着亮晶晶的眼看着。

从此，每个周六的晚上这个小屋就充满笑声，充满幸福，充满两个年轻人的气息。

第七章

一

赵庆国回到林场已是午夜时分了。

老远他就看到林场那排房子的门灯亮着。以往，没事的时候门灯是不开的，特别是都大半夜了，亮着灯的情况没有过。住人的两个屋也亮着灯。他知道，他的伙伴还没有睡，一定是在等他。他们会不会问我干啥去了？一定会问的。我说啥呢？他们会怎么看我啊。

憨厚天真的赵庆国边走边想，就来到了门前。

推门进来，果然让他猜到了，他的伙伴们都聚在东屋，有的坐在炕里，有的坐在炕沿上，韩天宇坐在靠东房山的柜子旁。赵庆国一进屋就站在了屋门旁，大家都瞪大眼睛看着他，那目光有欢喜，有惊奇，有疑惑。他站在那儿，大家都没有说话，他也不知如何是好。他本来就不好言语。他左看看，右看看，大家的目光都很异样，他更是心慌，但这也是他预料到的。

这么晚了，咋还都没睡哪？大家都不说话，情急之下，他冒出这么一句话。

咋没睡？你说咋没睡？

还问我们？你干啥去了？

对啊，你干啥去了？去了大半夜。

你走了，咋不和我们说一声啊，害得我们到处找你。

你知道我们找你多着急吗？

你必须和我们解释清楚，到底上哪里去了。

大家就像连珠炮一样质问他，赵庆国来不及回答，来不及解释，他就像受审的犯人一样站在那儿。

大家都别问了。韩天宇也想知道他这半夜到底上哪里去了，但得给他说话的机会啊。他站起来，对大家说：行了，都别说了，让赵庆国说话，大家都嚷嚷，人家咋说啊。他看看赵庆国，对他说：行了，这回你说说吧，这大半夜的到哪里去了，干啥去了。

赵庆国还是站在那儿，面对大家他说啥？他咋回答？

他愣愣地站着，傻傻地站着。

哥，王晓兰叫道，你大半夜干啥去了，我们多担心啊。她眼里含着泪花。

赵庆国的全身满是尘土，他敞着上衣，汗水已经湿透了汗衫，脸上那条被划的口子已经干了。一路的奔跑，赵庆国早已大汗淋漓了。

王晓兰站在他面前这么细细地看着他，又让他紧张心虚，他用袖子擦了擦脸，汗水还是不停地从脸上流下来。赵庆国的心乱了，他不知道该咋说啊。

哥，你到底干啥去了？你看你都成啥样子了？王晓兰的泪水流了下来。赵庆国回来了，她不再担心了，但她看到哥哥的样子是多么心疼啊。

赵庆国张着嘴，结结巴巴地说：我，我，我去平山了。

啊？听到赵庆国的话，大家都感到惊讶，大半夜的到平山干什么去呢？

其实，吃过晚饭，赵庆国的神秘出走，王晓兰开始有些奇怪和疑惑，哥哥干什么去了呢？到底去哪里了？也许不会走太远，过一会儿就会回来的。但是，过了很长时间都没有回来。大家都很着急，都担心赵庆国四处乱走，天黑路滑摔倒摔伤，韩天宇更是害怕出事，吩咐大家分头到林场周围寻找。

王晓兰有一种预感，她哥没有出事，也不会出事，但到哪里去了，她真的弄不清。她苦苦地思索着，猛然间她闪出一个猜想，哥是不是到平山去了，去找李梅了？这个疑问在她脑海中一闪，她就越发相信了这个判断。他和李梅的关系王晓兰是最清楚的了，李梅和王晓兰亲如姐妹，李梅每次和赵庆国的见面约会，王晓兰都知道，那是李梅向她做的汇报。赵庆国从平山被调出派往林场的原因，李梅知道，王晓兰也清楚。如今两个人分离这么多天，哥哥一定是找李梅去了。王晓兰想，一定是的。他没有让韩天宇给公社打电话汇报，她说：点长，我哥不会出事的，咱等等，过一会儿他一定会回来的，我敢保证。

大家很担心，但王晓兰这么一说，也不知道咋好了，只好在屋里等着。

话也真巧，王晓兰刚说完一会儿，赵庆国就推门进来了。他回来了，大家心里的石头总算落了地，不管咋说，人没事就行。但他这大半夜到底干啥去了，大家一定要弄个明白。

当大家听说他到平山去了时，都惊讶得说不出话来。到平山干啥去了，莫非是去找……这时吴国臣猛然清醒，哎呀，我咋没想到啊，他喊道：赵庆国呀，赵庆国，你可把我们坑苦了，你说你，跑到平山找大姑娘搞对象，害得我们到处找你，生怕你出事，你看因为到山里找你，我的鞋都让荆茬子扎破了。他把鞋脱掉，举到赵庆国面前。你看看，你看看，这是真的吧。王晓兰坐到炕沿上，韩天宇认真了，问：赵庆国，你还真的跑到平山搞对象去了？你胆子不小啊，你这刚多大呀，就想搞对象了？他说到这儿，站起来，走到赵庆国跟前，歪着脑袋看着他，突然，他笑了，说：喝，你这个大小子挺敢做啊，怎么样啊，搞得挺好的吧？他这么一乐，大家也都笑起来，满屋的紧张就被笑声赶走了。

赵庆国满脸红晕，汗本来被他擦去了，这回又冒出来了。他连忙辩解：没有，没有，是去看看房东，看看房东。什么看看房东啊，是去看看房东的姑娘吧。马东风大声喊道。

搞对象没啥丢脸的，是吧。吴国臣笑着说，谁还不搞对象啊，我都想搞，可是没人和我搞啊，要是有人和我搞，我天天陪她待到半夜，这有啥啊。

那是，我要是有对象，也是天天陪着她，那多好啊。马东风也呼应着说。

赵庆国看着大家，放松了许多，脸上也露出了笑容。

这时，韩天宇又对大家说：行了，都别说了，有本事就都搞去，把对象都带来，在林场生下一窝小崽子，也让咱林场后继有人。他看看大家，又说，老赵没事，搞对象是好事，大家都不要说了。他又看看赵庆国，说：老赵啊，搞对象好好搞，要怕搞不成咱给他来个先斩后奏，保上险，那就跑不了了。韩天宇说到这儿，眼神突然和王晓兰的目光碰了个正着，他意识到自己说话太露骨，脸一热，马上转移话题。但往后再出去搞对象，可不能这样偷偷地去，必须和大家说一声，咱光明正大地去，光明正大地搞，免得我们大家担心你。你看这大半夜都没睡，翻山越岭地就找你了。好了，睡觉吧，明天还得上山呢。就在韩天宇说话的时候，王晓兰的眼睛始终没有离开韩天宇的脸，韩天宇说的话是那样动听，韩天宇说话时的脸是那样好看。今天，在她哥哥离开后，韩天宇着急的表现，实在让她感动，韩天宇沉着冷静地指挥大家到处寻找，更是让她激动。她内心不止一次地想，这是个好人，是一个好男人。

平山的夜晚是宁静的。

一天的劳累，社员们吃过晚饭就早早地休息了。

这些天都没有电影，抗旱保春阶段，大家都很累，很多人吃过晚饭就睡觉了。有的在自家的门前坐会儿，和邻居闲聊几句也就回屋休息了。整个村庄连狗的叫声都很少了。

半夜了，李梅悄悄地从后门回到院子里，后门是妹妹李芳给留的。李梅蹑手蹑脚地进到屋来，刚关上后屋门，还没等回到西屋，东屋的灯就亮了。

妈妈爸爸还没有睡，李梅知道。

回来这么晚，明天还干活不啊。爸爸不是生气的声音，倒像是埋怨。

梅子啊，往后可不能这么晚回来，都这么大了，还让大人操心哪。这是妈妈心疼的话。

知道了，妈。李梅答应着，回到西屋。两个妹妹都睡着了，她没有惊动她俩，悄悄地躺下。躺是躺下了，但她实在睡不着，因为她太幸福了，她躺在炕上细细地回味着赵庆国的爱抚和温存，他那宽大的胸膛，粗大的胳膊，那大山一样的躯体，都在她眼前重新出现，在她的脑海里慢慢回映。她再次热血沸腾，激情满怀。她想，她这一生都满足了，那种幸福的感觉再次涌遍她的全身。

这时，东屋传来咳嗽的声音，是爸爸在咳嗽，她想，爸爸妈妈还没有睡，他们知道我出去和赵庆国约会了吗？要是知道会咋样呢？嗨，爸爸妈妈真是不容易呀。也是的，都这么大了，还让爸爸妈妈担心，真是于心不忍。她心疼爸爸妈妈了。怎么办呢？爸爸妈妈要是知道我和赵庆国的事，他们会怎样啊，她反复想着这个问题。这时候，她有些后悔了，她想，她不该那么冲动。但她知道，她实在是爱他的呀。但事情已经发生了，自己已经是赵庆国的人了，想啥都没有用了。她想，先不要让爸爸妈妈知道，也免得他们生气。

其实爸爸妈妈已经知道她去找赵庆国了。吃过晚饭，李梅像丢了魂一样，坐立不安。往常，放下碗筷，她都会帮着妈妈洗洗碗，擦擦桌子啥的，有时候干脆让妈妈歇着去，自己干这些家务，妹妹们也想干，她就说，我干吧，等我出嫁了，有你们干的。妹妹们就乐起来，说：姐姐，那你就永远别嫁，我们就永远不用洗碗了。姐姐就说了：还咒姐姐，你们是盼着姐姐嫁不出去啊，姐姐不嫁，你们咋嫁啊。妹妹就说：我们可不嫁，我们在家和爸爸妈妈过一辈子，有吃有喝，又不用洗碗，多好啊。那可不行，妈妈在一边说了：你们都不嫁，我上哪儿抱外孙子啊，我还想早点儿抱外孙子呢。妈，看你说的。闺女们都不好意思了。

　　李梅急急忙忙洗了碗，把桌子拿下来，洗了把脸。妈妈看见了，说：梅子，忙忙叨叨地有事啊？

　　没事，妈，出去和韩香梅待会儿去。李梅说完回到屋里又梳了梳头，往脸上抹了点儿雪花膏，又照照镜子。

　　这一切两个妹妹看得眼花缭乱的。姐，你这是干啥呀，演戏去呀？李芳奇怪地问。李英笑了，小声说：二姐，你真不知道啊，还是装的，大姐这是搞对象去了，找姐夫去，那个大姐夫多好啊。说完做了个鬼脸。大姐没有反应，也许没听到，李芳凑到大姐李梅跟前，闻了闻，好香啊，大姐，真的是找赵庆国去吧？李梅放下镜子，有些不好意思，又有些甜蜜的味道，她小声说：告诉你俩，不许和爸爸妈妈说，一定要保密，要是走漏消息，我饶不了你俩。说完，又强调一下：听到没有？听到了。两个妹妹同时回答。

　　李梅刚走出房门，妈妈就进到屋里。

　　你大姐干啥去了？妈妈问两个妹妹。

　　不知道啊。李芳回答。

　　你们真的不知道吗？快说，她是不是找赵庆国去了？妈妈不依不饶又问。

　　两个妹妹互相看看，不知该咋回答。

　　你俩不说，我也知道，她就是找赵庆国去了。妈妈说完就走出屋子。

　　妈，你可别说是我们说的啊，我们可啥都没说。李英冲着妈妈的后背喊道。

　　李梅的妈妈回到她的屋里，生气地坐到炕上，爸爸问妈妈：咋样？她是去了吧？就在李梅洗脸梳妆的时候，爸爸和妈妈就猜到李梅一定是要去找赵庆国。几天来，李梅魂不守舍，妈妈看在眼里，疼在心里，自己的闺女自己知道，闺女是好闺女。她真是喜欢上赵庆国了。妈妈和爸爸说，女大不由娘啊，咋办，你看这几天，她，嗨，真的没办法啊。妈妈真是既生气又心疼啊。

　　嗨，我看是管不了了，她去就去吧。善良的妈妈无奈地说，赵庆国也是个好孩子，如果她非要搞他，也只好听天由命吧。

　　真就管不了了？还翻天了咋的？李利民气得大声喊着。

　　行了，别生气了，生气也是白生，到了出嫁的年龄，管也管不住，去就去吧。妈妈的心都是软的。

　　哼，你倒好，装好人。爸爸也是没有办法。

　　不装好人咋弄，打她，还是咋的？都这么大了，打她好看哪？好不好她自己带着，咱们又不是没和她说，到时候后悔也怨不到咱们。妈妈越说声音越大。

两个妹妹听着很害怕，但她俩不知道该咋办，只好老老实实地在屋里待着。

过了一会儿，妈妈又说话了：他爸，就别生气了，气个好歹的谁管哪，咱就当啥也不知道，爱咋咋地吧，她又不是小孩子。停了一会儿，妈妈又说：以后是啥命，老天爷都安排了，你改也改不了，就随她去吧。

哎，还能咋样啊，养活一个孽种啊，哪辈子缺的德呀，这大黑天的，你说她……爸爸气得连声咳嗽。

行了，行了，就当没有这个闺女，还不行吗？快睡觉吧。

能睡着吗？你睡。

老两口就这么被李梅气得半宿没睡。李梅回来以后，这老两口还是没睡着，就这样闹腾了一宿。从这往后，爸爸看着李梅总是不舒服，别别扭扭的，李梅倒好，对爸爸妈妈比以前更好了，爸妈的叫得可甜了，手也更勤快了，家里家外，她全包。连两个妹妹都说大姐像变了个人，爸爸妈妈看到闺女这么懂事，这么殷勤，也就不那么记恨她了，自己的闺女，自己的肉啊。

二

王晓兰的到来，给林场增添了无限的生机和活力。

王晓兰实在是漂亮，还有那甜美的声音。她只要一张口，黄鹂就会闭嘴，百灵也会低头。

后来在说起王晓兰时大家都承认，就在她刚刚到来的那一夜，这些血气方刚的男青年们都在细细品尝回味着王晓兰的美，以至于让他们整夜失眠。

王晓兰的到来，让这些久离人群的青年，如久旱遇到喜雨，如他乡遇到故知，那欣喜，那甜美，在心底滋生。他们爱笑了，爱说了，爱干了，他们状态更加活泼，精力更加旺盛了。

这就是美的力量。王晓兰就是催化剂。

早晨，男青年们上山了，林场留下了田雨和王晓兰，她们在家，永远不会闲着。从井里淘水浇灌田雨刚刚种上不久的白菜、豆角、黄瓜，还有她刚刚种下的土豆，那一瓢一瓢的看上去混混黄黄的井水浇到刚种下的菜地里，就像干渴的人喝到了甘甜的山泉，是那样舒畅，那样甜美，她俩也同样的舒畅、甜美。

王晓兰兴奋起来，她抬头望望火红的太阳，一脸的笑容，情不自禁地哼起歌来：太阳出来照四方，毛主席的思想闪金光……

王晓兰会唱，田雨爱听。不论是早晨、中午，还是晚上，不论是劳动，还是休息，她不唱，田雨也会求她唱歌，晓兰，唱个歌吧，唱啥都行。这时的王晓兰就甜甜地笑了，然后林场就会飘出清脆甜美的歌声。

在前往东沟挑水的路上，她最爱唱歌，她挑着空桶，潇洒地走在崎岖的山路上，虽然山路蜿蜒，但依然没有消减她唱歌的兴致，眼望蓝蓝的天空，高高的青山，深深的沟壑，清清的河水，她放开歌喉，尽情地歌唱：一条大河波浪宽，风吹稻花香两岸，我家就在岸上住，听惯了……那清脆的歌声悠扬婉转，在天空中飘扬，在山谷中回荡。

大家都知道她会唱歌，知道她爱唱歌，于是，闲暇时都期待她唱歌。

吃过晚饭，听了一会儿收音机，那里面唱的歌真的没有王晓兰唱的好听，于是，大家就群起而求之，请王晓兰唱歌。吴国臣像发布命令一样，把收音机关掉，听那玩意简直是噪音，还是听听咱王晓兰同志唱歌吧，大家说行不行啊。

行。大家齐声回答。

好，大家爱不爱听王晓兰同志唱歌啊？爱听。又是响亮的回答。

吴国臣问大家，大家也没有思考，因为不用思考，都爱听。大家喊完了，就七长八短地笑起来。好，那就让我们用热烈的掌声，欢迎王晓兰同志为我们唱歌！不容王晓兰思考，不容王晓兰说话，就掌声一片了。大家一边使劲地鼓掌，一边还得喊着，王晓兰来一个，王晓兰来一个。王晓兰圣女一般，满面红晕，脸含微笑，站在屋地中央，大大方方地，但又略显羞涩她，向大家深深地鞠了一躬，然后直起腰，忽闪几下水灵灵的大眼睛说：谢谢大家，这么抬举我，爱听我唱歌。好，下面我唱一首歌唱我们敬爱的伟大领袖毛主席的《太阳最红毛主席最亲》。好！大家又齐声喊道，然后就鸦雀无声了，大家静静地等待着。

太阳最红毛主席最亲，您的光辉思想永远照我心，春风最暖毛主席最亲，您的光辉思想永远指航程。您的功绩比天高，您的恩情似海深，心中的太阳永不落……那甜润的歌喉，清脆的声音，给人们带来无比美好的享受。

好！大家齐声喝彩，同时热烈鼓掌。再来一个！大家喊道，来一个"洪湖水，浪打浪"！"洪湖水！洪湖水！"大家热烈地喊道。

吴国臣不再说话了，他已融到情境中了。张中正激动无比，他从炕上跳到地上，大声地说，王晓兰为我们唱这么多歌了，我看让她休息一会儿，也该我们男人展示一下了，王晓兰同志先休息一下。王晓兰就坐到了炕沿上。下面我命令，他也学着吴国臣的样子，命令道：杨柏同志为我们表演。大家呱唧呱唧。他说完带头呱唧起来，接着就是稀稀拉拉的掌声。

杨柏看看王晓兰，看看大家，说：虽然掌声不热烈……别磨蹭，快点儿。没等杨柏说完，马东风就催促说，是唱歌，是朗诵，是舞蹈，你自己选吧。杨柏低声说：对待我和对待美女真不一样啊。说完跳到地上。大家都笑了。

这样吧，唱歌吧我五音不全，跳舞吧，我腰又太粗，腿又太笨，我就给大家背一首毛主席的诗词吧。他说完一本正经地站到地中央，一脸的严肃，站到那儿就是不出声。吴国臣急了，他大声喊道：杨柏，咋的？咋不出声啊？杨柏看看吴国臣，说：男人也需要掌声不是？哪怕稀稀拉拉的也行啊。

喝，还要派了。吴国臣说道，好，同志们，看在杨柏同志为我们背诗的份上，咱给他呱唧呱唧。说完带头鼓掌，大家都笑了，接着鼓起掌来。

《沁园春·雪》，杨柏不止一次地背，不止一次地朗诵，每次他都是一本正经。北国风光，千里冰封，万里雪飘……他饱含情感地朗诵着，他忘记了眼前的战友们，忘记了他所在的大山根下的林场，他已融入毛主席所写的这首词的意境中了。他动情的朗诵，把在坐的所有人都带到词的意境中去了。他朗诵完毕，大家仍然静静地，没有从那意境中回过神来。大家都被深深地感染了。

半晌，韩天宇说话了，杨柏文学水平高，在学校时就爱好文学，我很了解他，在校期间就写过诗词，还写过小说，就差发表了。

韩天宇这么一说，大家还真的一惊，大家只知道他爱读诗词，爱看书，至于写诗词、写小说都还不知道。

韩天宇这么一说杨柏有些不好意思，急忙转移话题：大家别听他说，其实我们点长才是文学才子，他会读能写，特别是抒情诗，朗诵得特别好，我看下面就让点长也给咱们朗诵一首诗吧，大家说好不好？

经他这么一鼓捣，大家真的来了兴趣，因为，两年多来，大家从没听过韩天宇唱过歌，也没听他读过诗，今天有这样的机会，真是难得。于是大家就可劲鼓掌，还喊着：来一个，来一个。

韩天宇坐在靠墙的四角八叉的凳子上，他先看看坐在一起的两个女生，王晓兰正面带微笑，含情脉脉地看看他，他心一热，田雨也笑盈盈地看着他。再看看那些男士，个个咧着大嘴笑着喊着，既像无比期待，又像幸灾乐祸。

韩天宇无奈地站起来，领袖一样地举起双手，示意大家静下来，然后，他和杨柏一样，一本正经地说：我本无才，只是深受恩师教诲，自读几首小诗，承蒙大家抬爱，要听我一诵，只好遵命。大家听完，觉得很酸，但因为是第一次听他朗诵，还是静静地等待。他深深地吸了一口气，轻轻地朗诵：

轻轻的我走了，

正如我轻轻的来；

我轻轻的招手，

作别西天的云彩。

……

韩天宇的一首《再别康桥》感动了所有人，他不是在朗诵，而是在深情地诉说。

他沉醉了，大家也沉醉了。

夜静静的，小屋静静的，大家静静的。

好久，好久，不知是谁喊了一声：好！这一声唤醒了沉醉在意境中的人们，紧接着就是热烈的掌声。又是好久，韩天宇双手示意，掌声停止，大家都眼含泪水，是被这诗情感染，是被韩天宇的才华感染，还是唤起了大家的诗情？

人的心是软的，人的情感是脆弱的。

韩天宇同样泪流满面，他擦了一下脸上的泪水，笑了。他说：我本善良，是心善。我好动情，是真情，今天在这儿献丑了。他深深地鞠了一躬，退到他坐的凳子旁，又坐下了。

此时的王晓兰比任何人都动情，她极力掩饰自己，不让泪水肆无忌惮地流下来，但还是流了下来，她一是被诗情所感，最主要的是被韩天宇的才气所感。韩天宇的一举手一投足都给她极深的触动，她感谢这首诗，是这首诗让她更加了解了韩天宇，更加对韩天宇有了爱慕之情。

韩天宇在人们夸他时不停地笑着，只是说过奖了，别人说他深藏不漏时，他说以前没有这样的平台，今天是情到真处了。

吴国臣说，以后咱们多创造这样的平台好了，也让咱点长展示展示自己的才艺，大家也享受享受，欣赏欣赏，对吧？

大家就呼应起来，对呀，韩点长，今天再给我们唱首歌吧，要不就给我们跳个舞吧。不行，唱歌调找不着，舞，更是迈不开步，我说呀，还不如让田雨和王晓兰跳一个。

好，跳一个。听韩天宇这么一说，大家群情振奋，呼喊着跳一个。王晓兰看着田雨，她俩迟疑了，这时坐在王晓兰身旁的杨柏等不及了，快点儿吧，跳一个吧。他说着伸手扳了一下王晓兰的肩膀，让她前去，就在那一刹那，王晓兰的肩猛地一抖，脸也抽搐了一下。

这细微的反应被韩天宇看到了，韩天宇马上站起来，惊叫：咋的了？是不是哪里不好啊？他走到王晓兰的跟前，关心地看着王晓兰。

没事。王晓兰恢复了正常，笑着说。

不对，韩天宇说，一定是肩上或胳膊上有伤。他说完，问田雨：田雨，跟我说实话，到底咋回事？田雨看看王晓兰，想了想，说：她的肩都磨破了，是挑水磨破的。别光说我，你的肩不也都磨破了吗？这有啥啊。和你们上山扛木头差远了。王晓兰依然笑着说。她俩这么一说，韩天宇完全明白了，她俩从东沟挑水那是多远哪，翻山越岭，崎岖蜿蜒的小路，一担水要付出多少艰辛啊。

大家不再说跳舞的事了，都在埋怨她俩，为啥不早说一声，这么苦的活计，不再让她们干了。于是，决定不再让她俩挑水，每天留一人在家，主要是挑水，还有就是帮她俩劈柴，拾掇拾掇四周的菜地、大田。

两个人再三推迟，说挑水没问题，这么多天不都挑了吗？但大家没得商量，特别是韩天宇态度异常坚定。

三

太阳照在头上火烧火燎的，水井里已经好几天没有一滴水了。林场四周的一亩多地也都是抗旱种上的，他们前边种上，没过两天地就干了，他们每天除了把人吃的水挑够，还要挑水浇地。他们把水挑回来，像油一样珍贵，在地里按着种种子的地方一瓢一瓢地浇，水浇到地上冒起一股烟就一下渗到地里了，有水洒到其他的地方就心疼得像丢了金子。他们前面刚浇上，没过多长时间，后面就已经快干了。干了也得浇，能出几棵苗是几棵苗吧，春天种出几棵苗，秋天就能多收获几颗粮。

浇水种出的蔬菜长得还没有巴掌高，就被太阳晒得蔫蔫的，就是浇上水一宿也缓不过劲来。芒种早已过了，种上的种子多数没有出来，有的刚刚冒出头来，被晒热的地皮一烫，不是死就是蔫了。再不下雨，种上的地也是白种了。

说也巧，这天刚刚过午，响晴的天空就起了黑云，黑云先从西北的天边升起，一眨眼就是半边天，这时风起了，凉飕飕的。这天留在家里挑水的是吴国臣，他挑着水刚从东沟往回走，还没有一袋烟功夫黑云就布满了天，他挑着一挑子水加快脚步往回返，没走到一半，天就掉了雨点。没有雷声，没有闪电，只有铜钱大的雨点往下掉，开始还不密，过了一会儿就越来越密了。雨点打在他的脸上生疼，打在地上啪啪直响。他挑着水小跑起来。

留在家的王晓兰和田雨看到天这么黑，不知道要下多大的雨，急忙往屋里搬柴火，两个人搬了一堆，雨越下越大了，她俩高兴地大喊起来：下吧，下吧，下大大的吧。她们想，雨下得大了，井里就会有水了，那就再也不用跑那么远的地方去挑水了。她俩手舞足蹈地在雨中喊着，挥手接着雨点。这时想起吴国臣了，王晓兰说：田雨，老吴挑水还没回来，咋办哪？那能咋办？浇湿了回来换衣服呗，咱们给他送去，他也浇湿了。田雨说着站在屋前往东边看。

其实她俩不但关心吴国臣，更担心上山的人们。他们现在到哪里了，他们走的地方下雨吗？如果山里真的下雨可就坏了，那山路多不好走啊。别说扛着木头，就是空着手走，那路滑也难免摔了啊。田雨说，去年的一天就遇到了这样的情况，早晨出去天气晴朗，下午，他们在回来的路上下起了大雨，山陡路滑，扛着木头根本没办法走，迈一步都有摔倒的可能，他们只好把木头扔到山坡上，空手往回走，就这样空着手，杨柏、张中正还是摔了，把胳膊腿都摔破了，歇了好几天才好的。田雨说着，那情景还历历在目。

雨更大了，更密了，已经连成了片，有的地方已经有了积水。她俩正担心着，吴国臣挑着水桶跑回来了。他已经被浇得像从水里捞上来一样了，衣服贴到了肉皮上，雨水从脑袋上往下流着，只剩下少半桶的水了。浇死我了，他看到田雨和王晓兰在房檐前站着喊道，你俩咋不进屋哇。他脚不停留地闯进屋来。田雨和王晓兰也跟了进来。这雨吓得太好了，多及时啊。他放下水桶，抹一把脸，又说：这回大田地可借上劲了，我就说，老天饿不死瞎家雀儿嘛。

行了，快进屋把衣服换上吧，别感冒了。王晓兰说着接过吴国臣的水扁担，把他推到屋里。田雨把桶里剩下的水倒进水缸，急忙就把空桶接到屋檐下，马上，从房檐流下的水就哗哗地流进了桶里。田雨会过日子，她说接到雨水哪怕给猪打食，也省得去挑了，省点儿是点儿。

雨下着下着，东边的天白了，紧接着天上的黑云也变灰了，过了一会儿又变白了。雨下小了。又一会儿，云扒开了一道道缝，雨更小了，就连哗哗的响声也变得唰唰的了。

千万别停啊，千万别停啊，再下会儿，再下会儿吧。吴国臣祈祷着，因为他知道，社员们盼下雨都盼疯了，再不下雨，地里的苗出不了五成，没有苗，秋天收啥？社员们明年吃啥？多下点儿雨，把苗哄出八成来，那就有盼头。

雨越下越小，后来唰唰的声音都没有了。不到一个小时，雨彻底停了，云成块儿成块儿地在天上被风吹得乱跑，不大一会儿就跑没了。

天空又交给了太阳，只不过阳光比雨前温柔了一些。

吴国臣拿起镐来到房东边的地里，使劲一刨，干土出来了，也就一巴掌深。嗨，差远呢，没下透，不解渴呀，能把苗哄出来七成就不错了。他自言自语地说着回到屋里。这老天爷再多下一个小时多好啊。

上山的回到家里已经是天黑以后了，比以往晚了一个多小时。主要还是路不好走，再有就是扛的木头一根没扔，他们硬是一步一挪地把木头给弄回来了。

井水上来了吗？吃过饭，第一个问井水的是赵庆国。大家没人吱声，他没说二话，拿起电棒就出去了，他要到水井那看看。一会儿他就回来了，韩天宇问：有水了吗？他没好气地说：有个屁啊，一滴都没有。

雨没下起来，井还是干的，原想着，下一场大雨，井水就能上来。可事不随人愿哪。

大家都在干着急。

一晃几天过去了，小苗拱出地面，大地泛青了，从山坡往远处看，大地青绿青绿的，有了绿色就有了生机，就有了希望。

又轮到赵庆国挑水了，他力气大，挑一挑子水玩似的，一上午就挑了好几挑子水。他把两个水缸都挑满了，还把菜地浇了一遍。下午他要挑水浇地了。王晓兰过来，叫住了赵庆国，哥，你就别挑了，小苗出来了，这么远，

你浇也浇不过来呀。

是啊，这么远，半天才挑几挑子水啊，要是能把水引来，或把井弄出水来，那多好啊，吃水解决了，还能浇地。他老早就想过，这儿缺水，得把水弄来。对，想办法弄水。他下定了决心。

这天吃过晚饭，赵庆国把饭盆洗完，就抛出一句话：待会儿咱开个会，有事商量啊。

开会？开啥会？谁给开会？大家愣了，你看我我看你，又一齐把目光集中到韩天宇那儿。点长，开啥会？张中正问。韩天宇也不知道啊，他以为赵庆国是在开玩笑。赵庆国刚走出屋子，他要出去解手，听韩天宇这么一说，又回来了，很严肃地说：我可没开玩笑啊，真的有大事，咱得好好商量商量。

商量啥事？我咋不知道啊？韩天宇看着赵庆国问。赵庆国看韩天宇的样子，笑了，他说：点长，可别多想啊，我没有夺权的意思，是为你着想啊。说话间大伙都收拾完毕，韩天宇发话了，老赵说开会，说有事商量，那咱就听听老赵让咱商量啥事，大家都进屋吧。

大家嘀嘀咕咕、嘻嘻哈哈地，回到屋里，地上坐不下，就上炕。两位姑娘挨在一起，坐在靠西墙的凳子上，赵庆国坐在炕沿的一头，韩天宇坐在靠东面山墙的凳子上，他看看赵庆国说：老赵，啥事要大家商量，说吧。赵庆国像领导讲话那样，清了清嗓子，看看大家，说话了：其实，这事吧我想了挺长时间了，不好意思说，不说吧，又憋得慌。今天说了吧，大家想想办法。

啥事啊，快说吧。吴国臣急了。

水的事。他说，你说吧，咱这地方没有水，多不方便哪，这些时候，天气旱，井干了，到那么远的东沟挑水，多难哪，我力气大，一上午才挑五趟，都快一个小时一趟了，费工又费力，下了一场雨井水还是干的，谁能保证井水今后能有啊。大家都在听他讲话，也都在思考他说的水的问题，水确实是个大问题。他看看大家又说：我说的意思是能不能把井水弄出来，或把东沟的水引过来，解决我们这儿长期缺水的问题。说完了。

是啊，水是个大问题。韩天宇边听边想，但怎么解决这个问题，真要好好商量。其实这个事他也想过，干旱时井水干枯，就是井太浅，没到水位。要让井水不干就得把井打深点儿。他看看对面的王晓兰，仿佛又看到了她被磨破的肩，一瞬间他的心就触电一样疼了一下。田雨不也是这样吗？赵庆国说得对啊，不能再这样下去了，一定要解决水的问题。他看看赵庆国，又看看大家，说：老赵说得对呀，水是大问题，不解决不行。看来解决水的问题有两条路，一是把东沟的水引过来，二是把井再打深点儿。现在商量两件事，一是水的问题解不解决，二是怎么解决。大家都说说吧。那还用问吗？水的问题必须解决。吴国臣先说。张中正也表态，必须解决。其他人也都发表了自己的意见，水的问题必须解决。

最后问题集中在怎么解决上，是打井，还是引河水？

要引河水，就得挖渠，但距离太远，地形又高低不平，工程太大，太不好干。张中正说。

别怕困难，毛主席说人定胜天，何况小小的引水工程啊。开凿红旗渠难吧，人家不照样把水引去了吗？杨柏冲着张中正发话了。

废话，你能和红旗渠比吗？就咱这点儿人。再说了，他们是没有办法才挖渠的。张中正大声反驳着。

发扬蚂蚁啃骨头精神，啥困难都能克服。杨柏还在坚持。

就没有别的办法吗？打井不行吗？吴国臣说，现在的井不过五六米深，再往深打一定能有很多水。如果井能打出水来，何必挖渠引河水呢？

对，打井吧，把井打深深的，弄个大口井，你没看人家平山西那个大口井吗？夏天下去十个人洗澡都没问题。马东风大声地嚷嚷着。

对，打井好，还是打井吧。大家七嘴八舌地说着。其实都知道，挖渠和打井比，打井要省工省力。

最后大家形成一致的意见，打井，把现有的井扩大。再往深打个十米八米的，估计就会有水了。山多高水多高，何况这井是在山的根部呢。

最后韩天宇说：光咱想打井还不行，咱得向公社汇报，得到公社的批准才行，再说了，打井得放炮，得需要炮药啊，还有钢钎锤子等工具，都得公社给咱，还有咱打井，耽误了公社的木器厂怎么办，都得公社解决，是吧？他看看大家说，需要考虑的事还不少呢。

工具好说，公社一定能给，打井没时间不怕，咱晚上干，白天上山，晚上打井，两不耽误。赵庆国坚定地说。

是啊，只要公社给咱炮药和工具，咱就晚上干，没有不行的。所有男青年都赞成赵庆国的说法。但王晓兰说话了，白天上山，晚上打井，说是好说啊，但人能受得了吗？上山打井都是重活，晚上不休息，白天上山再扛木头肯定不行。就是能把木头扛下来，人也受不了。

那咋办？光说打井，谁打呀？就这几个人，能分身吗？张中正说。

是啊，这就得和公社商量了。韩天宇说。

公社能给咱派人吗？要能派人最好了。杨柏笑着说，韩点长到公社好好求求刘大主任，没准儿真给咱派几个人哪。

大家都笑了。

四

第二天，本应孙浩晨留在家里，韩天宇和他换了，目的是到公社找刘主任，商量打井的事。

他和上山的人们一起吃过早饭，便马不停蹄来到了平山公社大院。大院里有两排平房，前排是办公室、青妇联、广播站和农机站等，后排是武装部、教育办和几个主任的办公室。

全县的三级干部会刚刚结束，农机站的几台拖拉机都派到庄里了，所有公社干部也都包片下到生产队去了，大院里只有办公室有人。

韩天宇来到后排刘主任的办公室，门是锁着的，人不在，他只好到办公室问，办公室里两个值班的正在忙着写什么，一男一女。他敲门进来，那两个人连头都没抬，他说他找刘主任，男的说刘主任到闫家沟去了，刚走，是骑车子走的，要是有事着急就赶紧去追。韩天宇答应着说谢谢，那人说不用谢，着急就快追去吧。拿啥追啊，韩天宇想，人家刘主任骑车，我跑着追呀？那男的见他没走，抬头看看他，咋的，咋不走啊？我没法追啊，能借我一下车子吗？啊，行，办完事赶紧回来，待会儿我下村去。给钥匙，西边墙跟儿的那辆永久。谢谢，谢谢。这回韩天宇跑出办公室，打开车锁，骑上车就冲出了公社大院。

闫家沟距离公社五里多地，道虽然不好走，但韩天宇骑得快，也就两袋烟功夫，就到了闫家沟。还没进大队的院里，韩天宇就追上了刘主任，他喘着粗气，把林场打井的事和刘主任说了，刘主任想了想，说：你们能行吗？打井要打眼放炮，你们都会吗？韩天宇想都没想，就说：没问题，都行，您放心吧。刘主任又说：也好，正好木器厂这边情况不太好，加工出来的成品堆了不少，近段时间恐怕也推销不出去，木料也还供得上，你们就一半人上山，一半人打井。韩天宇听刘主任这么一说，高兴极了，他马上就向刘主任要打井需要的工具和炮药，刘主任说你先回去，下午我会让人给送过去。没想到事情这样顺利，韩天宇非常感谢刘主任对青年点的重视和支持，连声说谢谢，就骑着永久车子往回跑。他还得把车子还给人家。

他骑车原路返回，一边骑一边唱着歌：我们走在大路上，意气风发斗志昂扬，共产党领导革命队伍，披荆斩棘奔向前方……到了公社大院，他还在唱着，办公室的两个人探出头来，看着他高兴的样子，笑了。韩天宇把钥匙还给了办公室的男工作人员，又说了声谢谢，那男的问：这么高兴，事成了吧？是啊，成了。他转身就走，又说了一句，刘主任真是好人。那两个人又笑了。

韩天宇回到林场已是中午，王晓兰和田雨把饭做好了正在门前等他。看他高兴的样子就知道打井的事公社同意了。

韩天宇来到门前，没等他开口，王晓兰就问：咋样，公社同意了吧？你咋知道？韩天宇奇怪了。还说呢，看你高兴的样子就知道了，田雨说，都写在你的脸上了。

韩天宇掩饰不住内心的喜悦，说：是的，刘主任特别支持咱们，答应咱打井，还说下午给咱送打井的工具和炮药来，明天咱就可以开工。真的，太好了！田雨高兴地喊起来。还有啊，韩天宇接着说，从明天起，咱一半人上山，一半人打井，这样啊，咱这井几天就能打好。他说着，脸上充满了无限的希望。

吃过午饭，韩天宇一刻都不耽误，挑起水桶就走，王晓兰说：点长，干啥去啊，水上午我俩已经挑了，省着点儿可以用到明天的，你就别去挑了。

挑了？那今天我留下是干吗的，主要任务不就是挑水吗？你们挑了我干啥呀，再说了，有我在，还让你们受累，我也于心不忍哪。韩天宇说着，挑着空桶站在那儿，犹豫了一会儿。因为挑一趟水差不多一个小时呢，送工具的万一在他挑水的时候来咋办？嗨，还有她俩呢，韩天宇想着，对王晓兰说：我再挑一趟吧，你俩在家等着吧，待会儿要是有人送东西，你们就收下。

韩天宇挑着水桶向东边的山坡走去。王晓兰看着韩天宇远去的背影，好久没有离开，田雨走到她的身边她都没有觉察到。田雨望着她，看着她那痴情的表现、含情的眼神，偷偷地笑了。过了一会儿，韩天宇的身影消失在山岭后，王晓兰才转过身来，猛的发现田雨就站在自己身后，吓得啊的一声惊叫起来，大声喊道：死田雨，你吓死我了，你啥时来的？咋不吱一声啊，想吓死我呀。

田雨也大笑起来，说：我哪敢吱声啊，我真怕打扰你呀，怕打乱你的情思，扰乱你的好梦啊。

田雨说完转身就走，王晓兰被她这么一说，很不好意思，喊道：胡说八道。然后伸手就打，田雨迈腿就跑，还说着：别不承认啊，那眼睛，都快掉到人家身上了。王晓兰就在后边追，田雨跑到屋里，躺在了炕上，王晓兰也扑到了炕上，两人厮打起来，闹成一团。过了一会儿，田雨笑着说：行了，别闹了，歇会儿吧。说着就靠墙坐起来，王晓兰也坐了起来，并嘱咐田雨千万不要瞎说，这可不是玩的，让别人听到了，咱这脸往哪儿搁呀。田雨倒一本正经了，她说：晓兰，怕啥，咱才不怕呢，咱一不偷，二不抢，要真喜欢他，咱就光明正大地喜欢，要真想和他好，咱就光明正大地和他好。王晓兰脸红了。你看是吧，田雨又说，没听咱点长说嘛，搞对象就大大方方地搞，都领来一个，给林场生一堆小青年那才是本事呢。田雨歪着头看着王晓兰，接着说，大胆点儿，没啥不好意思的，搞对象又不是做贼，是好事，啊。

王晓兰定了定神，对田雨说：哎，说也怪，自打看到他那天，感觉就不一样，也说不出啥感觉，我哥找李梅的那天晚上，我看他那着急的样子，真被他感动了。王晓兰看看田雨，你对他啥感觉？田雨说：没啥感觉啊，就是知青战友。王晓兰笑了，没说真话，两年了，对这么优秀的男青年就没有动过心思？田雨也笑了，说：那也是瞎动的吗？对谁动心思那是老天安排的，不是随便的，搞对象那是缘分，是前世的缘分，不都说天作之合吗？你还信这个？那是迷信，信不得呀。王晓兰对田雨的想法很吃惊。她表现得很严肃。田雨没管王晓兰的反应，接着说：我看你和韩天宇倒真的是天造的一对，地造的一双，郎才女貌，多般配呀！我都羡慕你俩。

王晓兰一副苦想的样子，过了一会儿说：我也不知道自己是咋想的，就是觉得他人挺正直，稳当，还有能力，就是有点儿好感，感觉这个人还不错，真正说搞对象还真没想过。她停了一会儿，看着田雨又说：田雨，咱虽然相识时间比较短，但也是好姐妹，你说他这个人靠得住吗？田雨看王晓兰这么认真地问，也就认真地回答：韩天宇是个好青年，正像你说的那样，他人正直，稳当，有能力，有才华，很诚实可靠，肯定地说，他是一个好男人，将来要和他结婚，他一定是个好丈夫。田雨说得很坚决。看样子，田雨在心里也一定很爱恋他。两年多了，和这么优秀的青年朝夕相处，哪能没有感情呢？但她看到王晓兰才这么几天就对他这么深情，她只能把这种爱恋藏在心里，因为她看到，王晓兰和他才是最合适、最般配的一对。

韩天宇回来了，满脸的汗水。王晓兰急忙从屋里出来，抢着帮韩天宇往水缸倒水，韩天宇还一个劲地说：不用，我自己来吧，不用。田雨在一旁笑了，逗着说道：看看，咱点长多心疼你呀，倒桶水都怕累着你，行了，快放那儿吧，拿条手巾给人家擦擦，人家心疼你，你也得关心关心人家啊。王晓兰又不好意思了，说：看你说的，别瞎逗了。韩天宇也说：对你俩我都心疼，怜香惜玉嘛。这倒是，田雨说：点长没少照顾我，真像大哥对妹子一样。这话是真的，两年来，韩天宇包括大家对田雨真像对亲妹妹一样关心、照顾，这让田雨非常感动，她经常想，她非常幸运，能和这些青年在一起同吃同住，虽然不能同劳动，虽然吃得不如意，但其乐融融的集体生活，让她感到了大家庭的温暖和幸福。

送打井工具的始终不来，这让他们很着急，也很担心：是不是刘主任改主意了，不同意他们打井了？

终于，在太阳离西山顶还有两竿子高时，大马车从远处来了，大车越走越近，看清了，赶车人不是别人，又是李占武。

一声鞭响，大车就到了林场屋前。李占武一拉车闸，一声"吁"，大车站住了。韩天宇、王晓兰、田雨都围上来，对李占武问长问短的，李占武也挺实在，回答：都好都好，人家让我送来，我就送来。我特别愿意来，借机会还可以看看王晓兰和赵庆国呢。咋样，赵庆国呢？上山了，他可有劲了，每次都扛最粗的。真好，多好的小伙子啊，你呢，你咋样啊？李占武问。我挺好的，大家都挺关心我，照顾我，特别是我们点长。她看看韩天宇，韩天宇笑了，有些不好意思地说：王晓兰特要强，我真的没照顾。说着就想到了她肩上的伤，心里就有些愧疚，脸就红了。行了，先别说了，快把大车上的东西拿下来吧。李占武说。这时，三人才仔细看车上的东西，三大捆菠菜，几捆地牙子红根韭菜，最让人高兴的是拉来了一大块猪肉，少说也有十斤，足够他们吃几顿的了。李占武说：这块猪肉是刘主任请示区领导，特批后，是从区食品站拉来的。还有一袋白面也是特批的。剩下的就是工具和炮药。三个人每人一捆菠菜，抱回屋子，又把韭菜、猪肉和一袋子白面搬到屋里，然后就往下捡工具。钎子三根，大锤三把，尖镐四把，尖锹四把，雷管三盒，炮药四箱，还有大绳、滑轮、大筐，等等。他们把这些都搬到屋前的空地上后，韩天宇就留李占武，让他吃完饭再走，他说啥都不肯，连口水都没喝，

赶车就回了。

太阳没压山，上山的就回来了。

大家把木头往地上一扔就往屋前跑。打井对他们来说都挺新鲜，他们急着要看看韩天宇把工具和炮药弄来没有。

韩天宇早就在门前的空地上等着他们，大家看到堆在墙根的工具和炮药，都乐开了花，直夸韩天宇有本事。韩天宇说这都是公社领导对咱林场的支持，可不是我一个人的能耐。大伙都说感谢领导，摩拳擦掌就等着开工了。

这时王晓兰和田雨出来了，王晓兰带着一对蓝色的护袖，端着一盆清凉的洗脸水，田雨腰间扎着一条白色的围裙，手里拿着一个肥皂盒。王晓兰先开口了：大家先别唠了，先洗洗手洗洗脸，然后好吃饭哪。

谢谢，真的谢谢，每天都是这样，让我们很感激。张中正发自内心地说。杨柏也说：特别是田雨，两年多了，每天都这样，不容易啊。王晓兰来了，也学着这样做，我们都有些于心不忍了。什么叫有些于心不忍啊，是完全地于心不忍，大家说是不是啊。是！十个人齐喊。弄得两个姑娘倒不好意思了。行了，别说了，快洗洗吧，吃了饭好早点儿休息，为明天打井攒足劲。田雨说。

像一声命令，男人们围过来。一个脸盆不够，王晓兰又端出一盆水。

吃过晚饭，韩天宇把大家集中起来。其实不用集中，吃过晚饭，大家就自然地回到东屋。两个女的也不例外，吃过饭准得先到东屋待会儿。大家在一起听听收音机，唠会儿闲嗑，说说笑笑地。今天不同，韩天宇先说话了，他说：看来大家都很高兴，自己的事吗，应该高兴。他说，公社的刘主任非常支持我们打井，我们一定要把井打出水来，给领导看看。怎么打？谁打？就得靠我们自己了。他看看大家又说：由于公社木器厂的销路不太景气，压了不少货，因此，上山扛木头就不太急了，刘主任让我们兵分两路，一路上山继续扛木头，一路打井。接着，韩天宇就把十个人分成两班：每班一名班长、一班吴国臣、赵庆国、杨柏、杨一飞、孙浩晨，班长吴国臣；二班张中正、马东风、陈浩、李国峰、刘海剑，班长张中正。韩天宇全都排在打井这里。每班的班长负责本班的一切事物，不论打井还是上山。最后他说：从明天开始，打井正式开始。咱两个班轮着干，五天一轮班，大家都有机会打井。最后他还再三强调，不管上山还是打井，一定要注意安全，千万不能出事。但最后还是出事了，出了大事，这是谁也没有想到的。

第八章

一

这是六月的一天，他们早早吃过饭，天空就已经是一个火辣辣的炉子了。青年们都穿着汗衫，准备停当就兵分两路了，一班吴国臣留在家里打井，二班张中正他们上山。临走时韩天宇又嘱咐张中正，说千万不要出事，张中正几个都说放心吧，没事，你们也要注意啊，说完就一路进山了。

留下的几个人拿着铁锹、尖镐来到井边，望着五六米深的干井，他们发愁了，这井怎么打？几个人绕着井口转了几圈，你一言我一语地发表自己的意见，他们都没打过井，但吴国臣看到过，他说：打大口井开口都大，一层一层地往下打，越往下越窄，每层都站几个人，用铁锹一层一层地往上扬土。像咱这样的井就是小井，口开的小，开口时用铁锹往上扬，打深了，扬不上来了，就用三根长木杆绑成三脚架，用大筐通过滑轮往上拉，速度慢。昨天李占武把滑轮和大绳都拿来了，就是让我们往上拉土用的。

那我们现在就干吧，找三根长木杆子还不好找吗？杨柏急急地说。

别着急，杆子先不能绑。吴国臣驳回了他的说法，你看这井口才一米多，我们怎么到井下去挖呀，再说了，井下都是石头，肯定得放炮，一放炮，砌井的这些石头不都蹦到井里去了？那多不好往上弄啊。

那咋办哪？赵庆国说，你倒说个办法呀。

韩天宇看着井口，笑了，说：别卖关子了，我知道了，咱先把井拆了，把这石头都弄出来，再从井底往下打，对吧，老吴？吴国臣乐了，对呀，就照你说的干，没错，你真聪明。

行了，别拍马屁了，谁还不知道啊。杨柏笑着说道。吴国臣也笑了，他说：我拍他马屁干啥，我还怕他给我踢了？

行了，干活，别闹了啊。赵庆国说着，已经抡起了尖镐。

井台上的石头特别大，得先把四周的土清理干净才能把石头撬动。赵庆

国抡起尖镐，刨着井四周的土，土很硬，尖镐下去，只刨出一个尖坑。刚刨一会儿，赵庆国就冒汗了，他敞开上衣，用衣服角擦了一下脸上的汗水，其他几个人站在一旁瞪着眼，赵庆国喊了一句：看什么看，刨啊。喊完他也不管别人刨不刨，又抡起尖镐。

韩天宇佩服赵庆国的吃苦耐劳，他招呼一声：干吧，向赵庆国学习，向老井开战。说完就抡起了尖镐，他和赵庆国一东一西，尖镐落地的声音伴随着他俩喊出的嗨嗨声，很有节奏。

吴国臣和孙浩晨不再犹豫，也抡起尖镐刨起来。地很硬，一镐一个白点。慢慢地，韩天宇找出了窍门，从一个地方下镐，突破一点，在向四周扩散。他成功了。他把这个方法和其他几个人一说，立刻得到响应，并且效果明显，一会儿的功夫，井四周的硬土就被刨开了。杨柏和杨一飞这二杨把土用尖锹扬到一边去，这样砌井的石头的一边就露出来了。好了，这样就好干了，土没了，砌井的石头就好搬了。吴国臣说，来，把钢钎拿来。不知他在指使谁，刚从小屋出来到井边的王晓兰听到了，二话没说，回到屋前拿起两根钢钎回到井边。杨柏很被动，他本来想去取的，王晓兰走在了他前面，他只好点头说谢谢。王晓兰笑着说：谢什么谢，我拿不应该咋的？她来到井边，吴国臣接过两根钢钎，自己一根，递给韩天宇一根，说：点长，看我咋干，你就咋干，把井口上的大石头用钢钎撬动了就行。他说着就把钢钎插到井口一块大石头的缝隙里，然后使劲撬着，只几下，这块大石头就动了。他看着赵庆国笑了，说：赵庆国这回就看你的了，来把这块大石头搬走。赵庆国来到石头前，叉开双腿，猫下腰，伸出两只粗壮的胳膊，张开两只扇子一样的大手，抓住石头的两个角，嘴一闭，腰一拱，两只胳臂一使劲，那两百多斤的大石头就被他搬起来了。他还不满足，搬着这块石头走到离井五米开外，才稳稳地放到地上。大家看呆了，这么大的石头就是两个人抬都够抬的，他就这样轻松地搬走了，真了不起。韩天宇学着吴国臣的样子，也撬起来，杨一飞和杨柏就学着赵庆国的样子也搬起来。赵庆国搬大的，他们搬小的。井台上的石头很快就搬没了。井台往下都是比较小的石头，也好拆了。

几个人一起下手，搬大的，捡小的，不到小半天就拆下了一米多深。

再往下，就不好往上搬了。

吴国臣说话了，这回把三根木头杆子弄来，咱们一齐下手。他们几个扛来三根足有七八米长的木头杆子。怎么绑啊？赵庆国犯愁了。

木头杆子扛来了，大家不知道咋弄。吴国臣又笑了，他自豪地让人把三根杆子放到地上，并且把三根树杆子的五六米长的地方放到一起，再将三根杆子摆成60度角，然后用粗绳子把这三根树杆子绑在一起，再把滑轮绑在上面，把那根又粗又长的绳子从滑轮上穿过来。一切完成后，吴国臣像一个总指挥一样发号命令：咱每根杆子两个人，然后一起使劲，把这三根杆子举起来，再让每根杆子之间形成60度角，我们再把这个架子架到井的上边，明白吗？几个人都喊明白。那好，我喊一二，咱就动手。一二，起！吴国臣喊着，大家也都喊着：起！这个七八米长的三角架，按照吴国臣所说，就地举起，然后按方位掰开成60度角，六个人抱着三根杆子走到井的三个方位，把这个三角架稳稳地架到了井上边。

大家看着架好的架子，都夸吴国臣是全能手，啥都懂。吴国臣也不谦虚，面对别人的夸奖，笑着点头。

午饭后，天更热了，整个天空就像一个特大无比的蒸笼。几个男青年洗完碗筷光着膀子躺在炕上休息，瞬间就传出了鼾声，他们太累了。上山扛惯了木头，再干起抡大镐、搬石头的活，实在让他们不适应，一上午下来个个都腰酸背疼了。

韩天宇躺在炕东头，他头朝下，脚朝上，大家都是这个姿势，中午休息的时间都短，随便躺下歇一会儿就行了。吃饭时，韩天宇看到大家都很累，说了一句：中午天这么热，又都挺累的，咱歇会儿吧，时间别太长了，眯一会儿就行。大家都赞成，吴国臣还说韩天宇是明君，体察民情，受到老百姓的拥护。韩天宇说他贫嘴，他也不反驳，点头说是。韩天宇想睡一会儿，但呼呼的鼾声让他没办法，他躺在炕上翻来覆去的，屋里又热，躺着真难受。越动就越爱出汗，一会儿他就汗流满面了。拿起垫在枕头上的绣着"为人民服务"的白色毛巾擦汗，一会儿汗又流下来了。他索性把被汗水湿透了的上衣脱掉，可不一会儿，汗水就从胸前脊背往下流了。咋这么闷呀。他埋怨着，但没有办法。过了一会儿，他实在躺不住，就到外面去，想用凉水冲冲，降降温，也好安安稳稳地歇一会儿，下午也好有力气干活呀。

他来到外屋，又一想，还不如到东山沟洗洗澡，在清凉的河水里痛痛快快地洗洗，那多爽啊。想到这儿，他拎起他刚脱掉的上衣，走出屋子。别白去，他想回来时捎挑水。想到这儿，他悄悄地挑起水桶向东边走去。

要再下一场雨该多好啊！韩天宇想。让小苗喝个够，让大地喝个够，让

大山喝个够。我们的水井也就有水了。边走边想爬上了东山的山梁，顺眼往东沟望去，山下灰白一片，山沟还是没有大水，雨下得不大，山洪根本就没有，雨水只浇破了山皮，浇湿了河石。

他顺着陡坡上狭窄的山道，慢慢地往下摸着走，他怕一不留神摔倒在这个地方，那可就出笑话了，人家姑娘挑着水能走，你一个大男人挑着空桶就摔了，太没谱了。他眼睛不敢离开小道，两只手把着两只桶，小心地向下走着，一转眼就到了沟底。

这时他终于松了一口气，抬头向沟底望去，他看到了发亮的圆圆的河石，粗细不匀的河沙，还有流淌在河石和河沙间的那涓涓的溪流。他顺着溪流向下望去，不禁一惊，下方的河塘里有一个人在洗澡，没错，那人白白的身体一会儿站起，一会儿又蹲下，一会儿仰头，一会儿又把头低下。那是谁呢？他猜测，是哪个村的？怎么跑这么远来洗澡？现在，大中午的谁能来这里洗澡呢？好奇驱使他仔细地看去。啊？他看到了长发，女人！他整个身体一震，脑袋嗡地一声，像被炸药炸了一样，差点儿躺倒在地。

他镇定一下，转身想马上离开这里。但两条腿却没有动，两只眼也没有离开那个河塘。那人从容地在河里玩耍着，她站起时大半个身子露出水面，白白的后背，匀称的腰身，在太阳的照耀下，和那清清的碧绿的河水形成了层次分明的对比，在河水的映衬下，更加白皙。

他已无心回去，他挑着空桶又悄悄地向岸边的树丛挪了几步。

他第一次看到女人的身体，第一次看到女人洗澡时的白白的身体。下流吗？道德败坏吗？他自己无法回答。还是尽快离开吧，他马上转身，就在韩天宇转身的那一刹那，河里的女人也旋即转过身来，然后向岸边走去。就在那个女人转过身来的一刹那，韩天宇整个身躯像被高压电击到一样，他万万没有想到，洗澡的女人是她。

此时，王晓兰从河塘的深处慢慢地向河岸走来。韩天宇就在岸边不远的树丛里，他清楚地看到王晓兰白白的躯体一步一步地向岸边走来。他害怕，他怕王晓兰发现他。王晓兰如果发现他会是什么后果，他不敢再想。他紧张极了，他的心剧烈地跳动，此时他不敢动，他怕迈开一步也会惊动已经站在岸边的光亮的河石上的王晓兰。

王晓兰就那么赤身裸体地大大方方地站在河岸上。

今天她彻底解放了，自从到林场这么长时间，还没有一次这么赤裸裸地脱掉过衣服，没有一次这么舒舒服服地洗过澡。在林场，当她热得难耐的时候，只有到了晚上，也只能把上衣脱掉，两手拽着湿毛巾的两个角，在后背上下拉几下，再在前胸擦一擦，就算是洗澡了。再说水那么紧张，大家谁都不会因为洗澡把那贵重的水浪费掉。但，王晓兰实在想痛痛快快地洗个澡。她早就选好了洗澡的地点。在她和田雨挑水的第一天，她就看好了这个水塘，她对田雨说，这个地方多好，水清如镜，又远离人群，要能在这儿洗洗澡多好。那是，去年我就在这儿洗过好几回，那水清凉清凉的，可爽了！田雨兴奋地说着。

这天中午，吃过午饭的王晓兰对田雨说：天这么热，咱到东沟洗洗去吧。田雨没有答应，她说：天太热，我不想走了，要去你去吧，但要注意安全啊，像你这样的美女……去你的吧。没等田雨说完王晓兰就走出了屋子。

王晓兰撒欢一样翻山越岭来到河塘，她朝四周望望，她想，大中午的，在这样僻静的山沟里，哪会有什么人来呀。她大胆地脱掉衣服，走到清清凉凉的河水里。她把整个身体浸到水里，让河水尽情地浸泡着她的全身，她用双臂在水里胡乱地怕打着河水，让水花四溅，她用双手捧满河水，然后洒在头上脸上，享受着水流的畅快。

韩天宇在树丛后边一动不动，他两眼一眨不眨地看着王晓兰，王晓兰赤裸裸地就站在他的眼前。他很想回避，但无法回避。

韩天宇呆了，傻了。王晓兰那白白的躯体自然地站在河石上，全面地具体地展示着她自己。那圆润的双肩，那丰满的前胸，那纤细的腰身，那修长的两腿，还有那黝黑的长发。啊！太美了！

韩天宇痴了。他周身热得发烫，他的心都要跳出来了。但他两手紧紧地抓着水桶，他坚决地站立在那里，他把跳到嘴里的心咽了下去。他没有动。

王晓兰从容地穿好衣服，站在河石上伸伸胳膊，弯弯腰，又长长地呼吸了几口山里凉爽的空气，顺着河岸向回路走去。

二

韩天宇挑着一担水回到林场时，其他几个人已经在井口那儿干上了。

王晓兰就站在屋前，她瞪着两眼，从远处把韩天宇迎进屋子，韩天宇没敢抬头，更没敢看她一眼，他把水放到屋里，连倒都没有倒，就急忙向水井奔去。

田雨看在眼里，她走到王晓兰跟前，诡秘地笑了。王晓兰的脸红得像天

边的晚霞，她急猴似的说：你说，我咋没看到他呢，他从哪里来的？

他从哪儿来的？哼，他从树丛里来的，他在那里瞪着两眼看你呢。田雨依然诡谲地笑着，幸灾乐祸地说。

去你的吧，别瞎说了。王晓兰还是满脸红晕。

瞎说啥呀，你说，他是不是挑水去了？

是啊，刚才不是挑回来了吗？

他到哪里挑水去了？是不是那水塘？

是啊，不是水塘哪里有水？

还是啊，你在哪里洗的澡？是不是水塘？

是啊，是在水塘啊。

还是啊，那你说他看到没有？

他也许……哎呀，他也许躲在那里闭上眼睛呢。王晓兰说着，脸更红了。她想到了，她站在河石上晒太阳，只顾着舒服，就是没想到周围有人。他那时站在哪里呢？说不定那时他就站在离她不远的地方，看着她的全身了。她想到了刚才韩天宇挑水回来时的表现，他挑着水，低着头，都不敢看她一眼，他是做贼心虚，一定的。

你在那儿洗澡，他去那儿挑水，能看不到吗？田雨嬉笑着凑到王晓兰的跟前小声地说着。

你咋这么坏呀，死田雨，你太坏了！王晓兰伸手就打了一下田雨，她知道田雨是在故意逗自己，但她还是受不了。

啊，我知道了，田雨继续说，你和他是不是先约好了呀？中午吃过饭脚前脚后地找个理由都到那里去，是不是一同去约会啊？啊？田雨边说边笑，说完就往屋里跑，她知道王晓兰一定不会饶过她。

王晓兰听她这么说，果然不容分说地就去追打她，还嚷着：死田雨，让你瞎说，让你瞎说！

田雨伸出两手护着头挡着王晓兰的手，她咯咯地笑着。

王晓兰打累了，不打了，坐到炕沿上，喘着粗气，她已是满脸的汗水。她用手背擦着脸上的汗，看着田雨恳求地说：田雨，你说咋办呢？

田雨伸手梳了梳头发，一本正经地说：咋办？要我说呀，找个机会干脆和他挑明了，就说，你看了我的女儿身，咋办？负责吧。

净瞎说，王晓兰瞪着田雨说，你还是没正经。

你问我，我哪知道啊，我又没经历过，还是你自己拿主意吧，要不，就当啥事都没发生过，一切照旧。田雨还是一本正经地说。

哎呀，真是的，他怎么就去挑水了呢？王晓兰还是一副委屈的样子。

走，要不咱到水井那儿看看，看看他韩天宇是啥态度，问问中午挑水看到啥了。田雨拉着王晓兰就向屋外走去。王晓兰一边走一边说：可不要说这事啊，要让他们知道了还不知道说些啥呢。

知道了。田雨答应着。

两个人快步来到水井边。水井这儿正干得热闹。六个人分工明确，吴国臣、赵庆国负责拉滑轮上的绳子，把装石头的大筐拉上来，杨柏、韩天宇负责把拉上来的大筐里的石头倒出去，然后捡到井外边去，杨一飞、孙浩晨在井里负责拆砌井的石头，把拆下来的石头装到大筐里，然后拉到井上去。赵庆国、吴国臣已经把一大筐石头拉了上来，韩天宇和杨柏站在搭在井口上的木板上把大筐往井上拽，他俩吃力地拽着，终于把装了几大块石头的大筐拽到了井边，然后又把筐里的石头捡出来，韩天宇又把石头一块一块地搬到距离井边三四米远的地方。

烈日下，他们几个都已经是汗流浃背。韩天宇的上衣被汗水湿透，衣服已经贴到了后背上，他的两个袖子卷到了一半，胳膊上蹭上了很多石头上的泥土。他脸上的汗水顺着脸颊流下来，滴到地上。杨柏看到了王晓兰和田雨，他大声地说道：两位，是帮我们搬石头的吧，我们先谢谢了，不过现在还不用，等用了喊你们，行吧？

王晓兰笑了，她说：看你们多累呀，我们能干点儿啥呀，帮帮你们哪。来时想问的话，在看到了他们劳累的样子，特别是看到韩天宇满身是汗，满手是泥之后，她心疼起来，哪还有心思去问呢。田雨也心疼起他们，忙问：你们渴吗？我们给你们弄点儿水吧，是中午咱点长挑来的。没等他们说啥，她俩就跑回屋子，用水桶装了半桶水，抬到井边，王晓兰大声喊道：来吧，先别干了，喝点儿水吧。喊完就把一大瓢水递到了赵庆国的手里，他说：哥，先歇歇吧，喝口水吧。

赵庆国接过王晓兰递过来的水，一扬脖子咕咚咕咚地就灌进去了，喝完一抹嘴巴子，憨笑着说：真凉啊。

吴国臣也接过了田雨递过来的水，一口气喝完了，说了一句：真凉爽，好喝，纯正的山泉水。

　　韩天宇没用她俩送水，自己走到桶边，坐下来，笑着说：谢谢你俩啊。中午的事好像没发生一样，他又接着说，辛苦你俩了。说完就自己舀了半瓢水，喝了下去。几个人都喝了水，歇了一会儿，就又紧张地干起来。

　　田雨拎着水桶回去了，王晓兰没有走，她站在距离井口几米远的地方，看着他们不停地忙活。井里边的杨一飞、孙浩晨一块一块地把砌井的石头拆下来，装到大筐里，小的石头渣不能用手捡，就用铁锹装，大筐装到七八分满，杨一飞就高喊一声：好，拉！拉绳子的赵庆国和吴国臣就把绳子搭在肩膀上，往后拉，等装石头的大筐被拉到井上，韩天宇和杨柏就喊一嗓子：好！赵庆国和吴国臣就站住并松开绳子，这时韩天宇和杨柏就把大筐拽到井口边上，把筐里的石头倒掉，然后把大筐放回。赵庆国和吴国臣再把空筐送到井里，这时井里的杨一飞、孙浩晨已经把另一只大筐装好，空筐下来把装好的筐一换，又拉上去。就这样两个大筐轮换着装，六个人谁都不闲着。

　　此时正是下午三点多钟，天最热的时候，水井又处在比较低的地方，一丝风都没有，就是有风，这个地方也吹不进来，整个一个大火炉。王晓兰站在这儿时间不长，就已经是汗流满面了。但她还是不想回去，男青年在这累死累活干活，自己哪能回屋去呢。她又来到韩天宇和杨柏跟前，他俩刚把大筐里的石头和石头渣倒出来，她不容分说，伸手就搬，搬不动大的，就搬小的。她搬起一块石头就往井外走。韩天宇急忙说话：行了，不要搬了，看把衣服都弄上土了。韩天宇看着王晓兰，王晓兰脸上的汗水不停地往下掉，后背也已经被汗水浸透。王晓兰跟没听见似的，也不答话，又搬起一块石头往外走。

　　韩天宇看着王晓兰，像在梦里一样。她搬着石头，挺胸抬头，苗条的身形线条更加分明，那个白白的美若艺术精品的王晓兰又出现在眼前。

　　到了，好！一声喊叫，让他清醒。杨柏正站在搭在井口的木板上，把装着石头的大筐拽向井边，他一个人显得很吃力，王晓兰正帮着他往外拽。韩天宇像丢了魂又回来一样，猛地精神过来，一步跨过来，三人把大筐拽到井边，又把大筐里的石头倒掉。

　　田雨把水桶送回，又回到井边，她也要帮着干点儿啥。可是井上的几个人都让她回去，特别是吴国臣想到了吃的，他说：田雨，你最大的任务应该是把晚饭做好，今天是打井的第一天，应该庆贺，所以应该做点儿好吃的，是吧，点长。他看着韩天宇笑了。

韩天宇也借机说：是的，你俩呀干脆都回去，吴国臣不是说了吗，晚上做点儿好吃的，第一天都挺累的。

做点儿啥呀？田雨想着，还不如吃白面饺子。今晚咱吃白面饺子，行吧？

太行了！馋饺子都馋掉牙了，就吃饺子吧。吴国臣大喊。赵庆国、杨柏还有井下的两个都喊吃饺子，韩天宇也乐了，他大声说：我也馋了，那就包饺子，韭菜猪肉馅，弄香香的，咱也过过馋瘾。他看着王晓兰和田雨，说：这回该回去了吧？包不好饺子可不行，这是艰巨的任务。

两个姑娘高兴地回去包饺子了。

上山的回来时，太阳还有两竿子高。天长多了。晚上七点多，太阳还不落山。

几个人把木头撂下，急急忙忙地抬到木头垛上，就跑到水井这儿来。一看，大惊，天哪，井扒开了。张中正大嘴一咧，喊上了：不是打井吗？打井是往深打，这咋还都扒开了呢？是啊，都扒开干啥呀？马东风也围在井边叫着。井底下的杨一飞大笑了，他说：你们啊，真是的，啥都不懂啊，毛主席他老人家咋说的？不破不立，先破再立嘛，不先扒开咋往深里打呀？行啊，咱也不懂，你们咋干咱咋干。李国峰也跟着说，他说完就往赵庆国那儿走，说：你们先歇会儿，我们干干。李国峰这么一说，几个人就各自找到了自己的位置，李国峰和张中正替换了拉大绳的赵庆国和吴国臣，马东风、陈浩下井替换了杨一飞、孙浩晨，刘海剑走到韩天宇跟前说：点长啊，你歇会儿吧，我新鲜新鲜。韩天宇还没说话，杨柏吱声了，他说：刘海剑啊刘海剑，你说你多会拍马啊！你说，这儿就我们两个人，你单换点长不换我，太明显了吧？刘海剑本不爱说话，杨柏这么一嚷，他还当真了，忙说：不是，不是，你想哪儿去了，要不我换你。杨柏反倒大笑起来，说：看你，逗你哪，还当真了。你换我我也不会让的。大家都笑了，刘海剑摸摸脑袋不好意思了。他是一个可爱的男孩。韩天宇笑着说：行了，海剑，你休息一会儿吧，这点儿活儿我们不累。刘海剑也没走，和韩天宇一起捡石头。

换下来的人在一边做指导，这活好干，都是动力气。大家一边干一边说着话，换下的也不闲着，实际上是大家一起干，这样干活的速度可就大大增加了，一大筐的石头四个人拽，咕噜咕噜地滑轮飞快转着，一眨眼上来了。紧接着三个人倒，又三个人捡，一筐石头转眼就扔到外边了。井下更快，空筐还没下来，这筐就满了。

还是人多力量大啊，太阳刚刚压山，就拆一大半了。

这时，王晓兰来了，她的腰上还围着围裙呢，手上还沾着白面。马东风眼尖，看到了王晓兰手上的白面，马上说：啊？今晚上啥好吃的啊？白面馒头吧？王晓兰抬手看看，笑着说：比馒头还好呢。啊？几个人迷惑了，那就是包子。大家猜着。

太阳说压山就压山，圆圆的太阳带着红红的色彩滚到了山那边，留下的是绚丽的晚霞。大地变红了，就连干活的人也变红了。

王晓兰站在那儿，她在等这些干活儿的，一旦收工，她就去煮饺子。

别猜了，吃饭去，到屋就知道了。韩天宇笑着说。韩天宇一句收工，大家就拿着工具回到屋前，这里照例准备好了两盆水，还有手巾、肥皂。

饺子下锅，田雨一手拿着大勺，一边烧火，杨柏急忙跑过去抢着替田雨烧火。大家看到饺子，比看到啥都亲，七嘴八舌地说开了，有夸这俩姑娘的，说她俩不但心灵手巧还善解人意，知道大家馋饺子了，就给大家包。有的说要感谢刘主任，没有刘主任特批，哪来的猪肉和白面？说话间，满锅的饺子就出锅了。大家的乐呵劲啊，真像过年似的。

三

经过青年们的紧张忙碌，第二天下午，砌水井的石头从水井里拆除干净了，这下井变大了，宽宽敞敞的，摆上桌子吃饭都没问题。看看井底，又看看四周，看不着一点儿水的影子，看到的只是井底那一道一道干巴巴的石缝。他们真弄不懂，原来那一井清凉的泉水是从哪里冒出来的，也许是从这石缝里挤出来的吧。

能打出水来吗？先是杨一飞发问，接着就是杨柏，就连韩天宇都产生了这样的疑问。但没有退路，就是赌也要赌一把了。韩天宇说：没有别的办法，只能一直往下打，不能退缩，啥时打出水，啥时停止，不信就打不出水来。他看看大家，最后说：打吧，准出水。大家都信韩天宇的话。接下来的任务就是从井底往深处打。怎么打，是青年们要解决的问题，因为他们没有一个人打过井。井底是坚硬的岩石，几个人站在井里，面面相觑，谁都没有办法。

天宇，刘主任来了，骑车来的，马上就到了。韩天宇还没答话，就听井上传来了孙浩晨的声音：刘主任，您好，大老远的，您咋来这儿了？远也得来呀，你们这儿打井我不放心哪，就是来看看。刘主任说着，来到了井口。

他站在搭在井口的木板上，往下望着问道：原来砌井的石头都拆掉清理干净了吧？已经清理干净了，现在正在打眼。孙浩晨说着，也随刘主任往下望。大家听到井上的说话声，都停止了手中的活，抬头往上看。韩天宇大声说：刘主任，您咋来了呀？看看你们。刘主任说。韩天宇仰着头和刘主任说话，觉得别扭，就对孙浩晨说：孙浩晨，你把大筐递下来，把我拽上去，行吧？孙浩晨笑了，答应着要把大筐顺下去。刘主任却说，还是我下去吧，把我送到井下去，我看看你们是咋打的。刘主任对他们说。孙浩晨没有动，韩天宇也不让刘主任下来。刘主任不理睬，又说，送我下去。说着就蹲到了大筐里。没有办法，孙浩晨只好把刘主任送到井下。井底下的几个人扶着刘主任从大筐里出来。韩天宇急着和刘主任握手，又说，刘主任，您咋来了呢？看看你们会不会打井，刘主任笑着对大家说，你们几个累坏了吧？不累，这点儿活儿玩似的。吴国臣和刘主任特别熟，他对刘主任说：刘叔，你下来干吗呀？看看你们咋打井，打井可不是谁都能打的啊。

刘主任，给我们指导指导吧，我们还真不会打呢。韩天宇笑着说。刘主任笑了，说：你们干得很好，刚才我在井上看到了，你们打炮眼还挺像那么回事的，其实打眼就一个要领，两个人往一处想，人要站稳，把钢钎的不能乱动，眼不要往下看，要看着钎顶，大锤打一下，钢钎就要转动一下，使钢钎能够均匀地往下进展，形成一个圆孔，打锤的打准一锤后，要保持一个姿势，找准位置打就行，两个人既要小心又要放松，打到一定深度后，还要用小勺子把石粉掏出来。刘主任说着从吴国臣手里拿过钢钎，插到刚打的眼里，摆好了姿势，说声：来，打两锤。赵庆国也不说话，抡起大锤就打，吓得大家躲到一边。一锤下去，唥的一声打在钎顶上，刘主任若无其事地转了转钢钎，又是几锤。他熟练的样子，让大家瞠目结舌。没想到刘主任还会把钎子啊，大家十分惊讶。刘主任喊了声：停。赵庆国收住手中的大锤。来，吴国臣把钢钎。刘主任说着，从赵庆国手中拿过大锤，说：我打几锤。吴国臣没二话，笑着把住了钢钎，说道：来吧，刘叔，打吧。刘主任抡起大锤，实实在在、正正道道地打在钢钎顶上，发出唥的一声，紧接着又一锤，锤锤准当，锤锤有劲。看那熟练的样子，大家更是傻了，刘主任真是打锤的行家里手啊。

抡了几分钟的大锤，刘主任稳稳地把锤放下，大气不喘，他对几个人说：打锤要稳，打一下是一下，不能急，千万不能走神。几个人都很佩服。

刘主任要回去了，临走，他对大家说：明天我要派一个懂放炮的炮手过

来，打完了炮眼好装药放炮，放炮这活可不是谁都能干的，千万不能乱来，弄不好会出乱子。我让他教教你们。最后他一再嘱咐井打多深没有关系，一定要注意安全。韩天宇向刘主任保证一定不会出问题的。

送走了刘主任，大家就专心打眼了。吴国臣和杨一飞一组，杨柏和赵庆国一组。开始不太熟练，到后来越打越熟，简直是得心应手了。韩天宇和孙浩晨在一边看着，他们想换换这个，不让，想换换那个还不让，上山的回来，两个炮眼就打到快一尺深了。

<h2 style="text-align:center">四</h2>

第二天吃过早饭，韩天宇他们几个人刚刚来到水井边上，就看到远处开来一辆拖拉机，速度挺快，道路不平，机器的响声老远就听得见，一路的尘土飞扬。也就是大家张望的时间，拖拉机就开到眼前。拖拉机是公社派来给木器厂拉木料来的，跟随拖拉机一起来的还有一个人，是教他们放炮的。这个人不是别人，就是平山的大队会计，李梅的爸爸李利民。

拖拉机一停下，几个人就围上去。开拖拉机的小王是公社农机站的，他熄灭了拖拉机，从兜里掏出一张纸，递给前来的韩天宇，韩天宇一看是木器厂张厂长写的，大概意思是说，木器厂材料将尽，今天派一辆拖拉机拉木头，望韩点长看到纸条后帮忙装车。韩天宇看完纸条后把它装到兜里，然后，就招呼大家抬木头装车。

赵庆国走在最后，他第一眼就看见了李利民，心潮一下子澎湃起来。像见到亲人一样快步走上前去，像个孩子一样抓住李利民的手，亲切地说：李叔，你挺好吧？咋到这儿来了？我婶还好吧？李利民看着赵庆国也有一种说不出的感情，对赵庆国的话不知说啥是好。赵庆国来到平山给平山的社员群众留下了很好的印象，也包括他李利民。赵庆国勤恳耐劳，不怕脏累，任劳任怨，大家都说他是个好青年。他危急时刻舍身救李梅，是他永远都不能忘记的。但是为了闺女就把他弄走，弄到这个大山脚下的林场来，李利民看到眼前的赵庆国内心泛起一种愧疚之情。赵庆国的亲切问候又让他心存感怀，他望着赵庆国可爱的憔悴的面容，半天才说出一句话：好，都好。李叔，挺长时间没见到您了，挺想你们的。赵庆国发至内心地说着，眼里泛出了泪花。这个高高大大的男子汉是情到真处了。在平山的时间里，他没少吃李利民家的饭，在他们的眼里，他是他们闺女的救命恩人，是他们家的恩人，他们把他当成了一家人。他们对他的好处他一辈子都不会忘记的。他和李梅的相处，李梅的爸爸妈妈坚持反对，他非常理解，作为父母对闺女负责没有错。

韩天宇见他们握着手不放，急了，笑着说：赵庆国，我看你和李叔到屋里吧，你们这样抓着手在这儿，我们都没法干活了。行了，唠嗑的时间有的是，先把这拉木头的打发走，人家等用呢。

赵庆国不好意思地笑了，忙说：行，行。然后对李利民说：李叔，您先休息一会儿，我们干活了。说完松开手奔木头垛去了。

两个人一起抬木头装车，一阵忙活，拖拉机装满了木头。然后发动机一响，拖拉机离开了林场。凹凸不平的山道上留下一溜扬起的尘土。

这时，大家就像得了宝贝似的把李利民往林场的小屋领，吴国臣说：干活不急，先休息一下。李利民不肯，他说：一点儿不累，赶紧下井，把你们教会了，我就省心了。说完就往水井那儿走。大家反倒跟在后面。

来到井边上，赵庆国和孙浩晨把这些人都送到井底，最后把李利民也送下去，赵庆国说要好好学学放炮，也要下去，孙浩晨没办法把他也放了下去。李利民看看打出的两个炮眼，又用掏石面子的小勺子探了探深浅，笑着说：你们可真行，没人教你们，就把炮眼打出来了。不过这炮眼还稍微浅点儿，按现在这样的石头，再打半尺，因为石头比较硬，炮眼浅了，药就装的少，最后打不掉东西，这炮眼还不白打了。

几个人不敢怠慢，拿钎子拿大锤打了起来，不一会儿就完成了任务。

李利民看着这些小伙子干活干脆，内心十分欢喜。

孙浩晨已经按照李利民的吩咐把炮药、雷管、炮捻子都送到了井下。

李利民走到炮眼跟前，看看方位，准备装药了。大家看好了，他说着，大家马上聚在了一起。他拿起一管药继续说：这整管的药可以把它撕开，把药倒进眼里，也可以不撕开，就这样整管放到眼里，咱就整管放吧。他把一整管的药放到炮眼里。他看看大家又说：还能放，如果放不下一管，还可以从中间切开放一半。像今天这样深的炮眼，放两管没问题，但在最上面的炮药里一定装上雷管。他拿起一个雷管，又拿起炮捻子，把炮捻子插到雷管里去，说：千万不要使劲插，插到底就行，雷管要放到炮药里。他一边说一边操作，把最后这管炮药一端的顶部撕开，把炮药倒出一点儿，然后把雷管放进去，再把倒出的炮药装进去。炮药正好把雷管盖住就行。他说。这时他把装上雷管的这管药又小心地放到炮眼里，炮药距离炮眼的口还有二寸多深，

他抓了一些石面子把炮眼装满，又用小勺使劲压压。然后他让孙浩晨在上面和一铁锹的黄泥。别太稀了。李利民安排罢，他又就照此把第二个炮眼也装上了炮药。

这期间，大家屏息凝神，细心地听认真地看，把每个环节都记在了心里。因为他们知道，李利民走了以后，装炮药放炮的事就得他们来做，他们必须学会才行。

孙浩晨把和好的黄泥放到了井底。李利民先用撕掉的炮药蜡纸把炮捻子靠近岩石的部分包上，然后抓起一把黄泥就堵到了炮眼处，把炮眼糊了个严严实实。还说，在糊黄泥之前，必须用这蜡纸把炮捻子包上，以免弄湿了炮捻子，着不过去。装好了两个炮眼，他松了一口气，站起来说：两根炮捻子要剪到两米长，这两米长点着后能着五分钟，五分钟够你跑的了，他说完看看大家又说：这回都上吧，把井上的木板都搬走，要不就被石头砸折了。大家还看着，他又催促，快，这回没好看的了，你们到上面一样看。

大家一个个地被孙浩晨拉到井上，在井边上看着李利民点炮捻子。

李利民抬头看看井上，人们都到了上面，他又看看已经送到井下的大筐，放心地点点头，对上面说：好了，你们看好跑的方向，我点着后把我拽上去，就向西边的木头垛那儿跑，最少跑出一百步，听见了没有？听见了。上面的人都回答。

我点了。李利民喊着就蹲下了，他掏出火柴，哧啦一下划着了，他一手拿起一根炮捻子，另一只手把划着的火柴往炮捻子头上一点，哧的一声，炮捻子冒出一股火花。

看，点着了。他大声地对上面喊，紧接着，他又点着了另一根。然后，他迅速地蹲到大筐里喊道：拉我上去。

上面的人听到喊声，赵庆国等几个人飞快地拽着大绳，一眨眼李利民就被拽上来。跑！他的脚刚踏上井口就喊着，然后就和井上的几个人一齐向西边的木头垛跑去，他们跑到木头垛后边，回过头向水井望去，只听通通两声炸响，随后一股浓烟伴随着碎石从井里向上飞出来，碎石顺着井口飞向天空。浓烟冲出井口后随风四散，飞向天空的碎石有大有小，这些石头飞到不同高度的天空又落到地上，发出噼里啪啦的声音。井上的三脚架，被飞起的碎石打得摇摇晃晃，险些倒下，一颗碎石飞得很高，下落时啪的一声落到了距离木头垛不远的地方，有人的吓得缩紧了脖子，有的吐出了舌头：多悬哪。吴国臣对身边的李利民说：太厉害了。太吓人了。杨柏、孙浩晨几个也说道。在上面屋里的王晓兰、田雨听到炮响也急忙跑出来，她俩大喊大叫，不知在喊着什么。

过了一会儿，上面的炮烟将近散尽，人们向井边走去，一股浓浓的呛鼻的炮药味迎面而来，人们来到井边时，井里的浓烟和炮药味还没有散尽，大家向井里张望啥都看不见，浓浓的炮药味呛得人喘不上气来。李利民忙说：不着急，先歇会儿，等炮烟散了再下井，要不熏着就要命了。他这么一说，谁也不着急了，都坐到一边等着。

这时，王晓兰和田雨从屋子那边跑来，王晓兰看到李利民高兴得不得了，花儿似的跑到李利民身边，李利民看到王晓兰来了，就站起来，王晓兰笑着亲切地叫道：叔，你啥时来的？咋不先到屋里待会儿啊？李利民也笑了，说：闺女，挺好吧？我是干活来了，待着哪行啊。看你都瘦了。叔，我挺好的，婶好吧？梅姐好吧？妹子好吧？她一个劲地问好，李利民也一个劲地回答：好，好，好，都好。一边的吴国臣笑了说：你们这爷俩亲不够了，李叔，今天你把她带走得了。好，就怕闺女不和我走啊。李利民说着看看王晓兰，王晓兰更笑了，说：叔，你可说好了，今天我可真跟你去了，我可想梅姐了。李利民笑了说：行，行。说着看看井口，井口的浓烟已经散尽，他说：这回行了，下井吧，把炸掉的石头都清理出来。大家都向井边跑来，向井下看去，井下的岩石被炸起来了，大大小小的石块满井都是。

好了，下井了。杨一飞手里拿着尖锹喊着就往筐里蹲，看来他是做好了准备。韩天宇看看蹲在筐里的杨一飞，喊道：这回可就看井上的了，老赵、吴国臣你俩还拽绳子，杨柏咱俩还倒筐，杨一飞和孙浩晨你俩到井里清理石头。他看着赵庆国说，把他送下去吧。李利民笑了，我也下去吧，清理石渣有技巧，教教他俩才行。韩天宇说：李叔，您就不要下去了，歇歇吧，在上面看着指导指导就行了。赵庆国、王晓兰都不让他下去了，他坚持说：我待着不行，再说还是下去教教他俩我放心。拧不过他，只好把他放下去。

到了井下，李利民说：先不用尖锹，先用手把大点儿的石头搬到筐里，最后剩下搬不了的碎石再铲就行了。他们三个装满这筐拉上去，又装那筐，两个大筐轮流着装。井下刚放完炮，有一股浓烟的味道，又很闷热，没一会儿，他们就汗流满面，连衣服都湿了。汗水流到眼睛里，弄得他们睁不开眼，想用手或衣襟擦擦，还不行，因为手上和衣襟上都是土啊泥啊的，擦不了。

孙浩晨就向上面笑着喊道：麻烦田雨和王晓兰，给我们取条毛巾来吧，我们睁不开眼好擦擦呀。这两个姑娘没有闲着，她们帮着韩天宇倒石渣，搬石头，听到井下一喊，王晓兰马上答应：好了，我马上去取啊。话音没落，就向上面的屋子跑去。一会儿功夫，王晓兰就回来了，她拿来了几条毛巾，每人一条。大家趁着接毛巾的当口歇了一会儿。

这时天气已经接近中午，太阳更热了，阳光照下来就像火苗子一样，烤得人没处藏没处躲的。井上干活藏不了假，一点儿树荫都没有。怎么才能让它不这么热呢？赵庆国擦着汗看着远处的大树，说了一句：要是有棵树就好了。这句话提醒了韩天宇，他笑了：没有树，咱就让它长树。他对吴国臣说：咱先不干了，咱长树去。吴国臣听了，恍然大悟，大笑起来：好，好，长树去。他们把井下的人拉上来，都回到屋里，各自拿起斧子，到山坡上去砍树枝和木棒。一会儿他们每个人扛着一大捆回来。他们在往上拉绳子的地方和倒石头的地方各搭了一个棚子，人在棚子下面干活，凉快了许多。看着搭好的棚子，大家都说韩天宇聪明能干，点子多。两个姑娘也一致夸赞，这倒弄得韩天宇不好意思了。

两炮下来，炸掉了不少东西，他们整整清理了一个下午，才算把井底下的碎石清理干净，又把炸松了的石头刨掉拉上来。天快黑了，上山的也回来了。这时李利民要回家了，他说：装炮点炮你们都会了，我该回去了。大家极力挽留，让他吃了晚饭再回，他说啥都不肯。

就在晚霞映红半边天的时候，李利民迈着大步向山下走去。人们望着他的身影，把他送出很远。

第九章

一

　　自从韩天宇那天中午在东沟偶遇王晓兰以后，他的心再也不能平静了。白天他忙忙碌碌地干活，稍有闲暇，他的心就跑到王晓兰那儿了。

　　其实，韩天宇对王晓兰的不同感觉在王晓兰来林场的那天就已经产生了。那天，他看到王晓兰的第一眼，内心就一动。日后，在不断的接触中，他对王晓兰有了更深的了解，她的影子已深深地印在他的脑海中。

　　他对王晓兰的痴迷细心的田雨早就有所察觉，在韩天宇看王晓兰的目光中田雨看出了他的痴情。他的目光在王晓兰的身上有时是呆呆的，盯到一个地方连眼都不眨一下，当你呼唤时，他会猛然醒悟。有时那目光又会是深情的注视，像是传递着某种信息，有时又会是一掠而过，像怕谁发现他的目光在她身上停留一样。

　　每当这时，田雨的内心就有一种说不出的滋味，她知道他已经喜欢上王晓兰了，而且这种喜欢已经很强烈。她的观察是细腻的，他的一举一动，一言一行，他的喜怒哀乐，哪怕他一瞬间的目光，她都细心地审视。她虽然没有觉察王晓兰对韩天宇有什么过分的举止和同样专情的目光，但她知道王晓兰对韩天宇的好感也是不容置疑的。在夜深人静的时候，田雨的心在慌乱地跳动，她隐隐地产生一种让她都说不清的想法，韩天宇不要和王晓兰好起来。她不知道为啥会有这样的想法，难道自己也喜欢他吗？她在问自己。她和韩天宇都从天津来，来到这偏僻的大山脚下，两年多来在劳动和生活等方面都得到了韩天宇的关照。她对韩天宇无比感激，在感激的同时也有一种说不出的朦朦胧胧的情愫。韩天宇的英俊和才能，都曾让她心动，但她从没有对韩天宇产生过明晰的爱意，有的只是感激，她曾经在给爸爸妈妈的信中说，她遇到了一个老乡点长，他像哥哥一样，对她很好，格外地关照她，她从内心感谢他。

　　王晓兰到来后，她和王晓兰相处很好，几天过去，就是无话不说的好姐妹了。白天她们在闲暇之余，聊天，解闷，也评论过点里的每个青年，说得最多的是点长和赵庆国，还有吴国臣。她们俩公平地评价他们，没有掺杂个人的情感。对他们每个人的评价，她俩的观点基本是一致的，这让她俩经常开心地大笑起来。亲如姐妹的感情让点里所有的青年都非常赞叹。但自从田雨觉察到韩天宇对王晓兰的异样的目光后，田雨的心乱了，她说不清这是一种怎样的感觉。是嫉妒？是怨恨？都不是。那么是她田雨真的喜欢韩天宇，对韩天宇心存爱意吗？她自己也如漫天迷雾。她极力地控制自己不让这种复杂的思想表现出来，一如既往地对待每一个人。

　　韩天宇对王晓兰的情感与日俱增，他几乎每天夜晚都失眠，辗转反侧的行为以至于弄得身边的吴国臣多次埋怨他说，再这样不好好睡觉你就吃安眠药吧。韩天宇就控制自己，直挺挺地躺着，不再翻身。白天他有时也迷迷糊糊，魂不守舍。吴国臣劝他，到医院看看吧，哪怕是公社的卫生院也行，别这样耗着。他却笑着说：我，大小伙子，哪来的病啊，就是觉没睡好。

　　韩天宇在心里不止一次地想，要找一个机会，和王晓兰好好唠唠，倾诉自己对她的思恋之情。但，在林场这个巴掌大的地方，哪有机会和她单独接触，哪有理由和她单独唠唠啊。

　　终于有一天，机会来了。那是打井第一班的最后一天，下午，韩天宇他们几个中午休息后刚刚走到井口，屋里的电话就响了，王晓兰听到电话马上过来，来电话的是李梅，两个人亲切的互相问候之后，李梅告诉王晓兰，今天平山演电影，两个片，一个是《南征北战》，说是彩色的，特别好看。她还特别让王晓兰转告赵庆国，让他无论如何来看电影，她在老地方等他。

　　王晓兰到林场后，李梅经常给王晓兰打电话，两人互相问候，唠唠嗑，说说话的。和赵庆国搞对象的事，李梅早和王晓兰说了，王晓兰也赞同她的做法，自己的事自己做主嘛。

　　王晓兰接完电话，高兴极了，她先告诉了在西屋的田雨，然后马上撒欢似的往水井那儿跑，孙浩晨和杨一飞正要下井，王晓兰还没到井口，就大声喊道：告诉你们一个好消息，今天公社演电影，好片，《南征北战》和《杜鹃山》，都是彩色的。咱们晚上一定去看啊。她这是转告消息，又像是下达命令。大家一听，都欢呼起来，多少天没看电影了，可盼到了，还是彩色的，能不高兴吗？

韩天宇也高兴，他大声说：今天早点儿收工，看电影去！

看电影去！大家也都大声喊道。高兴的心情溢于言表。

有了看电影的消息，整个下午，大家干活儿都兴致勃勃的，活儿干得很顺利。自从李利民教会大家打眼、装炮、点炮、清渣，打井的进度有了提高。他们是一天打眼、装药、放炮，一天清渣。他们分工明确，打眼两组，仍是吴国臣和杨一飞一组，杨柏和赵庆国一组，韩天宇和孙浩晨机动，轮换着把钎或打锤，赵庆国自报奋勇负责装炮和点炮。韩天宇不放心，怕他弄不好，赵庆国不服气，非要给他试试，结果两炮都装得好，点得好，炸得也好。两声炮响，浓烟滚滚，石渣顺着井口飞向天空，又噼里啪啦地掉在地上。清渣时，赵庆国和吴国臣往上拉石渣，韩天宇和杨柏倒渣，孙浩晨和杨一飞在井底装筐。他们各负其责，干得井然有序，特别是赵庆国胆大心细，学会了装药和点炮，大家都非常高兴。

韩天宇喊出了早收工看电影的话以后，心情和大家一样，很是兴奋。韩天宇有他的想法，这么多天的愿望今天可以实现了，他想，可以借看电影的机会和王晓兰单独约会。但怎样约她，一下午，他终于想出了办法。

说也巧，上山的今天回来得比以往早了半个点，听说公社放电影，还是两个彩色片，高兴得连饭都不想吃了，生怕赶不上开头。

狼吞虎咽地吃完了饭，太阳刚压山，晚霞正是红透的时候，大家连汗都不滤一下，就一窝蜂地连颠带跑地向平山出发了。十来里的路程，年轻人根本不算个啥，也就一顿饭加一棵烟的工夫就到了。大家心里轻松，都撒欢似的往前跑，赵庆国跟在中间，和前边的保持一定的距离。他倒不是害怕，但明目张胆地在大家面前和李梅约会，他还是有点儿不好意思。韩天宇和两位姑娘走在最后，两位姑娘走得慢，他说不能把她们丢在后面，他要给她俩做个伴。张中正和杨柏等几个人都要和她们一起走，韩天宇不同意，说不要都看不到开头，让他们快点儿走。十几个人形成了三个梯队。

等韩天宇三人到达平山大队的大院时，电影前放的《新闻简报》已经结束。第一个片《杜鹃山》也已开演，三人气喘吁吁地找了一个地方，坐的地方是没有了，只能挤挤压压地站着。刚站下时间不长，韩天宇和两个姑娘说，他要去找平山大队书记李德林有点儿事，回去时不用等他了，让她俩找一下杨柏他们，和他们一起回去，说完就走了。韩天宇刚走一会儿，王晓兰拉着田雨就走，田雨不知道啥事，王晓兰也不管，她俩在大院里人前人后地转了

好几圈，终于找到了杨柏和张中正他们，王晓兰把田雨往张中正跟前一拉就说，把田雨交给你们了，我找李梅妈妈，这么长时间没看到了，挺想的，今晚去看看她。说完也不等谁说话，就走了。走了几步，又回头喊道：我自己回去，别等我了。其实大家光听电影了，没人听到她喊啥。

韩天宇从演电影的平山大院出来，就一直向庄北走，他刚刚出庄不远，王晓兰就跟上来了。韩天宇停住脚步，王晓兰喘着大气几乎是跑着上前来的，没等韩天宇说话，就上气不接下气地问：你想干啥呀？你就知道我能来吗？

韩天宇笑着说：我给你的纸条写得明白，你要同意就按我说的办，要不同意就给我写个条，你没写条就说明你同意和我走啊，是吧？王晓兰没有理睬他的话，反倒问他：电影不让看，给我叫出来干啥？上哪儿去呀？韩天宇早有预谋，他没有回答，拉起王晓兰的手就向平山打谷场走去。王晓兰知道韩天宇的去向，打谷场上有间看场的小房子。王晓兰也不吱声，跟着他就走。可当他们走近小房子的时候，突然听到了房子里面有说话的声音，他俩马上停住脚步，蹲下来侧耳倾听，里面说话的声音不大，时而还有咯咯的笑声。王晓兰和韩天宇对视一笑，这一定是赵庆国和李梅。王晓兰不再停留，站起来，她反拉着韩天宇就走，韩天宇也不敢出声，就紧跟着。等他俩走出很远，王晓兰站住了，用手指着韩天宇说：看你办的这叫啥事。韩天宇被王晓兰这么一说，没话了，他傻傻地站在那儿。上哪儿啊？不能总在这儿站着吧？王晓兰说，要没地方去我可回去看电影啦。这回韩天宇一听，急了，马上说：有地方，有地方，跟我走吧。说完拉起王晓兰就往回走。

王晓兰痛痛快快地让韩天宇拉着手往回走。到哪里去，韩天宇这会儿也没想好。

他们慢慢悠悠地走着，谁也不说话，谁也不愿先说话。

这时，大地有些发亮了。抬头一看，月亮升起来了，漫天的星斗衬着斜挂天空的月亮，很是清幽。

还是韩天宇憋不住了。他站住了，鼓起勇气，说了一句：王晓兰，我很喜欢你。说完，他的心急促地跳起来。然后又使劲地攥了攥王晓兰的手。

王晓兰听了韩天宇的话，虽然她有所准备，从接到韩天宇的纸条，她就已经有所准备了，但她还是一惊，整个身体都热了起来，她的心急促地跳着。

王晓兰望着韩天宇，借着淡淡月光，韩天宇脸的轮廓清晰可见，那棱角分明的脸，那浓密的眉毛，有神的大眼，高挺的鼻梁，俊俏的下巴，还有两个大大的耳朵。一切都是那样端正，那样的协调。她睁大眼睛，眼巴巴地望着眼前这个让她不止一次心动的青年。我真的喜欢你，非常喜欢你。韩天宇望着近在眼前的能听到呼吸听到心跳的她，又发出了轻轻的声音。王晓兰眼睛湿润了，她情不自禁地一下子扑向韩天宇，轻轻地说：我也喜欢你。两个人紧紧地抱在了一起，两颗心咚咚地跳着，许久许久都没有分开。

二

两部电影演完已近午夜，张中正他们从平山大队的大院出来，就在大门口等候，看电影的男女老少都走了，只剩下了两个放映员，他们只等到了十个人，韩天宇、赵庆国和王晓兰没有等到。还等不等啊，这么晚了？张中正着急地说。我看不等了，说不定他们已经回去了。吴国臣又说，咱别等了，走吧。他说完抬腿就走。田雨啥都没说，她心里特别不舒服，有一种说不出的感觉。自从韩天宇和王晓兰前后脚离开后，她就感觉有点儿不对劲，她总觉得韩天宇和王晓兰今晚有问题。一个找书记，一个去看人，有这么巧吗？一定是约会去了。她大胆地判断。

一个是她的好姐妹，一个是她非常欣赏的男人，她的内心一阵惶惑。

回去的路上，田雨落在了后面。杨柏心细，站住等到了田雨。田雨说：谢谢杨柏，等着我。应该的，应该的。杨柏边走边说。

前边的看到杨柏留下等田雨，也放慢了速度，边走边等。不知不觉就到了林场，杨柏和田雨也追上他们了。

这些人刚到屋里也就几句话的工夫，韩天宇和王晓兰就进屋了，韩天宇前脚刚迈进门槛，吴国臣就说上了，你看看，点长走得多快呀，咱们刚进屋，人家也进屋，王晓兰走道的速度也够快的。你们也不等我们，还说呢。韩天宇说。行了吧，啥都别说了，快睡觉吧，明天还得干活儿呢。张中正说着就已经躺到炕上了。韩天宇听出来，他们是话里有话，就是没明说。他在心里感谢他们。

他们刚躺下，赵庆国回来了。张中正笑着说：老赵啊，你真有福啊，我们都羡慕你呀。赵庆国也没说啥，上炕就躺下，躺下就呼噜。

韩天宇躺在炕上，但他睡不着觉。王晓兰和他的亲密接触，让他的心不能平静。他怎么也没想到，王晓兰也在心里惦记着他，喜欢着他，他感到了格外的幸运和幸福，他想这真是上天对他的恩赐。

韩天宇和王晓兰在半路上拥抱之后，就一直走回了林场，他们没有进屋。韩天宇说，怎么也不能先进屋去，不能让他们知道咱们俩今晚在一起的事，要等他们都回来以后再回到屋里。他俩径直来到了林场木头垛的西边。这里宽敞，平坦，接近山口，通风凉快。在这里能清楚地看到平山公社通往林场的道路上的一切情况。看电影的回来，他俩一览无余。他们坐在木头垛西边的草地上，这里的小草经过前些天的一场小雨，快速地长了起来，有巴掌那么高了，厚厚的，软软的，就像铺在地上的绒毯，坐在上面舒服极了。

王晓兰斜靠在韩天宇的身上，韩天宇一只手揽在王晓兰的腰间，他们共同享受着这一刻的幸福，享受着这一刻的温情。他们倾心交谈着，互吐心声。他们谈劳动，谈生活，谈各自的经历，谈各自的父母、各自的家庭情况，谈得是那样舒心、畅快。韩天宇正兴致勃勃地说着他上学时如何偷偷看些那时不让看的书，王晓兰突然转移了话题，问道：我问你一个问题，你要如实地告诉我。她这么一说，把韩天宇说得紧张了起来，他轻轻地说道：不管啥问题，我都会如实相告，如若有一点儿虚假，天打五雷轰。别瞎说行吧，王晓兰急了，说道，谁让你起誓了？你说啥我都会相信的。好，那你问吧。韩天宇说。

王晓兰扭过头，正对着韩天宇的脸，她看了一会儿说：我们来林场的第一天，我哥和你摔跤时，你咋就能那么轻松地把他摔倒呢？你可知道我哥力大无穷，又练体育，身体灵活，一般情况下，一对一个没人能摔得过他。

韩天宇听后笑了，说：啊，原来是这事啊，我以为啥事儿呢，这么严肃。

是啊，就这事，我疑惑了这么多天，一直想问，今天终于可以解开这个谜团了。王晓兰说。

韩天宇说：我刚会走路，爸爸就教我练站马步，练踢腿，练手法，练步法。爸爸要求很严格，我的基本功很过硬。上小学爸爸就正式教我拳法了，上初中时我的摔法腿法已经没人能比得了，两三个和我相仿的伙伴同时向我进攻，我只轻轻地使点儿手法，一眨眼，他们就都会趴到地上。王晓兰专心地听着韩天宇的讲述，听到韩天宇从小就练就了一身好功夫，她内心无比地惊奇和崇拜。她想，难怪哥哥败在他的手上。

这时，听见远处的路上传来了说话的声音。他们回来了。王晓兰小声地说。是的，咱先不动，等他们进屋以后我们再进屋不晚。王晓兰偎依在韩天宇胸前，小声说：都听你的。

说话声越来越近，几个人边说边走了过来，他们在林场的房前站住了，屋里屋外的电灯都没亮。张中正说：点长他们还没回来吧，灯没亮呢。没事吧，一会儿都能回来。吴国臣胸有成竹地说。杨柏把门灯拉亮了，说：好吧，咱进屋等吧，说不定他们已经在屋里了呢。他说完就先进到屋里，其他人也先后进屋。

韩天宇和王晓兰清楚地听着他们的话，会心地笑了。看着他们进屋，韩天宇突然抱住王晓兰，在她的脸上重重地亲了一下，王晓兰被他的这一举动惊呆了，她的心加速跳了起来，脸火辣辣的热。她顿时感觉全身像火烤一样，这种感觉是她有生以来没有的，她感到从未有过的快感和幸福。韩天宇拉着她站了起来，他说：亲爱的，咱回去吧，好吧？

他们是先绕到大路上再回到屋里。韩天宇边走边小声说：以后晚上有时间咱再约吧，到时候你千万别推迟啊。王晓兰说：嗯，我听你的，我时刻都在想你。韩天宇的内心无比温暖。

两个人绕到大路上，才向屋里走去。

赵庆国没有看电影，大家都知道原因，是和李梅约会去了，大家都已经习惯了。大家对赵庆国和李梅的交往，都表示赞同。

赵庆国最后一个回到屋里，他鞠躬致歉，说：大家为等我，耽误休息了，对不起。

大家依然笑着说：你幸福了，我们就幸福了，你开心了，我们就开心了。没关系。

赵庆国心里美美的，像吃了蜂蜜一样。

收获最大的是韩天宇，他成功实现了自己的计划，还成功抓住了王晓兰的心。王晓兰的到来，他感觉是他前世造的福，是上天对他的恩赐。他发誓，要用心爱她一生。

韩天宇睁着眼，他实在是不能入眠，他沉浸在极大的幸福之中。王晓兰的美美身影，王晓兰的甜甜笑容，就在他的眼前回映。她已是他的一部分，已是他的心、他的魂。

这一切，还都只是他俩的事，赵庆国不知道，其他人都不知道。韩天宇和王晓兰说不要让任何人知道。

但是，还是没逃过田雨的眼睛，女人在这方面的感觉是最敏感的。

王晓兰一进屋，看见田雨上身穿着一件花格小衫，袖子卷到一半，下身

穿灰白裤子，裤脚卷到膝盖处。她坐在炕沿上，两脚耷拉在炕沿下，一个上面有牡丹花的脸盆放在炕沿下，盆里面的水刚能没过脚背。田雨已经洗完了脚。王晓兰满面春风、喜不自禁地进得屋来，田雨就已经知道发生了什么事，尽管王晓兰极力掩饰自己兴奋的情绪，但还是让田雨感觉到了。她马上就意识到，王晓兰和韩天宇已经接触，并且程度很深。

刚洗完脚啊。王晓兰先问。

田雨一愣，我这不是等你吗，咋样？今晚挺成功的吧？田雨笑着反问。

啥成功啊？王晓兰也一愣。

快别装了，你当我看不出来吗？

啥看出来呀？别逗我了啊。

逗你啥呀，你自己做的事还说我逗你，真是的。

我做啥了？别瞎说了。王晓兰说着，脸已经有了红晕。

别害怕，脸红啥呀？你呀做不了地下党，一问就漏了，不用拷打。

王晓兰果然感觉自己的脸热热的，这一下她更不好意思了。

其实啊，刚到演电影的地方时，你俩一前一后都走了，我就知道你俩这是约会去了。还有，看你刚才进屋时的表情，那兴奋啊，那喜悦啊，嗨，别提了。田雨滔滔不绝地说着，而且越说声音越大。

王晓兰受不了了，她上前要堵住田雨的嘴，急急地小声地说：小点儿声，别说了。

田雨更不饶人，她冲着王晓兰嬉笑着说：快告诉我，你俩到哪里去了？你不说，我可要喊了。

别，别喊。王晓兰急了。她生怕那些男青年知道了会逗她。

那就说吧，你俩到哪里去了？都干啥了？

王晓兰脸更红了，连忙说：哪呀，没有，就是唠唠嗑。快别问了，当姐的没个当姐的样。她说着也坐到炕沿上，脱掉了袜子，用脚把脸盆往自己这边挪挪，然后在脸盆里脚心脚背地互相蹭着，蹭了一会儿，把脚拿出来控着。

田雨不再逗了，她仍然笑着，亲切地说：晓兰，咋样，你想嫁给他吗？

王晓兰也正经了，她想了一会儿，说：田姐，我是喜欢他，但还刚刚开始。她停了一会儿，又说：还不知道爸爸妈妈啥意见呢。

是啊，韩天宇是个好男人，是个可以依靠的男人哪。田雨感慨地说。

王晓兰一愣，说：田姐，你是不是也喜欢他呀？

田雨已经躺下，一边盖着被子，一边说：好男人谁不喜欢哪。她停了一下，又补充了一句，晓兰，千万把握住，别放跑了。她看看王晓兰，又说：快上炕睡吧，都啥时候了。

王晓兰没再说啥，她听得出田雨也喜欢韩天宇，可这怎么办呢？

三

打井的速度在按计划进行，两天一茬炮。头天打炮眼，两组同时打，傍晚时装药放炮，第二天往井上清渣。放一茬炮石渣清干净，水井进展六十公分，也就是说，按这样的速度，平均每天进展三十公分。速度太慢了，韩天宇很着急，但没有办法，只能这样了。第二班干下来，十天水井打下去两米多。水井深了，往上拉渣也就困难了，这让井上拉渣的张中正和李国峰承受了很大的压力，他们一刻都不能松懈，还是供不上井下的马东风和陈浩清渣装筐，一天下来，人高马大的张中正和李国峰累得腿都抬不起来了。

晚饭，吴国臣对张中正和李国峰说：你们俩和我们俩相比，力气差多了。大家就笑起来。张中正知道他们在找乐子，就一手拿着馒头，一手端着盛菜的小盆到屋门那儿吃去了。

他坐到门槛上，把菜盆放到自己的两腿上，几大口就把一个馒头吃没了，然后就端起菜盆吃菜。韩天宇拿着一个馒头来到张中正身后，把馒头递到他的手里，他望着外面晴朗的天空，深沉地说：井不是一天打出来的，明天咱们大家都休息一天，正好到月底了，该休息休息了。

每到月底休息一天，大家放松，爱上哪儿就上哪儿，爱干啥就干啥，这是两年多来的不成文的规定了。

他的话刚落，张中正就站起来，咧嘴笑了，说：我看挺好，咱们歇一天，逛逛天门寨，下下饭馆子，也开开心。

大家听韩天宇这么一说，齐声欢呼，田雨和王晓兰更是高兴，乐得合不拢嘴。王晓兰还不信，又到韩天宇跟前核实一遍：明天真的放假一天吗？君子一言，驷马难追呀，我啥时说话不算数过呀。韩天宇看着王晓兰说。

王晓兰又高兴地拍起手来。她来平山一晃快两年了，天门寨还没有去过，这是多好的机会呀。

第二天早晨，田雨和王晓兰起得很早，她俩做完了早饭，大家囫囵吞枣地吃了点儿，就张罗着启程。昨天晚上吴国臣就算好了，按阳历逢五排十是天门寨大集，今天正好。虽然大集不算大，但那也是号称关里第一集啊，各种蔬菜，日用品，劳动工具，各种花样的布匹，还有小猪仔子啊，牛啊，羊啊，驴马骡子也都有。每到大集这天，前来赶集的人特别多。

从去年开始区里响应县里号召，把自由开放的大集整顿为社会主义大集，取消了个人随便的买卖，实行集体统一收购各种产品，统一价格统一出售。统一收购各种产品是按指标分配到每个大队，各大队又分配到每一户。收购上来以后，统一价格在大集上统一销售。除此之外，还根据农时季节和群众需要举办单一商品的交流大集。这种集是综合性大集的补充，它在指定时间、地点和范围之内，严格遵守预先议定的价格，把供销社目前还不便于经营的仔猪、鸡鸭雏、秧苗等农副产品，由供销社组织群众个人之间、集体与集体之间调剂余缺，互通有无。在一般的农副产品购销之外，公社还利用赶大集的机会，组织各队向国家交售粮食、生猪等统购统销、计划收购的产品。在当时，赶社会主义大集是政治任务，宣传达到了家喻户晓，人人皆知。党员、团员、社队干部发挥了模范作用，都带头超额交售分配的指标。

由于区里组织得力，大集上的东西齐全，价格合理，很受贫下中农的欢迎。但还是有一些人不愿意将自己的东西交上去，想方设法地自己找地方去卖，就能多卖几毛钱。于是区里组织了一批工作人员，胳膊上带着红袖标，在几个经常摆摊的地方守候，发现有个人卖东西的就强行把东西交到公家统一出售。有的人不愿意，就发生了争执，争吵打架现象时有发生。

张罗最欢的还是张中正，他撂下饭碗就喊开了：都谁去天门寨，去天门寨的请举手。结果，全票。也就是说大家都想去大集，都想到大集上去逛逛。

临走时吴国臣变卦了，他要回家看看。听说吴国臣要回家，陈浩和刘海剑也要跟着去平山，说要跟吴国臣回家吃一顿手擀面，他俩就爱吃吴国臣妈妈手擀的面条。吴国臣拍手欢迎。杨一飞和孙浩晨也不去了，他俩说没啥可买的，想在家好好睡一觉。韩天宇也不强求，因为家里毕竟要有人留下的。

于是，大家兵分两路，一路从小路直奔天门寨大集，一路去吴国臣家。

直奔天门寨大集的张中正领头，后面跟了一大排。大家欢天喜地，别提多高兴了，他们一边走，一边说笑。走着走着，田雨和王晓兰就落在后面了，韩天宇发话了，老张，你慢点儿走，急啥呀。

张中正回头一看，笑了，大声喊道：我慢点儿，你们快点儿，咱早点儿到那儿，好好逛逛大集，多买点儿好东西。说话间后面几个人就跟上来了。

赵庆国跟在张中正身后，大家又大步向前走去。

经过一个多小时，他们到达了天门寨。天门寨是一个大的镇子，这个镇子分东西南北四条街，每条街都是一个大队。镇子人口比较多，天门寨是古老的镇子，已经有近两千年的历史了，镇子有东西南北四座城门。当年曹操北征乌桓曾经路过此地，那时这里还是个只有几十户的小部落。明清以后逐渐扩充，形成了一个大镇。直奉两大军阀交战，天门寨曾经是一个主要的战场，两军在这里大战一周，密集的炮火把城墙炸得破烂不堪，四座城门塌了两座，之后塌毁的两座城门再也没有修复。解放战争时期，这里一直是解放军和国民党军队争夺的重镇。赵庆国的爸爸就曾经在解放天门寨时负伤。今天这里是天门寨区和天门寨公社的所在地。天门寨区下辖五个公社，除天门寨公社、平山公社外，还有沙河公社、庄坨公社、天马庄公社。天门寨是方圆几十里的中心，有最大的供销社、信用社、医院、卫生所、食品站、粮库、运输队、邮电局、变电所等，除去大集的日子，这里也十分热闹。五天一个大集，就更不得了，真是摩肩接踵，赶着马车的，推着两轮小车的，拎着个小筐的，还有空着手的，十里八村的的男女老少都来这里赶集。

韩天宇他们一行八人，满脸是汗地来到了天门寨。他们不去几条街，直奔大集而去。供销社的东西大集上都有。

这个大集在一个用砖垒起来的长方形的大院子里，院子很大很大。在天门寨外的一大片地里，院里面一排一排的都是统一用砖垒成的、用石灰水泥抹得很干净的齐腰高的台子，要买的东西都整齐地摆在上面。

他们还没进这个大院，老远就听到大喇叭里传出响亮的歌声：社会主义好，社会主义好……还有：大海航行靠舵手，干革命靠的是毛泽东思想……接近院门，就看到进的出的人是熙熙攘攘，热闹非凡。围墙的里外，都贴着用彩纸写成的大标语，红黄绿很显眼：大干社会主义，大批资本主义，多交售农副产品支援国家建设，社会主义大集好，农业学大寨等等。

进到院里，他们就兴奋得不得了，东西应有尽有。

大集里的东西摆放很有序，卖布的，卖锅碗瓢盆的，卖锹镐锄头的，卖筐子篓子的，卖各种青菜的，卖小猪仔子的，卖驴马骡子的，还有其他各种杂货的等等，每样东西都集中在一个片区，想买什么到那儿就能买。

买卖东西的人都喜气洋洋，有说有笑的，买东西一般不讲价，因为价格都是统一的、固定的。大集上的秩序应该说很好，但有时也有比较乱的时候。

有的年轻人到集上来买东西，把东西拿到手，就说钱不够了，拿着东西就走。你咋办？就要和他理论，他可不听你那一套，硬是要走，有时都动起手来。民警来了，也就是把东西放下，到派出所教育一顿罢了。

还有，市场管理人员到外边巡视发现问题，有的社员把自己家的东西拿出来卖，鸡蛋呀，新鲜的疏菜呀，还有一些自留地的自产品，他们把这些东西拿到大街上自己去卖，价格一定比大集上高，市场管理人员到外边巡视发现后，就要强行把他们弄到大集上来，他们吵吵嚷嚷的，极不情愿。东西充公后，按收购价格付钱，他们更是不满，有的还骂骂咧咧的。弄得大集上的人都围过来看热闹。

几个人来到卖布的区域，布的样子很多，白的、蓝的、花的、带格的，等等。赵庆国从头走到尾，又走回来。他要买布，为李梅买，但不会买。王晓兰来到跟前，为赵庆国挑选了两样的确良，一样是白底格子纹的，一样是黄底浅蓝小花的，两样布都很好。卖布的妇女特别热情，说：看了你就知道你是好人，是退伍的还是转业的，我家的就是去年退伍的。赵庆国笑了，他啥都没说，就是笑。那人也笑了，说：都是当兵出身，有一种亲切感。张中正在一边憋着，说：他是转业到地方，在咱区里，将来还不当个主任啥的？那妇女高兴地说：那可好，这兵没白当，像我家的也就到咱北山氨水厂当个工人了。当工人好，工人阶级领导一切，工人阶级是领导阶级啊。张中正抢着说。说话间卖布的把布剪好了，也叠好了，四四方方两块。她又找了一张纸包好了递给王晓兰。她把王晓兰和赵庆国当成一家了。

赵庆国拿着布和大家又向前走。多数都没目的，就是绕绕。

他们来到里边，看到了卖水果的，水果品种不算多，有伏苹果、海棠果，还有几种杏。尽管不多，还是吸引了他们，张中正过来就吃伏苹果，卖水果的说挺好吃的，买点儿吧。张中正好说话，买点儿就买点儿，拣了一小兜子，一算账，五毛钱。他给钱后拎起就走，边走边发苹果。王晓兰一吃，酸得直咧嘴，田雨倒不怕酸，吃得津津有味。还没等出大集，苹果就吃没了。

卖菜的没啥新鲜的，林场的菜地基本上都有，不用买。他们从东头走到西头，没看到啥可买的。走在人群里的韩天宇，本想也给王晓兰买点儿啥，哪怕一双袜子也好，但他几次想买都没买成，他怕大家逗他，对王晓兰也不好。又来到日用百货区域，台子上摆着很多样东西，田雨和王晓兰买了两盒雪花膏，买了两块绿色的带浅花的纱巾，买了纱巾就往脖子上一系，呵，两个人就像变了一个人了。她俩还买了两个好看的发卡，杨柏逗笑话地说，你俩买了发卡也戴上吧。马东风和韩天宇几个人都笑了，两个姑娘真的就把买的发卡选了一个戴在头上，大家一看又都笑了。几个男青年围在摊位前不知买啥，王晓兰拿起一双袜子说这袜子多好看啊，韩天宇接过来，笑了说，真好看，买两双吧。接着，其他几个人每人也都买了两双。

大集上的人越来越多，韩天宇对他们几个说，你们还买啥吧，还不如到街上看看。

到街上看啥，还不如到饭店吃点儿啥，来一回挺不容易的，不下饭店多可惜啊。张中正大声说。

杨柏笑了，他赞成张中正的话，说：来天门寨不容易，真还不如下一回饭店。

两个姑娘乐得合不拢嘴，王晓兰一边乐，一边说：看把你俩馋的，不下饭店你是不死心了。

那是，今天下饭店我花钱，不用你们，算我请你们的，还不行吗？张中正对大家说。

好了，可是你说的，今天你请客了，不管吃啥都你花钱。韩天宇说。大家都听见了，到饭店咱想吃啥就吃啥，别怕，有花钱的。

大家都笑了。一直没说话的赵庆国第一个转身向大门口走去。他高大的身躯特别显眼，特别是他今天把第一天来平山时穿的军装穿上了，又带着那顶军帽，还背着一个带五星的绿背包，整个一高大的军人。他往外走，赶集的人们就都把头扭过来往外看。杨柏大声说：赵庆国，今天你是出尽风头了，当了一回转业军人，整个大集就你显眼，又高又大，一身军装，还戴军帽，你真是个人物。

赵庆国听了，也不回头，反倒挺起胸脯，扬起头，走得更精神了，弄得大家都笑起来。

出了大集，就到了二零五国道上了，再向东走两百米，就到天门寨的四条街了。这里离天门寨的向阳饭店不远了。

四

向阳饭店是天门寨的一家国营饭店，也是天门寨粮库开的唯一的一家国营饭店。这个饭店就坐落在天门寨粮库大门的左边，临着天门寨的南门，从南门进天门寨的人都要从粮库左边的向阳饭店门口经过。这个饭店规模较大，经营得也比较好，饭菜品种多，味道好，工作人员的态度也好，很受顾客欢迎。来天门寨开会的、办事的、赶大集的，都爱到这里下一顿馆子解解馋。吃点儿油炸饼，买个大馒头，弄块白面饼，煎盘鸡蛋，熘个肝尖，炸个肉块，切盘猪头肉，哪怕炸点儿花生米，拌两块豆腐都行，再烫壶烧酒。事办完了，饭也吃了，酒也喝了。这里不管啥日子，不管哪天，都是满员，赶上有个大会小会的，就捞不着个地方。这里的厨子忙，服务人员也忙，他们穿着公家给配的工作服，白色的，帽子也是白色的，上衣的左上方都统一打着红色的饭店标志：向阳饭店。

韩天宇他们从大集出来就直奔向阳饭店而来，虽然还没到晌午，但他们担心大集人多，来晚了捞不着地方。韩天宇走到几个人的前面，他大步向前走去，其他几个人在后面紧追。王晓兰在后面紧跑，她那色彩鲜明的纱巾随风飘扬，头上的发卡耀眼夺目，身材的线条更加清晰。田雨紧追其后。两个漂亮的姑娘这么一跑，就像一道靓丽的风景，吸引了所有路人的目光。

赵庆国紧走几步跟了上来，他走在王晓兰和田雨的身后。他要保护她俩。

一袋烟工夫，几个人就来到了向阳饭店。进得屋来，让他们大吃一惊。满屋十多张桌子，都已经坐上了人，有的桌子已经坐满，有的没坐满也已坐了好几个人，没有一张桌子是空的。这些人大多数是赶集来的，多数是年纪比较大的男性，也有几个妇女。整个大厅吵吵嚷嚷，乱哄哄的。还不时传出一声服务员的喊声，菜来了！服务员一手端着菜，一边喊着，脸笑得就像一朵花。

韩天宇在门前站了一会儿，大家也都到齐了。坐哪儿？几个人满屋子也没找到闲着的桌子。这时一个年轻的女服务员过来，笑容可掬，对站在前边的韩天宇说：同志，想吃点儿啥？到里边来坐吧。

吃啥呀，你们这里也没有地方了呀。韩天宇说。

有啊，咱这几个人保准能坐下。女服务员仍旧笑着说。

在哪儿呢？你看这桌子都坐上了，哪有地方啊。张中正用手指着满屋子的桌子说道。

我们可以把这几个人少的集中到一个桌子上，不就有桌子空出来了吗？服务员还是笑着说，一看就知道，你们是知青，在哪个村啊？来我们这儿也不容易，吃不吃先坐会儿吧。

听她这么一说，几个人就笑了，随着女服务员往屋里走来。

这个女服务员，来到一个桌子旁，和风细雨，笑着对这个桌子旁坐着的三个年轻人说：三位坐到这张桌子来吧，他们人也不多，你们正好可以合成一桌。她指着旁边的一张桌子，这张桌子也只坐了三个人。但这三个年轻人看看服务员又看看那张桌子，那桌子上坐了一对老夫妻和一个不大的孩子，一看就知道是老两口带孙子来赶集的。三个年轻人看着这祖孙三人，就像没听到服务员说的话。女服务员很有耐心，再一次对三个年轻人说：三位请到那张桌子坐吧，他们人多，给他们让一下，好吧！

三个年轻人看看服务员，其中一个猛地站起来，大喊了一声：让什么让啊，凭什么让啊，他们是谁啊，了不起是吧？我们也了不起，我们就不让！他瞪着大眼睛，看着服务员，服务员被他这一喊吓了一跳，后退了一步，还是不紧不慢地说：喊啥呀，他们人多给他们让一下有啥不行的？

他们是个球啊，管他们呢，就是不行！那人的声音越来越大。

张中正他们看到这个人蛮横的样子，早就来气了，干吗这是，有啥蛮横的，瞧不起我们啊。当他们听到骂他们时，就更气冲斗牛了。他凭啥骂我们呢，我们凭啥要挨骂呢？张中正攥着拳头，一步冲上去，瞪着大眼睛大声喊道：你在骂谁？你再骂一句，我就弄扁你的脑袋。

那年轻人没有准备，他没有想到这个人会喊起来，他看看张中正他们几个，个个瞪着眼，攥着拳头，一副打架的架势，特别是那个又高又大的，穿着一身军装，一脸的肉都绷起来了，又看看那两个比锤子还要大的拳头，立刻就软了回去，声音小了许多：我们惹不起你们，这饭我们不吃了，有本事你们就等着，啊。说完，三个人起身就向外走去了。

服务员看着他们离去，也就没有挽留，还嘟囔了一句：走就走呗，真是的。她看看韩天宇几个人，说：这回你们坐着吧。

韩天宇他们看着三个年轻人走出饭店，这三个是干啥的呢？他像自言自语，又像对这哥几个说，张中正听后说道：爱干啥干啥吧，怕他咋地？咱坐下点菜吧，别管他们了。

八个人说笑着坐下开始点菜。什么熘肝尖啊，炖猪肉啊，猪头肉啊，熘里脊啊等等，要了不少的肉菜。王晓兰说话了，干吗，光吃肉啊？她这一说，韩天宇马上就要了一个麻辣豆腐，要了一个菠菜熬粉条。杨柏没有点菜，他说：菜我不点了，我点酒吧，你们谁喝酒啊，咱来两瓶白干酒咋样？张中正

赞成，赵庆国也没有反对，其他人都没有发表意见。田雨今天特别高兴，她说：反正今天有人请客，又没事，喝点儿就喝点儿呗。

韩天宇笑了，说：好吧，那就来两瓶吧，都喝点儿。他又对俩姑娘说，你俩喝点儿啥？

我啥都不喝，你呢？王晓兰对田雨说。田雨说：要不来两瓶格瓦斯吧，咱俩喝。

行，来两瓶格瓦斯。王晓兰答应着。

菜上来得还挺快，这边刚点完酒，那边菜就上来了。热气腾腾的炖猪肉和熘肝尖先上来了，香味扑鼻，大家不等菜上齐，就迫不及待地吃起来。一会儿酒来了，格瓦斯也来了，大家的杯子里就都倒满了，韩天宇一声招呼，大家都端起来，杯子碰得直响。

吃着猪头肉，喝着白干酒，大家边吃边喝，兴致极高。服务员看着他们高兴地吃喝，都笑了。

饭店里来得早的吃完饭走了，刚赶完集的又有进来的，出出进进的。就在他们吃着喝着正高兴的时候，就听到饭店的门外有人大喊道：不好了，不好了，有人打架来了！

声音刚落，就有十几个人已经来到门前，哐啷一声把饭店的门推开，一窝蜂地挤了进来。他们每人都拿着家伙，有拿木棒的，有拿铁锹的。这些人气势汹汹，大有铲平饭店的气势。领头的正是刚才跑了的那三个年轻人。

就是他们，就是他们！三个人中的一个指着韩天宇他们大喊着。

这时饭店的领导，粮库的主任听说有人来打架，急急忙忙地从后边跑出来，他跑到这十几个人的前面，大声喊道：你们这是干吗？

是打架，就是要打他们！十几个人中有个领头的，他大喊着，他们欺负我们，我们不是好欺负的，今天就要让他们看看谁厉害。

欺负你们，怎么欺负你们了？欺负你们也不能在这里打架。饭店领导大声说。不行，必须让他们出来，要不我们就打进去了。站在最前面的是个大高个，他摆出一副拼命的架势指着韩天宇他们大喊。

自从这十几个人闯进饭店，韩天宇就已经明白是咋回事了，一定是那三个人找来帮着打架报仇的。怎么办，不能打架，他小声地和他们的人说，要沉住气，不能乱来，一切都听我的。他们见这十几个人气势汹汹，也都憋足了劲，但都没动，仍然坐在那儿吃菜喝酒，好像没事一样，两个姑娘也装得很镇静，其实她俩很害怕，害怕要真打起来可咋办，这十几个人来势凶猛，要吃亏的。

他们一看这些人没事人一样，更气了，大喊：你们几个还吃，快给我滚出来！饭店领导还在那儿劝，但他们就像没听见一样。

再不滚出来我们可要打进去了！他们几个大喊。其实从门口到韩天宇吃饭的地方也就十米远，但隔着几张桌子，桌子上都有人吃饭，外边的人也不好进去。

他们这么一喊，满屋子的人都惊了，除了韩天宇他们几个还在吃饭以外，其他的人都没心情吃了，有的瞪大眼睛看着，有的起身想走，但门口十几个人堵得死死的，又出不去，只好又坐下。

门口的人还在大喊，而且越来越暴躁了。韩天宇放下手里的筷子，抬头看看那十几个人，其他几个人也放下筷子，抬起头。韩天宇说：哥几个，刚才是我们不对，占了你们的桌子，耽误你们吃饭了，我们向你们道歉，行吧？

韩天宇这么一说，让他们没想到，饭店领导的脸上也表现得平和了许多，说道：人家都道歉了，就行了吧？还干啥呢，要不你们坐下吃点儿？

不行，道歉就行了？出来，我们非要打他们不可！前面的高个子用手里的木棍子当当地戳着地，他还在大喊。

张中正早就气不打一处来了，他猛地站起来，伸出了攥紧的拳头，脸都憋得发红了。韩天宇又把他按下去了。

早干啥了？现在当起缩头乌龟了，滚出来！再不出来，大棒子就抡进去了！几个人都在喊。

韩天宇一听躲是不行了，不管结果咋样，勇敢地面对吧。他站起来，对门口的十几个人说：你们别大喊，这么喊，大家咋吃饭啊。让我们出去，你们得先出去，要不你看你们把门堵死了，我们咋走啊。韩天宇这么一说，那十几个人，互相看看，其中的那个高个子让了一步说：好吧，我们先出去，你们不出来我们照样打进来。

我们走。韩天宇一说，大家都站起来往外走，门口的人也往门外走。韩天宇一边走一边嘱咐：听我的。他们走到门口，那些人也走到了外边。韩天宇他们出了门，那些人就退到了街道上。

这时正是晌午，大街上人来来往往的。饭店的门口有几个台阶，韩天宇他们就站在台阶上。

你们下来!

你们过来!他们还在大喊。

韩天宇答话了:你们干啥,真打呀,要真打就先过来几个。韩天宇说着就下了台阶。其他几个人也下了台阶。

就你们几个人,非教训一下不可!带头的高个子手里拎着一根木棍,叫喊着就冲上前来。和他一起上来的有六七个,他们手里也都拿着家伙,他们呼啦一下冲上来,后面的七八个也都喊着跑过来。

台阶上的赵庆国几个急忙跑下来,就连王晓兰和田雨也下来了,一场大战即将开始。韩天宇回头喊了一句:都不要动,听我的,回去。说时迟那时快,那几个人已经到了近前,个个举起木棒,向韩天宇打来。韩天宇看着那几个人冲过来,他反倒站住了,然后急速后退了两步,伸出双手做了一个下蹲的架势。那几个人见韩天宇后退,更加大胆地向前扑来,举着手里的木棒喊叫着,就向韩天宇打来,韩天宇后面的赵庆国、张中正、杨柏几个人距离韩天宇还有几步的距离,眼看木棒就要打在韩天宇的身上,他们却无能为力。他们为韩天宇担心、害怕,这几木棒如果打在韩天宇身上,不死则伤。王晓兰更是吓得伸出双手抱住自己的头,大喊:小心啊!

饭店的领导也站在台阶上没有办法,一个劲地叨咕:要出人命啊,要出人命啊,快打电话,快打电话,给派出所,快点儿!站在门口的服务员听到领导喊着打电话,转身就向后跑。杨柏看到几个人举起的木棒眼看着就要落到韩天宇的脑袋上、身上,急得大喊:快躲开!韩天宇也看到了快要落到自己身上的几根木棒,就在这一刹那间,他身体猛地往下一蹲,然后后脚一蹬,猛地往前一蹿,就从几个人的空隙之间蹿到了那几个人的身后,然后又快速地回转身,也就一眨眼的时间,他伸出右腿,向还在举着木棒的几个人的小腿一扫,扑通扑通,两个还举着木棒的,就结结实实扑到了地上,其中一个连鼻子都摔出血了。韩天宇又上前一步,伸出两手左右开弓,照着两个人的后背各是一拳,那两个人的重心都在向前,后背挨了一拳,再也站不住了,跟跄两步,也都扑通扑通地扑到地上。这时,赵庆国也已快步跑过来。还有两个举着木棒的,看着倒在地上的同伙还没有反应过来,就被赵庆国一人一拳打倒在地。赵庆国这两拳都打在了那两个人的脸上,打得太重了,他们倒在地上半天都没起来。这第一个回合,从韩天宇大喊别动开始到六个人全倒在地,都没超过十秒。

第一梯队的六个人全军覆灭，后面的几个人仍然举着木棒喊叫着跑上来。韩天宇看着他们跑上来，攥紧拳头，急速地弯腰，然后一个箭步冲上前去。他们举起的木棒还没落下，韩天宇就对跑在前面的几个人来了一个一百八十度的扫堂腿，被扫到的两个瞬间就来了个狗啃泥，手里的木棒摔出很远，紧接着他一转身又转到那几个人的背后，啪啪两拳，打在两个人的后背上，两个人立刻被打倒在地。此时赵庆国也没闲着，他看到韩天宇扫倒了前两个，又打倒了后两个，也来了精神，挥起两个大拳，闪过向他打来的木棒，照着那人的左胸就是一拳，那人晃荡了几步，就倒在了地上，然后又侧踹一脚，正好揣在他侧前方正向他扑来的那人的大腿上，那人只歪了一下就跪倒在地上。还有两个举着铁锹的，看到这些人几下就被这两个人打倒在地，胆怯地站在那儿不动了，直愣愣地看着韩天宇和赵庆国。

此时的南街上，聚集了男女老少很多人，有的是来赶集的，有的是南街的人，还有在饭店吃饭的人，他们扔下碗筷跑到外面看打架去了。

趴到地上的十多个人，先后从地上爬起来，捡起木棒，但在众目睽睽之下，看着站在他们面前的两个，一个高大魁梧，一个机警精干。他们站在那儿十八个不服，大喊着：来，再来！

来什么来，都跟我来吧。这时人群外面有人大喊。

人们回头，大惊。两个派出所的民警快速地从后面挤进来。派出所距离粮库饭店连二百米都没有，说到就到。

干什么你们？光天化日之下，舞刀动棒的打群架，太不像话了，都给我站好了！一个民警大喊着站到了这帮人的中间。其中一个民警好好看了看站在一边的赵庆国，奇怪地问：怎么又是你呀？咋跑这儿打架来了？在赵庆国打李老四时，到平山带走他的就有这个民警，在派出所他们相处了两天。

不是我们打架，我们正吃饭，是他们来打我们的。赵庆国声音不大，但态度挺坚决。

你们是好人是吧？看看把这些人打的。那个民警看着站起来的那些人，有的满脸是土，有的鼻青脸肿，有的鼻子还在流着血。看着这些人手里还拎着木棒，有的拎着铁锹。他又看看站在这些人中间的韩天宇和赵庆国，惊奇地问：就你们两个打的？

就我们俩，与他们没关系。赵庆国看着王晓兰和杨柏他们说。

围在一边的张中正、杨柏、王晓兰、田雨几个人这时都跑到跟前。王晓

兰跑到赵庆国跟前，没事吧，哥？

没事，看看。赵庆国抖抖两手。她又跑到韩天宇面前，用一种复杂的表情看着韩天宇。

还挺英雄是吧？都到派出所去！那个民警大声喊道。看热闹的都围过来。

都别围着了，有啥看的，都回家吧。民警又喊道：你们都跟我回派出所。

快点儿，快点儿，别让我找麻烦啊，都到派出所去，给我好好交代交代。另一个民警也喊道。

看热闹的闪开一条道，这十几个人，耷拉着脑袋，提溜着木棒、铁锹跟在一个民警后边，韩天宇、赵庆国他们也都跟在后面。另一个民警走在最后。

第十章

一

吴国臣带着陈浩和刘海剑回到了平山家里。爸爸妈妈都上班去了。按照从山上下来时的约定，今天中午主要是吃吴国臣妈妈擀的过水面。吴国臣妈妈做的手擀面很好吃，面和得不软不硬，擀得薄厚适当，面条切得宽窄均匀，方方正正，比机器压的挂面还匀称。把面条煮熟，用凉水投一下，特别是他妈妈打的肉卤黏黏糊糊，咸淡正好，还有从他们家墙边上的香椿树上掰下来的香椿芽，打一个鸡蛋和切碎了的香椿一炒，还没出锅就香味扑鼻了。他妈妈刀工特别好，把家里种的七寸黄瓜切得又细又匀。再加上炒的土豆丝。煮熟了的凉面再拌上这几样菜，那香得没法比。去年这个时候他们来到吴国臣家吃的就是这样的过水面。吃完了，张中正出洋相，捂着肚子直哎呦，吓得吴妈妈夫妻俩赶紧过来问咋的了，张中正瞪着眼捂着腰说吃多了撑的，弄得大家哈哈大笑。

吴国臣妈妈姓李，在公社的社办初中教物理，在学校是李老师，回到家吴国臣的爸爸也管她叫李老师，有时吴国臣也叫她李老师。一家人挺和谐的。

妈妈不在家，吴国臣就到学校去找。初中距离吴国臣家不远，就在平山的北街，穿过一条小胡同就到。陈浩和刘海剑不愿在他家等，说要和他一块走走。吴国臣他们三人还没走几步就听到学校的大喇叭响了：下面我们做第八套广播体操，然后就是有节奏的音乐。那音乐真好听，听到那音乐，身体就有要动起来的感觉。伴随着有节奏的韵律他们向学校走去。

社中的校长姓马，也教物理，是吴国臣在社中上学时的班主任。他们来到学校大门前，体操刚刚结束，马校长正站在学生前面讲话。社中学生不太多，都是平山公社的学生，公社十三个自然村，初一到初二的学生，一共三百人还不到，站到操场上就那么一块。老师都站在学生队伍后面。

吴国臣看着学校这熟悉的一切，看着教过自己的老师，看着那几排普通

的教室，看着他们打过球的操场，还有他亲手栽种的花草树木，一种亲切留恋的感情涌上心头。时光流逝得多快啊，一晃四五年都过去了。

她妈妈就在学生队伍的后边，他看见了妈妈，妈妈脸朝前，没有看到他。讲话的马校长正对大门，看到了吴国臣三人。但他并没有停止他的讲话，他讲话的内容大概是说下午组织学生去抢荒，去帮着生产队除草耪地，时间大概是一周，这要看农活的进展情况。他这是在对学生进行动员讲话。

接着学生就一窝蜂地散了，有上厕所的，有跑回教室的，有在原地玩耍的。老师也有在操场和学生一块玩的，也有回到办公室准备上课的。马校长从操场前边的台子上下来，径直向大门走来，吴国臣也向前走去。他见到马校长很有礼貌地问好，还和校长握手。马校长笑着问：来学校有事吗？

吴国臣说没啥事，就是告诉妈妈中午他回家吃饭，想吃过水面。马校长知道吴国臣在林场青年点很苦，听说回家吃过水面，笑了，说：我和李老师说去，看她有没有课，如果有课就调一下，中午一定让你们吃好过水面，你们等着吧，我让她和你们一起回家。

时间不长，李老师从办公室出来，笑得满脸就像开花了一样。她来到吴国臣跟前，不等陈浩和刘海剑问候，就急着问：今天休息了呀，要不咋有空回家了呢？快走吧，回家，妈给你们包饺子吃。妈，今天我们不吃饺子，我们就想吃您擀的过水面。吴国臣笑着说。陈浩和刘海剑也笑着说：婶，我们就爱吃您做的过水面。好，好，想吃啥都行，婶给你们做，快走吧。妈妈看着陈浩和刘海剑，问：咋就你们俩来了？他们都赶集去了。陈浩回答说。啊，那就回家吧。妈妈催促着，就向家走去，三个人紧跟在后面。

回到家，妈妈来不及和儿子唠嗑，就开始和面了。过水面关键是面和得要好，太硬了不行，太软了也不行。妈妈在厨房和面，吴国臣三人就到外面掰香椿芽了，香椿牙掰第几茬不知道了，但肯定地说香椿已经很老了。但他们还是要吃，就吃尖上那点儿嫩的。

中午，吴国臣的爸爸也回家吃饭了，一进屋看到儿子和陈浩、刘海剑，自然高兴，他问长问短的，说个没完。妈妈张罗着吃饭，几个人围在一张圆桌上，吴国臣坐下又起来，他回屋拿着一瓶小角搂出来，和几个小酒盅往桌上一放，没等谁说话，就起开酒瓶，把四个酒盅都满上了。爸爸没说啥，陈浩说话了，他说我不喝酒你是知道的，咋还让我喝呀？我真的不能喝，喝上一口这脸就比猴屁股还红呢。爸爸也就不让他喝了，吴国臣和刘海剑还有爸爸，他们喝了几盅，一瓶酒倒了几回就剩半瓶了。他们边喝边吃边说话。妈妈煮了两大盆的面条，三个小伙子吃了一碗又一碗，陈浩和刘海剑一点儿都不见外，就像在自己家一样，最后又是撑得直打嗝。

过水面吃完，几个人刚撂下碗筷，门外就有人喊话，一个女的，也没进屋，看样子是跑来的，她气喘吁吁地喊吴主任，说派出所打电话来，让他到派出所去一趟，说公社林场知青点有几个人在天门寨打群架了，把西庄坨公社知青点的知青打伤了好几个人，派出所让咱公社去个领导解决事呢。

听完这个女的说的话，吴国臣三人呼地一下，就像着了火一样，腾地就站起来，打架了？弄到派出所了还，那还了得，看样子很严重啊，得赶紧看看去。到底是把人家打了还是被人家打了？打的咋样啊？吴国臣急坏了，几乎是喊着问公社的电话接线员。接线员说她也不太清楚，就说把人家几个打伤了。说完就赶紧回去了。

吴主任虽说是个副主任，也不主管知青，但别的主任都不在，他只好先到派出所了解一下情况再说。接线员走了以后，吴主任要马上到派出所去。

吴国臣三人硬要跟着爸爸去派出所，哥几个出了这么大的事，不去看看不行，要是有啥需要帮帮的也好出点儿力。

几个人不敢怠慢，出门就小跑一样直奔天门寨派出所，一边走吴主任还一边埋怨，准又是赵庆国惹的祸，这个赵庆国总也不会消停。

西庄坨公社的李副主任早已经到了，西庄坨公社距离天门寨近，两袋烟的工夫就到。

吴主任是做好了到派出所调解的准备的。

当他来到派出所的里屋后，看到的情况似乎不是这样，李主任和十几个青年在一起，说说笑笑的，好像在唠家常嗑，表现得很熟的样子。赵庆国正和一个他不认识的青年坐在一起，韩天宇正和他不认识的几个人说着话。这哪像打架的啊。吴主任心里想。

派出所的张所长把吴主任迎进屋，吴主任和李主任热情地打过招呼。这时张所长笑着对吴主任说：吴主任，事情已经解决，两个青年点的青年都已经做了自我检讨，并且都向对方承认了错误，表示一时鲁莽冲动，办了错事，特别是西庄坨的青年虽然挨了打，但是也承认了错误，态度诚恳。最后双方表示要结成友好青年点，互相帮助，互相支持……李主任打断张所长的话，抢着说：我们这几个青年还要向你们林场的知青学习武术呢，特别是韩天宇武术超群，西庄坨的知青都拜韩天宇为师了。

吴主任听得云山雾罩的，不是打架吗？怎么这么一会儿就结成友好了？还学什么武术，这些年轻人啊，真是没正性。

不打不成交嘛！交友好啊，以后都团结起来，互相帮助多好啊，千万不要再打架了。吴主任心里虽然那么想，但嘴里还得这么说。

我看这样，今天的事毕竟是打群架，影响不好，所以你们必须每个人交一份保证书，保证今后不再打架。另外公社还要组织你们进行学习。希望你们接受教训，坚决不再重犯。

两个点的青年态度都很好，都写了保证书。然后两边的青年就都被本公社的主任领走了。

出了派出所，吴主任对平山的青年嘱咐了几句，就回平山了。十几个青年就有说有笑地往回走。

在回去的路上，大家有欢笑，也有惆怅。欢笑的是，大家来到天门寨赶了大集，又都有收获，各自买了点儿东西，吃了饭馆子。惆怅的是不该打架，可这架不是他们愿意打的，到了那种情况下，不打已经是不行了。正说着，张中正说太可惜了，自己没有伸手，没有帮着打两下子，觉得不够哥们儿意思。韩天宇则认为张中正当时根本没有机会伸手，即使真的能伸手，还说不定要被人家给打着呢。那大棒子抡起来，躲不及的话脑袋不开花才怪呢。

话说到这儿，大家就都称赞起韩天宇来。第一个说话的还是张中正，他把韩天宇夸得了不得：那几个人举着棒子扑过来，眼看着就打到脑袋了，我们吓得心都跳出来了，心想完了，老韩就要见阎王去了，那几根大棒子要打在脑袋上，还不得脑浆崩裂啊。可老韩不着急不着慌，猫腰一闪身人就没了，也不知从哪儿打的，三脚两拳就打倒了好几个，那才过瘾呢。他绘声绘色地讲着，一转话题，问韩天宇：大棒子都打过来了，你当时不害怕吗？

韩天宇笑了说：害怕，害怕有用吗？就打呗。

杨柏说：当时我是吓坏了，怕你们被人家给打坏了，现在想起来还哆嗦呢。胆小鬼，田雨笑着说，看人家赵庆国，关键时刻挺身而出，他要不是帮着打倒几个，韩天宇还不知道咋样呢。

韩天宇说话了，他说：在这种情况下，除了赵庆国能应付他们，你们谁都不行，谁上谁挨打，还不如老实地躲到一边去，还让我放心。

赵庆国觉得自己的价值得到了体现，关键时刻起到了作用。王晓兰这时称赞哥哥了，她说：我哥哥真是大英雄，面对强敌毫不畏惧，三拳两脚，打倒一片，看着那才叫精彩。

不对吧？我听着好像是在夸韩天宇啊。马东风说。

快别说了，夸谁，也夸不到你吧？田雨嘴不让人，对于今天的事，她说她最佩服的是韩天宇，他第一个冲出，还不让别人帮忙，一个人对付十几个举木棒的得多大的胆量和勇气，关键是他为别人着想。还有赵庆国，挺身上前，关键时刻立了大功。

她这么一说，没帮上忙的都感觉有点儿愧疚。韩天宇再次解释，我不让你们动是有道理的，面对他们手里的大棒子，你们行吗？还不都受伤吗？

那也不能让一个人挡着，其他人躲着。田雨坚持着。

我要是在该多好啊，我会用我的身体挡住他们举起的木棒，然后回脚一踹，就叫他们来一个嘴啃泥。吴国臣说，你们也是，韩天宇面对那么多人，你们咋不上前呢？啥叫打仗亲兄弟，上阵父子兵啊。

马东风真是受不了了，他说：其实，我不是躲，是没来得及帮，那么快就结束了，怕是怕，但关键时刻还是一定要上的。我们几个都是一样的。他说着回头看看杨柏他们几个。

是的，我们不是胆小鬼。杨柏几个人都说，还没等我们上，他俩就已经把他们打倒了。

张中正像想起什么，紧走几步来到韩天宇跟前，问：老韩，你啥时候练的武术啊，看样子你的武术真的很好啊。面对那些人，那可不是玩的。

是啊，杨柏也好奇地问，以前没听说你练过啊，今天真让我们大开眼界。其实从赵庆国来的第一天你俩摔跤时，我就知道你会两手，就是不知道你在哪里练的。

其实没啥，没啥武术啊，就是爱好罢了。韩天宇说。

那你在派出所为啥承认你练过武术，还霍家拳，说得跟真的一样。张中正说。

那不是唬他们吗？不那么说，他们能服吗？他们服了，咱就是胜利。韩天宇笑着说，你们说是不是啊。

大家不知他说的是不是真的，只有王晓兰心里有数。在韩天宇面对十几个手举木棒的人时，最担心的是王晓兰，但她心里也有底，她知道韩天宇不怕他们，韩天宇说过，赤手空拳对付十个八个不会功夫的不是问题。今天对

付的是手举木棒的，还是让王晓兰惊吓了一回。

马东风将信将疑，他说：你说你会武功，人家可是真信了，哪天人家西庄坨知青点的人来儿学武术，你咋办吧？到时候谁教他们？

到时候再说吧，今天过去了就是胜利。韩天宇笑着说，满怀着胜利者的骄傲。

王晓兰看着韩天宇，心里充满钦佩，这个男人才是真正的男人，是他所希望得到的男人。她看着韩天宇，一股暖流涌遍全身。

大家一边走，一边说着话，不知不觉天阴了，可谁都没注意。

天从北边阴起，阴云一块儿一块儿的，一会儿就布满了北半边天，然后一阵风吹来，阴云变得黑起来，并快速地从北边向东南方移动，像海水的浪潮一样，一会儿就布满了天空。

天黑下来了，要下大雨了。吴国臣说。

好害怕啊。田雨大喊。

是啊，在这荒郊野岭，下大雨到哪里躲去呀。大家都担心下雨，又都盼着下大雨，因为大地上的一切太需要雨了。

我们快跑吧！不知谁喊了一句。

跑管事吗？韩天宇说，你能在下雨前跑到家吗？这雨说下就下，我们跑一点儿事都不管，照样挨浇。

大家一听也是，就好好面对吧，来一个天然的洗浴也不错。

这雨也真是的，正如韩天宇说的说下就下，不打雷，不刮风，铜钱大的雨点就从天上掉下来了，开始是一滴两滴的，打在脸上生疼，掉在地上啪啪地响。一会儿，雨滴密起来，由啪啪变为唰唰了，声音特别大。

下吧，下吧，下大大的吧，我们需要雨水。他们狂喊。

地上很快湿了，他们的衣服也很快湿了。

雨水顺着他们的头、脸流下来。

浇吧，雨水，浇吧，雨水，我们不怕，我们要的就是风雨的洗礼。杨柏大喊着。他仰起头，任由雨水打在脸上。

马东风更是兴起，他脱掉上衣，一手拎着，喊道：浇吧，我不怕！

张中正也大喊，吴国臣也大喊，几个男青年都喊起来：下吧，浇吧，让大雨下得再大些吧！

云越来越低，天越来越黑，雨声越来越大，雨点越来越密，漫天的雨帘，漫天的瀑布。空旷的天宇，无边的雨际，让人感到了恐惧。

王晓兰和田雨两个人拉着手走在男青年的中间，雨水从她们的头发上、脸上往下流，衣服已经完全贴到了身体上。

韩天宇看着王晓兰和田雨被大雨浇的惨样，他心疼两个姑娘，但他没有办法。突然，地上一滑，王晓兰险些摔倒，田雨的双手也几乎着地，啊！她俩几乎同时大喊了一声。走在身后的杨柏眼疾手快，一把拉住田雨，另一边的韩天宇也抓住了王晓兰的手。

慢走吧，千万不要摔着。韩天宇接着说，既然浇了，还怕啥，就让它浇吧。

路很窄，四个人拉着走，很难受。韩天宇和杨柏走在路边，他俩很小心地迈着脚步，因为大雨打在他们的脸上，使他们不能完全睁开眼睛。

翻过一座小山，天好像亮了一些，雨也好像稀了一些。抬头一望，密布的黑云变薄了，好像有了一点儿风，云在随风飘动。

云越来越薄，天越来越亮，雨也越来越小。

几个人又精神了，吴国臣高喊：雨停吧，别下了。

马东风喊了一句：不要停，再下大点儿吧。

众人听他这么一喊，都攻击起他来：你疯了吧。

马东风还喊：这点儿雨不够啊。大家不再喊了，这点儿雨的确不够啊。半个小时还不到，干旱了大半年，地都干到骨头里了，这点儿雨只能解点儿渴，但太少了。

雨说停就停，几分钟工夫，云扒开了，蓝天又露出来了，太阳的光线从云缝里射出来。

几个男青年在赵庆国的带领下，都脱掉上衣，把水拧干，然后挥舞着。两个姑娘的衣服依然贴在身上，苗条的身材、清晰的线条显露无遗。

二

当韩天宇他们回到林场时，杨一飞和孙浩晨早已在门口等候。并且，他们俩已经为韩天宇他们煮了半小锅的姜糖水。

杨一飞和孙浩晨没有下山，他俩在大家走了以后，并没有如他们所说的那样在家休息。他们看看田雨种的菜地，满架的豆角，开花的黄瓜，娇小的辣椒，小棒槌一样的茄子，还有已经长高的小白菜。看着它们可怜巴巴的样

子，一种怜悯之情油然而生。他俩不约而同地想到，要挑水好好地让它们喝个够。于是他俩挑起水桶就走，一上午他俩小跑一样，奔跑在东沟和林场的小道上。中午终于把田雨种的菜浇完了一遍。看着喝饱了的各种蔬菜，他俩别提多高兴了。

中午，他俩只煮了一小盆过水的挂面，切了一根从架上摘下来的黄瓜，倒了点儿酱油一拌，吃得还挺香。午饭过后，躺在炕上就睡，朦朦胧胧之中，杨一飞就听见外面啪啪的雨声，他把孙浩晨喊醒，到外面一看，雨已经下大。

看着从天而降的大雨，杨一飞哈哈大笑，孙浩晨茫然：笑啥啊？杨一飞说：我们上午是求雨啊，累了一上午，白挨累了。

不啊，我们要是不挑水，下午还不一定下雨呢。孙浩晨说，我们还是有功劳的。

他们多么希望这大雨下个不停，下个几天几夜，让大地喝个饱，喝个够。这是多少人盼望已久的大雨啊。

看着大雨哗哗地下落，他俩想到了赶集的人，想到了未回家的人。这要是在回来的半路上，他们得被雨水浇成啥样啊，半路上到哪里避雨啊。

孙浩晨伸手接了一下雨水，很凉。如果真的挨浇，雨水这么凉，可别感冒啊，孙浩晨想。想到这儿，他对杨一飞说：一飞，他们要是挨浇，怕感冒啊，不如咱烧些姜糖水，让他们回来喝点儿，也好驱驱寒啊。

好啊，还是你想得周到，咱这就烧去。杨一飞答应。说干就干，孙浩晨切姜，找糖，杨一飞找柴火烧火，一会儿姜糖水烧好了，等着他们回来了。

韩天宇他们一到林场，不等换衣服，每人一大碗的姜糖水就盛上了。男青年们光着膀子捧着碗，把姜汤水一股脑喝下，然后回屋换衣服。

王晓兰和田雨不行，她们的衣服都沾到身体上了，冷得浑身直哆嗦。田雨说：我们先把衣服换上再喝吧。然后两个人就进屋了。出来时，姜糖水已经凉了，杨一飞又加柴火烧了一通。王晓兰和田雨喝了姜糖水直说谢谢。

还好，大家挨过了一场大雨居然都没有感冒，真是幸运。

天还没有黑，韩天宇他们换了衣服就直奔水井而来，他怕井里灌满了雨水，那样打井就不好干了。等他们来到水井跟前时，才发现他的担心是多余的。水井的井底还能看到凹凸不平的石头，积起来的水连几桶都没有，看来这场雨是来得急，走得快啊。吴国臣拿起大镐使劲往地上刨了一下，不到一巴掌深就露出了干土，看看，就这么深，大地并没有下透。吴国臣说着把大镐扔到地上。有啥办法，天不下雨，谁也没有办法啊。杨柏说。

打井还是换班走，只是井越打越深，进度也越来越慢。影响进度的原因主要是往井上拉石渣的时间长了，以往拉三筐石渣的时间，现在只能拉两筐了。王晓兰和田雨看到这种情况，也参加了劳动。尽管韩天宇、赵庆国等几个人都不让她俩过来干活，说把大家的三顿饭弄好就行了，但她俩还是坚持要过来干活。她俩看到往井上拉大筐很吃力，抓起绳子就加入到拉渣的队伍。吴国臣、赵庆国也没有办法，只好随她俩。上午十点钟，赵庆国和吴国臣就开始撵她俩：快走吧，中午饭得做了，饭做不好下午咋干活啊。下午五点钟左右，赵庆国、吴国臣两个人又撵上了，有时杨柏、韩天宇也跟着撵人。不管上午还是下午，每回都要撵几次她俩才会回到厨房。

田雨和王晓兰的加入，使井上的劳动多了许多欢乐。由于王晓兰和韩天宇都在爱慕对方，在言谈之间虽然都在注意不让人觉察，但万密还有一疏，有时还会露出些话意。特别是大集过后，王晓兰对韩天宇更加佩服和爱慕了。

王晓兰的特殊关心，韩天宇看在心里。他理解王晓兰，也更心疼王晓兰了。从天门寨回来的路上，他不离王晓兰的左右，在雨大路滑时，他更是跟在王晓兰的身后，在王晓兰踩偏将要摔倒时，他及时拽住了王晓兰的手。

先看出王晓兰和韩天宇好的是吴国臣。韩天宇和王晓兰的种种举动和言谈话语，及两个人对视时的眼神，都和别人不一样。那是一种发自内心的关心、体贴，处处都充满着深情。

在吴国臣后边拉绳子的王晓兰时刻都在关注着韩天宇，他看到韩天宇倒完筐就去铲石渣，然后又去倒渣，忙得手脚不停，汗水从头上脸上往下流着，眼睛都睁不开了。她就很心疼，扔下手中的绳子，拿着搭在自己肩上擦汗的手巾，毫不顾忌地跑到韩天宇的跟前，啥都没说，递上手巾。韩天宇被弄得一愣，手巾还在举着，没办法只好接过手巾擦汗。这边的吴国臣和杨柏几个人看到这一幕，也是一惊，这是多么大胆的举动，多么大胆的示爱。这就等于公开了王晓兰和韩天宇的关系。

赵庆国看到这一幕，他不敢想象，他的妹妹会这样做，并且当着这么多人。这是干什么？王晓兰这么做可以原谅，他韩天宇不应该呀，他也不应该接受啊。没安好心，他一定没安好心。赵庆国想着，一定要阻止王晓兰的行为，不能这样发展下去，也一定要警告韩天宇，阻止他的任何行为。他看着韩天宇，狠狠地瞪了一眼。还好，韩天宇没有注意。

　　吴国臣看后，他在内心只是发笑，发笑之余，又很佩服王晓兰的胆量。这才是女中豪杰。

　　憋不住自己的嘴巴，吴国臣顺嘴说开了：嗨，嗨，干吗，干吗呀，不能这样啊，出汗的可不止他一个人啊，杨柏也在流汗。吴国臣这么一说，王晓兰的脸顿时就红了，急忙说：别瞎说，我这儿就一条手巾，咋给两个人哪？可以给杨柏，也可以谁都不给呀。王晓兰看着吴国臣又说：老吴，你就坏吧，等有机会我再和你算账。王晓兰说完，回到拉绳子的地方，狠狠地打了一下吴国臣，咬着牙说：看你还嘴烂不。吴国臣哎呦一声，说：不敢说了，这一说伤了两个人。吴国臣又看看韩天宇说：是不是啊，点长啊。韩天宇无言以对，杨柏笑了，对韩天宇说：你真是个有福气的人，我就不行啊，没有人惦记我啊。说者无心，听者也许无意，也许出于对杨柏的关心，也许出于平衡杨柏的心态，田雨听到杨柏这句话时马上走上前去，把自己的手巾递上去。杨柏对田雨这突然的表现更是措手不及，他惊讶地望着田雨，不知如何是好。

　　田雨和王晓兰一样，一句话不说。

　　接着吧，杨柏，还摆啥深沉啊，人家田雨把自己擦汗的手巾给你送去，你也是有福的啊，今天就苦了我了。吴国臣嬉笑着说。

　　杨柏红着脸接过田雨举了半天的手巾，象征性地擦了几下脸，就把手巾还给了田雨。

　　田雨已经回到原来的地方，她狠狠地打了一下吴国臣，红着脸说：让你烂嘴。

　　吴国臣还是嬉笑着躲着。

　　往井下送着大筐的赵庆国啥都没说，此时他的心情特别不好，他为的是他的妹妹。

　　韩天宇和王晓兰的心里都热乎乎的，两颗心又碰到了一起，又燃起了烈火。

　　杨柏则不知道田雨是啥意思。王晓兰递手巾是传递了对韩天宇的爱的信息，从王晓兰那深情的眼神中就看得出来。田雨是啥意思呢，也在传递信息吗？田雨没有那个眼神呢。那她又是为啥呢？其实，杨柏对田雨早就有好感，在他的眼里，田雨的确是个好姑娘。她心好，质朴，能干，不怕苦，有耐性。她身材苗条，五官端正、秀气，吴国臣的妈妈说过，田雨在姑娘当中也是头排人，这是去年在吴国臣家吃手擀面时说的。

田雨回去了，杨柏的眼睛也跟过去了，心也跟过去了。

田雨给杨柏递手巾其实没有啥用意，她看到杨柏实在太热了，满脸的汗水，又没有擦汗的手巾，出于同情，出于对杨柏的安慰，送去了手巾。可让田雨没想到的是，就是这小小的举动却让杨柏的心不安起来。

王晓兰和韩天宇越发地亲近了，一个眼神、一个动作都带着亲昵，韩天宇对王晓兰也表现出了特殊的关心，就是吃过饭，王晓兰拿起抹布擦桌子，韩天宇也要抢过来替她擦完，每当这时，王晓兰就会对韩天宇含情一笑。田雨自从那天给杨柏完送手巾之后，就再也没有任何行动，而杨柏则几次想接近田雨，讨好田雨，却没有得到什么好处。但杨柏好像心有不甘，在想办法找机会接近田雨。

王晓兰和韩天宇好了，田雨和杨柏好了，井上井下都知道了。进山的也很快知道了。不管是不是真的，大家都很高兴，把它当作好事来说。

只有赵庆国耿耿于怀，连看韩天宇的眼神都充满了敌意。韩天宇和王晓兰的亲近他也看得清楚，他心里很不是滋味，怎么能和他好？赵庆国心里想，韩天宇看似君子，但他一定不是什么好东西。赵庆国给出了他的判断。他要是想占妹妹的便宜怎么办？一定不能让他得逞，一定要阻止他的行为，同时还要劝妹妹，不要上了韩天宇的当。要尽快想办法，赵庆国心急如焚。

这天中午，刚刚吃完午饭，韩天宇洗完碗筷就出去了，赵庆国看准这个机会，扔下还没有吃完的饭碗，就跟了出去。韩天宇是去厕所，赵庆国紧跟在后面，在厕所门前，赵庆国紧走几步一把拽住韩天宇，韩天宇一愣，回过头吃惊地看着赵庆国，问：老赵，你这是干吗？不干啥，就是想跟你说一句话。赵庆国瞪着眼睛怒气冲天的样子，他声音不高但很有力。

有话就说呗，何必这样啊。韩天宇笑着说，把赵庆国的手从肩上拉下来。

告诉你韩天宇，你别起坏心，尽快从我妹妹身边离开，以后不要接近她，再和我妹妹接近，小心我对你不客气！赵庆国狠狠地说。

韩天宇被弄得不知东南西北，他不知道赵庆国的意思，一脸的疑惑，他说：这是怎么回事？我俩的事和你有什么关系？再说，我怎么会起坏心呢？

不要欺骗我妹妹，不要接近我妹妹就行了。赵庆国还是这句话。

韩天宇更是不解了，怎么骗你妹妹了？这是为什么？自己做错什么了？他看着赵庆国，一种奇特的想法在他心里产生，难道他和李梅搞对象还想占着王晓兰？不可能，他马上就否定了这个念头，那又是为啥呢？

赵庆国看着韩天宇，又是狠狠的一句：告诉你，你记住了，要不然我决不饶你。他说完就扭头回去了。

韩天宇看着赵庆国的背影摇摇头又笑了，心想，这是个什么人呢？是不是有病啊？

赵庆国找韩天宇说完他想说的话，就像完成了一个艰巨的任务，轻松了很多。但他还不放心，他还要找他的妹妹谈谈，让她和韩天宇保持距离，不要上当。这事也要抓紧，他想。

就在警告韩天宇的那天晚上，赵庆国把王晓兰叫到了外面，他俩来到那天晚上韩天宇和王晓兰待的地方，这里距离住的屋子不远，还通风凉快。

哥，你把我叫到这干吗？有啥事吗？王晓兰感到很奇怪，他们一起来到平山，今天是第一次这么神秘地在一起。

赵庆国半天才说话，他从他们第一天到平山说起，说了发生在王晓兰身上的所有的事，他说：你要多长个心眼，不要被人家给骗了。

王晓兰听起来不解，哥，你听到啥了？我咋了？赵庆国也不回答，接着说：害人之心不可有，防人之心可得有啊。他像长辈教诲晚辈一样。

王晓兰笑了，说：哥，我知道。

知道好，以后离韩天宇远点儿，不要理那小子。赵庆国嘱咐说。

为啥呀？王晓兰一脸的迷糊。

那小子不是好东西，你千万要离他远点儿，你不要让那小子给害了。赵庆国很严肃地说。

哥，你说啥呀，他人很好，不会骗的。

那也不行，等挨了骗就晚了。赵庆国说，必须远离他，听我的，没错。

王晓兰怎么也没想到，哥哥会管她的私事。但不管咋说，赵庆国是他的哥哥，他是一番好意，她从心里感激他。

听到没有？赵庆国又大声地问。

王晓兰看到哥哥认真的样子，只好说：好，哥哥，我听你的。

赵庆国听到这句话，憨憨地笑了。

<h2 style="text-align:center">三</h2>

赵庆国说服了王晓兰，他非常高兴，他认为他胜利了，他达到了目的。在他看来，王晓兰是他的妹妹，是天使，是女神，谁都不能对她有任何侵害，

更不能对她有一点儿伤害。他和她住在一个大院，他们从小一起长大，可以说是青梅竹马。小时候他们一起上学，一起回家，一起玩耍。同伴当中要是有谁欺负王晓兰，或者说王晓兰的坏话，他都会全力保护她，有时，因为一句话，他就会和别人动起手来，由于他从小就个大力气大，所以在同龄人中没有谁不怕他。因此，王晓兰也就有了依仗，任何人都不怕，别人也知道她有个力大的哥哥，就没人敢欺负她了。

下乡以后，赵庆国处处维护妹妹，保护妹妹，在他看来，保护妹妹就是他的责任，更何况王晓兰的爸爸在临行前嘱咐他：到了外边你们两人要互相照顾，特别是晓兰是女孩子，你要照顾好她。从下乡那天起，赵庆国就在更大程度地爱护着她。他就是一个护花使者。

他完成了任务，心里特别高兴，但他还是不放心，他还在关注着韩天宇和王晓兰。同时王晓兰和韩天宇在赵庆国面前也都各自注意了许多，他们表现得就像一对陌生人。

但是，赵庆国错了。在他面前，王晓兰和韩天宇似乎平淡，但实际上他俩的确是一对恋人了。就是他们对视时，眼睛都放射着深情的依恋的目光。

赵庆国他们这个班又进山了。但韩天宇和王晓兰依然保持着原来的状况，行为和言语慎重，在众人面前保持一般的关系。王晓兰对韩天宇说不能让哥哥为她担心，把那种感情藏在心里就够了。

但这的确是件痛苦的事，两个相爱的人，朝夕相处，不能敞开心扉诉说心中的情思，却不能向对方倾诉内心浓烈的情感，这是多么难耐的事情啊。烈日下，王晓兰看着韩天宇挥汗如雨，看着他把大筐大筐的石渣拽到井边倒掉，又拿起铁锹把石渣铲到远处，看他不停地忙着，看他劳累的样子，她很心疼。但她没有办法，她帮不上他。有几次，她想过去帮他铲石渣，但当她看到她的哥哥和吴国臣拉着大筐的石渣往上拽时，他们那吃力的样子一样让她心疼，更何况，打井的进度关键在于拉渣的速度。她也曾经说过她想去帮着韩天宇、杨柏铲渣，但被韩天宇拒绝了，韩天宇关心的是打井的进度。她没能离开拉渣的阵地，她在心里尊重韩天宇，维护韩天宇。

韩天宇对王晓兰的牵挂只能在心里，只能在眼里了。劳动的间隙，他多情的目光就会投射到王晓兰的身上。她两手拽着大绳，低着头弯着腰，两脚坚实地踩在地上，一步一步地往前迈着，那大绳深深地勒进她那只穿着的确良上衣的肩上。虽然在头顶上又搭起了架子，架子上又搭上了一些树枝，但仍然没能缓解老天投给他们的热度。她的衣服已经湿透，汗水透过薄薄的衣服流下来。她不停地拉拽，她和他们一样很疲劳，很难耐。每当看到这些，韩天宇的心就会紧缩起来，他的心在颤抖，在流泪。这是他心爱的姑娘，他想，她在受苦，在受累，但他却无能为力，即使有能力有可能，他能为自己爱恋的姑娘寻找某些便利吗？不能，他想。

夜里，韩天宇躺在炕上，满眼就都是王晓兰了。一会儿是刚到林场时的清秀美丽，一会儿是劳动时的满脸汗水、疲惫不堪，一会儿是被雨淋湿时的无奈，一会儿又是光洁无瑕的胴体……他在爱恋中煎熬，在痛苦中挣扎。

王晓兰更是难以入睡，她向田雨倾诉着自己的感受。韩天宇值得自己依靠，值得自己爱恋。他是自己理想中的男人，这就是幸福，这就是爱情。

田雨虽然也依恋着韩天宇，但她却坚定地认为自己没有王晓兰那样心碎一样的爱恋。她说她从心里祝福王晓兰，祝福她心随所愿。

一夜没有入睡，他和她相约过一样起得都很早。

他们一前一后出屋，在门外面对面站住，会心地一笑，那笑里蕴藏着各自内心的话语。天还没有大亮，东边刚刚发白，屋外格外清爽，扑面而来的是满鼻子的清香，这香味特别亲切，是青草的味道？是树叶的味道？是野花的味道？还是泥土的味道？也许都有吧。

又是不约而同伸出手，紧紧地抓在一起，就像抓住了对方的心，都周身紧缩了一下。他们什么都没说，手拉手向林场的西边走去。

咋这么早起？韩天宇问。

失眠，一夜没睡。王晓兰说。

你呢？咋也这么早？王晓兰问。

我也没睡。韩天宇回答。

你为啥失眠？韩天宇问。

王晓兰望着面前的韩天宇疲惫的脸，说：想你，一夜。

韩天宇的心嗵的一跳。

你为啥没睡？王晓兰问。

想你，一夜。韩天宇同样的回答。

王晓兰的心也嗵的一跳。

两只手抓得更紧了。两颗心跳得更急了。

我哥看得紧，我不想让他生气。王晓兰看着韩天宇说，他是好心，他怕我受委屈，怕我受到伤害。

我不是坏人，你应该相信我，我会爱你一生。韩天宇看着王晓兰说，今天晚上我们出去，到一个别人找不到的地方去。

远吗？王晓兰问。

不远。那个地方我们早来的知道，你俩根本不知道的。韩天宇胸有成竹地说，这样，我们晚上吃过晚饭就先后离开，到山口的洼地集合。

王晓兰兴奋地笑了，她盼望着有机会和韩天宇好好地倾吐心思。

当天的晚饭韩天宇吃得很快，在吃饭过程中，他可真是汗流浃背了，还把汗衫脱掉。这天他第一个吃完，他几下把碗筷刷完，就到外面去了，他说太热了，到外面凉快凉快。

王晓兰不能这样，她要等大家都吃完饭，还要把饭菜收拾一下才算完事。田雨早看出意思了，王晓兰刚撂下碗筷，田雨就说：饭菜不用你拾掇了，你到外面凉快去吧。边说边用手往外推她。

韩天宇早一步在山口的洼地等候，王晓兰一到，韩天宇就拽上王晓兰顺着小西沟的河岸向里走，大约走了两百多米，他站住了，说到了。王晓兰仔细一看，这里的确很好，位置隐蔽安静，紧靠大山，就在河底北岸有几块特大的石片裸露在外。石片很平整，就像几铺大炕连成一片。这是经过长年的河水冲洗，把石片上面的泥土都冲走了，石头裸露出来就形成现在这样了。韩天宇说：水滴石穿啊，水的力量太大了，这石片经过多年河水的冲刷，多么光滑，多么平整啊。

韩天宇拽着王晓兰在石片靠边一点的地方坐下，他抓着王晓兰的手松开了。他完全放松地躺在石片上，长长地出了一口气。王晓兰也挨着他躺下了，她又抓住了韩天宇的手。他们就这样仰面躺着。

天多么高远，多么广阔呀。韩天宇像是自语。

是啊，你说万物在天底下是多么渺小，多么微不足道啊。王晓兰也感慨地说，天不可抗拒，地不可抗拒，大自然不可抗拒，但是我们人类却在与天斗，与地斗。

是啊，井没有了水，我们就要打，往深里打。韩天宇接着说，天地自然那么大，我们斗得过吗？

王晓兰坐了起来，她看着韩天宇说：我想，应该是有时斗得过，有时就斗不过。韩天宇看着她，她又说，就拿打井来说，打出水了，我们就胜利了，

打不出来水，我们就没斗得过大地，就是败了。

在打井的事情上，我们应该斗得过大地。韩天宇说，但有时和天地大自然斗是要付出代价的，甚至巨大的代价。

大自然的力量是无穷的，你看我们坐着的这片石头，韩天宇也坐起来，他说，河水的力量多大，硬是把这半面山冲走了，才露出了这片石头。

这大片的石头多好，你经常来这里吗？王晓兰问。

不经常来，但也来过几次，是去年河水大的时候，晚上我们几个来这里洗澡的。韩天宇看着王晓兰说，从山里下来的水就通过这石板再流到下面去。那清凉的山水，在这平整的石板上流过，我们就赤条条地躺在石片上，让那缓缓的河水从身上流过，那时是多么凉爽和惬意啊。舒服，一天的疲劳和困倦被这清凉的山水冲得干干净净了。

王晓兰笑了，说：几个大小伙子，光着身子躺在这里，让山水冲洗，这成什么样子啊。

是啊，我们回归自然，回归自我，都是这个样子的。韩天宇说，其实，人本来就是这样，我们每个人都是赤条条地来，来到人间，来到社会，才有了人性，才有了性别的分别，才有了善恶美丑。假如我们回归到人的本来面目，大家还不是都一样吗？

……

周围静静的，一丝风都没有。他们就这样在缠绵中享受着爱情的甜蜜。

就在他俩沉浸在幸福之中的时候，不远处传来一阵沙沙的声音，他俩一惊，同时向他们来的林场的方向望去，更让他们大惊失色的是，一个人已经跑到他们跟前，手里握着足有三米长的木棒。他俩来不及反应，那人就已经举起了长长的木棒，径直向他俩打下来。

这突如其来的情况，吓坏了韩天宇，也吓坏了王晓兰。

完了，韩天宇想，不死即残。他想，如果他一个人完全可以躲开木棒，但现在王晓兰还坐在他的腿上，他动不得。王晓兰已经吓得紧紧地抱住了韩天宇的脖子，她啥都不敢想，就等着木棒落下来。

没办法，躲不了。等着吧。

咔嚓！木棒打下来，发出了让人魂飞魄散的响声。静夜，这声音格外响脆。声音传出很远，在山谷中回荡。

木棒没有打在韩天宇的身上，也没有打在王晓兰的身上。木棒打在了石片上，折了三截。

声音过后，王晓兰怯生生地抬起头，看着站在眼前的高大的人，顿时惊得说不出话来。赵庆国，她的哥哥，手里拎着仅仅剩下的一截不到一米的木棒，怒目圆睁地站在他俩面前。

韩天宇惊魂未定，等他清醒过来，王晓兰已从韩天宇的腿上站起来，她一句话都没说。韩天宇一只手扶着地，一只手拽着王晓兰站起来。没等韩天宇说话，赵庆国恶狠狠地说了一句：韩天宇，你如果伤害我妹妹，你就是我手中的木棒，我让你折成三段！说完掉头就往回走去。

四

打井的速度一直快不起来，每天下午都要出一个人到东沟挑水。开始的时候，每天下午都是倒渣的去一个人，要挑三挑子水，这样就一个人倒渣了，增加了倒渣的劳动量，也够累的。王晓兰和田雨来了以后，挑水就轮着来了，但还是都从井上去，不是倒渣的去，就是拉渣的去，反正就一个人。再加上井越来越深，拉渣的时间长了，速度自然就慢了。原来是两天一茬炮中心，现在也是两天一茬炮，但延长了劳动的时间，上山的下来了，这边还没清理完呢。这倒好，两班人马兵合一处，将打一家，上山的连屋都不用回，就来到这儿打井了。做饭也都不着急了，晚点儿做饭，也就是晚点儿吃，大家都不在乎，在一起干不干活不重要，图个热闹。十几个人在一起有说有笑的，还是一种乐趣。这时王晓兰和田雨只是凑个数，人多了她俩就帮不上忙了。每天的时间都要延长一个小时左右，但大家都不说啥，也就是累点儿，少待会儿呗。早早吃饭也不能早早睡觉，多干会儿，早点儿出水。这个道理都懂，所以不论怎样累大家都很高兴。

众人当中只有王晓兰少言寡语，就像得了一场病，整天没精打采的。田雨看得很清楚，她在夜深人静的时候问王晓兰：晓兰，是不是韩天宇欺负你了，他把你咋样了？是不是？田雨还带有逗的意思。王晓兰哪有心思逗啊，她无力地说：不是。半晌她才向田雨讲了她的哥哥对他俩的态度，也讲了西沟的事，最后她问：田姐，你说这事咋办呢？

田雨既惊奇又气愤。她没想到，还会有这样的事。她气愤地说：别说是外姓的哥哥，就是亲哥也没有权利管妹妹的婚事，就是亲生的父母，也只有参谋的权利吧。婚姻自由，干涉啥？有这个权利吗？田雨越说越有气，声音

也越来越大。

王晓兰急忙劝阻：别生气，声音小点儿，千万小声点儿，别让哥哥听到。哥哥也是好心，他也是怕我受到伤害，是出于保护的目的，没有别的意思。

啥没有别的意思，我是尊敬他，不好说别的。田雨对王晓兰说，我在想，他是不是在吃着碗里的，还惦记着锅里的，他一边和李梅搞得热乎，周周约会，哼，说不定早就那样了。这边还看着你，我看是惦记着你呢，什么保护你呀。

不是，王晓兰为哥哥辩解，他不是那样的人，他是大好人，从小到大，他没少保护我。她又说起了很多赵庆国保护她的事，包括在平山，他打倒王立新、打坏李老四的事。哥哥对她没二心，她坚信。

田雨笑了，说：既然你这样相信你哥，我也不能说啥，但你要知道，自己的大事自己做主，自己的命运不能由别人掌控。

王晓兰点点头，但她还是担心哥哥会对韩天宇做出啥事来。明着干，韩天宇不怕赵庆国，但要像那天晚上，从暗地里动手，没有防备的情况下，谁也不行啊。那天晚上的事还让她惊魂未定。王晓兰真的担心韩天宇。

韩天宇就跟没事儿一样。那天晚上的事就像没发生过似的，白天照样干活，照样和大家说笑，也照样和王晓兰说话，照样和赵庆国打招呼拉些闲嗑。而赵庆国倒看出些不自然，他看韩天宇的眼神不正常，目光中带着怒气。韩天宇和他说话，他也很不情愿地回答，有时还顶上一句两句的，韩天宇也只当没听见。

吴国臣最早看出韩天宇和赵庆国的关系不正常。吴国臣聪明，眼观六路，耳听八方啊，谁有点儿变化，都逃不出他的眼睛。之后就是杨柏，他俩保持同一个观点，是不是赵庆国在和韩天宇争一个王晓兰。

刘主任的到来也没能缓解他俩的关系。

那是赵庆国他们这个班换回来的第三天，刘主任骑着自行车又过来了，这是自打井以来刘主任第二次到林场来了。刘主任来到林场，径直来到井边，他帮着拉了好几筐石渣，累了一身的汗，之后就表扬了大家一通，说林场这十几个青年团结得好，大家拧成了一股绳，虽然兵分两路，每路人都不多，但任务完成得好。大家有干劲，有人定胜天的精神，只要有这种精神就没有干不成的事，还鼓励大家，鼓足干劲，加快进度，尽快完成打井任务。之后还到猪圈看了看。

那几头猪还真长脸，这些日子，能吃能喝的，吃完就睡，醒了又吃，两个多月就长成了大猪，现在正在长膘。刘主任看了很高兴，说了一句，将来把这里建成养猪场还真行。韩天宇听了，云里雾里的不知真假，也没多问。

刘主任就是看看大家，待了一个多小时，骑车回去了。

韩天宇回来干活，赵庆国看他还是那种眼神，韩天宇也没当回事。

他俩关系咋样没有影响到大家，大家该咋干还咋干，该说啥还说啥。

王晓兰自从听了田雨的话以后，态度有了改变，逐渐恢复了她的开朗乐观，笑容又出现在她的脸上，有时还主动和韩天宇说话，或者问候一下。韩天宇看到王晓兰的变化，从心里高兴，他相信，王晓兰这样有思想有修养又有才艺的青年不会被小小的风浪打倒，她一定会站起来的。事情果然如此。

赵庆国对王晓兰的表现也有反应，他更加沉闷了，一天只管低头拉绳，不爱说一句话，偶尔说话，也是粗声粗气的，带有情绪。他的气很有可能是冲着王晓兰来的。

王晓兰看到赵庆国这样的表现，内心很不是滋味。她想，哥哥这是咋的了，为妹妹我操心，妹妹从心里感谢，但千万不要因此生出病来呀。她看到哥哥情绪低落很是心疼。

由于每天延长了打井的时间，加上每天上山的回来帮着干活，打井的速度有了提高，仍然保持两天一茬炮，而且炮眼的深度加深了。这就意味着每天的出渣量增多了，每天打井的深度增加了。

七月十六号那天，是个值得纪念的日子。这天傍晚，石渣快要清干净的时候，杨一飞和孙浩晨还有刚刚从山上下来也下到井底的张中正，他们差点儿没乐疯了，他们三个同时发现，井底上的石缝往外渗水了。

这些天来每天清渣到底，井的四周和井底都干燥得跟火烤过似的，一点水的影子都找不到。开始的时候，井的四周有的石缝里还能看见点儿水印，用手一摸手指就是湿的，后来越深还越见不到湿印了。那使大家都对能打出水来失去了信心。能出水吗？只有韩天宇坚信，一定能。至于为什么，他也说不清。他对大家说：不要泄气，原来这里有水，说明这里有水线，我们只要有信心，坚持下去，一定能打出水来。

得打多深才能出水啊？张中正半信半疑地问。快了，我看不出五米，准能见水。韩天宇说。那好，我们就打下去，不打我们怎么办？只有坚持，赌一把了。赵庆国支持韩天宇。统一了思想，大家没有二话，都相信韩天宇，又大干起来，没有谁说打不出水了，只有一个念头，尽快打出水来。

今天果真见水了，大家别提多高兴了。

井上的人，尤其是吴国臣非要第一个要求下井看看到底出了多少水，大家也都嚷着下井，韩天宇说：都下去也没啥用，老吴下去吧，其他人都在上边等着，行吧？大家都听韩天宇的，韩天宇的威信在大家心目中越来越高了，他说话，大家都听。

吴国臣下到井底一看，果真从井底的石缝里往外渗水，虽然不多，但看得出来，这一定是地下的水线。没错，他大喊：是地下的水线，估计再有几米深，水就会源源不断地冒出来了。

他这么一喊，鼓舞了大家，大家都欣喜若狂，盼着早日打出水来。

晚饭很好，田雨给大家蒸了一锅白面加玉米面的大发糕，还煮了一锅小米粥。菜做得也很丰盛，原来只是大锅熬土豆，清炒豆角，还有一大盘子小黄瓜外加一碗大葱炒大酱。后来听说井底见水了，王晓兰建议多加俩菜，也表示庆贺。于是田雨又炒了一大碗花生米，还有一盘腊肉片，这是开春腌的，一直舍不得吃。

大家收工后洗手洗脸，天已经很晚了，田雨把饭菜都摆到饭桌上，看看天黑了，就拉开了门灯，这样一来，门前明亮一片，和白天一样。在大家还在洗手洗脸之时，王晓兰提着大桶的猪食喂猪去了。这些日子，王晓兰已经习惯了这里的一切，每天她帮着田雨做好饭菜之后第一件事就是把猪食弄好，然后提着大桶去喂猪，四头小猪经过她们的精心饲养，个个腰圆毛顺，已经长成个大膘肥的半大猪。王晓兰把猪喂完回来的时候，大家都已经围坐在长条桌子旁了。

以往，大家吃饭都很随意，想在哪儿吃都行，饭是一样的饭，菜也是一样的菜，在哪儿吃都一样。今天不一样了，吴国臣看到桌子上摆上了好几样菜，个个菜看着都有胃口，他就招呼了一声：今天谁也不许跑单帮，都得围在一起吃饭。他高兴地说：各位，今天，我代替点长说一句话，不知韩点长是否允许啊？他看着韩天宇，韩天宇笑了，说：你就说吧，别离谱就行。那好，我就做主。吴国臣说：今天可是个值得纪念的日子，这么多天来，大家盼着井出水，可就是没有水，今天终于见到水了，这是大喜事，值得纪念。听老人讲，井底见到水就应该是打到水位了，如果不出意外，再打四五米深，就能有四五米深的水位了，我们就可以完成打井任务了。吴国臣越说越高兴，大家也看到了胜利的曙光。大家看着他演讲似的，谁也不说话。王晓兰从里屋拿了一个凳子挤到韩天宇的身边。

吴国臣突然站起来，回到屋里，大家都很纳闷，一转身的工夫，他从里屋拿出来两瓶白干酒，他坐回位子又接着说：为了纪念今天的好日子，我来了酒兴，这两瓶酒今天要把它喝了。说完就把酒瓶子往嘴边一放，用牙一咬，就把酒瓶盖给启开了。

张中正笑了，说：啥纪念啊，我看你是馋酒了，找个借口罢了。

我看也是。杨柏赞同着说。他俩这么一说，大家都乐了。

不管怎么说，点长同意了我做主，这酒就得喝，来吧，再不吃就真都凉了。吴国臣一边说，一边往每个人的饭碗里倒酒。倒到谁谁都说不喝，可是还都被他倒进半碗。杨一飞、孙浩晨两个人真不能喝，他俩求着吴国臣，把这半碗酒给别人分了，吴国臣没办法，只有把困难留给自己一半，让给点长一半，他俩每人多半碗酒。韩天宇瞪着吴国臣，吴国臣没看见一样，歪着脑袋偷着乐。王晓兰、田雨没有酒，杨柏就给她俩每人倒了半碗水。

他这么一折腾，时间更晚了。大家都很着急，肚子也饿了。

来吧，别闹腾了，酒也倒上了，菜也凉了，还让我们吃不？张中正说。

好啊，吃前还得让点长说点儿啥吧。吴国臣又出点子。

韩天宇踹他一脚，差点儿把吴国臣踹倒了，还说：贫嘴，吃就吃呗，一个吃饭，还说啥。可等他踹完了，还是说了几句，他笑着说：这个老吴，竟给我出难题，说啥呀？他看看大家，说胜利吧，还没出水，节不节，年不年的，我看还是祝福我们的青春吧。他说着端起了大碗说：好，就祝福我们的青春。杨柏、张中正、马东风都喊起来。

来，为我们的青春喝一口。韩天宇喊道。

大家不管是酒还是水，都喝了一大口。六十度的白干酒，喝酒的每个人都感觉像一团火从嗓子咽到了胃里。

满桌子的菜。土豆很香，豆角还泛着青色，据田雨说，在炒青豆角时，放上点儿碱面子，豆角就永远是青色的。看着青青的豆角，就胃口大开。还有刚摘下来的顶花带刺的小黄瓜，淹得咸淡可口的五花肉。大家吃得特别香。

半小碗酒下肚，吴国臣的脸就红了，说起话来舌头也硬了。但是，他还不甘心，他还有半碗酒没有喝，他端起这半碗酒，手就有点儿抖了。赵庆国看到了，他在吴国臣的对面，按说距离挺远，最起码隔着桌子吧。但赵庆国

看到吴国臣端酒的手晃了起来，有点儿担心，这半碗烈酒再喝下去，非多了不可。想到这儿，他伸出他长长的胳膊，从吴国臣的手里夺过那半碗酒，也不吱声，咕咚咕咚一口就喝下去了。他的举动惊呆了所有的人，谁也不会想到，赵庆国会站出来为吴国臣喝掉半碗酒，还是一口喝下去的。

好，真是好样的！不知谁喊了一嗓子。

哥，王晓兰喊道，行吗？要不行就吐出去，别逞能啊。

没事，这点儿酒是个啥，再来一瓶，小菜一碟。赵庆国显然说话有点儿嘴颤。

吴国臣被赵庆国弄得没了反应，站在那无话可说。还是韩天宇拉着他的后衣襟坐下的。他刚坐下，就不知不觉地哼起了小曲，看来是真的喝多了。

听着他哼小曲，大家还是大口地吃菜，酒都已经喝没了。每个人的手里都拿着一个四四方方的大发糕。王晓兰抿着嘴不让自己笑出声来，今天她特别高兴。

马东风看着王晓兰，又看看在座的每一位，心情都很好，他笑了，对大家说：我提个建议，希望大家同意。

说吧，大家都同意，尤其是我同意。吴国臣红着脸说。

那好，马东风说，王晓兰的歌唱得好，咱们请晓兰同志唱支歌吧，大家同意吗？同意！大家都喊，还伴有稀稀拉拉的掌声。

王晓兰没有想到马东风会提议让她唱歌，她不怕唱歌，但她想，既然热闹就让它热闹吧。她灵机一动说道：我唱歌可以，但是，不能我一个人唱，今天这样，咱们在座的每个人都要唱歌或表演一个其他形式的节目，答应了我唱几个都行。

王晓兰一提出，杨柏马上支持，吴国臣摇摇晃晃地也拍起手来。马东风要听王晓兰唱歌，他当然同意。

就这么定了，谁不表演也不行。王晓兰说，今天我也说话算话一回。她看看大家，又说，我先来吧。说完，她站起来，唱啥呢，她自言自语地说，唱一首《九九艳阳天》吧。

接下来轮到谁了？杨柏说话了，要我说，咱就顺时针走，该谁是谁。下边就是点长的了，大家说同意吗？

同意！又是大喊。

韩天宇看看大家，笑了，他笑起来也是那样憨厚可爱。他说：让我拿鸭子上架，我还真不行，躲吧，也躲不了，唱歌吧嗓子不好。这样吧，我想说几句短句，说不上是诗，大家指正。他端起饭碗，喝了一口小米粥，说：曹植七步作诗，我半碗粥作诗。说完又夹了一口豆角，喝了一口粥，又夹了几颗花生到嘴里。他不紧不慢，细嚼慢咽地吃着，想着。

快点儿吧，这诗再不说出来就干了。张中正着急了，他瞪着眼催促道。

韩天宇也不答话，他放下碗筷，郑重其事地站起来，吟诵道：

刚刚放下书包，

家里的温暖还没有享受，

我们又带着行囊，

带着妈妈的叮嘱，

离开热闹的熟悉的地方，

踏上了远去的快车。

不说再见，

有的只是泪水，

不再回头，

念的只是爸爸妈妈。

不再哭泣，

没有悲伤。

我们肩负的是使命，

我们实现的是责任，

因为我们是青年。

……

韩天宇声音低沉而有力量，舒缓而有激情。他的速度的确很慢，好像是想一句说一句，但又不间断，又不失节奏，句句坚实，句句铿锵。他仿佛不是在吟诗，而是在述说积蓄在心中的情感。

韩天宇看着在座的所有人，继续低沉地吟诵道：

我们扛走了青山，

不觉得腰弯。

我们跨过了沟壑，

不觉得腿酸。

我们踏平了山岭，

不觉得脚累。
蘸着冰雪啃窝头，
森林作证。
就着汗水饮小溪，
大山作证。
甩开了膀子，
抡圆了板斧，
挺直了腰身。
我们扛走的是使命，
我们实现的是责任，
因为我们是青年。
……

韩天宇停下了，他还站着，眼睛看着在座的所有人。半天，谁也没有出声，静静地，因为大家还都在等待着往下听，可是，韩天宇说了一句：完了。紧接着十几个人热烈鼓起掌来，长久不息。

太精彩了，太感人了，太震撼了。杨柏鼓着掌，抬起胳膊，用袖子擦去流出的泪水，大家都在流泪，吴国臣的酒醒了，大家为韩天宇的感情打动，为韩天宇的深情诉说打动，为他的才气打动。

王晓兰跑进屋子，拿起毛巾捂住泪流满面的脸，她心上的人啊，她的心都碎了。田雨双手盖住眼睛，任泪水自由地流淌。就连一直沉默寡言的赵庆国都控制不住满腔的激情，拼命地拍手，泪水流到嘴边，任凭它滴到碗里。

第十一章

一

又是一个早晨，青年们早早起来，就跑到井边看看一晚上到底积了多少水。大家的心情可想而知。

站在井的边沿，清楚地看到了井底自己的影子，大家几乎跳起来，马东风拿起一块石头就往井底扔。别扔，张中正喊道，扔下去还得拽上来，多费劲啊。大家都笑了。一小块石头费多大劲啊，真逗。马东风说道。

上山的，快走了，打井的留下。韩天宇喊道，晚上回来咱们会合。

张中正带领着几位扛着斧子上山了。

韩天宇要下井，他要看看一晚上到底有多少水。

他和吴国臣分别被送到井底，井底的水不多，由于井底高低不平，高的地方岩石还落在外面，洼的地方积了一些水，但还不妨碍今天干活，因为今天还是打炮眼。但明天清理石渣就不行了，谁知道今天一炮下去，会打出多少水来啊，所以今天要为明天后天干活做好准备。如果明天井底水多咋办？韩天宇看着吴国臣问。吴国臣看见过大队打井，他不假思索地说：一是要把水淘出来；二是人不能站在水里干活，得穿水靴子。韩天宇知道了，淘水不难，找两个破水桶就行，水靴子没有，还得求助公社。他马上从井底上来，向公社打电话求助。其他人陆续下到井底，找准位置叮当叮当地打起来。

公社办事效率很高，刚刚过午，十双崭新的高筒水靴子就送来了。送水靴子的是镇拖拉机站的小王，他是来拉木头的，顺便把水靴子捎过来。他把拖拉机开到井边，把水靴子卸掉，又从拖拉机的驾驶室里拿出一大包东西递给韩天宇说：这是刘主任特别交代我到天门寨的食品供销社拿票批的十斤猪肉、十斤水油，说你们很辛苦，要吃点儿好的。说完又补充了一句，谁不辛苦啊，就是偏向你们罢了。大家非常高兴。

打井的还没有下井，大家就帮着小王把木头装上车。临走小王说了一句：

今天恐怕是最后一趟拉木头了，厂长说，库里的成品堆成山了，没人要，木器厂快要关门了。那时你们可就好了，还不都回公社呀。这井可要白打了。

韩天宇听了，心里一震，木器厂关门，这么快？就是关门了我们也回不去，不是要在这里建养猪场吗？要不公社咋这样支持我们打井呢？井打好了，在这依山靠井的地方，谁都挨不着谁，建个大的养猪场，多好。

他这边正想着，那边小王突突地发动了拖拉机，一溜烟地开走了。

田雨和王晓兰一人拎着猪肉，一人拎着水油，高兴地往上边的房子走去。韩天宇还得下井，炮眼还没打够深，他们轮着打锤，轮着把钎。

井底的积水多了起来，得马上找工具把水淘出去，才能保证炮眼里不进水，炮眼里要进水了，装药就麻烦。韩天宇对井上的杨柏喊：尽快找田雨，让她们找到破水桶，再找一个破水瓢，得马上淘水。

一会儿工夫，王晓兰、田雨都来了，杨柏拎着一个破水桶，水桶里放着一个破水瓢。他把大筐解下来，把水桶递下去，韩天宇抬头接过水桶，刚要说啥，王晓兰说了：用我们下去吗？

不用，等着往上拉水吧。韩天宇说着就用水瓢在井底淘水。一会儿就淘满了一桶水。往上拉。韩天宇喊着，上面杨柏和王晓兰、田雨就使劲往上拉。拉到上面，还需要一个人到井边上把水桶提走。晃晃悠悠的水桶，滴滴答答地直往下滴水，赵庆国抬头望去，一个大桶正在头上晃荡。别掉下来啊，砸到脑袋上，没命了。他这一喊，叮当声停了，大家都抬头往上看。

韩天宇说话了：打眼的休息一会儿，等我把水淘净了再打吧。

几个人就靠边看着韩天宇淘水。

上山的回来时，两个炮眼都打好了。太阳压山，赵庆国照样装炮药，他越装越熟练，一会儿就完成了。

人们把他拽上来，就都迅速地躲到远处了。轰，轰，两声炮响，结束了一天的劳动，收工。

第二天，清理石渣就是个问题了。开始时没有问题，依然和以前一样，下午就出现问题了。积水多了，大筐装满了，往上拉石渣时就不断地往下滴水，弄得杨一飞和孙浩晨不敢在中间待着，他们躲到一边等大筐上去了，再装下一筐，这样就影响了进度。越到最后，水就越多，到后来，大筐一提起，水就从筐底往下流。弄得他俩哭笑不得。就那么大的井底，大筐被拽起来，摇摇晃晃地，躲都没处躲。水积多了，还要淘两大桶，不然也不好干活啊。

　　每天早晨，下井的第一件事就是用大桶淘水，当然积水越多越好，但怎样能使淘水的速度快起来，大家真的没办法。

　　随着井深度的增加，井底从石缝中已不再渗水了，可以清楚地看到细细的石缝中，水在往外挤，往外冒。一晚上的时间，能积五六桶水，也就是说，按这样的水量，一天能积水五六担。

　　照这样的情况，估计再有两米多深，井水就够用了。这是一个多大的惊喜啊。

　　井水的增多，已经带来了一定的效益。早晨，王晓兰把挑水的两个水桶都拿到井边，下井的人先轻轻地把这两个水桶淘满，拉上来，然后她挑起来就走。王晓兰可不是刚到时的王晓兰了，两个多月的锻炼，挑水劈柴，不比男青年差。她把从井里淘来的水倒在一个不用的大缸里，说：这水虽然不能吃，但可以洗漱，可以喂猪，这样不就减轻从东沟挑水的劳动量了吗？再说了，东沟的水怕没几天也要干了。

　　是的，这些天来，干旱越来越厉害。每天太阳一出来，阳光就像火苗一样，火烧火燎的，到中午时，简直就是一个大的蒸笼，热，闷，烤，烧。大地烤得跟烧热的铁锅一样，人穿鞋走在路上，脚掌都感到发烫。庄稼旱蔫了，以往，白天打蔫晚上还能缓过劲来，早晨一看都挺精神的，现在不行了，庄稼呀，树叶啊，都蔫得卷起来了，一晚上也缓不上来。晚上空气都发烫，脱了衣服感觉像进了笼屉。早晨看不到露水。土薄的地方，小草已经发黄，有的地方，小草已经彻底枯萎了，用火柴一点就能着。

　　几乎所有的河水都干了，东沟的水来自山里，但每天的蒸发，也使这里的水看到了河底，最深的地方都没有一个水桶那么深了。没有人再到这里洗澡，因为这里的水已经没有流动的可能，它已是面积不大的一潭死水，这水还等着人来喝呢。

　　每天早晨都要用一个多小时的时间来淘水，比较清的水还要挑回去用。过了两天水又多了，每天要用两个小时的时间淘水了。

　　时间紧迫啊。韩天宇真怕哪天大雨倾盆，下个没完，那时候井没有打完，井里的水都没有办法往外弄啊。不管怎样，都要两天完成一茬炮的任务。打炮眼、清理石渣一定要在当天完成，哪怕挑灯夜战。两米多深的进度也就是七八天时间。他盼下雨，又怕下雨，这七八天里千万不要下雨啊。

　　他把他的担心和大家说了，大家都很理解，和他一样着急。怎么办？只

能加班加点了。早晨早点儿上工，中午哪怕顶着火盆，也不要休息，晚上一直干到看不见。只能从时间上往回找点儿速度了。

可就在人们火急火燎地抓紧时间赶速度的时候，麻烦事来了。

这天早晨，大家早早吃过饭，急急忙忙来到打井场地，按往常，先淘水，水淘干净了，才能打炮眼。这天水还没淘完，就见从远处开来一辆拖拉机，这拖拉机是大马力，车头大，车斗宽。车开得很快，车的后边，扬起很高的尘土。老远拖拉机就按喇叭。近了，看到车斗上站了很多人，这些人啊啊地乱叫，也听不清喊的是啥。

一转眼，拖拉机开到了木场。车斗里的人跳下来，足有十几个，每人还都背着东西。木场距离水井不远，他们看到了打井工地，就径直朝水井方向走来。

干什么的这些人？韩天宇想。大家也很纳闷，他们是谁？到这里干啥来了？

近了，韩天宇终于看清楚了，走在前边的是西庄坨公社青年点的点长，叫张峰。他干什么来了？韩天宇感到纳闷。他这是来报仇的吗？这十几个人每人都背着半自动步枪，枪上上着明晃晃的刺刀。这阵势就像冲锋陷阵上战场，够吓人的。张中正急了，大喊：快打电话去，给公社打电话，请求支援，我们要全军覆没了，快，不然就来不及了！

韩天宇站在井边没有动，王晓兰、田雨都没有动，在井上的还有马东风和陈浩，他俩也没有动。不过陈浩也沉不住气了，他问：点长，咱打电话吗？

打啥电话，打完电话等人来了，黄瓜菜都凉了。韩天宇说，听天由命吧。

大家都害怕，因为青年打架的事经常听说。去年，原西县两个青年点的两个青年因为搞对象发生冲突，最后发展到打群架，两个青年点参加打架的人数都在二十人左右，而且动用了棍棒刀枪，造成一死八伤的重大事故。

来人越来越近，张峰倒是赤手空拳，他们快步走上了土坡。张中正、马东风、陈浩他们每人已经抓了一根木棒，紧紧攥在手里，准备决一死战了。

还有十几步远的时候，韩天宇依然站立不动，在那儿不动声色，看着张峰领着十几个人快步向前走来。

十步远，半自动步枪上的刺刀亮得晃眼。

韩天宇依然站立不动，也不吱声。

五步，就到跟前了。

张峰开口了，他咧着嘴大声地笑着说：韩点长，怎么不认识了？到你的家门前就这样接待我们？不合适吧？

韩天宇悬着的心落了地，这些人不是来打架的。他上前两步，笑着说：哎呀，还真没想到，张兄会大驾光临我们这偏僻的山沟里，真是有失远迎，还望张兄见谅，见谅。说着，他伸出双手和张峰的双手握在了一起。

韩天宇一边握手，一边看着张峰身后十几个背着半自动步枪的人，问：这是干啥呢？你们哪来的这么多枪啊？

嗨，我们公社把我们青年点编成了一个基干民兵排，前几天每人给我们配了一支半自动步枪，还要求我们跟随村里的民兵训练，我们不愿意和他们在一起，就找到了公社武装部长，借了一辆拖拉机，把我们拉到这里来了。他看看韩天宇又看看正在打的井，说：啥训练，今天主要是看看你们来了。

韩天宇心想，看啥看，我这忙着呢，你们没事瞎跑，我这可没工夫啊。

韩点长，你们这是打井？真有本事。张峰笑着问：你们这儿还没给武装起来？

韩天宇对武装青年点的事一点儿都不知道，他摇摇头说：没有啊，我们这儿根本就没有这回事啊。

不可能，听说这是全县的指示，全民皆兵不能留死角，青年点是青年最集中的地方，早就应该武装起来。张峰一本正经地说。

你们就是来看我们的？我们也没有好东西招待你们啊。韩天宇还是没有弄清他们来的目的。他们哪能大老远的开着拖拉机特意来看人呢。

啊，是这样，那次我们在天门寨相遇后，我们当然都很佩服你的武功，今天我们是借着训练的机会来到你这儿，是想看看你的招式，让我们开开眼，没别的意思。

韩天宇真是不知和他说啥好，练武术，他真的不想。怎么推脱呢？他只好找个借口，说：我们打井时间很紧，今天没有时间啊。这算啥借口啊，他说完就为自己不会撒谎而惭愧。

用不了多少时间，你练完一套我们就走，别忘了，我们可是认了你做师傅的啊。张峰笑着说，态度很坚定。

韩天宇没有办法，只好答应说：好，那我就比画一下，大家不要见笑。

井下的李国峰和刘海剑听说韩天宇要表演武术，急得猴似的，大喊把他们拉上来，他们也要看看。没办法，张中正几个人把他俩又拽上来。

韩天宇来到了木场，这里场地宽敞又平整，可以活动得开。张峰十几个人都跟着来到了木场。王晓兰、田雨还有张中正几个男青年也都跟着过来了。他们手里还都拿着木棒。张峰笑了，对韩天宇说：老韩，我们不是来打架的，你看他们手里拿着木棒干吗，用不着嘛。韩天宇回头看看，也笑了，几个人警惕性极高，神经僵硬，提着木棒紧跟在后面，真有大打出手的架势。行了，别拎着木棒了。韩天宇笑着说。张中正还是不扔，没办法，随他们吧。

韩天宇来到木场宽阔的场地，往那儿一站，其他人自动分成两拨站好了，张峰领着他们的人站东面，张中正他们站西面。韩天宇着急打井啊，他哪有功夫在这儿磨蹭啊，他往那儿一站，说道：受张兄弟之邀，韩某现一把丑了。说完开始表演。他双目瞪圆，腿脚有力，功架端正，舒展大方，脚下扎实，出手有力。打拳时看似轻灵，但发劲迅猛；看似直进，却兼顾八方。步法、手型，上下呼应。真是变化出奇，掌有瓦垄，指有猿勾，步有闪展，脚有蹦跳，配合靠、闪、定、缩等身体动作，他蹿蹿跳跃，闪展腾挪，刚柔相济，节奏分明，一连串的攻守招式令人称奇称绝。

外行看热闹，内行看门道。一套下来，面不改色心不跳。好啊！大家立刻鼓掌称好。

这时，在张峰队伍中走出一人，上前对韩天宇一抱拳，一鞠躬，笑着说：漂亮的拳法，此乃纯正的霍家迷踪拳。韩天宇一看，这人四十多岁，中等个子，不胖不瘦，大眼睛，挺精神，一看就知道是个人物。韩天宇看着他问：请问您是哪位？这时张峰急忙上前，仍然笑着说道：这位是我请到的客人。韩兄，不瞒你说，上次在天门寨我们结识后，认你做了师傅，就想跟你学武术，但我们不知道你是否真的会武术，于是就到处打听哪里有会武术的，还真巧，我家一个远房亲戚的亲戚还真懂点儿武术，就这位。他指着这位介绍说，这位我称呼三哥，名叫赵山，从小练些拳脚，懂点儿武术。我请来就是鉴别一下你武术的真伪，顺便交流一下。张峰是个实在人，老老实实地把来的目的说得一清二楚。

韩天宇一听，拱手上前，不敢当，请您指教。

那人笑着说：年轻有为，后生可畏。今天见识了这位年轻人打了这么纯熟的霍家拳，真是幸事，我们交个朋友，不知可否？

韩天宇见张山这么谦虚，又这么诚恳，就笑着说：承蒙夸奖，其实只是比画两下，没有什么。交个朋友求之不得，还请前辈指教。

于是那张山上前一步，伸出双手，韩天宇看得出张山的诚意，也伸出双手，两双手握在了一起。

张峰在一旁看得感动了，鼓起掌来。其他人也跟着鼓掌。

来之前，张峰向张山介绍韩天宇，张山还有些不服，就想在韩天宇表演之后和他比试一下，可等韩天宇真的表演完了，张三打消了这个念头，他知道，这个韩天宇不论是基本功还是技法都很熟练，要分个高低，他绝不是韩天宇的对手，何必在这儿惹麻烦呢，交个朋友多条路，以后交流更合适。所以听到张峰提示说你们两个练武术的交流一下，让我们开开眼以后，笑着回绝了，说：今天看了韩点长的表演，已经让人大开眼界，至于我们的交流以后有机会再说。你看呢，韩点长？

韩天宇听张山这么一说，内心实在高兴，心想这个人才是高人，才有智慧啊。于是笑着大声说：太好了，正如前辈所说，交流的事以后再说，今天就到这里挺好。他想尽快结束这场闹剧。

张峰其实没有恶意，这个人义气实在，但没有看到两个人的对决很是遗憾，可也没有办法，于是说：老韩，今天就这样，你还忙，想在你这里蹭顿饭也不可能，我们这就返回。他看看带来的战友，又说，但我们没有白来，鉴定了你的武艺，证实了你之前说的话，你这个师傅我们认定了，等闲下来时我们一定向你学习武术，到那时你推脱可不行啊。

韩天宇想尽快打发他们走，就痛快地答应了，说：等闲下来我们切磋，我们这里的饭不好，等有机会我到馆子里请，今天就到这了。

走。张峰喊道，十几个人爬上拖拉机，张山最后上去，他向韩天宇一个劲地挥手。

拖拉机带着一路尘土跑远了，韩天宇松了一口气。

剩下的人把他围住了，都惊奇地说：你隐藏得太深了，两年多深藏不露，今后有时间不教他们，教我们。韩天宇满口答应。

韩天宇能文能武，彻底征服了所有人。尤其是王晓兰，她的内心总有一种要哭的感觉，她实在为自己的心上人骄傲。

二

一段插曲刚刚结束，事儿又来了。

第二天早上，又是刚刚吃过饭，上山的刚走，韩天宇他们还没有出屋，电话铃响了。马东风接电话，刚拿起来就喊：老韩，给你的。韩天宇接过电话，只听到他一个劲地说，是，行，等等。接完电话，说了一句：又有事了。他说公社叫他马上到武装部开会，是成立基干民兵营的事。

开会是不能耽误，他对打井的马东风说：你们几个先干着，开完会我马上就回来。说完骑上吴国臣的自行车就走。

前些天，吴国臣回家，骑回来一辆自行车，说爸爸买了一辆新的飞鸽车，这旧的就让给了他。

韩天宇骑车很快就到了公社，各大队的民兵连长都到了。会议是公社的武装部长开的，内容是公社成立民兵营，各大队成立民兵连，并且武装民兵，每个大队按照比例分配枪支弹药。并要求武装基干民兵要按实战要求定期训练，首先是民兵连长要到公社集中训练，然后回去集中训练民兵。训练时间有要求，要定时定点不能含糊。秋天要举行民兵实弹射击大比武。那时就要真功夫了，比一比哪个民兵连的成绩好，然后公社统一排名。

林场青年点按编制定为一个排，韩天宇为排长，隶属平山民兵连，受平山民兵连管制。在散会之后，韩天宇见到了平山民兵连长王立新，两个人握手，又互相问候，说些工作上互相支持之类的客套话。然后就是领取枪支弹药，按道理说，枪支弹药应该大队民兵连统一保管，但是林场距离大队远，训练不方便，经向武装部请示，就把枪支分配给了林场民兵排，按人数比例分配林场民兵排六条半自动步枪，两百发子弹。

连长王立新建议公社武装部让林场的韩排长也来参加公社的培训，然后他回去好指导林场的民兵训练。但韩天宇说现在还不行，打井时间很紧，要在大雨到来之前完成，至于民兵训练等打完井再说，也就这几天的事了。

王立新同意韩天宇的意见。

等事情办完已快到中午了，王立新有意留韩天宇吃饭，但韩天宇谢绝了王立新的好意，又骑上了车子。这回和来时可不一样了，多了六条枪和两百发子弹。

韩天宇回到林场，打井的也刚刚回来，王晓兰和田雨已经把饭做好。大家看到韩天宇背回来六条枪，都非常高兴。张中正说：怪不得昨天那个张峰说是县里统一要求的，还真的是。看来那个张峰没说谎话。

这不白说吗？枪都拿来了，还说那个有啥用啊。陈浩最不爱说话，说一句就够你听的。

李国峰、刘海剑两个人都很老实，他俩各自拿起一条枪，左右摆弄着。韩天宇也没说啥，反正也没子弹，子弹还都在箱子里呢，空枪玩就玩吧，新鲜够了就不玩了。他们可能还没有见过真枪呢。

可谁知，就这么一大意，事就出了。

李国峰摸摸这儿，摸摸那儿，看看枪栓，看看枪筒，又摸摸扳机。他试了一下，用手指使劲一勾扳机，只听啪的一声，枪响了，李国峰吓得两手立刻丢掉手里的枪。枪一响，吓得大家魂没丢了，每个人都哆嗦了一下，王晓兰和田雨吓得双手捂起了脸。韩天宇没顾得上说李国峰，他马上看看在场的人有没有中弹的，要是有，那可是天大的事了。还好，在场的八个人都没有伤到。韩天宇坐到了饭桌前，腿都软了，他半天没有说话，心还在剧烈地跳动。多悬啊，他想，真是万幸啊。这要是打在人身上，后果真不堪设想。

李国峰吓得脸都白了，站在那半天没缓过神来，掉在地上的步枪他也不敢捡了。好半天他才转过神来，问道：没打着谁吧？吓死我了。这时，就见李国峰已经是汗流满面了。本来韩天宇想说他几句的，但看见他吓成那样了，就差把尿撒到裤裆里了，还说啥呀。他还是提醒一句：枪这东西可要小心，弄不好可要人命的。

张中正好奇，他从惊魂中回过神来，不是看人有没有伤到，而是找子弹到哪里去了。经过仔细寻找，发现子弹打到了房顶上的一根椽子上，把椽子的边打掉了一块，再顺着椽子的边缘钻进了房顶里。

一场虚惊。

韩天宇让马东风把枪都拿到里屋摆放好了，然后才坐到一起吃饭。

傍晚，上山的回来先是到水井干活，这已经成为习惯。

今天清理石渣耽误了很多时间，到很晚才清理干净，等大家回到屋里时已经黑得看不见了。

但大家没有一点儿怨言，还都是有说有笑的。

来到屋里看到步枪，上山的也高兴起来。别光顾得高兴，给你枪了，秋后可要比赛的，全公社的民兵要举行团体打靶比赛。韩天宇说。赵庆国爱不释手地摆弄着枪，哗啦哗啦地拉着枪栓，熟练得很。韩天宇马上提醒，千万不要乱动，要出人命的。

接着马东风就把中午李国峰走火的事学了一遍，没成想，赵庆国说了一句没有常识，且说得很轻松。紧接着，他又说：只要拿枪，就要先拉枪栓，

看看枪膛里面有没有子弹，这是常识。他一边拉着枪栓，一边说：都是好枪，这是 56 式半自动步枪，56 式半自动步枪为自动装填子弹的半自动步枪，它重量轻、射击精度好，射击时具有一定的后坐力。装有折叠式刺刀，可以进行白刃战。实施单发射击，用十发固定弹仓供弹。它最大射程为两千米；有效射程四百米；最大杀伤射程一千五百米。珍宝岛和对印反击战用的大多是这种步枪。赵庆国熟练地讲解着这种步枪的性能。在场的人都被赵庆国给震住了，没想到，赵庆国对枪了解这么多。

杨柏好奇地问：老赵，你对武器咋这么熟啊？

赵庆国笑了，多天来赵庆国第一次这么高兴地笑。他说：别忘了，我是军人家庭出身，爸爸是战斗英雄。

大家对赵庆国又多了一些了解，多了一层敬佩。

会打枪吗？马东风好奇地问。

会打枪，步枪、冲锋枪、手枪都会打。提到打枪，赵庆国精神大振，他笑着说：打枪可是我的强项啊，打步枪十打九中，几乎枪枪中靶，弹弹八九不离十环。还有，你们知道打隐显靶吗？就是把一百米以外的靶子隐蔽起来，然后不定时地出现一秒钟，你就在这一秒钟内打枪，出现十次，打十发子弹。这样的靶子最难打，你们说我能打多少环？他不等人说，自己就说，十发十中，九十五环。还有手枪，打手枪全靠胳膊的力量和手腕的力量，端不住枪，拿不稳，永远打不准……他越说越兴奋，脸上洋溢着胜利者的神情。大家都被他的讲解迷住了，竟然忘了吃饭。

赵庆国见大家都在听他一个人说话，有点儿不好意思，忙说：我也就是在军营里摸枪多一点儿，特别是他们打靶，我经常跟着去，有时叔叔们就让我打几枪，我也就不客气，拿起枪啪啪就打，打得还挺好，然后叔叔们都说我是打枪的料，要是当兵准是神枪手，没想到到这儿来了。他说着说着，语调就低了下来。

赵庆国不说了，大家还有些不舍，还想听他讲些东西，对于枪的知识大家懂的实在太少。

这样吧，咱们先吃饭，吃完饭再让老赵给咱们讲枪。吴国臣对大家说。他又对赵庆国说：以后这样，有时间你就教我们打枪，把我们都教成神枪手。

赵庆国笑了，那憨憨的样子实在可爱，他说：教打枪那还不容易？等休息时咱就打。

一定教啊，就这么定了，老赵你可说话算话。大家都来了精神，都要求他教打枪。

吃完晚饭，杨柏打开收音机，这已是他的习惯，收音机虽然不是他的，但他一点儿都不客气，想听啥，大家都得听他的。他听的是国家大事，用他的话说是家事国事事事关心。

今天他打开收音机，中央人民广播电台播的就是全民皆兵的内容。大概内容是某市组织基干民兵进行大规模的军事训练，从实战出发，严格训练，练就了过硬的军事技术，在和部队的联合打靶中，取得了优异的成绩。

还没听完，杨柏就发感慨：看看人家，都打出优异成绩了，咱这刚发枪，太落后了！

咱要后来居上，不是说公社要搞打靶比赛吗？咱好好练习，到时候咱打出一个全公社第一，不要让人小瞧咱们。马东风表示了决心，他的决心也是大家的决心，自从韩天宇说了完秋要举行打靶比赛以后，大家就都在心里暗下决心，要在打靶时争第一。

韩天宇此时内心很复杂。枪发下来了，现在有时间练吗？显然没有。现在的当务之急是打井，一定要在大雨到来之前把井打好。然后什么事都好办了。但看大家练枪的积极性很高涨，要和他们说明白才是。

收音机还放着歌曲，韩天宇咳了一声，杨柏马上把收音机关掉。

韩天宇看着大家说：看来大家对打枪都很感兴趣，这很好，我对枪也有兴趣，但现在最起码这几天还不能练打枪，因为打井时间太紧了，不知道哪天下大雨啊。要是下大雨了，咱井打不完，水把井灌满了，那可就不好弄了。

他的话刚落，吴国臣就说：说得对，事情总有个轻重之分，缓急之别，目前急的事就是打井，咱要紧着把井打完就是胜利，千万不要留下尾巴。

苦干，实干，加巧干，坚持几天把井打完。

大家都嚷着。韩天宇很高兴，大家都理解，都明白事情的轻重。这都是好青年啊。他在心里赞叹道。

入夜，大家都沉浸在甜甜的梦乡中。

清晨，天刚刚放亮，启明星还没有退去，东边的天空呈现着乳白色，劳累一天的青年们还在睡梦中。林场周围无比寂静。

就在这时，啪一声响，声音清脆响亮，划破了静静的林场的上空。熟睡的青年都被这响声惊醒。啥声音？是不是枪声？到底发生什么事了？都在问。

大家急忙起来，又急忙向屋外跑去。

韩天宇跑在前面，杨柏几个跟在后面。还没等到屋门口，啪，又是一声，声音还是那样响亮。一定是枪声，大多数人没有听到真的枪声，但在电影上经常听到。是哪里来的枪声呢？

跑到屋外，四下一望，陡然发现赵庆国在屋门口西边不远的地方站着，两只手端着半自动步枪，正全神贯注地向远处的一棵大树瞄准。他没有发现大家都陆续跑出了屋子，正在向着他张望。

赵庆国！韩天宇大声喊道。韩天宇一看赵庆国在瞄准打枪，气不打一处来。

当韩天宇听到第一声响的时候，马上就意识到，可能是谁在打枪，千万别是林场的人啊。他快速起来，穿上裤子，披上个衬衫就向外跑，连看一眼屋里的人都没来得及。

韩天宇喊声之大，是从来没有过的，从喊声中就能听得出，他已经很生气了。他面对赵庆国，脸上没有一点儿笑容。而且以往韩天宇从没直呼过赵庆国的名字。

赵庆国正在聚精会神地瞄准，突然听到韩天宇的喊声，吓得全身一抖，很明显的一抖。他马上掉过头来，枪还在托着。

赵庆国，过来！韩天宇又喊了一声。

干吗？赵庆国下意识地问。

叫你过来，你就过来！韩天宇又喊。

屋里的人都出来了，都站在门口，都在韩天宇的周围。王晓兰就站在韩天宇的旁边。

赵庆国从没有听到韩天宇这样对他喊过话，总是老赵老赵的，要不就是庆国庆国的，今天这是咋了，这么横啊。他听得出韩天宇声音不对，声音里带着横劲。

赵庆国拎着枪无奈地往回走。迈着歪歪扭扭的步子，内心一百个不满意。

他走到距离屋门前的人们还有三四步远的时候站住了，大家都看着他，他也有些不好意思。

谁让你随便打枪？韩天宇依然很严肃，他用质问的语气问道。

没人让啊……是我自己让的。赵庆国让韩天宇这么一问，有些结巴。他想今天他是咋了，干吗这么凶啊。

你这是犯纪律，知道吗？韩天宇又是一句，态度没有缓和。

大家也都发现韩天宇今天语气不对，谁也没有出声，都默默地看着，听着。

违反纪律？什么纪律？我咋不知道？赵庆国的声音也大起来。

民兵纪律！韩天宇大声说道，我现在是平山公社青年林场民兵排排长，林场的一切都由我负责，特别是枪支弹药，按照公社武装部的命令，有权保管好，使用好。没有我的命令任何人不得随便使用枪支弹药。

我这是在训练。赵庆国站在那里不知如何是好。听到韩天宇这么一说，觉得理屈，但还是要找出一点儿理由，要不当着这么多人的面，他多没有脸面啊。

你以为那是烧火棍吗？随便怎样都行？那是枪，那是子弹，那是会要人命的！训练，训练也要由我统一安排，集体统一训练，不能你随便咋样就咋样！韩天宇态度依然生硬。他已经意识到，对枪支弹药的管理一定要严格，不然出了事可就无法挽回。今天中午那枪口要是对着哪个人，事可就大了。

真是，有啥了不起的。赵庆国嘟囔了一句，就向屋门走去。

这时，吴国臣向前一步，接过赵庆国手里的枪，说道：老赵，你也是，大清早的干吗打枪啊，把我们的觉都弄醒了，你说你这两枪，我们还以为是鬼子进村了呢。

是啊，以后打枪喊我们一声，也叫我们过过瘾。马东风笑着说。

赵庆国手里提溜着的枪被吴国臣接过去，大家围着他进到屋里。韩天宇走在最后，王晓兰也在最后，她看着她心爱的人，真想说点儿什么，但她又无从说起。他生气不对吗？态度不对吗？作为林场的负责人要对林场的一切负责，特别是枪支弹药的保管尤为重要。哥哥确实不像话，干吗这么随便啊。韩天宇说的对啊，那是枪啊，真的打到人那是要命的。王晓兰在这一瞬间想不了许多，她看着韩天宇，对他的做法表示赞许。应该严格管理，没有规矩不成方圆，既然是民兵，就应该有兵的纪律。她看着韩天宇，对他的气魄和风度充满了钦佩，那简直就是一位长官在和他的士兵说话，不，那是命令。

王晓兰微笑着看着韩天宇，走进屋门。

三

赵庆国私自打枪的当天早晨，韩天宇借着大家吃早饭的时间，很严肃地

宣布了两条纪律：一是任何人不得私自动枪，更不能擅自打枪。军事训练要集体统一行动，不得以任何名目私自训练。二是林场青年点是公社武装部按统一编制设定的武装基干民兵的一个排，隶属平山民兵连，韩天宇为排长，林场民兵排的所有民兵都要统一组织，统一纪律，不论是劳动还是军事训练都要无条件地服从林场民兵排排长韩天宇的命令。

纪律一宣布，赵庆国的心里更不是滋味了。他心里清楚得很，这明摆着就是针对他而制定的纪律。他对韩天宇表示了极大的不满，内心充满了愤怒。但他又没办法发泄，因为韩天宇说的都是对的，他没有理由提出异议，没有理由不去执行。在韩天宇宣布完后，其他人都没有任何反应，只有赵庆国狠狠地瞪了一眼韩天宇，表示他心中的不满。还好，韩天宇没有注意到，其实，就是韩天宇看到了，也不会和他发生正面冲突。

民兵的军事训练推迟，这是武装部允许的，现在的主要任务是打井，要在大雨到来之前完成任务。大雨哪天来，谁也不知道，但现在能做的只有抓紧时间，争分夺秒。韩天宇把这层意思又和大家说了一遍。打井是大家的事，大家都理解。

赵庆国和其他的几个人上山了。他今天的心情特别不痛快，由于心情的郁闷，早晨他都没有吃下多少饭。

太阳升得很高了，天空没有云，阳光毒辣地照着。

赵庆国、吴国臣几个人在山坡上走着，路还没走上一半，几个人已经是汗流浃背了。

这个该死的天气，太热了。遭罪没商量啊。

不管咋样，还得上山。

他们几个一边走一边嚷着。

只有赵庆国没有吱声，他还为今天早晨韩天宇对他的态度而闹心。大家说啥他没有注意，天热得这么厉害他都没有觉察，依然穿着上衣，汗水已经把衣服粘到身上了，汗水满脸都是，他左一把、右一把地用毛巾擦汗。

老赵啊，把上衣脱了吧，热成那样了。吴国臣回过头对赵庆国说。

赵庆国像没听见一样。今天真晦气，昨晚做的就不是好梦啊，咋就这么憋气呢。他想着，连头都没抬，思绪又回到昨晚的梦境中了。

那是一个风和日丽的早晨，他换上了那身让多少人羡慕的军装，戴上崭新的军帽，跨上吴国臣的自行车向平山骑去。一路上他特别高兴，他要去见他最心爱的李梅了。虽然只有五天没见着李梅，但就好像很多天、就好像几年没见面一样。刚骑上自行车，他的心就已经飞走了。心爱的人啊，真不知道世界上没有你我将会成为什么样子，我是不是还能活下去。还没有见到李梅，他的心就已经飞到李梅那儿了。

李梅还在那个小屋等他，老远就见小屋的门上贴着两个大大的"喜"字，小屋被她整理得干干净净，墙壁也粉刷一新，土炕上是崭新的炕席，啊，炕席上是一大摞大红的被子。屋里也被收拾得有条有理的，梳妆的镜子、装衣服的柜子、吃饭的桌子、做饭的炉子、吃饭的锅碗瓢盆等应有尽有。窗户上从里边贴了一个大喜字，屋顶的四角也都贴着一个小的喜字。啊，满屋子的喜气呀。

李梅坐在炕沿上等他，她穿着红色的棉袄，脖子上围着一条红花的围巾，裤子也是红的，只是带着黄色的小花，脚上穿着一双鞋面上带着小杂花的红鞋。她见赵庆国进来，脸笑得就像三月的桃花一样。她从炕沿上站起来，风一样地扑到了赵庆国的怀里。我的爱人，你咋才来啊，让我等得好急啊。李梅哭着说。

看着李梅泪流满面，赵庆国心里一阵酸楚。让心爱的人流泪，心里就像刀绞一样难受，他不由得留下两行泪水，伸出两手紧紧地把李梅抱住。李梅的脸贴着赵庆国的胸膛，听着他咚咚的心跳。赵庆国低下头，泪水滴到了李梅的脸上，李梅笑了，那笑是多么动人啊。

过了一会儿，李梅拉着赵庆国坐到炕沿上，赵庆国一只手揽着李梅的腰，一只手擦着李梅脸上的泪水。李梅望着赵庆国笑了，那是幸福的笑，这样一个倾心的笑就诠释了一切。

我告诉你一个好消息，你听了以后可要坚持住啊。李梅幸福地笑着说，那甜美，那幸福，那满心的欢喜，都在笑容里表现出来。

啥好消息，让你这样高兴啊？赵庆国憨憨地笑着问。

你猜猜看。

赵庆国眯着眼想了一会儿，摇摇头。猜不出。他说。

你要当爸了。李梅还是笑着说，笑里充满着幸福和自豪，她用手在赵庆国的脸上摸着。

啊？赵庆国目瞪口呆，他不敢相信自己的耳朵。

你要当爸爸了！李梅又重复了一遍。

真的？赵庆国站起来，把李梅抱起，举起，在他的头顶转了好几个圈。两个人的笑声充满了小屋，挤到了外面，传出很远。

快放我下来吧，我转迷糊了。李梅笑着叫着。

那种幸福快乐，那种骄傲自豪，那种忘情激动，他们完全沉浸在欣喜与幸福之中了。

我们结婚吧。李梅看着嬉笑的赵庆国说。

结婚？赵庆国听到这两个字内心一震，多么渴望结婚啊！他多少次在梦里实现了他的愿望、他的梦想。那就可以和他心爱的人朝夕相处，日夜相守了。但到哪里结婚啊？到林场吗？到李梅的家吗？

赵庆国脸上的笑容没有了。面对这个问题，他没办法解决啊。

他看着李梅，摸着她干净漂亮的、还留有泪痕的脸，心疼地说：结婚多好啊，我多么希望马上结婚，和我的爱人整天在一起斯守啊。可是，我们在哪里结婚啊？我们住哪里啊？说着，赵庆国流出了泪水。

李梅反倒笑了，你真傻，她说，你看这不是我们的新房吗？李梅把赵庆国先拉到屋外，指着门上的喜字说：看，喜字都贴上了，你再看！她拉着赵庆国又重新进屋，指着屋里的布置和炕上的被褥，说：你看看，一切都已经准备好了，我们的新房都布置得好好的了，你还发啥愁啊？就等着我们拜天地入洞房了。李梅越说越高兴，一切都是她亲手安排的，就要和她的心上人永远在一起了，她能不高兴吗？

赵庆国看着这一切，心里无比激动。李梅呀李梅，我最亲爱的人，你为我们付出了多少啊，我要好好感谢你。

他再一次把李梅抱在胸前，尽情地亲吻着她。

我们结婚，马上结婚！赵庆国喊着。赵庆国和李梅拉着手跪到小屋的地上，面对炕沿。我们先拜天，赵庆国喊道，感谢老天让我们有缘相聚，成为相知相爱的爱人。他俩双双磕头。再拜地，赵庆国又大喊，让大地为我们作证，我们的爱情比天高比海深，我们将相爱一生，白头到老。三拜父母，感谢父母把我们送到这个世界，养育我们长大成人。喊声刚落，还没来得及磕头，李梅的爸爸手里拿着一把大铁锹，就从屋外闯进来，喊道：混账东西，还拜上天地了，真不知天高地厚了！喊完，举起大铁锹就向赵庆国打来，赵庆国想站起来跑，但他就是站不起来，两条腿不听使唤啊。他气啊，关键时刻咋地了，连站都站不起来，更不用说跑了。大铁锹眼看着拍在头上了，他想，完了，婚结不成，死这里了。没办法啊，这就是命啊。他准备着铁锹打在头上的结果，不是脑浆崩裂，就是半死不活。就在这时，李梅猛地站起来，把头往前一伸，他爸爸的铁锹想往回抽也来不及了，只听啪的一声正好拍到李梅的头上，李梅连喊一声都没有，就扑通一声倒在地上。

赵庆国啊的一声惊叫。他从梦中惊醒时，刚过午夜。他浑身是汗，再也不能入睡了。

他闭上眼睛，想着他心爱的李梅。他回想着和李梅相识到相爱的过程，真是老天的安排。这些天来他信守着约定，每个星期六的晚上都到李梅指定的小屋，他们在一起互相倾吐着情感，交谈着过去、现在和将来。他们多次说道，将来一定要有个儿子或姑娘，或两个都要，一家人过着欢乐的生活。

他睡不着，依然回味着他们过去的美好的时光。

天还没有亮，他实在是躺不住了，就起来了。干什么呢？他突然想起了枪，想到枪，他高兴得忘乎所以，打枪去吧。他拿起一条枪，又拿出五发子弹，出了小屋，他想看看他的枪法现在还行不行。可刚打一发子弹就惊醒了大家，打了两发就被韩天宇狠狠地批了一顿，还特为他宣布了两条纪律。

其实，韩天宇说的他也理解，但就是缓不过劲来，他憋气，为韩天宇也为自己。

闷头走路的赵庆国，边走边想。哪有一心二用不出问题的，快到目的地时又上演了惊险的一幕。上一个陡坡，紧接着就要下一个陡坡。赵庆国光想着昨夜的梦，想着自己的不顺，想着韩天宇说的话，结果一走神，脚就走偏了，右脚一下子踩空了，整个身体斜着就向山下倒去。就在这千钧一发之际，杨一飞一个箭步抢向前去，一把拉住赵庆国。赵庆国个子高，体重大，没有拉住。不过这一拉，起到了缓解的作用，他俩同时倒在向上的斜坡上。

尽管没有生命危险，但摔了一跤，脸上和手上再次留下了一点儿伤痕。他不再大意了，这一跤再次让他谨慎起来。

傍晚，他们顺利回到林场。第一个注意到赵庆国的还是王晓兰，她惊奇地问赵庆国：哥哥，脸上的伤又是咋弄的啊。

又摔了一跤，树枝划的，没大事的。赵庆国没看王晓兰，边干活边说。

多加小心啊，哥，以后可不能这样了。王晓兰说。

赵庆国并没有回答，他只顾干活了。

韩天宇看到赵庆国和杨一飞的脸上都有划伤，他没有问他俩，而是去问

吴国臣。吴国臣简单地学了事情的经过。

韩天宇没有说啥，因为上山扛木头这活，不像走平道，沟沟坎坎，山山岭岭，稍微走神就有可能摔着，所以摔个跟头也就不奇怪了。

此时的王晓兰正专注地看着韩天宇，韩天宇一抬头，二人目光相碰，火花四溅。他俩都心里一动。其实王晓兰和韩天宇也同样忍受着相思之苦。两个人虽然天天见面，但说不上几句话。整天干活，吃饭，睡觉，有机会想多说几句话，还要提防赵庆国。真是有话不能说，想爱不能爱，忍受着煎熬。

韩天宇和王晓兰目光相遇，又同时看了一眼赵庆国，就马上领会，今天星期六，赵庆国有约会。这就预示着赵庆国不在家，他俩可以出去了。

俩人会心一笑。

吃过晚饭，赵庆国小跑一样来到了他和李梅相约的小屋。李梅还没来，他只好自己在小屋里等。

韩天宇看见赵庆国小跑一样离开了林场，心放下了。

王晓兰收拾完锅碗，走出小屋，韩天宇已经在山口那边等她了。王晓兰像要飞起来的小鸟，向山口跑去。这时，天已经很黑了。

他俩又坐到原来坐过的地方。这次他俩放心了，不用担心赵庆国再来捣乱了，因为每次他和李梅约会都要到午夜才能回来，而他俩提前一点儿回去就可以了。

王晓兰坐在韩天宇的腿上，脸就对着韩天宇的脸。她喜欢这样坐着，这样可以看到对方的脸，两颗心距离最近。

他俩叙说着上次没有说完的话题——理想。

青春多么可贵啊，我们理应珍惜我们的青春。韩天宇说，青春是短暂的，稍不留神，就过去了，没了。人的一生属于我们的青春只有一次。我们能做点儿啥呢？我们不要说有多大的理想，只要有点儿精神，活得有意义就行。

韩天宇看着王晓兰，王晓兰点头说：是啊。我们不能白活，要活得有意义，我们现在就要好好锻炼自己，将来为建设社会主义贡献力量。

我们都一样，在这个社会大家庭里锻炼自己，成长自己，将来为社会建设好好出力，也不枉来世上一回，这就够了。韩天宇说。

这两年多习惯吗？王晓兰问。

开始时不习惯，难道就在这里吗？后来习惯了，在哪里都是一样干革命，只是地点不同，分工不同。

大家都这样想吗？

是的，你看我们这些人热情多高。

你习惯吗？来的这两个多月受得了吗？

其实我不想来，但哥哥来了，我就来了。老实说没有在平山李梅家里好。王晓兰说，那里就和家一样。但来了后遇到你就不一样了，看到你的第一眼就忘不了你了。

我真的那么好吗？韩天宇问。

好啊，真的好，看一眼就在心上了。王晓兰说，我好吗？你想我吗？

想啊，每时每刻都在想。韩天宇满含深情地说。

那天中午你为啥偷看我啊？王晓兰又突然问。

偷看你？没有啊。韩天宇一惊，但马上就镇静下来。

再说没有，撒谎，自己做的事干吗不敢承认啊。

韩天宇含着地笑了，那笑容好可爱。其实那天我不是故意的，中午睡不着，天又热，我是想去担水，顺便也洗洗澡，没想到你在那里。韩天宇说，刚看到有人洗澡时，不知道是你，只看到一个人，还以为是个男的，可一抬头看到长头发，接着看到了你……韩天宇不再说了。

你就是坏！王晓兰说。

韩天宇接着说，当时我的心都要跳出来了，这还了得，这不是流氓行为吗？走是来不及了，一走人家就看见了，于是就想闭眼，可怎么也闭不上。

你是不想闭眼吧？王晓兰笑着说。

天地良心啊，真想闭，但忍不住啊。你说为啥？他问王晓兰。

为啥？

因为太美了，那哪是人哪，简直就是一条美人鱼啊。嗨，当时我都傻了。多么美的女人啊！韩天宇说。

王晓兰听着韩天宇的叙述，也痴迷了：我这样美吗？能让自己爱着的人欣赏、赞赏，她也满足了。

世界上最美的是啥你知道吗？韩天宇问王晓兰。

是啥？我不知道。

就是女人。没有女人，世界将失去一切的美。没有女人，世界将像在黑暗中一样，没有光明，没有温暖，没有欢乐，更没有幸福。韩天宇说着，看着王晓兰，没有你，我真不知道该怎样。你就是我的生命，就是我的希望。

王晓兰流泪了，她看着韩天宇，喃喃地说：你也是我的生命，是我的一切。

韩天宇又说，当你一转过来，我差点儿没吓死，腿都软了。那美人鱼原来是你。我当时想哭，想喊，想冲过去。

那为什么没有冲过去啊。王晓兰流着泪水说。

哪敢哪。韩天宇笑了，当时看着你站在石头上，左转转、右转转地晒太阳，我的心都跳到嗓子外了，血快要冲出来了。这可是真心话啊！

王晓兰的泪水尽情地流着。你太坏了，哪有你这样坏的。王晓兰说着，两手抱着韩天宇的腰，脸贴着韩天宇的胸，听着他的心跳，咚咚咚。

他俩的心真要跳出来了。

就在这时，一声呐喊，几乎震撼了整个山谷。大胆！这两个字就像晴天霹雳一样，把韩天宇和王晓兰吓得魂飞魄散。

一瞬间过后，韩天宇和王晓兰同时向发出声音的方向望去，没有看错，在他俩五米远的地方赵庆国正手拿木棒站在那里。

韩天宇和王晓兰软软地坐在那里站不起来了。

四

晚饭后，赵庆国急急忙忙向平山打谷场的小屋跑去。今天又是周六，是他和李梅约会的日子，他必须赴约，并且不能迟到，这是他给自己定的规矩。

他几乎是一路小跑来到小屋，这里是空空的，李梅还没有到。以往也是这样，都是赵庆国先到，然后李梅才到。

赵庆国在小屋里等着，小屋太热，他来到小屋的门前。小屋门前对着打谷场，这个打谷场很大，很平，秋天到来，这里就热闹了。平山的谷子、高粱、大豆、苞米，还有其他的粮食都运到这里。然后晾晒，脱粒，再运往天门寨的粮库交公粮。交公粮是有数量的，每个公社每个庄都要先将公粮交够了以后，再给社员们按工分和人口分口粮。社员们拿着口袋，在场里抓阄，然后再按抓阄的顺序分粮食。每到分粮食的时候，这场上就会排成长长的一溜队，大队会计把算盘打得噼里啪啦山响，高喊着：张三家多少斤，李四家多少斤。几个社员就用大簸箕把粮食装到主人的口袋里，然后大磅称一过，走人。大家有顺序地把分到的粮食扛回家，扛着分到的粮食，大家都喜洋洋的。

　　赵庆国就在这里跟着李占武的大车装粮食送公粮，他举着一袋袋的高粱或谷子、苞米，装到大车上，每车都要装四千斤，这四千斤的粮食几乎都由他一个人扛来装上，有时李占武也装，但他看到李占武装车费劲，扛一袋子粮食累得都迈不开腿了，在那儿大口喘气。赵庆国就说：李叔，你歇会儿吧，我自己来就行了。李占武不好意思待着，就给赵庆国打个下手。他还给李梅家排队分过粮食，李梅家人口多，工分多，粮食分的自然就多。一大口袋高粱、谷子、大豆等粮食都得二百多斤，赵庆国两手一举就到肩上了。整个平山没有一个人不夸他有力气的。

　　他在场院绕着圈。李梅还没有到。

　　今天是咋的了，李梅该来了。赵庆国心想，有啥事吗？按照以前的时间她可早就该到了。

　　漆黑的夜，伸手不见五指。赵庆国在场院绕了好几圈，他停下，看看天上挂着的北斗星，他数着星星。李梅干什么去了，咋不来见面呢？赵庆国想着，难道她不想见我吗？不是。那为啥这么晚了她还不来？有病了吗？还是有啥特殊的情况？赵庆国都不知道。他只能等。

　　已经过去很长时间，李梅还没到，赵庆国真着急了。

　　他急，李梅更急。

　　其实李梅今天应该早到了，但一件事情的出现，爸爸妈妈就不让她走了。

　　事情还要从早晨说起，吃过早饭，李梅就觉得有点儿恶心，可是吐又吐不来。妹妹李芳说：姐，你是不是吃啥坏东西了？李梅也觉得奇怪，无缘无故地吐啥呢，也许吃了不该吃的东西了。事过之后，李梅就没把呕吐当回事。可是快到中午了，又一阵子恶心，又没有东西吐出来。中午，吃过饭，李梅就把呕吐的事和妈妈说了。妈妈一听，坏了，可能是怀上了。妈妈心里想，这孩子咋这样啊，气死我了。咋弄啊，查查去吧，回来再说吧。

　　妈妈想到这儿，就把李梅叫到西屋，小声问李梅，你是不是和赵庆国睡觉了？李梅懂得妈妈问的意思，就点点头。

　　妈妈明白了，又问：你是不是这个月没来呀？李梅又点点头，说是啊。

　　妈妈一拍大腿说：得了，还查个屁呀，梅子，你是怀上了！

　　啥？李梅也一惊，好像没听懂，又问妈妈，妈妈，你说啥？

　　我说你怀上孩子了！妈妈说着，语气重了。

　　真的吗？李梅这次听清楚了，她听到妈妈说的话又惊又喜。妈妈看到李

梅的样子显然是不高兴的。这算咋回事啊，可真是的。

但李梅还是有些不相信，她没有和任何人说，她下午要到天门寨的卫生院去看看。

下午，李梅没有上工，她来到了天门寨卫生院，在院里寻找妇产科，找了半天终于找到了，在一个挂着妇产科牌子的屋里她看见一个中年妇女穿着白大褂在那里看着什么书。她小心地、轻轻地说：大夫，我想看病。

大夫抬起头，看看李梅，说道：咋了，有啥症状啊？

就是恶心，干吐，可是啥都吐不出来。李梅说着就坐到了大夫的对面。

大夫又看看李梅，微微一笑，说：把手伸过来，我摸摸脉。

李梅伸过去，大夫摸了一会儿，问：多少天没来了？

这月没来。李梅红着脸说。

大夫又笑了，说：恭喜，你是有喜了，怀孕都快两个月了，以后注意饮食，注意休息，别累着，还要注意随时检查。

李梅一听，内心欣喜如狂，虽然她有准备，但还是觉得很突然。她站起来，说了声谢谢，就走出了卫生院。

来到外面，李梅深深地呼吸了一口空气，多么清爽啊。现在她的心情特别好，看那阳光、天空、大地、房屋、街道、街道上行走的人，都那么舒心。她走在街上，不觉哼起歌来。在供销社门前，她站住了，买点儿啥？她想，不为别的，为孩子也要买点儿啥吃。她走进供销社，这里人不多，东西都摆在货架上和柜台里。买点儿啥呢？她在屋里转悠着，看看这个，又看看那个。售货员是个三十多岁的女的，看她转悠，就问：姑娘，买点儿啥啊？

我也不知道。李梅说，她停了一会儿，问：怀孕的应该吃啥啊？

售货员乐了说：怀孕了就喜欢吃啥吃啥呗，酸儿辣女，酸的辣的，荤的素的，随便选。

李梅想，等于啥都没说。但听她这么一说，她还真想吃酸的了。她看见柜台里摆着不少山楂罐头，挺好，就买两盒山楂罐头吧。于是她买了两盒山楂罐头走出供销社。

回来的路上，她脚步轻松，心情愉快。她多么想马上就告诉赵庆国啊。亲爱的人，我们有孩子了，这是我们俩共同的孩子，是我们俩爱情的结晶。她沉浸在幸福中。她想，告诉他之后他会是啥样子呢？他会高兴得跳起来吧？

尽快结婚，她想，和爸爸妈妈商量，结了婚就没事了。

李梅正欢乐地走着，不知不觉离家就不远了，这时王立新不知啥时候从后面追上来了，他走到和李梅并肩的位置，说话了：妹子，上区里吗？买了点儿啥呀？他看着李梅手里拎着的兜子问。

李梅看到王立新从后边追上来，心里知道没好事，因为自从他追求王晓兰被王晓兰拒绝，又被赵庆国打了一顿后，他就对王晓兰死了心，他知道和王晓兰是不行了，于是心里就想着和李梅好。在平山李梅算是年轻姑娘里数一数二的了。有几次他上前和李梅献殷勤都被李梅不软不硬地给回绝了，前两个月李梅妈托人找到王立新说给他和李梅介绍，当时给他乐坏了，心想这回准成。但是李梅的态度让他失望了。他还是没有死心，一有机会就主动和李梅搭话，想办法接近李梅。

没买啥。李梅答道，继续往前走，走得更快了。

李梅，走那么快干吗？回家有啥事吗？王立新问。

还真有事，赵庆国晚上来我家，我得早点儿回去做饭。

真的假的？你和他没断哪？人家是大城市人，你能和他好，那是不可能的。王立新边走边说。

我们已经成了，快要结婚了，到时候请王连长一定来我家吃喜糖啊。李梅顺口说道。

王立新当真了，他惊讶地说：不可能，你爸妈能同意吗？要同意的话也不能把赵庆国弄林场去啊。

信不信由你。

不可能！王立新不再跟着了，他在后面喊道：我一定娶到你，你是我心中的花！

天色渐渐暗下来，李梅一家吃完饭，都在东屋爸爸妈妈的屋里。爸爸李利民坐在炕里靠着东大山墙，妈妈坐在炕沿上，两个妹妹开始还在，后来就借口出去了，地下站着的只有李梅。

检查了吗？没差吧？妈妈问。

嗯。李梅看着爸爸妈妈，低声说，爸爸妈妈，我和他结婚吧，行吧？

不行，我看是尽快把孩子做了，别说别的。没等妈妈说话，爸爸大声说道。

做了，李梅听爸爸这么说，心一下凉了，做了吗？这孩子是她和赵庆国的，不能做。她说：不做。声音不大，但态度坚决。

不做，就不用考虑结婚的事。爸爸又说。

李梅哭了。妈妈说话了，她看到闺女哭了，也心疼了。妈妈说：梅子，听妈的话，先把孩子做掉，然后咱就商量结婚的事。

为啥？

没结婚就有孩子，多磕碜啊，咱家不能出这样的事，咱丢不起人哪。妈妈小声说，好像怕谁听到一样。

丢啥人哪，搞对象又不是搞破鞋。李梅大声说。

小点儿声，闺女，别人听到不好听。妈妈依然小声地说。

先把孩子打了，咱就商量结婚，要不你就不用想结婚的事。妈妈小声但态度坚决地说。

看来不做想结婚是不行的。李梅想，真的不能做，这是一个生命，坚决不能做。

爸妈，这个孩子不做，因为孩子不是我一个人的，是我们俩的，我不能说做就做。

你和他说去，必须做掉，要不你就不能结婚。爸爸又说了。

不用说，就不做。李梅拧脾气来了。

气死我了，她妈，你看咱俩管不了了。李利民气得直拍炕席。

你看看，把你爸气的，你就这么不懂事吗？做了，结婚后再怀不行吗？妈妈也气得直拍炕沿。

爸妈，你俩都别说了，我的事你们不用管了。李梅说完就要走。爸爸一看不行，来不及穿鞋就下地了，一步抢到屋门前，把门一关，就坐到挨着门的炕沿上，把着门说：你甭想走，说好了再走。

李梅着急，她知道，天这么晚了，赵庆国还在小屋等着她呢。

梅子，你就听一回话吧，没结婚先怀孕，多难听啊，一辈子都让人说你是婚前生的孩子，坏名声啊！爸妈是为你好啊。妈妈气得也快哭了。

李梅心疼妈妈，看到妈妈这样，上前劝妈妈了，她说：妈，你别哭，让我想想，再说，我也得和赵庆国说一声啊，咋说孩子也是他的呀。

妈妈抱着李梅的头，流泪了。

李梅也哭了，娘俩哭得很伤心。

爸爸的内心也很难受，自己的亲闺女啊，怀孕了，本来是高兴的事，可现在弄得大家都哭。但没办法啊，闺女啊，干吗非要先怀孕哪，咱家不是那样的人家。

他爸，让闺女走吧，让闺女和他说说，说明白了再做也不晚。再说，能不让闺女出屋吗？妈妈带着哭声说。

爸爸听了妈妈的话，把门开开，李梅从妈妈的怀里站起来，走出东屋。刚出东屋她就快步向场院的小屋跑去。

时间已经很晚，尽管她跑得气喘吁吁，但当她跑到小屋时，并没有看到赵庆国。

赵庆国已经回去了。谁能想到，这次没有见面，就成了终生的遗憾。

李梅在小屋的前前后后找了几遍，也小声地喊了几次，都没有赵庆国的影子。李梅火热的心又凉了。她多么想尽早把怀孕的事告诉赵庆国啊。

他回去了吗？还是没来？一定是来了，等不到我就回去了，咋不多等一会儿啊。李梅痛苦地想，你知道我有多么重要的事要和你说吗？我们有孩子了，你我的孩子啊。

他走了，怎么办？要想见到他还要七天，多漫长啊。

李梅在小屋的小炕上坐了一会儿，又到小屋的前门坐了一会儿，这都是他们坐过的地方。坐在那儿就想起他俩在一起的情景，她的心就好受了一点儿。

将近午夜，李梅恋恋不舍地回去了。

赵庆国回到林场以后，大家都很惊讶，今天是咋的了，回来这么早？吴国臣、杨柏都问他，咋回事？没见到人还是发生了不愉快的事？

赵庆国啥都没说。突然，他没有看到韩天宇，内心一阵翻腾，他马上意识到有事发生了。他转身到王晓兰的屋里，田雨正坐在炕沿上，两脚耷拉在炕沿下洗脚。田雨问：老赵，有事吗？他不回答，转身就走。

赵庆国想，我的妹妹，不能让她受到伤害。他从西房山找了一根三米多长的木棒，他们能去哪里呢？西沟，对，他们一定又去了那里。想到这儿，赵庆国飞快地向上次他去过的西沟跑去。

第十二章

一

打井还在紧张地进行，随着井的深度不断增加，进度也越来越慢。打炮眼每天打两个，但由于井深了，渗出的水也多了，在打炮眼的过程中，还要把渗出的水淘出去，井下的人每天都穿着水靴干活。水多了大家高兴，因为水多就意味着打井即将成功。又发愁，因为打眼清渣都不好干。打炮眼时，炮眼里有水，一锤下去炮眼里的石浆就往上溅，弄得把钎的、打锤的满身满脸都是泥。于是他们想了一个办法，在钎子上套一个大的硬纸板，盖住炮眼，这样溅出的泥浆就被纸板挡住了。

打眼不好打，清渣更是受影响，一上午就要淘两次水，下午也一样，每次都要淘几桶，往往天都黑了，石渣还没有清理完。

为了加快进度，他们只能加班加点。以往中午吃过饭都要休息两个小时，可以缓解一下疲劳。早晨提前一个小时，中午不休息，晚上干到看不见。这样干了一天，果然效果很好。就是大家太累了，以往晚饭后还听听收音机，讲讲故事，拉个闲嗑啥的，还有心情到外面透透风，凉快凉快。现在不行了，吃过晚饭大家就好歹洗洗刷刷，然后躺下就睡了。

大家都知道，半年没下雨了，这要是下起来可能就没完，那时没打完的井要是让水灌满了，打不下去，砌不起来，那麻烦可就大了。活儿赶前不赶后，大家明白，所以再苦再累大家都挺得住。

加班加点第四天，午饭刚刚吃完，稍作休息，就准备上工了。这时，电话响了，韩天宇拿起电话，是公社打来的，让韩天宇下午两点到公社去一趟，刘主任找他有事。韩天宇撂下电话，对几个人说：下午你们干吧，我得去公社。

说完，他就要走。还是骑着吴国臣的自行车。

很快韩天宇就到了公社，刘主任中午没有回家，他吃完饭正在休息。

韩天宇径直来到刘主任的办公室，刘主任是单独把韩天宇叫来的。

刘主任见韩天宇满脸是汗地进来，就递给他一条毛巾，让他先擦擦汗。韩天宇也不外道，到脸盆那儿连脸带头一块洗了，一边洗还一边说太热了，太热了。洗完了他看着刘主任问：刘主任，有啥事啊，是开会吗？

刘主任笑了，让他坐下，说：叫你来是有事和你说，对于你们可能是好事。刘主任一边扇着扇子一边说，公社木器厂生产的产品销路一直不太好，近几个月来更是不行，简直是滞销，生产的东西已经装满了库房，公社能装的地方也都装满了，现在是实在没地方装了。销路仍然打不开，再生产下去一点儿意义都没有，所以我们研究了一下，木器厂暂时停止生产，看产品的销售状况，再确定木器厂是否恢复生产。所以你们的木材供应也就暂时停止，也就是说暂时不用到山上扛木头了，集中全部人员打井，力争在近几天内把井打完，免得下雨后灌上水就不好干了。

刘主任一口气把主要的事讲完，韩天宇听明白了，从明天开始就不用上山了，大家都来打井。

他当然高兴，但对于木器厂停产关闭他很忧虑，咋就关闭了呢？

想归想，这不是他关心的事，他关心的是，井打好了以后，不上山了，他们干啥去。韩天宇想到就问出来，他说：刘主任，那井打好以后，是不是把我们分到各大队去插队啊？

刘主任笑了，说：你想得挺远，井打好后你们依然在林场。公社研究了，准备在林场附近，就是在林场和柳条沟之间建一个大型的养猪场，还是你们原班人马，建设养猪场，管理养猪场。你回去以后就好好观察一下，看看在哪块地方建一个规模比较大的养猪场合适，这个养猪场要能养到两百到五百头猪吧。不过现在的重要任务是把井弄好，井打好了才有可能建养猪场，否则一切都无从谈起。

韩天宇从公社刘主任的办公室出来时那种兴奋的神情依然表现在脸上，他满心欢喜地往回走。两年多了，他们终于熬出头了。春天还好，春风和煦，阳光明媚，上山下山还不算太苦。夏天来临，风雨无常，困难就太大了，早晨出去太阳高照，中午就雷电交加，在雨中上山下山特别艰难，风雨交加的时刻，扛着木头从山上往下走，爬山越岭，跨沟越壑，加上坡路泥泞，石板光滑，每走一步都像在刀尖上行走一样，稍微不慎，或脚下踩不住一滑，就有可能滚进万丈深渊。冬天更是难受，上山时寒冷无比，回来时热汗淋漓，

肩上扛着木头，北风吹在脸上，像刀割一样疼，裤裆、后背和头上却冒着热汗。休息一结束，后背是凉的，头上结了冰，那种感觉是怎样的难受啊。特别是雪后，道路光滑，石板结冰，爬坡上岭，穿沟过壑，每走一步腿都哆嗦，脚站不住，浑身乱晃，真是胆战心惊。每走一步都随时有摔伤丧命的危险。每天早晨上山胆颤心惊，晚上回来，才能真正松口气。一天又过去了，又胜利了。上山扛木头是按天计算胜利的。每天的去与回，上与下，都在每个人的祈祷中度过。上山的人中，谁没有摔过？谁没有伤过？但有一点可以自豪地说，他们没有叫过苦，没有喊过累，没有怕过死。

韩天宇边走边想，他回忆着这两年多来的酸甜苦辣，艰难困苦。他感谢他的战友、他的兄弟。这两年多来他们之间建立了深厚的感情，韩天宇想着想着，情到深处，竟然泪眼汪汪了。

明天，终于要告别苦难大山了，他哪能不激动呢？

虽然刘主任说是暂停，但公社连下一步的猪场建设都已经规划好了，这说明是不能改变的了。

韩天宇回到林场天已经快黑了。上山的已经回来，按惯例，他们都在打井工地忙着，井底已经清理得差不多了。

他来到工地，吴国臣第一个问：今天到公社开的啥会呀？是民兵训练的事吗？

韩天宇笑着没有回答。

杨柏又急着追问：到底啥事啊，我们想知道。

韩天宇笑着对大家说：你们猜猜看，如果哪个人猜到了，明天放假一天。

说话可要算数，不能反悔！张中正瞪着眼说。

当然，要是猜不对，那就别想。韩天宇说，从现在起给你们十分钟。

在太阳落山、晚霞红起来时，最后一筐石渣也连汤带水地拉上来了，杨柏等人把筐倒掉，今天一天的事就算完成了。

中午不休息，晚上提前了点儿时间，要不就得摸黑。

结果大家都没猜中，就在十分钟将要到了的时候，马东风说了一句：是不是木器厂关门了，不干了，咱们不用上山扛木头了，大家都来打井啊？前几天拉木头的小王还说木器厂不景气呢。

他说完看着韩天宇。

大家就问：对吗？猜对了吧？

这时，井下的人都上来了，韩天宇才郑重其事地宣布：猜对了，从明天开始，我们不用上山扛木头了，从此，我们将告别大山，改为打井养猪。

听到韩天宇这么一说，大家真还有点儿不相信，张中正歪着脑袋问：真的吗？为啥啊？

不能吧？木器厂咋说不行就不行了呢？吴国臣说。

大家也都疑惑不解。

韩天宇看着大家，又喊了一句：明天起，我们不上山了，都打井来。

直到这时，大家才真正相信了韩天宇说的话，都欢呼起来。

在欢呼中，杨柏、孙一飞、张中正等都流下了泪水。这是心酸的泪水，是告别的泪水。

晚饭吃得格外好，不管饭食咋样，大家心情都很舒畅，就连这几天一直都阴沉着脸的赵庆国也露出了欣喜的神色。

晚饭间，吴国臣又拿出一瓶白干酒，他说：今天晚上我不请示咱们韩排长，我自作主张，咱们就这一瓶子白酒，大家都喝点儿，搞个庆祝。他说着，就在每个人的碗里倒上了酒，就连不喝酒的王晓兰和田雨也倒上了，两个姑娘不让倒，他说先倒上，不喝的话自己找对象卖出去。但我招呼一声，大家必须都端起来，喝不喝在自己。他说完看看韩天宇，同不同意啊排长？

韩天宇乐了，说：你得有个名目啊，庆祝啥啊？下面我说，吴国臣大声说，第一要庆祝的是咱公社的木器厂倒闭关门，咱们林场的青年翻身得解放了。你说说这几年，把咱给弄的，成了啥了？就在这山脚下，整天上山下山扛木头，嗨，与世隔绝了。你说我，爸爸非要给我放到这个地方，别人家的孩子不都在大队干吗？扛木头这活儿，咱不说了，反正也是革命工作。现在好了，再也不用到大山里了。木器厂要不倒闭，咱还不知道扛到啥时候呢。庆祝庆祝，来，喝一口。他说着就干了。吴国臣干了，大家都鼓掌，不知道是为吴国臣干酒鼓掌还是为木器厂倒闭鼓掌。别光鼓掌，都得喝点儿酒。吴国臣说，于是大家都端起碗喝了点儿酒。

第二庆祝的是，吴国臣继续说，咱打井马上就打好了，养猪场马上就建，祝愿咱打的井水多的是，咱这养猪场尽快建成。来，喝一口。说完把王晓兰的酒一仰脖儿就倒进去了。田雨不能喝酒，但有两个庆祝，于是也喝了一口，呛得直咳嗽。王晓兰看田雨呛得眼泪都出来了，笑得前仰后合。大家都劝王晓兰也喝点儿，王晓兰拿起田雨的酒，眼一闭，一口把酒喝干了，大家就都

鼓掌喝彩。几个不想喝的没办法也都一口干了。田雨还在咳嗽，杨柏就站起来倒了一碗白开水，递到田雨面前，田雨瞪着眼半天才喝了这碗水。

喝了点儿酒，饭吃得很开心。

韩天宇在饭桌上就把明天干活的事布置了。两帮人会合在一起，原来干啥还干啥，大家换着干。最好在这两天把井的深度打出来，然后抓紧时间砌井。最后韩天宇说：等井打完了咱按公社的布置开始建设养猪场。建猪场养猪虽然不是当务之急，但我们也要有所准备。地址我们要选好，要建在林场和柳条沟之间，不要距离水井太近。大家心里要有个数。于是大家就水井和养猪场的事议论起来。

边吃边唠，吃完晚饭已经晚上九点多了。

夜晚很静，月亮在天空斜挂着，星星被热气蒸得懒散地眯着眼睛，它很疲惫地、不情愿地窥视着人们的一举一动。在星月的窥视下，杨柏、杨一飞、马东风三人吃过饭，嘀咕几句就出去了。午夜，他们回来了，杨柏把裤子的两条腿扎住，兜回来两裤腿的苹果，杨一飞几个人也都弄回来不少苹果。可惜的是，他们前脚到家，后脚就追来了两个人，这两个人是平山看苹果的，他们在屋外大喊：偷苹果的出来！韩天宇他们已经睡了，外边的人这么一喊，大家就都惊醒了。起来到外面一看，两个人手举镰刀，正怒目圆瞪地看着他们，为首的就是平山的民兵连长王立新。

大家出来看到王立新两个人气势汹汹，不知道发生了什么事。

王立新看到韩天宇领着大家出来了，态度好了些。他说：这苹果还没有到成熟的时候，你们摘下来也不能吃，这不都白搭了吗？更主要的是，苹果树昨天刚打完药，这要是吃了你们有个三长两短的，可是人命关天哪。所以，我们无论如何要追上你们，目的就是告诉你们这苹果不要吃，吃了会中毒。

王立新一口气说了这么多，在场的人才知道发生了什么事。王立新说明白了，有人去偷苹果了。

大家一听就知道这事是谁干的。吃过晚饭，大家还都沉浸在打井养猪的兴奋之中，杨柏、杨一飞、马东风三人说了一声出去凉快，顺便到东沟洗洗，就出去了，大家谁都没有注意他们干啥去了。没想到他们偷苹果，还让人家追到家来。

反应最强烈的是赵庆国，他听到有人偷苹果，激动起来，韩天宇这个点长兼排长还没说啥，他就大声喊道：偷苹果，丢人，谁偷的，站出来，向人家认个错吧。

韩天宇看看赵庆国，也说：杨柏你们就别装了，出来吧。

杨柏他们三人嬉皮笑脸地出来了，手里还拿着个苹果，嘴里吃着说着：这苹果也能吃了，就是不太脆，估计再过半个月就能好吃了。

还说呢，韩天宇说，快给人家道歉，以后不能干这事了。

杨柏说：其实吧，我们真的不是特意去平山偷苹果去的，我们先到东沟洗澡，回来时，绕了一个弯，到柳条沟的果树地摘了几个，一吃，特别涩，他们那个苹果可真不能吃。我们几个一合计，离平山也不远了，就多走了点儿路，从南岭那边绕过去，就到了你们的果树地，顺便摘了一个尝尝，还挺好吃的，就摘几个，想着回来让他们也尝尝。杨柏说着，手里的苹果还想往嘴里送，王立新马上喊道：别吃了，再吃真要中毒的。

杨柏这才瞪大眼睛，把嘴里的苹果吐出来，杨一飞和马东风也扔掉手里的苹果，说：真的假的？

逗你们干啥，都摘来了，能吃还不让你们吃啊，昨天打的药，不是甲胺磷就是乐果。王立新说。

韩天宇笑着对王立新说：谢谢王连长，大老远的跑来，要不然真要出事了。对他们我会狠狠批评的，以后也不会出这样的事了。

王立新心想：还批呢，哪回都这样，但哪回管事了？不过他嘴上还是很客气，说：谢谢，那我们走了。

送走了王立新两人，回到屋里，韩天宇把他们三个臭骂一顿：纯粹是废物点心一个，弄点儿破苹果还让人给追家来了，丢人不丢人？苹果还没熟就摘？再说了，现在打药了，能吃吗？今后再有这样的事，偷来多少你一口气吃多少。

杨柏说了：没事，我吃了一个，不也没事吗？

正说着，杨一飞就捂着肚子说：可能真打药了，我的肚子有点儿不好受。

咋了，啥感觉啊？杨柏马上问。

有点儿翻，往上翻的感觉。杨一飞猫着腰捂着肚子说，好难受的样子。

看样子是真中毒了，怎么办哪？韩天宇生怕出事。赶紧想办法啊。他说。

吴国臣急中生智。找大夫来不及，也不好找，这样吧，先把吃进去的吐出来，估计能好点儿。他说，快点儿，你们三个把手指头伸进嘴里，然后使劲往嗓子眼里捅，就会把吃进去的捅出来。

他们三个就到外面撅着屁股，猫着腰，把手指头伸到嘴里使劲往嗓子眼里捅，一边捅，一边啊啊地叫。大家都看着他们，就这十几个人，哪怕一个有点儿事，谁能睡着觉啊？心细的王晓兰找来三个洗脸盆一人一个接着。还真灵，只几下，他们就都吐出来了。过了一会儿，他们三人稳当了，大家才放了心。

折腾到下半夜，大家才睡下。

二

夜里下了阵雨，早晨照样晴天。觉睡得晚，睡得死，下雨大家谁都不知道。起来一看，地是湿的。大家高兴了一阵子，庄稼又可以缓几天了，但用镐一刨，连一巴掌深都没有，这样的雨也就管两天。

韩天宇他们又来到井边，周边一看没有变化，雨不大，井里没有流进去水，但今天井里的水似乎比以往多了。站在井边往井底下看，就感觉出水又清又亮。靠淘水太慢了，他想，要是能弄个小水泵来，那该多好啊，既省工又省力。对，想办法弄个小泵来，找公社去，这个事应该不是个事。

早饭时，韩天宇对吴国臣说：老吴啊，交给你一个艰巨的任务，你一定要完成。

吴国臣不知啥任务，吃着饭惊讶地看着韩天宇。别害怕，不是上刀山，也不是下火海，韩天宇说，井里的水多了，一桶一桶淘费工又费力，找一个小水泵来不是更好吗？这个任务就交给你了，应该没有问题吧？

吴国臣笑了，他松了一口气，说：这事啊，没问题，保证完成任务！

别忘了电线水管啥的。韩天宇说。

这些我都能想得到。吴国臣三口并作两口，狼吞虎咽地吃完，就急急忙忙地骑车走。

其他人吃过饭就急着来到井边准备干活了，来到井边上才感觉到人多了，兵打一处，将打一家，连男带女十几个人哪。今天的任务就是打炮眼，两个炮眼同时打，只能用四个人，换着打也就五六个人。其他人干啥去啊，一大天呢。王晓兰看出韩天宇的心思，她笑着说：以前人少，就打俩炮眼，今天人多了，打三个不行吗？

大家都看着王晓兰，很佩服的眼光。王晓兰倒有点儿不好意思了。听王晓兰一说，韩天宇心里一震，真不简单啊，她咋就知道我想啥呢？真是心有灵犀啊。

就照王晓兰说的办，韩天宇决定了，因为他知道，钢钎和大锤还有一套。他看着马东风说：你再取一套钢钎和大锤来，今天咱就打三个炮眼。

马东风答应着去取钢钎大锤了，其他人按照原来的吩咐，穿着水靴的下井淘水，淘完水就打炮眼，剩下的李国峰几个人，韩天宇分配了一个特殊的活，到附近找大石头去，过两天好砌井啊。他说：用不了几天这井就打成了，别等到砌井时找不到石头啊，在附近找到了，能扛来更好，扛不来的将来用大锤打开再扛来，这个任务可艰巨啊。等井打好了，你们几个的石头也要齐备了啊。

李国峰心想：这个活儿不好干。但不好干也得干，他们几个领命走了。

井里的水快没到水靴子口了，三个人在井底下淘，三个人在井上拉，包括两个姑娘。两个桶在井下轮番地淘，一桶水不太重，拉得也挺快。前边的几桶照样还是挑到了屋里。

两个小时过去了，井里的水淘干了。

接下来的工作就是打眼了。两个人一组，韩天宇分工：赵庆国和孙浩晨一组，张中正和马东风一组，杨柏和陈浩一组。争取一天打下来，晚上放炮，明天清渣。

大家各就各位马上行动。

紧接着叮叮当当的打锤声就从井下传出来。

吴国臣回来时已经快中午了，他不负众望，驮来了一个小水泵，连同电线、水管等都拿来了。吴国臣说这是农技站李站长派人找的新水泵。韩天宇听了很高兴，淘水问题解决了，进度就会大大加快。

中午，吃完午饭，连口水都没喝，就跑到井下了。吴国臣在大家吃饭的时间，就把水泵下到了井里，他把电闸一合，还真行，黄黄的井水就抽上来了，不过，刚抽一会儿，就不行了，水少了，抽不到了。不管咋说，水泵抽水成功了，大家还是挺高兴的。

昨晚下了点儿雨，今天就不是很热，大家干劲十足。大家都有一个信念，尽快把井打好，之后建好猪场，也好好地干一番事业。大家想象着，成百上千头的大肥猪，一车车地从林场运出去，城市乡村吃上了他们养出来的肥猪肉，那就是成就。什么叫贡献？研究卫星上天是贡献，生产钢铁是贡献，建设高楼大厦是贡献，种地产粮是贡献，养猪一样是贡献。韩天宇昨晚说的话，

在他们脑中留下了深刻的印象，革命的青年，就要为革命做出自己应有的贡献。我们要把这里建成公社最大、县里最大、区里最大的养猪场。

今天赵庆国在三组打眼的人中最活跃，他高举大锤，哎呦哎呦地呼喊着号子，大家在他的带动下，也都喊起来。叮当叮当的响声，哎呦哎呦的喊声混在一起，形成了一曲震耳欲聋的动听的劳动交响曲。

不到天黑，炮眼就打到了五十公分，比以往都深十公分。结束时，赵庆国争着装药放炮，他说他干这活最熟练，没办法只好由着他。因为炮眼比以往深了，装药就要比以往多，赵庆国小心谨慎地把炮药装进去，整理好药捻子，点着了。等把他拉上去大家都已经撤到远处了。三声炮响，石渣乱飞，硝烟还没散尽，大家就欢呼着跑到井边，都要看看三炮的效果如何。井已经十多米深了，加上太阳快要落山，在井上看井下已经看不清了。

效果差不了，大家都别在这耽误工夫了，早点儿收工，多休息一会儿吧。这些天好不容易今天早点儿，咱就早点儿回去歇一会儿吧。韩天宇说着就先往回走。其他几个人就在后面跟着。

太阳压到山顶上，红彤彤的，山顶被太阳晃得也发红了，这时的太阳一点都不刺眼，光线很柔和，大地和远山被它的红光照得都变了颜色。一整天的喊叫和响声在这时都销声匿迹，青年林场显出了暂时的宁静和安详。

饭还没有做好，王晓兰和田雨没想到今天打眼的进度这么快。近几天，哪天不是太阳落山以后完成？装药放炮都得打上电棒照亮啊。搬石头的还在继续，这几个人干点儿啥啊？杨柏一拍脑门，大喊：让咱们排长教咱们武术得了！自打公社宣布林场成立民兵排，韩天宇任排长以后，大家就叫他排长，很少有人叫他点长了。

几个人异口同声地呼应：好，就教几招吧。大家这么一喊叫，韩天宇还真不在乎，不就是练几下吗？来吧，反正闲着也是闲着。韩天宇在林场小屋的门前站好，说：想学就要刻苦，三心二意可不行。大家都说是。

那好，都站到一起排好队，先跟我学最基本的动作。几个人见韩天宇真的想教，都很高兴，急忙在门前排好队，赵庆国最积极，不但站得好，还要求别人站好队。搬石头的看见他们排队，不知在干啥，反正天也快黑了，也都跑来跟着站成一排。韩天宇看着大家这样规矩，很高兴，那就教吧。

先从最基本的扎马步开始吧，他说，武术最基本的就是扎马步，扎马步就是练稳，如果站都站不稳，还练啥武啊。扎马步的时候，特别是马步一沉的那一瞬间，会有一股力往地下走，同时底下会给你一个反作用力，将这股反作用力通过你的肢体打出去，就是武术的发力。这样你打的拳才会有杀伤力。所以马步非常重要。于是他做了一个扎马步的姿势，两脚叉开，上身蹲下，小腿垂直，大腿和小腿成九十度，两手抬起伸平，与大腿平行。挺胸抬头，目视前方。

他做了这个示范以后，让大家按要求去做，两腿叉开，两脚要站稳，脚要像生根一样，下蹲，大腿和小腿垂直，挺胸抬头目视前方。大家嬉笑着按照要求去做，做得还挺认真，姿势不对的韩天宇就一个一个地指导。韩天宇边指导边鼓励说：好，就这样，坚持二十分钟就是胜利，就这样坚持下去。

开始坚持得还挺好，可是还没有站五分钟，第一个喊着要练武术的杨柏就坚持不住了，他一屁股坐到地上，喊着：不行了，实在不行了，哎，这么不好练，真是的，早知道这样，张罗这个事干吗呀。说着就坐到一边去了。

其他几个人练得还有耐性，可是过了不到十分钟，也都扑通扑通坐到地上，坚持不住了，他们像败下阵来的残兵一样，一个一个地喊开了：不行了，不行了，站不住了！

事情就是这样，想着好玩，但当你真正实施起来就不是那么回事。

不行，必须坚持，否则以后就不用再提一句什么练武的事！韩天宇大声地喊道。他走到杨柏面前，拉起他，大声说：就你喊得欢，就你软蛋，起来，要练就得像个练的样儿！

杨柏没办法，只好又回到队伍中去。

连踢带拽，十个人又都半蹲着练起来。韩天宇看得紧，谁做得不到位，他上去就是一脚，还说：想练吧，就得听我的，我说咋练就咋练。他停了一会儿，又说：这回，想不练都不行啊。他这一说，大家瞪着眼，傻了。

继续练，今天谁能坚持二十分钟，谁去吃饭，不然你就别想吃一口饭。韩天宇要求，大家还都挺规矩，又都叉开两腿练起来。

开始王晓兰和田雨在屋里没注意他们，等饭菜都好了，天也已经黑了。可是他们还没练好，一个个地在练马步。等她俩把饭做好，到屋外一看，简直是一道亮丽的风景啊，门前成了练武的场地。

时间没到，一个退出，两个退出，三个，四个……最后就剩下一个赵庆国还规规矩矩地站在那里。别人看着赵庆国，都夸他有力气，能坚持。韩天宇啥都不说，他要看看这个赵庆国能坚持多久。二十分钟到了。韩天宇看着表，但他没有喊停。

赵庆国没听到停的声音，就一直坚持着，小腿和大腿显然已经不成垂直角了，腰也弯下来，手臂也不是水平的了，往下耷拉着，明显地有些坚持不住了，脸上的汗水流个不停，呼吸已经急促起来，脸憋得通红，他的小腿也开始抖起来了，但他还在坚持着。二十五分钟了，韩天宇还是没有喊停，眼看着赵庆国就要坚持不住了，坐在地上的人们都在看着赵庆国，开始还嬉笑着，后来就不再出声，再后来就高喊着：加油！加油！加油！

王晓兰和田雨也在喊着，王晓兰看着哥哥，内心一阵难过，心里有一种说不出的滋味：哥哥，好哥哥，这是咋的了？

韩天宇看赵庆国坚持着，他真的很佩服赵庆国的内力，更佩服赵庆国的韧劲。他不喊停，但他看着自己手腕上的表，他要看看这个赵庆国到底能坚持多久。

三十分钟，韩天宇不敢相信了，虽然赵庆国做的姿势有些不规范，但依然坚持着。天已经很黑了。十几个人都在看着赵庆国，他们不再喊加油了，只静静地看着。

赵庆国两腿抖得特别厉害，他伸出的两手，不知从啥时起由平伸的五指变成了攥起的拳头，头不知从啥时起由目视前方变成了仰望天空。已经看不清他的面目，看不清他的神情。但完全可以想象出他的坚韧、他的刚强。

哥哥，哥哥，别站了。王晓兰喊道。

赵庆国没有出声。

哥哥，哥哥，别站了。王晓兰又喊。

赵庆国还是没有出声。

王晓兰走到韩天宇跟前，没有说话。

韩天宇知道王晓兰是啥意思，他不能违背他心爱的人的意愿，他毫不犹疑地大喊：停止练习！

就在韩天宇喊出的那一刹那，高大魁梧的赵庆国像一尊石像一样扑通一声歪倒在地。

大家迅速上前，把赵庆国围了起来。王晓兰挤到最前边，喊着：哥哥，哥哥，没事吧？

赵庆国没有出声。

赵庆国保持着蹲的姿势，歪倒在地上，两腿呈蜷着的姿势，两手向前伸着。

王晓兰几乎是哭出声来了，哥哥哥哥地叫着。半天，赵庆国喊了一句：没事。但姿势还是没变。

咋了？大家急了。

没事，只是一个姿势站得太久，肢体僵硬了。韩天宇说。他和几个人，分别慢慢地替赵庆国活动着两腿，活动着腰，又活动着胳膊。过了一会儿，赵庆国恢复了过来。然后张中正和杨柏又把他扶起来，赵庆国站在地上，慢慢地活动活动身体，问：我站了多长时间？

韩天宇说：五十分钟。

合格吗？

合格。韩天宇说，他的确佩服赵庆国的韧劲和耐力，就他自己最初也没有站到这么长的时间。

三

李梅怀孕了。她自己欣喜若狂，这是她和赵庆国爱情的结晶啊。但她又烦恼，爸爸妈妈一定要她把孩子做掉，才能答应他和赵庆国结婚。怎么办哪？赵庆国还不知道他将要当爸爸，做与不做怎么也要先告诉他呀，他能同意做掉吗？李梅在心里说，这个孩子坚决不能做掉。但应该和赵庆国商量马上结婚，不能等到肚子大了的时候再结婚。他会答应的。李梅坚定地相信她的判断。爸爸妈妈不同意，怎么办？夜晚，她睡不着觉。妹妹李芳看出姐姐的难处，爸爸妈妈的态度李芳虽然没有直接听到，但姐姐和妹妹无话不说，姐姐的处境妹妹很清楚，她非常同情姐姐，但又不能直接反对爸爸妈妈，只好给姐姐出主意想办法。

姐姐，凭你自己是无法改变爸爸妈妈的态度的，爸爸妈妈的脾气你还不知道吗？他们决定的事啥时候改变过啊。李芳躺在炕上看到姐姐翻来覆去睡不着很心疼，就对姐姐说，咱得想个办法才行。

嗨，有啥办法可想啊，真愁死了。李梅叹着气说。

可以让别人劝劝爸爸妈妈啊，你的话他们不听，别人的话兴许能听呢。李芳好像胸有成竹了。

那找谁呀，再说了，找谁不就把这事告诉她了吗？多不好啊，又不是光彩的事。李梅听了李芳的话，还没找人就顾虑重重。

就找韩香梅，她和你关系最好，又是医生又是妇女主任，她要是能和爸爸妈妈说去，准成。至于这事告诉她，那也没有办法，再说了，告诉她有啥不行的，她是妇女主任又管计划生育，你都怀孕了，还不赶紧找她要个指标，到时候没有指标你咋生啊，生个黑孩子吗？她不等李梅说话，就接着往下说，把这事如实告诉她，也让她帮着想想办法，做做爸爸妈妈的工作，而且这事越早越好。

李梅听了李芳的话，心里一亮，心想，别看李芳年龄小两岁，但遇到事还挺沉着有办法，她这个办法还真行。对韩香梅不说也得说了。于是她决定第二天就找韩香梅。

韩香梅和李梅是无话不说的好姐妹，她们脾气秉性都很相似，就是说话的主题也经常差不多一样。她们几乎每天都在一起干活，在一起休息，就是晚上没事的时候也经常在一起，说话唠嗑，干点儿毛线活，还经常一起到别的庄去看个电影。

第二天上午，男的照样是耪地，女的是到玉米地里拔草。韩香梅拔草特快，每次她都在最前边，有时落下大家半垄。李梅和韩香梅垄挨垄，她紧着往前赶，一会儿就追到了前边。这时，李梅大着胆子开口了。

梅姐，我遇到难事了。李梅说。

韩香梅很吃惊：好好的遇到啥难事了？

李梅就把她和赵庆国的关系以及怀孕后爸爸妈妈要求打掉而她自己又不同意的事一五一十地和韩香梅说了一遍。

韩香梅听后大吃一惊，李梅和赵庆国搞对象她知道，由于赵庆国救过李梅的命，李梅以身相许大家谁都不会说啥，何况他们两个人你情我愿呢。赵庆国被撵走不就是因为他们俩搞对象李利民两口子不同意吗？赵庆国到了青年林场，李梅没有死心，她也知道，她知道要断了李梅和赵庆国的情，那比登天都难。她虽然没有经历过海誓山盟、刻骨铭心的爱，但年轻人的感情她非常理解。

即便这样，李梅的怀孕还是让韩香梅大为吃惊，一来她不相信李梅会做出这样的事来，二来这是一个非常不好解决的事，涉及生育指标的问题。按计划生育政策，未婚先育是绝对不允许的，更不用说指标了。她想到这儿，很平静地笑着对李梅说：妹子，你这事干得这么隐秘啊，都两个月了，我才知道啊。再说了，你俩咋这么快呀，真的到了这种程度了吗？

韩香梅这么一说，李梅有些不好意思了，她说：姐，还逗呢，我都愁死了，这是把你当亲姐才和你说的，你倒是想想办法呀。

　　韩香梅不再逗了，但她也发愁了。如果站在李梅的立场上，现在要解决两个问题，一是解决爸爸妈妈同意的问题，二是解决指标的问题。即使她爸爸妈妈同意了，指标问题不解决，还是不行。这两个问题都能解决吗？如果说爸爸妈妈的问题还能解决的话，指标问题那是不能解决的。因为这是政策。

　　韩香梅在苞米地里两手忙个不停地拔草，苞米长得都有一人高了，后面的人已经看不到她了。苞米的叶子划到她的胳膊上、脸上，她也不顾。她只顾拔草，半天没有吱声。

　　李梅又急了，她用恳求地语调对韩香梅说：梅姐，求你了，你先和我爸爸妈妈说去，他们同意了再找指标。到时候如果真没有指标，就是黑孩子也要生下来！

　　韩香梅听出了李梅的决心。她很同情李梅，也被李梅的真诚和她与赵庆国的爱情感动。于是她下定决心，要给李梅当一回说客，去劝说李梅的爸爸妈妈。

　　李梅一听，高兴极了。

　　韩香梅说做就做，当天晚上就来到了李梅的家里。李利民一家人刚吃完饭，韩香梅就到了，李梅赶紧躲到西屋。

　　韩香梅来到东屋，见到李梅的爸爸妈妈，简单地问候以后，就直奔主题。她说：叔婶，听说李梅和赵庆国搞对象，这是多好的事啊，赵庆国人多好啊。韩香梅先夸赵庆国，从长相到人品，从有力气到勤劳能干，从尊老爱幼到助人为乐，说得赵庆国简直成了中国第一了。最后又说赵庆国救过李梅的命，说这是李梅和赵庆国天生的缘分。韩香梅是有准备来的，她滔滔不绝，赞不绝口，说得李梅的爸爸妈妈没话可说，但就是这样，他们还是不松口，弄得韩香梅最后都不知道说啥了。实在没有办法，她只好说：叔婶，梅妹可是你们的亲闺女，如果真让她做掉，很可能留下后遗症，或者以后就不会生育了。我是搞这个的，看到的听说的不少，做掉后对身体实在是不好，要心疼闺女就不要让她做了。再说了，做不做的我也知道了，明天全庄都知道了，还有啥可说的？现在未婚先育的不有的是吗？一点儿都不丢人。

　　韩香梅这么一说，李利民和李梅妈妈半天没有说话，看来他们思想有了松动。韩香梅趁热加劲地说：叔婶，就这么办吧，闺女多不易啊，要当妈妈了，你们要当姥姥姥爷了，多高兴的事啊！就这么定了吧，不要为难闺女了，要真把她逼得有个好歹的，你们一辈子后悔啊，到时候后半辈子咋过呀？韩香梅看到李利民和李梅妈妈不再怒气冲天了，就笑着说：叔婶，好好给梅子弄点儿好吃的，别亏着闺女，好好照顾闺女吧，啊。说到这儿，她从炕沿上站起来，笑着说：叔婶，我走了。

送走韩香梅，李利民和李梅妈妈回到屋里，谁都没说话。半天李梅妈妈眼里含着泪，说：闺女不易啊，难哪，怀孕了，还难为她干啥？闺女啊，是我身上掉下的肉，她要当妈了，我们高兴才对，香梅说的对，这是高兴的事，从现在开始，不要提打掉的事了，咱要好好对我闺女。她泪水汪汪地。李利民看着李梅妈妈，也动了感情，眼里也有异样的东西在闪动。

李梅在西屋一直听着韩香梅的话，也在听着爸爸妈妈的话，当她听到妈妈说的话后，再也控制不住自己的感情，她极力不哭出声来，任泪水哗哗地流着。李芳和李英看到姐姐哭了，也都流下了泪水。

李梅多么想尽快把这个让她幸福的消息告诉赵庆国啊，她多么想念赵庆国啊！你知道吗，庆国，你要当爸爸了，我要当妈妈了，我们要有宝宝了。这时，她才真正理解和体会到了什么是爱情，什么是牵挂，什么是幸福。

赵庆国何尝不是如此啊。

那天从小屋回去以后，他一直都在牵挂李梅。她为什么没有到呢？出了什么事了吗？到底是怎么回事呢？他的脑海里闪现着一个又一个的问号。他的李梅，他的心上人啊。

牵挂，担心，他这时真正体会到了什么才是牵肠挂肚，什么才是朝思暮想，什么才是情迷心窍。

他有多少话想对她讲啊。但这些天他的心思能向谁倾吐？只能默默地在心里，只能静静地面对大山，只能偷偷地对着旷野倾诉。

他只能把他所有的能量发挥到劳动中。他使出全身的力气咬着牙往井上拉石渣，其他人都觉得奇怪，赵庆国哪来这么大的力气，一个人就拽得这么快？很快，他的肩上被勒出一道血红的印子。他拼着命轮着大锤打眼，敞开喉咙呼喊着号子，大锤打在钢钎上，冒起了火花，把钢钎的觉得奇怪，大锤下来力量太大了，把握钢钎的手震得都发麻了。他甩掉上衣，光着他宽厚的脊背，汗水在他的后背前胸流淌，他的头上像水泼的一样，裤子已经贴到身上。这些他全都不顾。他只顾拼命干活，不说一句多余的话。他在发泄，在摧残自己。

韩天宇觉得奇怪，王晓兰觉得奇怪，大家也都觉得奇怪。赵庆国这样干活，他一个人都能顶几个人了。

王晓兰看在眼里，疼在心上，她理解她的哥哥。

哥哥的发泄一是上次他没能见到李梅，他不知道为啥李梅没有去。二就是因为她，王晓兰知道的，这让她感到无比的愧疚。有什么办法啊，她真的爱上了韩天宇，在她看来，全世界没有比他再好的青年了。韩天宇也真心的爱她，她是他的一切。

可是哥哥，却要阻止他们交往，阻止他们相爱，阻止他们在一起。

她知道哥哥是在保护他，是在爱护他。她和他应该说是青梅竹马，从小到大他都无时无刻不在保护着她，呵护着她。在她看来，他就是她的亲哥哥，有了他她就有了胆量、有了依靠。他也把她当成自己的亲妹妹，有不解的难题他会第一个向她求教，因为她比他聪明。在和李梅最初的交往中，他不止一次地向她征求意见，向她汇报情况。

但这次，她觉得哥哥有点儿过分了，他曾经几次告诉她不要和他交往，她都没有听他的话，这使他恼怒以至于追到西沟。

她也曾经和他说过，他们是真心相爱，就如他和李梅一样，但他一再坚持韩天宇会伤害她，他坚决不会让韩天宇伤害她的。这也很让她忧郁，让她矛盾，哥哥的阻止会到什么时候才能结束呢？她都曾经想过，到一定时机，她会向赵庆国的爸爸、她的赵叔叔求援。

她和韩天宇的不断交往，让他心中充满了怒气。

无处倾诉的心声和无处发泄的怒气都集中到干活上，他使出了超出全身一百五十的能量。

赵庆国的超常发挥，在一定程度上使打井的进度提高了很多，在他的带动下，大家的干劲更足了。

抽水机的使用，更加快了进度。在抽水过程中，吴国臣把屋里吃的水提够了，赵庆国接过水桶，他一手拎一桶，把水拎到菜地，浇那些干渴的蔬菜，直到抽水机停止了抽水。几个人都要替他，韩天宇也几次喊他歇一会儿，但他谁都不理，只一个劲地拎水浇水。

蔬菜解渴了，他累得不成样子了。

在他的带动下，大家干劲倍增，清渣时井下的井上的都光着膀子疯起来

干活。井下的两个大筐轮换着不停地装，井上拉筐的一来一去小跑一样，倒渣的两个人拉过来就倒。

喊声、笑声，混在一起。人也多了，热闹了，干活的热潮一浪高过一浪。

三炮的石渣下午三点清理完毕。

这个进度超乎大家的想象，半米的深度，那是多少东西啊。

四

三炮的石渣清理干净了，马东风惊喜地告诉大家，井底又看见泉眼了。他这么一喊，井上的人们欣喜若狂，韩天宇马上就下到井底，吴国臣也跟着下来，他们要看看到底是什么样的泉眼，有多大的水量。因为，按照原计划，从见到水开始，往下再打两米就可以了，两米就是将来水井的水深。现在已经两米半了，也就是说，在干旱的时候，这个水井的水位能达到两米半。就目前林场的情况，完全够用。

韩天宇和吴国臣下到井底，马东风、孙浩晨、张中正几个人正围着井底两个冒水的泉眼。韩天宇和吴国臣下来，他俩来到泉眼的边上，这两个泉眼在井底的边缘上，实际上就是比较大的石缝，水就是从石缝中冒出来的。这两个石缝有韭菜叶子那么宽，水不停地往外冒，冒的力度还不小，冒出的水高出石头缝也有两寸。

哎呀，这个水量可不小啊。吴国臣惊喜地说，按照这个水的流量，一天一百桶没有问题。

能流一百桶？别瞎掰了，就这点儿水能冒出一百桶？五十桶就不错了！马东风反驳道。

张中正说：反正这水流得不慢，没有这个泉眼时，每天还淘十桶二十桶呢，这两个泉眼还不顶以前的三倍两倍呀。

能顶以前的三倍没有问题。孙浩晨说，要我说这还是保守的估计。

要这么算，每天六十桶水，就是三十担。韩天宇计算着，按照现在水位看，差不多应该有两米半了，要这么看来，这井打到这儿就完全够用了。就是将来建养猪场，估计也能够用。

你们说咋样，这水够用吗？他看着正在往外冒水的两个泉眼，问在场的几个人。

估计差不多。马东风说。

人吃一点儿问题都没有，就是遇到再干旱的年景，估计这个井水几十个人吃也没问题。吴国臣肯定地说。

按照韩天宇的预测，这个井水的水位也应该是够用的。于是，韩天宇做出决定，既然够用了，井就打到这儿，明天咱们就砌井，现在把井底收拾干净点儿。说完就让上边的人把他和吴国臣拽上去了。

上边的人一听井打完了，都很高兴，终于可以歇口气了。

但是有一个人没有高兴，他就是赵庆国。两米半的水位，这只是你理论上计算的结果，两米半的水位真能保证吗？假如两米或者一米半怎么办？赵庆国看着韩天宇问。你会说人吃也够用，但是这个井水现在已经不只是人吃了，应该考虑的是将来养猪的问题。

韩天宇特别认真地听着赵庆国说话。赵庆国又说：养猪场马上就建，但究竟要建多大的养猪场，按照咱林场的位置，木场南边都可以建成猪圈。他用手指着木场东南那一大片的地方。韩天宇顺着他手指的方向望去，猪场也只能建在那片地方。

这片地方能建多少猪圈啊，能养多少猪？一百？二百？三百？赵庆国问道，假如说公社要求养二百头，或者更多，这个井水够吗？如果不够，还再重新打吗？

赵庆国看着韩天宇。

要我说，按照长远的考虑，再往下打一米半米的，或者更多都行。赵庆国说，也就一两天的事。

韩天宇看着赵庆国，内心佩服起赵庆国来。他说得对呀，现在不是为人吃水，而是为猪吃水。到底能养多少猪啊，这十几个人在这儿，养猪的规模不会太小。我们要建一个规模大、数量多、品种好的大型养猪场。他不会忘记刘主任和他说的话，你要带领着青年点的青年们，在全县起一个带头作用。那么，这么大规模的养猪场，这个井的水够用吗？赵庆国说得对，要有长远的打算哪。

再打，最少再打半米或者一米，增加水位的深度。韩天宇在赵庆国的说服下又改变了决定。

韩天宇的决定井下的人没有反对，就是再往下打呗，再打一米、两米都行。

意见统一，三组打眼的人员马上各就各位。

叮当叮当的打锤声又从井下传上来。

太阳还没有压山，井底下就暗下来，打锤的人已经看不清钎顶了。是挑灯夜战呢还是就此歇息？挑灯夜战干活好干，就是这灯不好接。没有办法，井下的人只好上井。

第二天凌晨，东边的天空刚刚发白，赵庆国就起来了，他看到大家还都在熟睡，就悄悄地出了屋门。他来到井边，看着井下积起来的水，真的很多啊。他高兴起来。抽吧，趁着他们睡觉，把井里的水抽干了，吃过早饭就打眼，这样可以节省很多时间哪。

说干就干，他把水泵放到大筐里，连同水管一同送到井底。他又找到开关一合，水泵就工作起来，井上的水管哗哗地流出水来。水泵抽着水，他也没有闲着，他一手拎一只水桶，接满水就往屋里跑，在往水缸里倒水的时候很小心，他怕弄醒了还在睡觉的其他人，水缸接满了，还是照着原来的样子，一桶一桶地往菜地里拎，几个来回，汗就哗哗地流下来了。

等火红的太阳从东边升起，大家都起来洗漱时，赵庆国已经干一个多小时了。

你啥时候起来的呀？吴国臣问。

这水抽多长时间了？张中正问。

老赵，你咋这么精神啊，昨晚没睡吧？杨柏看着浇完的菜地说。

赵庆国喘着粗气，说：睡不着觉，躺着遭罪，还不如起来干点儿啥呢。

韩天宇来到井边上，问：抽多长时间了？

大概有一个多小时了吧。赵庆国说。

井里的水有多深？韩天宇又问。

赵庆国半天没说出来，他真的不知道有多深的水。

真是的，你咋不测量一下水的深度呢？韩天宇有些遗憾。他想和以前比较一下水的深度增加了多少。

赵庆国听了韩天宇的话，脸红了，赵庆国很内疚，咋就没量一下水深呢，真是不中用。他责备着自己。

吃过早饭，井里的水抽干了。真的按赵庆国预想的那样，一点儿都没有耽误打眼。

抽了两个小时，这水可不少了，这只是一晚上的时间哪。韩天宇再次决定，今天这茬炮放完后，把石渣清理干净，井的深度就又可加深半米，这样的深度就差不多了，井就不再往下打了。

大家都同意他的决定，然后就紧张地干活了。

叮叮当当一上午，几个人一口气都没喘，一直干到中午。三个炮眼打到四十公分，韩天宇叫停了，他说：行了，就到这儿吧，也中午了，放完炮下午清渣。井底要不断淘水，打炮眼也特别艰难。

张中正轮着大锤说：再打十公分没问题的。

赵庆国也不吱声，轮着大锤打个没完，韩天宇的话就跟没听见似的。没有办法，只好由着他们。

干起来没完了。韩天宇说，打锤还打上瘾来了。

又打了十公分，已经过午了。韩天宇再次催促：到此为止，不打了。

下午一点，大家收拾工具上井。井下就留赵庆国一个人，从打井以来，装炮点炮都是赵庆国的事。一是每次他都抢着干这活，他说他就爱鼓捣枪炮，再说他干这活确实利落，大家也都放心。

今天是打井的最后三炮，他自然要站好最后一班岗，他要求留下装好这最后三炮。临上井时杨柏要留下来陪赵庆国，赵庆国不让，说一个人完全可以，人多不好上井。

其他人都上井了，也都长长地出了一口气，井终于打完了。

上井的人们都陆续向小屋的方向走去，因为，已经过午很长时间了，大家都很饿了。王晓兰和田雨在门前不住地张望，她俩急得不得了，都下午了，还不回来吃饭。王晓兰刚要跑下来，他们就上井了。

赵庆国在井下有条不紊地装炮药，由于炮眼里都是水，他先用塑料布把炮药包成长条形状，再塞到炮眼里，炮捻子他也先用塑料裹上，以免井底的水浸湿了炮捻子。就这样他小心细致地装完了一个，又装完第二个、第三个。大约二十分钟，赵庆国圆满地装好了打井以来的最后三炮。他对自己很满意，大声地对井上的人喊道：我要点火了，准备拉我上井。

井上的韩天宇、张中正还有杨柏、吴国臣都低头眼巴巴地看着他呢，听到喊声就跑到拉大绳的位置，准备往上拽赵庆国。

赵庆国划着火柴，点着第一个炮捻子，炮捻子哧哧地冒出了火花，紧接着他又点着了第二个、第三个。点炮很成功。他看着哧哧冒着火花的三个炮捻子，笑了，他想这是最后的三炮了，他已经完成了最后的使命。

他迈步蹲到大筐里，喊了一声：拉！井上的几个人就使劲地往上拽。赵庆国顺利地上井。然后又和韩天宇、张中正还有杨柏、吴国臣一起急速地往小屋方向跑去。

还没跑到小屋门前，轰，一声炮响，一股浓烟从井口喷出，碎石从井口崩出来，崩到天空又噼里啪啦地落下。紧接着又是轰地一声响，又一股浓烟喷出，又有很多石渣被崩到天空，然后又噼里啪啦地落下来。

第一声炮响以后，韩天宇几个人都停下来看着从井里冒出的浓烟和崩到天空的碎石。赵庆国笑了。第二声炮响，他又笑了。他的笑很是矜持，永远是那样的矜持，只是两腮微微地向两边一动，两片厚厚的嘴唇刚刚裂开一道缝，甚至连牙齿都没有露出来，两眼甚至连一点儿形式上的变化都没有。

但是，在第二声炮响了以后，过了一会儿没有听到第三声炮响。

响两炮。张中正说。

是啊，还有一炮哪。杨柏也说。

过了一会儿，还是没响，也许第三炮的炮捻太长了吧。赵庆国想。但他马上就否定了自己的判断，因为炮捻是他自己剪的，没差多长。

又过了一会儿还是没响。

几个人你看我，我看你。先到小屋的几个人也都在门前张望。

咋回事呢，韩天宇看着赵庆国问，是不是有一炮你着急忘了没点？

不是啊，我都点着了，谁知道咋有一炮没响啊。赵庆国急得说话都有些结巴了。

井口的浓烟已经散尽，还是没响。

几个人站在那儿看着。此时，搬石头的李国峰几个人还有先从井边回到小屋的几个人，还在屋里说说笑笑地等着他们回来吃饭呢。

我看看去吧。赵庆国说完就向井口跑去。

吴国臣喊了一句：先别去，等一会儿再说吧。

赵庆国就像没听见一样，依然向井口跑去。一眨眼他就跑到井边上。赵庆国来到井边，他探着脑袋往井下看，但井底还有烟雾缭绕，看不清楚，就是没有烟雾在井上他也看不清井底的情况。此时赵庆国的心情很复杂，他恨自己，怎么就没点好呢，多丢人。

他找到了大绳的一头绑在架子上，然后把大绳另一头的大筐摘下来，就要下井，他要自己下去看看到底咋回事。

这时，韩天宇几个人也向井边跑来，老远看到赵庆国要下井，韩天宇急忙喊道：先别下去。可是赵庆国就像没听见一样。韩天宇又大声地喊道，绝对不能下去。第三声还没有喊出，赵庆国拽着大绳已经下去了。

韩天宇的心一慌，刚要说什么还没有说出口，就听井里轰的一声，第三炮响了。一股浓烟从井里喷出，无数的碎石从井里顺着井口被崩到天空。

老赵！赵庆国！随着轰的一声炮响，韩天宇、吴国臣、张中正还有杨柏都同时喊出声来。他们几个看着浓烟升起，都傻了，呆呆地站在那里，任凭被崩到天空的碎石落到眼前脚后。

几秒钟后，韩天宇、吴国臣、张中正还有杨柏从惊骇中反应过来，疯狂地向井口跑来，他们边跑边喊：老赵！赵庆国！

他们瞬间就跑到井口边上，井口的浓烟没有散尽，他们冲着井下拼命地呼喊着：老赵！赵庆国！没有回声。

在屋里等着吃饭的人们着急了，怎么还不回来呀，人都干啥去了？第三声炮响后，马东风、王晓兰和田雨从屋里出来，向水井这边张望。正好看到韩天宇几个人疯了一样向井边跑，马东风喊了一句：可能出事了。喊完就向井边跑去，王晓兰、田雨也跟着向井边跑去。

屋里的人听到马东风一喊，也都从屋里出来，不知道发生了什么事，跟着向井边跑去。

井边的几个人还在撕心裂肺地喊着：老赵！赵庆国！老赵！赵庆国！井里依然没有回声。

吴国臣拿起井边上钩大绳的铁钩子，把还在晃荡的大绳钩过来抓住，顺着大绳就要下井。韩天宇大声阻止了他的行动。

小屋里的人全都跑来了。咋回事？咋回事啊？大家都在问。

炮响时，赵庆国在下井。吴国臣几乎是哭着说。

啊？大家几乎被这样的事实惊呆了。他们不相信，炮响时，赵庆国怎么会下井呢？不信也得信，赵庆国真的没在井上啊。听到这话，王晓兰趴到井边上就哭了，她哭着大喊：哥哥，你咋样啊？你听到了吗？

赵庆国现在咋样啊？大家都焦急，每个人的心都像被火烧了一样。

吴国臣已经把大筐挂到大绳上，韩天宇指挥着，杨一飞和张中正拉着大绳往下送人，说完他第一个下去了，紧接着吴国臣、杨柏分别下去，马东风也跟着下去了。

井底的烟尘几乎散尽，出现在他们眼前的是惨不忍睹的一幕：赵庆国斜躺在井底的乱石渣上，井底都被血染红了，整个井里充满了一股血腥的味道。

最先看到这样惨状的是韩天宇，他第一个下的井。他万万没想到就在这几分钟里出现了这样的结果。他大声喊着赵庆国的名字。赵庆国没有一丝动静。赵庆国死了，他在心里喊着，赵庆国死了，可咋办哪。

韩天宇彻底崩溃了。他瘫坐在井底的烂石渣上。

吴国臣、杨柏、马东风都下来了，看到这样的情景，他们疯狂地呼喊着赵庆国，可赵庆国没有一点儿声音。

井上的人听到井下的人疯狂的呼喊，就已经知道发生的事了，也都喊起来，王晓兰哭喊着要下井，被大家拽住了。

张中正站到大筐里，他要下去，井底下究竟是啥情况他不知道，急得他都想往下跳。他下到井底看到赵庆国的惨样，哭号着：老赵，老赵啊，老赵，你咋成这样了啊。

韩天宇渐渐地清醒过来，他慢慢地站起来：咱们都别喊了，赵庆国不行了，咱想办法把他拉上去吧。

怎么拉呀，就他现在这样？大家都没有办法。

不管咋样也得把他弄上去呀。韩天宇哭着说。

这样吧，吴国臣说，咱把老赵抬到大筐里，把他拉上去吧。

没人说话，大家都在哗哗地流泪。

都别看了，快抬吧。韩天宇哭着说。

几个人动了，吴国臣、杨柏搬着两条腿，张中正抱着脑袋，马东风抱着腰，他们抬着往大筐里装。赵庆国个子大呀，好不容易装到大筐里，两条腿都在外面耷拉着，上半身也在大筐外面。

井上的人一起使劲，把赵庆国拉了上来。

李国峰、陈浩、刘海剑、杨一飞、孙浩晨几个人看到赵庆国的惨样，呼喊着老赵，韩天宇在井下喊道：别喊了，人都那样了，还喊啥？快点儿抬下去，好把我们拉上去。

几个人小心地把赵庆国抬到距离井边有十来米的平一点儿的地方放下，王晓兰和田雨紧跟着过去，王晓兰哭成了泪人。

王晓兰凄惨地喊着哥哥，她顾不上擦泪，手在哥哥的胸上、肚子上、腿上摸着。田雨也哭成了泪人，她拉着王晓兰说：咋成这样了，这是咋弄的啊。

井下的几个人被拽上来。韩天宇想起来，还没给公社打电话呢，出了这么大的事，得赶快跟公社报告啊。他大声对吴国臣说：老吴，你赶快给公社刘主任打电话，出了这么大的事，得赶快报告。吴国臣刚要走，韩天宇又说：还是我去吧。说完转身就跑。

这些人围在赵庆国的周围不知如何是好，个个泪流满面。

第十三章

一

不到一个小时，刘主任带着公社的几个干部坐着吉普车来到了林场，他来到井边，赵庆国的遗体已经被韩天宇他们用破衣服盖上了。刘主任揭开盖在赵庆国头上和身上的破衣服，看到赵庆国被炸的惨样，很悲伤地说：多好的孩子啊，没想到会炸成这样啊。韩天宇简单地把事情的经过向刘主任讲了一遍。

刘主任听后，非常惋惜地说道：你们没有常识，没有经验哪，在放炮时，如果遇到这种情况，千万不能马上到跟前去，或者说根本就不能去。刘主任很惋惜，因为这次事故本不应该发生的。

最后一炮为啥响得那么慢呢？马东风急着问。

前两炮响了以后，崩起来的石渣把第三炮的炮捻压住了，如果压得很死，把炮捻压断了，炮就不会响了，如果把炮捻压扁了，但还没有断，炮捻就燃烧得很慢，延缓了炮捻燃烧的时间，炮响的时间就晚。今天这最后一炮就是这种情况。

谁想到赵庆国等不及，他非要看看去，急着跑到井里？吴国臣说，我还说别着急，先别去，他就是不听啊，结果这样了。

韩天宇拉了一下吴国臣，说：别说了，人都这样了，说这些还有啥用啊。

刘主任很悲痛，他对所有的青年深情地说：赵庆国是个好青年，从首都北京来到咱这个农村还是山区。两年来，他表现很好，在平山时就任劳任怨，干活不怕苦不怕累，平山的贫下中农都给他很高的评价。来到林场以后，依然不怕脏累，为林场建设出了很多的力，他是你们青年的榜样，你们应该向他学习。我会以公社革委会的名义把赵庆国的事迹向县里汇报，并呼吁全县的青年向他学习。

这里的青年谁都不会忘记，他刚来的第一天就舍身跳进猪圈赤手用两根

木棒打死一只恶狼，铲除了林场的祸害，之后不论是扛木头还是打井，他总是不怕累不怕脏，干什么活儿都没有怨言。他为人诚实厚道，真诚地对待每个人。今天刘主任说的这几句话，勾起了青年们对赵庆国的回忆。

我们应该给赵庆国同志开一个追悼会，写一个正式的悼词才对。刘主任说，但是现在不行，时间也来不及呀。现在天气这么热，要赶快将赵庆国入土为安哪。

刘主任对身边的一个工作人员说：马上联系木匠，打一口最好的棺材，明天早晨拉到林场来。

刘主任又对另一个工作人员说：回去以后，你马上给赵庆国同志的家里发个电报，告诉他的父母，赵庆国在打井时光荣牺牲。请示一下他的家里有啥意见。还有要给县里知青办打个电话，报告一下这里的情况。

发给赵庆国家里的电报是在第三天回来的。电报内容很简单：儿子为社会主义建设而死，很值得，就地安葬。路途遥远，家里不再来人看望，妥善安置。刘主任看到电报心酸得差点儿掉下泪来。

韩天宇和林场的知青们看着赵庆国，又是一阵心酸，人们不知不觉又流出了泪水，王晓兰更是泪流不止。

晚上你们要有人在这里守着点儿，也算是我们为赵庆国送别吧。刘主任对身边的韩天宇说。

韩天宇含着眼泪答应：您放心吧，我们会轮流在这里守候的。

刘主任看看偏西的太阳，对大家说：我们一起给赵庆国同志行个礼吧，也算是和他告别。说完他领着大家对着赵庆国的遗体三鞠躬。

礼毕，刘主任和那几个工作人员告别林场的知青坐车返回了。

韩天宇目送着刘主任的吉普车越开越远，他们的心也越来越酸。他们看着眼前的赵庆国说点儿什么啊，想说的话很多，但说啥还有用吗？

现在有十二个人站在这儿守着一个人。明天他就不会再和他们在一起了，韩天宇想到这儿眼泪就又流出来了。

韩天宇看看大家，看看赵庆国，又看看那口宽大的井，长出了一口气，他缓缓地说：赵庆国走了，我们还得活着，还得干活。但现在我们啥都不干，我们就守在这儿，守着赵庆国。他停了一会儿又说：为了我们今后更好地干活，我们不要伤害了自己，中午我们还没有吃饭，这样吧，我和吴国臣在这里守着，你们先都去吃饭。

韩天宇说完，谁都不动。韩天宇又说：人是铁，饭是钢，你们吃饭去吧，快去。

还是没有人动，也没有人吱声。

韩天宇一看不行，这样哪能受得了啊，晚上还得守着呢，都不吃饭哪行啊，这个时候可不是感情用事的时候。活着的人要都垮了，明天后天我们还怎么干活啊。想到这儿，他大声说：要不这样吧，吴国臣、马东风你们俩先去搬两条凳子来，然后在这儿先守着，其他人去吃饭，回来再换你们。

吴国臣和马东风立刻跑到小屋里搬来了两条长凳子，其他人就到小屋吃饭，王晓兰说啥也不肯去吃饭，田雨和其他人好说歹说，她才跟着大家回到了小屋。

下午四点多了。大家坐在那儿，看着做好的米饭，和已经凉了的一大锅熬豆角，谁也没有心思吃。这哪行啊，必须得吃饭。韩天宇命令的口气：必须吃饭，都去盛饭盛菜，吃完了好到那儿守着去。他说完，自己先盛了一大碗饭，又盛了一碗豆角。接着杨柏也盛了，其他人也都盛了饭菜，默不作声地吃着。

王晓兰就是不吃饭，她坐在炕沿上发呆，田雨怎么劝她也不行，韩天宇看着也没有办法，只好说：等一会儿再吃吧。王晓兰哪能吃得下饭啊，她一块儿长大的哥哥没了，眨眼的功夫就没了。她怎么想得到啊，那么高大威武的哥哥，那么能干的哥哥，那么爱护她的哥哥，怎么就这么快就没了。她怎么和她的大大说啊。大大曾经千叮咛万嘱咐，要哥哥保护好妹妹，不要让妹妹受到一点儿委屈。他做到了，但他却没有保护好自己。就在这一瞬间，她想起了哥哥对她的好，从小时候到现在，一桩桩，一件件，事事在目。小学时她脚崴了，他背着她上学；初中时她受到男生的讥笑，他打倒了那几个男生，为此他受到了老师的批评；高中时，放学后几个男生跟着她，要看看她的发卡有多好看，他横眉立目，吓退了那几个男生；来到平山之后，他拳打王立新，脚踹李老四，为保护她这个妹妹，他尽到了哥哥的责任。如今，哥哥变成了这副模样，而且永远离她而去了，她怎能不心酸，怎能不心碎啊。

是的，王晓兰的心就像刀绞一样，这是她有生以来从没有体会过的。

她哪有心情吃饭啊。

一切收拾完毕，吴国臣和马东风才回去吃饭。

吴国臣和马东风他们回来时，吴国臣还拿了几根蜡烛，点着了，插在赵

庆国头两边的木板上，一边一根。吴国臣说，这样可以照亮赵庆国远去的路。

天黑了，大家谁也没有回去睡觉。不管韩天宇怎么说，大家也都不离开。谁能睡得着觉呢？

韩天宇坐在一块大石头上，他望着近在咫尺的高山，内心真的就像火烧一样难受。

我怎么就没劝得住他呢？韩天宇无比愧疚。吴国臣劝了，但他没听，这是他自己的错。但如果当时我劝，我极力地劝说，或者命令他站住，不要他前去，他还会去吗？他也许就不去了。我喊了一句，先别下去。但他没听，是没听还是没听到啊？其实，当时我非常清楚那时下到井里的危险性，但为啥没有极力劝他呢？韩天宇在反复地责问自己。看着躺在木板上的赵庆国，韩天宇有一种负罪感，他这种负罪感来自哪里？其实，当时在赵庆国转身向井口跑去的一瞬间，韩天宇就有马上喊住赵庆国的想法，他当时已经意识到如果跑到跟前炮响了咋办？蹦起来的石头还不砸到脑袋上啊。那可是不死即伤啊。但他没有喊，当时为啥没喊呢？他问自己，是记恨赵庆国吗？是因为刚到林场时和他摔跤争点长的事吗？是他劝说王晓兰不让她和自己搞对象的事吗？是他一而再再而三地追着打扰他和王晓兰约会吗？韩天宇是这样的人吗？不是，他在心里肯定地回答，不是。那为什么就没有极力劝他呢？为什么啊？不管咋说，赵庆国的事故，我，韩天宇，有不可推卸的责任，是我韩天宇造成了赵庆国的死。

面对躺在木板上的赵庆国，韩天宇的内心无法平静，那种自责、那种负罪、那种悔恨的心理让他无比煎熬，以至于在以后的几十年都无法消除。

夜深了，四周寂静得让人害怕。眼前的大山黑乎乎的，看不清高低起伏的轮廓。远处的原野，空空荡荡，没有一点儿依靠。稀稀拉拉的无精打采的星星，睁着疲惫的眼睛，看着他们。两根舔着蜡沿的火苗发出昏暗的光，就像两只昏黄的萤火虫，显得那样没有精神，没有力量。

韩天宇看着深远的夜空，他几次催促其他几个人回去休息，后半夜回来换他们，可是谁也不回去，就连王晓兰和田雨也坚决表示在这儿陪着赵庆国度过最后一个夜晚。

他们有的坐在石头上，有的坐在凳子上，有的就坐在地上。谁都不说话。

沉默，寂静。可怕的沉默，可怕的寂静。

青年林场在黑暗中是那么凄凉和悲伤。

没有风，火苗慢慢地烧着，一根蜡烛烧尽了，又换了一根。

他们就这样无声地陪在赵庆国的身边。

这是他们在一起的最后一个夜晚了。

第二天天还没大亮，李德林和韩福利带领六个人坐着李占武赶的大车就来到了林场，他们每个人都拿着大镐、铁锹等工具。

昨天下午，快天黑了，公社的一个干部找到了李德林，这个干部把赵庆国的事和刘主任的吩咐向他做了汇报。李德林听后大吃一惊，他万万没有想到啊，赵庆国会出这样大的事。虽然说他和赵庆国没有多少交往，但近一年多来，对赵庆国还是有一些了解，赵庆国是很好的青年。现在他既伤心又后悔，他为赵庆国这样一个好青年就这样离开而伤心，他后悔是因为他一时立场不坚定听了李利民的话到刘主任那儿请求把赵庆国送到了青年林场。如果没有他到刘主任那里去说，去请求，赵庆国就不会到林场，他也就不会死去。他为他当初的行动后悔、自责、愧疚。

李德林掩饰着内心的伤感和自责，马上找到韩福利，把这个消息告诉他，韩福利听到后和李德林一样，先是伤心然后是后悔。之后他俩就商量找谁明天去给赵庆国打墓子，这个墓子打在啥地方。在确定打墓子人选的时候，韩福利说选谁都不能选李利民，因为暂时还不能让李梅知道这件事。李梅和赵庆国恋爱的事韩福利都知道了，特别是李梅怀孕的事韩福利也知道了。那天李梅和韩香梅说了她和赵庆国的事后韩香梅就和他商量怎么办，他支持韩香梅，他被李梅和赵庆国真诚的感情所感动，要韩香梅想办法支持他们，给他们争取一个特殊的生育指标。可是这个消息韩香梅刚刚告诉李梅，李梅还没有把这个消息告诉赵庆国，甚至赵庆国连自己心爱的人怀孕的事都不知道，就离开了他心爱的人和他未出世的孩子，这是多么残忍的事啊。这个消息如果让李梅知道，对她将是多大的打击啊，她一定会承受不住的。

李德林和韩福利确定了打墓子的人选以及墓地的位置。他俩反复商量，要埋到远离人居的地方为好，这是他们一致的想法，最后他俩一致认为应该埋在林场东边的山岭东侧，面向东南，既朝阳又开阔。就是距离林场远点儿，还要翻过一座山岭，但是又没有一个更合适的地方，只好这样了。

李占武赶着大车来到林场，把牲口拴在木场，车上的人都下来，向水井方向走来。

天还没有大亮，韩天宇他们没有看清楚来的是谁，就都站起来看着，等

近了才看清是李书记和韩队长等人，就上前几步迎接。大家没有过多的寒暄，握过手以后，就来到赵庆国遗体前看望。几个人默默地待了几分钟，就到东山岭的东侧选址打墓子了。他们要为这个年轻人选一个背靠大山、眼前宽阔辽远的好地方。

二

太阳升起来了，阳光又普照了大地。不管发生了什么事情，太阳总是永不改变地按时东升西落。

十二个青年没有吃早饭，他们甚至没有回到小屋洗脸，漱口，刷牙。他们就在井边，就在原地，有的站起来活动活动，有的在井边走走，有的低头看看井里的水。

韩天宇说：今天是七月二十五号了，我们应该记住今天哪。

这是我们人生中不可忘记的日子。杨柏也跟着说。

韩天宇看看杨柏，没有接下去，反倒岔开了话题，他对王晓兰和田雨说：晓兰和田雨你俩回屋做点儿饭，大家要吃点儿东西，要不我们中午咋为赵庆国送葬啊？

王晓兰看看大家，她两眼木木的，不知如何是好。田雨走过来，拉着王晓兰向小屋走去。韩天宇说得对，一晚上没有睡觉，再不吃饭，中午还怎么为赵庆国送葬啊。必须要吃饭，田雨拉着王晓兰回到小屋，她把王晓兰送到西屋，让她躺在炕上，自己把昨天中午做的干米饭用水冲成水饭，又把没有吃完的豆角倒在大锅里热热，早饭就算做好了。估计够每人一碗，就是吃点儿压压肚子吧，多了也吃不下去啊。

又是韩天宇的命令，大家轮着吃了点儿。

大家回到井边上已经是上午九点了。十二个人围在那儿，内心都很复杂，赵庆国虽然来到林场青年点时间不长，只有短短的三个月还不到，但是已经和这里的青年建立了深厚的感情，这里的每个人都有很多心里话想对赵庆国说，有感激的，有自责的，有满足的，有愧疚的。不管怎么说，面对这个离他们而去的朝夕相处的战友，他们伤心和悲痛的心情是可想而知的。

这时，在通向平山的道路上跑过来一个人，这个人跑得很快，说是跑，还不如说是狂奔。转眼间，这个人跑近了，模模糊糊看到是个女的，因为头上甩着两根辫子。又近了，看清了，王晓兰看清了，是她的李梅姐。李梅几乎是疯狂地跑到林场，跑到人群这边来的。

本来昨晚李德林和韩福利商量暂时不告诉李利民和李梅，怕李梅经受不住打击。但韩福利的女儿韩香梅知道后，想了一晚上，觉得不告诉李梅也不是事，相爱了这么长时间，还有了相爱的结晶，现在心爱的人离去了，怎么就不能见上最后一面，送上最后一程啊。心都是肉长的，以女人的心体会女人，韩香梅没有管住自己，她心软了，她不忍心隐瞒她的好姐妹。她吃过早饭，来到李梅家，李梅妈妈告诉她李梅已经下地干活了。韩香梅就紧跟着跑到地里追上了李梅。她把知道的事情全部告诉了这个还在幸福和希望中的妹妹。

李梅听到这个消息，如五雷轰顶，眼前一黑，昏倒在地。韩香梅急忙把她扶起来，又是掐人中，又是按前胸，好一会儿，李梅终于醒过来。李梅清醒以后，二话没说撒开两腿就向青年林场跑去。

十来里的路程，李梅没有停下一次，她恨不得长上两只翅膀，一下子飞到青年林场，去看看她心爱的人到底怎么样了。因为，她不相信，她不相信韩香梅说的话是真的。怎么可能，怎么可能啊，完全不可能，完全不可能的。她的爱人，她心爱的人不会死的，不会死的。过两天他还要到场院的小屋来，她还要在小屋等着他来呢。她已经有了孩子，他和她的孩子，他还不知道，他还没高兴呢，他怎么就离开她呢？李梅跑啊跑，她一边跑一边想，韩香梅一定是为了让她到林场来和她心爱的人见面才编出来这个故事。怎么能这样，怎么能编这样的故事来骗人呢。李梅在心里埋怨着韩香梅。她不敢相信这个事实。

她越跑越疯狂，一刻都不停留。她大口喘着气，衣服已经湿透了，满脸是汗，但她一点儿都不觉得累，她已经不知道什么是累了。

她身后扬起一溜尘土。

上午十点多钟，李梅终于跑到了林场。王晓兰看到跑过来的李梅，急忙过去扶住她，把她领到赵庆国的跟前。还没看到赵庆国的模样，李梅大喊了一声庆国，就又一下子昏倒在地。

十二个青年被这一幕惊呆了，一时不知道咋办才好。王晓兰急忙把李梅扶起来，大声呼喊着梅姐。田雨也跑过来又是捶后背又是按前胸，过了一会儿，李梅长出了一口气，慢慢地缓过来，紧接着就扑到赵庆国的身上大哭起来。

李梅把盖在赵庆国头上的床单拽开，看到了赵庆国的模样，哭得更伤心了。她一边哭一边喊着：

你不是说要和我白头到老吗？咋就这样了呢？

你不是说要好好地对待我，要带我到北京去吗？咋就说话不算话了呢？

你说你爱这个地方，你不是说这里就是你的家吗？

你不是说我就是你的家吗？你咋就离家而去了呢？

你不是要盖房子，要过安安稳稳的日子吗？咋就这样不说一声就走了呢？

你不是说我们要生一个男孩儿，还要生一个女孩儿，我们四口人快快乐乐生活，咋就不算数呢？

那哭声凄惨、悲凉，让所有的人都跟着心痛、都跟着掉泪。

王晓兰陪在李梅的身边，两手拉着她的胳膊，哥哥、哥哥地叫着，泪水不住地流下来。

李梅抚摸着赵庆国伤痕累累的、不成模样的脸，她没有看到他的全身，她看到的是干净的军装穿在他的身上，但她完全想象得到，他的全身会是怎么一个样子。

她哭得几乎喘不上气来。

赵庆国啊，我们有孩子了，你还不知道，就离开了你的孩子，离开了我，你让我们怎么活啊。她那撕心裂肺的喊叫让在场的人的心都揪到了一起。

我们有了孩子，早想给你惊喜，让你高兴，可你怎么就这么走了啊？

你听到了吗？我们有孩子了，你高兴吗？你还没有高兴呢，咋就走了啊？

哭声阵阵，喊声阵阵，声声哭喊都穿透人们的心。

这撕心裂肺的哭喊，让所有人的心都疼痛难忍，哭喊声在空中回荡，在山谷中回荡。

王晓兰的劝说，田雨的劝说，大家的劝说，都没能阻止李梅的哭诉。

她有多少话没有对赵庆国说啊！她有多少话要对赵庆国说啊！

这是一生的话，一世的情啊！

上午十一点多，公社农机站的小王开着拖拉机把棺木拉来了，随之而来的还有李利民和王立新。

木匠是连夜赶做完了这副厚实的棺材。这个棺木是用青山的原始森林里最好的油松做的。规格是按当地最大的尺寸四五六下的料，就是棺木的盖子六寸厚，棺木的侧帮五寸厚，棺木的底四寸厚。做好后又漆上了黑色的油漆，整个棺木下来足有千八百斤。

这时打墓子的人也回来了，李德林书记吩咐把大车上起灵用的杠子、绳子等都拿下来，找了一块平展的地方放好，然后他们一起把棺材从拖拉机上抬下来，放到长长的底杠子上。

马上就中午了，咱要尽快入殓，赶在午前入土为安。李德林大声喊着。这里有一个习俗，过世的人要赶在中午十二点前入土为安。

大家听了就忙起来，王晓兰和田雨紧着把李梅拉到一边。

赶紧入殓。李德林喊着。青年们不知道怎么办，韩福利就告诉他们：你们几个人把赵庆国抬到棺材里就行。

这里的十个青年就围在赵庆国的四周，每个人拽着一块褥子边，把赵庆国抬起来，向棺木走去。王晓兰和田雨搀着已经站立不住的李梅，走在后边。

赵庆国连同身下的褥子被放进了宽大的棺材里，这是个特别制作的大号棺木。赵庆国被放到了棺材里，之后他们把厚重的棺材盖儿盖上。李占武马上拿起最长的钉子抡起锤子把棺材盖钉上，一边钉还一边喊着：孩子躲钉啊，往西边躲。孩子啊躲钉啊，往东边躲。

李梅跪在棺材的前边，哭着喊着，所有的人也都跟着喊。

入殓完成，李德林和韩福利几个人用大绳把棺木绑好，然后八个人各就各位，李德林大喊一声：起！八个青年就抬起装着赵庆国的棺木起灵了。

他们沿着崎岖的山道，向东边的山岭走去。路途很远，又坑洼不平，他们不时地轮换着抬。李梅在王晓兰和田雨的搀扶下一直跟在后面。

翻过了东山岭，就来到了东面坡的墓地，大家七手八脚地把棺木放到墓坑里，就一锹一锹地填土。李梅的哭声更大更悲伤了，她就要和她心爱的人永远地离别了，她眼看着她心爱的人埋在地下，埋在那冰冷的土里，她怎能不悲伤，怎能不心碎啊。

王晓兰在李梅的身边也哥哥、哥哥地哭喊着。

最后，李梅的嗓子已经喊不出完整的声音了，王晓兰的嗓子喊哑了。

在场的人无不为之心痛，无不为之落泪。就连李德林这个五十多岁的老书记，韩福利这个五十多岁的老队长，还有李占武、李利民也都泪流满面。

安葬了赵庆国，李德林又让李梅把他带来的纸在坟前烧了。大家这才离开了墓地。

李梅和爸爸一起坐着拖拉机回到家里，她已经没有一点儿力气，就连站着的力气都没有了。回到家里，她仍然悲痛欲绝。她没有办法从这突发的事件中回到现实，她趴在炕上不停地哭。妈妈过来安慰闺女，一边安慰，自己却也不断地流泪。妈妈也同样伤心，同样悲痛，她看着趴在炕上哭泣的闺女，心疼啊。闺女啊，这是啥命啊，咱们的命咋就这么苦啊。

李利民在东屋也暗自流泪，他在为赵庆国惋惜，这么年轻就离开了人世。他主要也是为闺女痛心哪，他可怜闺女！今天他才明白了闺女对赵庆国的真心。但他却走了，他为闺女惋惜，更为当初自己赶走赵庆国而悔恨。

李梅病倒了，一连几天她不吃不喝，妈妈劝，爸爸劝，都无济于事。她最好的姐姐韩香梅来劝，韩婶婶李婶婶来劝，也都无济于事。李梅已经筋疲力尽了，她几乎没有活着的愿望了。

怎么才能让她平静下来，从痛苦、悲伤中走出来呀，大家绞尽脑汁。最后还是韩香梅的一句话让李梅振作了起来。

那天，韩香梅问起李梅孩子的事，问她是怎么打算的，李梅态度坚决，一定要保留这个孩子，李梅说：赵庆国不在了，我一定要把他的孩子生下来，养大成人！

韩香梅看李梅态度坚决，不好说啥，只好说：你要这个孩子，那你就得好好待自己，不能糟蹋自己，你不吃不喝的，孩子能行吗？

李梅听到这句话，心里一震，对，不能糟蹋自己，糟蹋自己就是在糟蹋孩子啊。要保护孩子，一定要保护孩子。韩香梅的一句话让李梅如梦初醒。从此，为了孩子她大口吃饭，也好好睡觉了。她精神开始振作了。

爸爸妈妈多次劝说李梅，要她打掉孩子，但李梅就是不同意，她一定要为他心爱的人生下孩子，把孩子养大成人。

事没过几天，王立新就托人来说媒，说他不嫌弃李梅肚子里的孩子，要娶她为妻，但李梅态度坚决地回绝了，她表示，她一生不会再嫁了，她是赵庆国的人，她要为他活下去，为他和她的孩子活下去。

王立新最后死了这条心。

赵庆国永远被埋在东山坡上了。林场少了赵庆国，就像少了半边山。那天送葬回来，大家一直沉浸在悲伤中。回到小屋，赵庆国放着被褥的地方空着，但大家感觉赵庆国还在那里，那高大魁梧的赵庆国还躺在那里。

但事实就是事实，赵庆国走了，永远不在了。

大家脑袋耷拉着，脸上满是伤感悲痛，每个人疲惫得就像一滩稀泥，他们的精神崩溃了。

韩天宇看着大家，他也悲伤，痛苦，但他想，死去的人永远地死去了，活着的还得活着，该做的事还要去做啊。都这样不行啊，这不垮了吗，崩溃了吗？不行，一定要振作起来。于是，他以命令的口气说：晓兰和田雨你俩尽快做饭，大家吃饭后还要干活！

王晓兰和田雨哪有心情做饭哪，她俩好歹煮了点儿稀粥，切了点儿咸菜。韩天宇又命令大家吃饭。他振作着精神说：赵庆国去了，他是我们的榜样，我们要向他学习，他是为打井而死的，我们就要按他的遗志尽快把井打好。他是为建设林场而死的，我们就要尽快把林场建好，这样才对得起赵庆国的在天之灵。我们快吃饭，吃了饭我们还要争分夺秒地干活呢。

在他的鼓动下，大家好歹吃了点儿饭，又都振奋起来来到了水井边。

井里已经积了一米多深的水。大家把水泵送到井里，由吴国臣看着抽水，其他的人都到附近捡石头。两个多小时过去了，井水抽干了，大家又按原来的安排开始清理石渣。

少了赵庆国，虽然只是少一个人，但好像少了好多人，也没有了以往的气氛。大家都默不作声，只顾干自己的活。太压抑了，韩天宇想。他自己也一样，在干活的过程中，都不能集中精力，在他的眼前，赵庆国的身影总是晃来晃去。他倒完石渣，一抬头就看到赵庆国在和吴国臣拉着大绳，他眨眨眼，还是赵庆国，用手揉揉再看，原来是张中正。石渣拉上来了，他急忙去倒，一抬头又看到赵庆国。

韩天宇只好一心一意地干活，不向两边看。

精神的颓丧，使得干活的速度慢下来，没办法，只能这样，韩天宇也没有办法。

水井边上没有了笑声，没有了欢乐。在一片死气沉沉中，大家沮丧地干着活。

第二天，石渣终于清理干净，大家松了一口气。

正式开始砌井了。韩天宇松了一口气，按正常进度一天砌三米，有四到五天差不多就完成了。胜利在望啊，千万不要下雨，千万不要出事啊。韩天宇祈祷着。

大家挑最大的石头往井里扔，最底层好垒。这个井按原来的样子，是从底到顶都是一样的直径，韩天宇想改一改，他想把这个井砌得下边大，上边

小，这样可以多储存水。

韩天宇做好分工，吴国臣、张中正还有陈浩三个人垒井，其他人帮着运送石头，打下手。然后大家就紧张地干起来。

砌井第一天完成了三米多，韩天宇盘算着，按这样的速度，再有四天多就可以完成了。

三

夜晚，韩天宇躺在炕上，翻来覆去睡不着觉。

他反复地责问自己。虽然说人已死，责备也无济于事，但韩天宇的内心仍然不能安宁。怎么能推卸掉呢？韩天宇的心情复杂而焦灼，伤感而愧疚。他想，他将为此事痛苦一生，悔恨一生。

他努力睁开眼睛并抬起头看看赵庆国躺着睡觉的地方，依然空着。他两眼直勾勾地看着，恍惚之间，赵庆国又回到那个位子上，顿时鼾声震耳。韩天宇躺下，闭上眼想，这又是幻觉，赵庆国已经走了，他再不会回来了。他到哪里去了呢？

韩天宇放声大哭。

老韩，老韩，吴国臣大喊。干吗呢？别哭了，别哭了。韩天宇睁开眼睛，清醒过来。

他翻了一个身，怎么就睡不实呢？啥都不想，赶快睡觉吧。他想，明天还要干活呢。他努力闭眼，努力啥都不想。王晓兰咋样了？不去想赵庆国，又想到王晓兰了。那次赵庆国的木棒没有打在他俩身上，真是幸运。那次要打在身上，会打成啥样啊，真要脑浆迸裂了，他现在想起来还哆嗦得厉害。又想到赵庆国了。他为啥要干涉别人的恋爱呢？仅仅是想保护她，不让她受到伤害吗？真的不明白。嗨，弄明白干啥，永远都弄不明白了。他想。赵庆国的离去，给王晓兰造成了多大的打击啊，王晓兰现在睡着了吗？她一定没有睡着。那么，她在想什么呢？

的确，王晓兰没有睡着，她哪能睡得着啊。

王晓兰连续两宿没有睡了，她实在太疲惫了，这几天来，她简直心力交瘁，但她还是坚持着，表现着她的坚强。

她躺在炕上，已经睁不开眼睛，就是想睁着眼睛也抬不起眼皮。但就是睡不着，她极力地控制自己，不去想她的哥哥。田雨说得好，哥哥去了，这已是不可挽回的事实，再悲伤也于事无补，人死不能复生，我们还得活着啊。她知道这都是劝解的话，但确实很有道理。不是吗，哥哥还能回来吗？他已经永远地躺在那冰冷的地下了，回不来了。每当想到哥哥躺在冰冷的泥土里，永远都在那里，不会回来，她就泪如雨下。

她又流泪了，泪水浸湿了枕巾。

妹妹，离他远点儿，他虽然是点长，但一定防着他。哥哥掏心窝子对她说。妹妹，你咋不听话啊，他会伤害你的，有几个像哥哥这样的好人啊。你不要亲近他了，哥哥不会让你吃亏的。哥哥严肃地告诉她。她听了。知道这是哥哥的好意，但内心却很反感，认为哥哥是多余，是多管闲事。王晓兰想，怎么会反感呢？怎么会有这种想法呢？她觉得对不起哥哥。

快起来，好像地震了！田雨大声地喊道。王晓兰猛然惊醒。轰隆隆轰隆隆，还在响，像大火车在运行，像下雨天打着闷雷，声音好响好大。随之而来的是摇晃，炕在摇晃，电灯在摇晃，房顶在摇晃，墙壁在摇晃，窗户也在摇晃。

摇晃更厉害了。田雨站起来，差点儿摔倒，她害怕了。是地震了，晓兰，快跑吧！田雨急了，她腾地从炕上跳到地上，连鞋都没穿，迅速地向屋外跑去。

是地震了，王晓兰明显地感觉到，地震非常厉害。她在炕上已经站不稳了。衣服，衣服在哪儿？她光着脊背，穿着裤衩，找不着衣服了。其实衣服就在炕上，是她太着急了，看不到衣服。

快跑！地震了！快跑！东屋的男青年们噼里啪啦地往外跑，一边跑一边喊。

情急之下，她也跳到地上，一抬头看见了在炕头的上衣。摇晃还在继续，一块墙皮啪地掉在地上，差点儿砸到王晓兰的脚上，她吓得一哆嗦，险些坐到地上。她一把拽过上衣，转身向外屋跑去。男青年多数都已经跑出去了，韩天宇和杨一飞跑在最后，他们在堂屋碰上，韩天宇顿了一下，喊了一句：快跑！王晓兰边跑边把上衣披在身上。这样她和韩天宇一前一后快速跑出了屋子。

先跑出来的都站在距离房屋十米以外的地方，都眼巴巴地看着剧烈晃动的房子。

吓死我了。吴国臣喊道，哪经过这个呀。

地震，太厉害了，房子差点儿倒了。张中正说。他是第一个跑出来的。

我还以为在做梦呢，听到喊声才跳下地的。马东风说。

陈浩摸着脑袋，傻笑看说：我还真头一次经过这么大的地震，真挺吓人的。

韩天宇不是最后起来的，他第一个感觉到地震的动静，开始时什么都没有动，只是声音特别大，像火车通过的声音，轰轰不停，紧接着就是左右摇晃。开始摇晃不太厉害，后来厉害了，房顶上哗哗地掉土，电灯也晃得可怕。

在轰轰轰闷响的时候他还很奇怪，哪来的响声啊，紧接着电灯、房顶、山墙都摇晃起来时，他立刻就清楚了，这是地震。这时杨柏醒了，张中正醒了，孙浩晨也醒了。韩天宇大喊了一声：地震了，快跑，快！屋里的人全起来了，张中正领头往外跑。摇晃很厉害，他们顾不上穿衣服，从南北炕上跳下来，有的穿鞋，有的没穿鞋，就往屋外跑。韩天宇看着他们都跑到门外，便也跟着跑出来，前后也就十几秒。

天还没有大亮，东边天刚刚发白。

韩天宇看看手表，刚三点四十五分。

回屋睡觉吧，还能睡一会儿。吴国臣说了一句，他看看大家，又说：都别在这儿站着了。说完他先回去了，紧接着，孙浩晨、张中正、杨柏等也都回到屋里，最后还是剩下韩天宇和王晓兰，田雨向屋里走后，王晓兰跟在后面，最后是韩天宇。

回到屋里，大家躺下，但谁也睡不着觉了。杨柏嘟嘟囔囔地说：不知道今年啥光景。他深有感触地说着，周总理去世，朱总司令去世，东北下陨石雨，百年不遇，都顶上原子弹爆炸了，今天又地震。弄得我们连觉都睡不好。

别迷信啊。马东风故意大声地说，还唯物主义者呢。

反正不是好年景。张中正顺着说。

再眯一会儿吧，还能睡一个小时。李国峰说。

睡啥呀，天马上就亮了，还不如趁着凉快先抽水砌井去。吴国臣说着就下炕了。

张中正也说，我看挺好，早干一会儿早完成也就早省心。他也下炕了，之后又说：犯困的睡觉，不困的干活去。他和吴国臣出去了。他这么一说，谁还能睡觉啊，就都跟着出来，来到了井边上。

吴国臣先把水泵接上，电闸一合，哗哗地抽着水。陈浩就往屋里担。

井水积了有两米多深，还没有到昨天砌的地方，还能干活。于是大家一边抽水一边干活。吴国臣、张中正还有陈浩下到砌好的井的边墙上，其他人有往井边上运石头的，有用大筐往井里送石头的。他们在砌好的井墙上搭了一块大木板，装石头的大筐送下来就落到这块木板上，吴国臣、张中正还有陈浩就把大筐里的石头垒到井墙上。砌井的关键是用大筐运石头，于是井上的人就忙乎了，他们三个人从远处往井边搬，两个人装筐，两个人拉着大绳往井下送，分工明确，干得顺手。

王晓兰和田雨回到西屋，也没有再睡觉，她俩穿上衣服坐在炕上说着话。田雨看着王晓兰说：我还没有经历过这么厉害的地震，你呢？

我也是，连小的地震都忘了，今天可真厉害。王晓兰指着地上的一块墙皮对田雨说，你看，墙上的泥都掉了，差点儿砸着我。

真危险，再大一点儿，房子非倒不可。田雨说。

可别，真要那样，今天我可就出不去了。王晓兰想起刚才那阵子，还真害怕了。她俩说话的时候，男青年都出去砌井了，王晓兰对田雨说：咱不去了，咱做饭吧，今天做点儿好吃的吧？

做啥呀？田雨问。

王晓兰想了想，说：咱烙白面饼吧，刘主任上次送来的白面还有半袋，够用的，然后炒几个菜，炒黄瓜片、肉丝炒茄子，再来一个炒土豆丝，让大家吃好点儿。今天要加快速度了，不然下雨可就不好干了。王晓兰说这话也是有根据的，今天阴天，再说了，昨天收音机播报的天气预报说这两天有雨，尽管说了几次有雨都没有，但今天天阴得挺厉害的，没准儿就真下雨呢。

两个人商量好了，就开始准备做饭了。

王晓兰的心情好像比昨天好点儿了，不但她的心情有了变化，其他人的心情也都有所好转。

地震的来临，多少转移了人们的注意力。

四

早晨干了三个多小时，能顶小半天呢。阴天要下雨大家谁都知道，抓紧赶时间，最好在下雨前把井砌完，这是大家的心愿。但在一两天内完成怕还是有困难，紧前不紧后吧。

八点钟了，王晓兰大喊：吃饭！早饭吃得很好，因为早晨干了三个小时的活，都很累了，再加上这几天一直没吃好，没睡好，今天早晨的饭菜又很可口。白面饼烙得特别好，不软不硬的，两面都烙成黄色还不煳，几个炒菜都很香。吴国臣又开玩笑了，他说：田雨今天又露了一手。

田雨吃着饼说：吴哥，你说错了，今天你要夸晓兰，首先做啥都是晓兰定的，其次白面饼是晓兰和面，面的好坏直接关系到饼的好坏，还有炒黄瓜片、肉丝炒茄子都是晓兰做的，我就做了一个炒土豆丝，土豆丝还是晓兰切的。田雨说得王晓兰挺不好意思的，就说：我做得不好吃，你们多担待吧。

好吃，还吃，这么多天，今天这是第一次吃到这么好的饭菜。杨柏说着，吃了一大口菜。

晓兰不用谦虚了，你做得确实好吃，都赶上馆子里的了。马东风也说。

其实韩天宇知道，大家是看到这几天王晓兰心情实在不好，借着这个话题夸她，目的是让她开心一点儿。

吃过饭也没有休息，又干起来。进度比较快，早晨三个小时，砌了将近两米，照这样的速度，今天一天能完成六到七米，明天就可以完成。

韩天宇没想到会这样顺利，他很高兴，大家的情绪恢复了，精神鼓起来了，特别是王晓兰的变化更让他高兴。前两天，王晓兰总是哭天抹泪，不吃不喝的，很让他心疼，他又不好说啥，只能想办法缓解，如今她精神转变得这样快，让他没有想到。

虽然干活过程中没有说笑，但是干劲都挺足，这就挺好了，韩天宇很满意。两个女的在屋里没意思也来搬石头。韩天宇说：你俩小心，搬石头不像干别的，弄不好砸脚。王晓兰听了感觉很温馨，她的爱的热潮又涌遍了全身。搬了一会儿，韩天宇就让她俩回去做饭了。

到中午按预定的任务超额完成，从早晨到中午，砌井六米半。对这个进度大家很满意。

中午饭让大家想不到，下的过水面，炒的豆角卤、肉丝酱、黄瓜丝。大家一看这饭，嘴都咧开合不上了。今天是咋的了？不打算好好日子了吧？吴国臣大笑着说，把好吃的都吃了，今后吃啥呀？

今后有今后的，今天吃今天的。王晓兰终于笑着说了一句话。大家都很开心。是的，赵庆国离开了，大家都很悲痛，但不能让悲痛压得人们喘不上气来。

打卤面吃得好。大家心情都愉快了许多。

吃过饭，杨柏拧开收音机，收音机咔咔直响，收音效果不太好，吴国臣凑到跟前，一拧，效果果然好了。听音乐，不爱听，听歌曲，烦了。听啥呢？听听新闻吧，了解一下国家大事。吴国臣说着调到新闻频道，中央人民广播电台正好在广播一条新闻：

新华通讯社于一九七六年七月二十八日向全世界播发了以下消息：我国河北省冀东地区的唐山—丰南一带，七月二十八日三时四十二分发生强烈地震。天津、北京市也有较强震感。据我国地震台网测定，这次地震为 7.5 级。

开始播报时大家还没有注意，当听到唐山—丰南几个字时，大家一惊，又一听到强烈地震，大家就更加惊讶了，都聚集到收音机跟前，尤其是唐山的几个人更是焦急，陈浩、李国峰、刘海剑、杨一飞四人挤到了前边。

紧接着又播报道：这次震感范围广达十四个省、市、自治区，其中北京市和天津市受到严重波及。整个唐山市受到严重破坏，全市交通、通讯、供水、供电中断。

大家听完心猛地一沉，早晨的地震来自唐山，而且这么强烈。唐山到底咋样啊，陈浩、李国峰、刘海剑、杨一飞四人显得更加焦虑起来。

王晓兰和田雨听到播报也来到东屋。

没等大家缓过神来，房屋又有晃动的感觉，而且晃动越来越大。大家又都急忙跑到外面。不过这次时间比较短，几秒就过去了，但也弄得大家一阵惊慌。

这是怎么了？还没完了！张中正喊道。

还别喊，说不定还有呢。杨柏说。

别瞎说啊，再有就赖你念叨的啊。陈浩说道。

大家正说着，电话响了，公社来的。韩天宇接电话，那边说是公社抗震指挥部的，电话的内容是：唐山发生了强烈地震，房屋倒塌很严重，还死伤了很多人。为预防余震造成人员伤亡，上级指示，每个公社都要成立抗震指挥部，下午开会，具体布置抗震工作，林场来一人参加。但是考虑路途远，可以不来，会议精神现在通知，从现在开始，任何人都不许在屋里待着，特别是晚上不许在屋里睡觉，要搭起防震棚。防震棚自己搭建，林场的防震棚的塑料布公社可以给，但要到供销社自己来取，用多少取多少。各单位下午三点前必须搭建完毕，今天晚上必须在防震棚里过夜。不听命令在余震中造成人员伤亡的，追究责任。

韩天宇听后，打了一个冷战。唐山强烈地震，看来很严重了。搭防震棚，不让进屋，看来这次地震还真的不得了，不然上面怎么这样重视啊。他想，不能轻视，要按公社要求做。于是他就传达了公社的电话精神，并强调，一定按公社要求坚决执行。

大家很奇怪，有的还不愿意搭棚，以为没有这么严重。大家的疑虑韩天宇清楚，但他决不动摇。他说：都不要想别的，按公社说的办。说完就叫吴国臣，吩咐道：到公社供销社去取塑料布，要好的，越多越好。快去，反正咱三点必须搭完防震棚，你看着办，别耽误搭棚就行。

吴国臣答应了，骑车就走。说不到一个小时就能回来。

吴国臣走后，大家就到外面选搭防震棚的地点，最后决定在小屋门前七米的地方搭棚。距离屋子不远，取东西还方便。

这时，天阴得更厉害了，阴云均匀地分布在天空，很低，没有风。看来真要下雨了。

吴国臣还没有回来，韩天宇很着急，下雨了怎么搭棚啊。但搭啥样的棚，他没看到过，一时也想不出。大家七嘴八舌地议论，说出了几个方案。最后综合起来，确定了防震棚的搭建方案。

大家说干就干，连王晓兰、田雨都动了起来，扛木头的扛木头，找板子的找板子，刨坑的刨坑，干得好不热闹。人多力量大，吴国臣回来了，防震棚的基本框架也搭好了。基本的样式和苹果树地里看苹果的棚子差不多。十二个人，就搭一个大棚，反正是临时的，住不了几天，凑合着住。大家都这么想。他们没想到，后来在防震棚里竟住了两三个月时间。而且，塑料棚的确是临时的，住了一段时间，就把塑料布换成了石棉瓦，这样真的就成了防震的简易棚。

吴国臣回来了，他说整个平山的街道都搭上了塑料棚，搭法不一样，啥形状的都有，三脚架的、方形的，但大多数都是三脚架形状的。塑料布早就没了，公社派人到天门寨去取了。吴国臣拿来的塑料布可不少，足够用的。

韩天宇把人员分成两部分，一部分人蒙塑料布，先从下边蒙，再蒙上面。一部分用绳子绑。不一会儿，塑料布蒙完了，棚顶和四周也绑好了。一个简陋的防震棚就搭完了。

还好，雨没有下起来。吴国臣话还没说完雨点就掉下来了。虽然不大，但干活不好干了。

井还能砌吗？大家看着韩天宇。

干吧，顶着雨干点儿是点儿。杨柏说，要不等雨下大了，井里灌满了水，更不好干了。

小雨沙沙地下着，大家顶着小雨干起来，开始还可以，可是小雨越下越大，地面一会儿就湿了。

真倒霉，干啥这个时候下雨啊，等两天不行吗？韩天宇说。

老天听你的吗？王晓兰答话。

马东风笑着说：如果再等一天，咱起点儿早，再贪点儿黑，就差不多能完成。就差一天的事。

没事，今天如果下大了，明天或后天没问题。韩天宇很有信心地说。

老天就听老韩的，明天不会下雨的。张中正在井下喊道。

加小心啊。韩天宇冲井下喊。

没问题的，我们加小心，放心吧。张中正说。

雨越下越大，大家的衣服都湿了，雨水从脸上一个劲地流下来。睁不开眼睛，就用袖子抹一下，不敢用手擦，手上都是泥。地上有的地方已经积水了，搬石头时很滑。安全第一啊，韩天宇想，不能再干了，再出点儿事，可受不了啊。于是，他招呼大家回去，不干了，休息一下，等雨停了再干。如果不停，就明天或后天再说。

大家收拾了一下，把水泵提上来，安置好，就陆续回到小屋。在外面洗洗手，擦擦脸，准备到屋里换件干的衣服，还没进屋呢，就感觉有动静，又是隆隆的响声，紧接着就是地动山摇，看着眼前的山摇摇晃晃地好像要倒下了。山要倒了！吴国臣喊。

大家害怕了，房子在左右晃动，很厉害，往左差点儿要倒，然后往右，这样晃了两三个来回，之后又往上颠，眼前的房屋顶，眼看着就一下一下地起跳似的，颠一下，房顶就起来一下，屋顶都和墙体脱离了。房子要倒！不知谁又喊了一句。

脚站在地上，就像站在水面上，有一种飘飘悠悠的感觉。哗啦啦，一声巨响，震耳欲聋，声音从山里传来。

啥声音啊？大家害怕了。

人们不知所措，王晓兰和田雨就往男人堆里钻，王晓兰抓住韩天宇的手不放，差一点儿没扑到韩天宇的怀里。

十几秒钟后，隆隆的响声没了，摇晃停止了，地震结束了。人们仍惊魂未定，过了好半天，大家才安定下来。

这次地震的时间比早晨还要长，比早晨还要厉害。

山的确倒了。吴国臣哭丧着脸说，刚才山里的响声就是山倒的声音啊。他这么一说，大家更惊恐了。

山都倒了？不会吧。杨柏疑惑地说，你看这山不还在那儿立着吗？大家都看着吴国臣。

嗨，你们咋这样幼稚啊，山倒，并不是整个山倒，那还了得？一部分山体被摇晃得松动了，哗啦一下从高处滑落下来，那就不得了啊，有时一倒就是半拉山哪。吴国臣好像看到一样，说的跟真的似的。

你看到过吗？张中正问。

听老人们讲过。他说，老人们说雨下得大了，比如一连下几天大雨，有的山体就会被雨浇得松动了，雨再大了，松动的山体就会倒下来，老年人看到过。

大家不再疑惑，都感到这次地震的严重性。

连进屋换衣服的都不敢了，怕一会儿再震起来，房子倒了。

雨还在下着，并且越下越大。赶快避雨，赶快换衣服，韩天宇说，你们进去，我在外边看着，没事的。大家你看我我看你，犹豫着进屋去了。

这时，屋里的电话响了，王晓兰正好赶上，她接过电话，电话是公社防震指挥部打来的，问防震棚搭好了没有，并说今晚上必须住防震棚，不许在屋里，省地震局预测，最近几天还会有大的余震，万万不可轻视。

王晓兰换了衣服出来，把公社防震指挥部的电话指示向韩天宇做了汇报。韩天宇不敢怠慢，把大家集中到防震棚里，传达了公社的指示。他最后补充道：实际上也没有啥了不起的，也不用太担心，白天大家警惕些就行了，晚上住进防震棚一点儿事都没有。

住进防震棚是肯定的了，早晚都要搬，那就搬吧。

所有男青年的行李都搬进来了，但问题出来了，一个大棚住十二个人，但这里还有两个女的呢。她们住哪里啊。杨柏问韩天宇。

韩天宇笑了，这是几天来第一次笑，他笑杨柏的心细。就住这里不行吗？韩天宇说，一个临时的，还能住几天啊，凑合凑合吧。

行吗？她俩愿意吗？杨柏说。

正说着，王晓兰抱着被褥进来了。咋不愿意啊，这有啥啊，不就是住进一个大棚吗？王晓兰说得特别轻松，杨柏一愣，还没等他回话，田雨也进来了，她说：我们俩都不怕，你杨柏怕啥啊，是怕我们吃了你，还是你们吃了我们？

田雨这么一说，大家都哧哧地笑，把杨柏弄了一个大红脸。杨柏早就对田雨有好感，今天田雨这么一说，他很不好意思。

　　王晓兰和田雨住在西边，男青年在东边，分界处用一块塑料布挡上，大家一看都笑了。田雨说：笑啥。男青年马上闭了嘴，都憋回去了。田雨说完就拉着王晓兰跑到屋里做饭去了。

　　最难熬的还是夜晚。吃过饭，大家只好聚在防震棚里了。外面大雨下个不停，棚里十二个人坐在木板上心情焦虑，烦躁。白天干活还好，夜晚大家又想起了赵庆国，想起赵庆国，大家的心情自然悲伤。

　　沉闷，没有人说话。

　　我们唱支歌吧，在这个特殊的地方，也是我们人生难得的经历。杨柏说道。

　　唱歌，唱啥歌？你先唱吧。孙浩晨说，你最有才，你先唱最好。

　　唱歌我不会，唱歌王晓兰是强项，晓兰先唱吧。杨柏说。

　　唱歌，王晓兰唱得出来吗？王晓兰没有出声，田雨说话了：杨柏，你有才，大家都知道，咱别唱歌了，你为我们作一首诗吧。田雨看着杨柏，那灯光明晃晃地照在杨柏的脸上。

　　杨柏心一动，他想让我作诗，这真是难为我，但也不能输啊。他想给田雨一个好印象。于是鼓起勇气说：哪能说作诗啊，就是临时想起啥说啥吧。杨柏沉思了一会儿，低声说：献丑了啊。

> 在破冰时节，
> 我们迎着草香而来。
> 在入春时节，
> 我们向着大山而来。
> 满怀豪情的我们，
> 在这小屋立足安身。
> 仰望爬不完的青山，
> 我们充满希望……

　　杨柏低沉缓慢的语调，像诉说，像自语，但每个字都像钉子一样钉在大家的心上。十二个人都坐在木板搭成的床上，感受着杨柏的诗句，内心交织着复杂的感情。

　　夜已很深，雨还在下，下得很大。没人再说，没人再议。他们在寂静中沉思，在寂静中沉睡。

第十四章

一

早晨，雨还在下。

简易塑料防震棚里，十二个青年在木板床上毫无表情地坐着。他们一夜都没有睡好。雨水打在塑料棚上，响声格外大，每个人都受着地震的威胁。

雨夜中，最受煎熬的是陈浩、李国峰、刘海剑、杨一飞四个人，这四个来自唐山的青年从昨天中午听到唐山地震的消息后，心就已经飞到了唐山老家，因为，那里有他们的父母和兄弟姐妹。地震如此强烈，他们担心家里的每个人。他们想通过电话询问唐山的具体情况，但唐山所有通讯都已经中断，已经无法联系了。

昨天下午，他们不断地收听广播，一条关于唐山抗震救灾的新闻再一次震撼了他们，内容是：

解放军各部队、各地方医疗部门紧急行动，组织了医疗救护小分队奔赴唐山参加抢险救护。

我们应该回家，看看到底啥样了。杨一飞低沉地说，说完看了看陈浩、李国峰、刘海剑，几个人都点点头。他们每个人都想回家，看看家里的人在这么大的地震中咋样了。经过一夜的思考，他们决定回家看个究竟。韩天宇很是理解他们，不管情况咋样，那里有他们的家人，家人的安危时刻都牵挂着他们的心，他们应该回去看看的。

韩天宇马上向公社打电话请示。刘主任很快给了具体的答复：家里地震谁都担心，可以回去看看，但唐山附近的交通、水电、通讯已经完全中断，怎么走，得想办法。

吃过早饭，杨一飞、陈浩、李国峰、刘海剑准备出发了。韩天宇和他们约定，不论出现什么情况，时间一周，八月四日一定要赶回来。之后四个人在大家默默的祝福中，披上雨衣，顶着大雨出发了。

大家望着渐渐消失在大雨中的几个战友，心情很沉重，他们的家人会是怎么样的呢？

雨还在下着，这雨可是今年第一场大雨了。一夜不停，而且越下越大。河水疯狂地从山里冲下来，滔滔不绝，卷着泥土、大石和杂草树木，从山沟冲下来，发出了巨大的响声，很远就能听到，那声响让人不寒而栗。

八个人在极为简陋的塑料棚里，棚顶在漏雨，雨水从塑料布的接缝处不是滴而是流，流到棚里的地上，流到床板上，流到被褥上。他们找来洗脸的瓷盆一个一个地放到流着雨水的地方，雨水不停地流到脸盆里，发出哗啦哗啦的声音。棚里的地上已经被雨水阴湿了，虽然在夏季，但还是显得很是阴冷潮湿。

他们每个人的表情都非常复杂，内心都焦灼不安。无奈、烦躁、忧愁、伤感，还有悲痛，在这阴雨连连的时刻一起袭上心头。这一切，他们都无处倾诉，只有在百无聊赖中忍耐，忍受着身体和心理上的折磨。

张中正大声喊道：我可受不了了，我要到外面经风雨见世面去了！他说完，把上衣脱掉，就穿着一条短裤，掀开挡着雨的塑料布，径直冲进了大雨中。

吴国臣说道：人怎么不见了？不会出事吧？

这么大人出啥事啊，放心吧。马东风说道。

韩天宇不放心，他想，千万不要出事啊，不行，得出去看看，这个张中正又在作啥祸呢。想到这儿他说：我得看看去，别再出啥事。说完他也不顾两个姑娘的存在，脱掉上衣，卷起裤腿就向外面跑。身后王晓兰喊着：干吗去，多加小心哪。

韩天宇跑出去，大家顿时紧张起来，都想跑出去，但雨还很大，把挡着门的塑料布一打开，大大的雨点就冲进来。吴国臣说：你们都别动，我出去看看。披上一块剩下的塑料布也跑了出去。他刚走出去不远，就看到水井方向张中正和韩天宇两个人正往回走，一会儿近了，他俩水人一样，一见面，张中正就说：老吴啊，井满了。

啥井满了？吴国臣问。

啥井？就咱打的井，水都满了。张中正又说。

井水满了，这就意味着砌井的活不好干了。按计划再有一天就能砌完，这下完了，雨不知道还要下几天，井水一满，即使是晴天，活计也不好干了。

地下水上得快，抽水都不好抽。

那也没有办法。天要下雨，咱有啥办法，抽呗。韩天宇说道。

说话间，几个人掀开塑料布进来，身上的雨水直往下流。王晓兰赶紧拿手巾给韩天宇擦后背，韩天宇还说：没事，不用擦。

别感冒了。王晓兰刚说完，张中正就打了一个喷嚏，看看，看看，是感冒了吧？王晓兰马上就过来给张中正擦水。张中正还有点儿抹不开，就说，我这个可真不怕。王晓兰笑了，说：不怕就别打喷嚏呀。

第二天早晨，下了将近两天两宿的大雨终于停了。雨虽然不下了，但天还是没有晴，阴云布满天空，看样子随时都有再下雨的可能。大山笼罩在云雾之中，朦朦胧胧的，若隐若现，显得很神秘，远处的旷野，一眼望去，倒显得郁郁葱葱。

大地这回真的喝饱了，喝多了。庄稼地里一脚踩上去，脚就陷到地里去，地上到处都在往外冒水。山洪来得正凶，浑水卷着泥土石头还加杂着树枝木棒，像凶猛的野兽一样横冲直撞向下冲来。

干旱之后就是涝灾。

山地被水冲得不成样子了，一块地被冲成几条，道路冲垮了，土桥冲塌了，洼地的庄稼被淹了，平地的庄稼倒成一片一片的。

林场东边的庄稼地也没有幸免，山上的水冲下来，把地冲成了三道沟，庄稼倒了一片，菜地被水淹了，地里都是水。

不管咋说，雨停了。这要没完没了地下个十天八天的，还不知道咋样呢。

目前最主要的工作就是把井里的水抽出来，抓紧时间把井砌完。

大家起得很早，张中正和韩天宇又来到井边，这里已经看不到哪里是井了，但他们能有什么办法呢。一会儿雨全停了，大家都赶紧来到井边，不用谁吩咐，就各就各位干起来。他们先挖沟把水井周围的水排掉，大约半个小时，水井露出了样子。但井水还是满的，水泵不用送到井底，就在井下一两米的地方挂着就行。地上都是泥，走都不好走，何况干活啊。

王晓兰和田雨没有出来，她俩还是做早饭。做饭还是在屋里，但随时都要警惕余震袭来。

早早地吃过早饭，大家还是没有休息，撂下饭碗就来到井边，田雨没有耽搁，她和韩天宇他们一道来到井边。王晓兰留在屋里收拾饭菜。

经过两个多小时不停地抽水，水井终于露出了砌井的石头，大家很高兴，终于可以接着往上砌了。

紧紧张张地干了三个多小时，快中午了，大家才意识到王晓兰还没有来。其实韩天宇早就知道王晓兰没到，但他没有说，他想王晓兰可能在屋里做饭或干别的什么事呢，即使什么都不做，就是在屋里待着，他也不会让人去叫她，哪能时刻攀着一个姑娘干活呢。就是田雨在屋里不出来，他也不会派人去叫的。

这时，田雨说了一句：都中午了，晓兰是做饭还是干啥呢，怎么没出来呢？

这句不经意的话，提醒了韩天宇。快到屋里看看吧。韩天宇好像清醒了似的说。

田雨马上跑回小屋，几个屋一看，没有。塑料棚里，没有。她又到房前屋后找找，都没有。她顿时惊慌失措了。她急忙向井边跑来，边跑边大喊：晓兰没了，晓兰没了！

所有干活的人听到喊声马上停止了手上的活，抬头向上张望。田雨已经气喘吁吁地来到井边，韩天宇忙问：咋回事，快说。

找不到晓兰了，屋里，棚里，房前屋后到处都没有。田雨说着说着就要哭出声来。

别着急，好好想想，她会去干啥。韩天宇说，他听到田雨的话，内心也十分惊慌、恐惧，赵庆国的离去让他的心都碎了。但他还是装作镇静。

早晨她说她要洗衣服，也没看她洗啊，就是洗能到哪里去洗呢，以前也没到别处洗过呀。田雨担心地说。

这个时候，井里的几个人都上来了。大家都认为，王晓兰不会有事的，可能到别的地方干啥去了。因此，大家都不是很担心。一个大活人，大白天的，能出啥事啊。

最担心的是韩天宇，一种不祥的预兆袭上他的心头，他的心跳到嗓子眼了。千万不要出事啊。

他马上叫大家到附近找找，特别是西沟附近，那里水特别大。

大家分头行动，在附近找了很长时间，没有。张中正、吴国臣几个人来到西沟，这里滔滔的河水卷着泥沙、山石仍然不停地滚滚而下。他们从山脚下的河口顺着河岸，一直找到林场下边很远的地方，这里河水已经趋于平缓，但连个人影都没有看到。她不可能到这里来，张中正他们判断。

她能到哪里去呢？大家找了将近一个小时，还不见人影，就都心急火燎的了。

这时是过午后一时，田雨也顾不上做饭，大家也无心吃饭了，都想着到哪里去找，怎样找到王晓兰。

就在大家愁眉苦脸没有办法的时候，吴国臣突然说了一句：会不会到东山去了？

东山？韩天宇一惊，对呀，一说东山，他马上就清楚，吴国臣说的是赵庆国的坟地那儿。我怎么就没有想到啊。他马上说：走，咱都到东山去。

韩天宇又喜又怕，他不知道会发生什么事情。

大家马上清醒过来向东山跑去。通往东山的山路崎岖不平，但他们全不在意，跑着，喊着。

翻过东山岭，再越过一个山坳，就看到赵庆国的坟墓了，大家渴望在这里看到王晓兰，但他们失望了。

王晓兰，你在哪里？

王晓兰，你去了哪里？

王晓兰，你快回来吧！

大家在东山坡上呼喊。大山传回了喊声，却没有传回王晓兰的声音。

二

雨后的大山青翠欲滴，轮廓分明，密林中间有几条亮亮的飘带一样的东西在晃眼，那是山溪在流淌。东沟的水比起西沟的水来一点儿不逊色。浑黄的水流，卷着山石泥土以及各种杂物疯狂地向下奔去，发出的响声依然震耳欲聋。

他们站在东山坡上，望着大山，望着大河，望着这里的一切，他们的心揪着，他们不愿想象有什么事情发生。

会发生什么事情啊？能发生什么事情啊？

田雨哭了。晓兰，你在哪里啊？你快回来呀！她不断地喊着。

韩天宇的心快跳出来了，他不相信，王晓兰就能没了？

他下意识地大步向赵庆国的坟地走去。大家也都跟着走下去。

就在接近赵庆国坟墓的一条小沟的不远处，韩天宇的心提到了嗓子眼，他惊奇地发现一个人趴在小沟南边的杂草丛中。这个小沟不大，如果跑得快的人，助跑一下都能横跨过去，也不深，人站沟底，远处都能看到头顶。但这里杂草丛生，蒿草没过膝盖。沟里显然还流着山水，水流发出哗哗的响声。

这个人斜趴在小水沟南边的杂草丛里，杂草几乎掩盖了她全部的身体。他欣喜若狂，王晓兰找到了！

他大喊着：晓兰，可找到你了！他飞快地跑到这个人的身旁。

这个人正是王晓兰。

大家听到韩天宇的呼喊，也都高兴起来：找到了！找到了！他们快步跑了过来。

韩天宇扑到王晓兰的身边，只是她静静地趴在杂草丛中，一只手紧紧地攥着，另一只手向前伸直抓着地上的蒿草，一条腿蜷着，另一条腿直挺挺地伸着。晓兰，晓兰！韩天宇大声喊着，上前搬过王晓兰，王晓兰面色白皙，双眼紧闭。

韩天宇大喊着：晓兰！晓兰！王晓兰没有回答。这是怎么回事啊？他说着，就赶紧抱起王晓兰。王晓兰两眼紧闭，面色安详。他把王晓兰抱在自己的怀里。他还不知道到底发生了什么事情，王晓兰怎么会这样？到底怎么回事啊？

他抱着王晓兰不停地喊着：晓兰！你怎么回事啊？你醒醒啊，醒醒啊。他一边喊一边摇晃着王晓兰。但王晓兰还是没有回答，更没有醒来。他急了，他用手摸摸王晓兰的脉搏。脉搏很轻很微弱，几乎都摸不到了，呼吸也很轻，几乎让人感觉不到了。韩天宇更怕了。

快看看哪有啥伤没有啊？所有的人都围了上来，杨柏急着说。

伤，哪里有伤啊。韩天宇马上检查。他从王晓兰的头部看起，到前胸、后背、腹部、大腿、脚下都检查了一遍，没有发现哪个地方有血，这就是说没有伤啊。

没有伤，怎么回事呢？怎么会这样啊？韩天宇奇怪。再仔细看看到底有没有伤，没有伤怎么就这样了？吴国臣说。于是韩天宇又仔细地检查了一遍。腿！吴国臣突然发现王晓兰的左小腿脚踝以上又红又肿，右脚也都是肿的。韩天宇马上把她的裤脚往上搓，这才看到王晓兰的左腿不但小腿红肿，就连大腿都红肿起来，裤脚搓到膝盖处就搓不上去了，韩天宇一使劲把裤脚扯开，整个大腿也肿得很粗，白白的皮肤有的地方已经变成了红紫色。这是怎么回事啊？大家惊奇地发问。再看右脚，右脚脖子和脚踝处也肿得和包子一样圆

圆的了，白白的肉皮都已经发亮，有一块地方也已经发紫了。

这是怎么回事？韩天宇惊呆了，咋会这样啊？

杨柏和吴国臣马上蹲下来，吴国臣搬过王晓兰的左腿，他仔细地查看，终于发现，小腿脚踝后边有一块被啥东西咬过的痕迹，有几个小小的眼儿，而且这块地方比其他地方肿得都严重，小眼里正往外渗着紫黑色的血水。

大家哪里知道，王晓兰吃过早饭就来到赵庆国的坟前，她在哥哥的坟前默默地哭泣了一会儿，又对哥哥说了几句心里话，就往回走。在过这条小沟前，她紧跑几步想跨过这道小水沟，可是当她的脚在沟的这边一落地的瞬间右脚踩到了一块石头上，结果脚踝处狠狠地崴了一下，就这一下，王晓兰的右脚踝就像断了一样，剧烈地、揪心一样地疼痛起来，她实在站不住了，整个人一下子向前倒去。也就在这时，惊动了经过这里的一条毒蛇，它张开大嘴在她的左脚踝处狠狠地咬了一口，就这一口正好咬到了静脉，毒液迅速扩散。

毒液马上进入了王晓兰的体内，又是剧烈的揪心的疼痛。王晓兰当时应该很清醒，她想马上站起来，但腿伤使她无法站起。尽管她忍着刺心的疼痛，咬牙想坐起来，然后站起来，但几次都没有成功。她知道崴的那只脚也许已经骨折了，而左脚一定是被毒蛇咬了，她无奈地坚持着，挣扎着，但无论如何都不能站起来。

她艰难地向前爬行，这时她的左脚左腿都有了麻木的感觉，而且，心也慌起来，呼吸感到了困难。她坚持着向前爬行，然而难以忍受的疼痛和心闷使她没能坚持多久就昏过去了。

这一定是被毒蛇咬的。看着王晓兰左腿的伤痕，吴国臣肯定地说。

怎么办哪？韩天宇和大家都非常着急。

现在也没有解药啊，最好的办法就是把她身体里的毒液弄出来，要不就得送医院，哪有别的办法啊？吴国臣说。

怎么办？韩天宇眼睛都急红了，因为王晓兰已经危在旦夕。

看着那几个渗着紫血水的小眼儿，韩天宇急了，他低下头，抱起王晓兰的小腿，张开嘴，对着毒蛇咬过的地方，使劲吮吸着她体内的毒液，第一口尽管他用尽了全身的力气，紫黑的血水被他吸出来了，但是不多。没有停下，他又对着伤口使劲地吮吸，又吸出了一些紫黑色的血水。他抱着王晓兰的左腿，把裤腿撕破，然后从大腿到小腿使劲地往下挤压，他试图把已经扩散到大腿的毒液压到小腿，再吸出来。他不停地吸着，疯狂地吸着，泪水顺着脸不断地流下来。

他吮吸着，一边还喊着：晓兰！晓兰！你醒醒！王晓兰还是静静地，没有回声。

怎么办哪？他无助地说。看着静静地躺着的王晓兰，看着已经快没有呼吸的王晓兰，他的心像火烧焦了一样疼。

这样不行啊，赶快送医院吧。杨柏急得要哭出声来了。

送医院吧。大家都说。

这里距离区里的中心卫生院和山江煤矿医院都有十几里路程，滨海市医院六十多里，县医院一百多里。这里道路不好走，没有交通工具，怎么送啊。韩天宇无奈地说着。

来不及想得太多，韩天宇抱起王晓兰就跑，其他人也都跟着跑起来。

这时吴国臣突然喊道：打电话，让公社派车来接吧。韩天宇就跟没听见一样，依然向山顶跑去。吴国臣跑得更快，他跑向林场，他要打电话给公社，叫车来接。

韩天宇抱着王晓兰和其他几个人疯狂地向林场跑。不管到哪个医院都得从林场经过，没有其他的道路可走。

当韩天宇到达林场时，吴国臣已经打完电话。公社的小吉普车刘主任坐着下乡了，农机站所有的拖拉机都在老岭水库那里拉土垫大坝。

车一个都没找到。没有办法，只好抱着去医院了，他们决定送最近的山江煤矿医院。

咱几个轮着背，快点儿走吧，抓紧时间。吴国臣大声说着，然后从韩天宇怀里接过王晓兰就跑。

几个人轮换着背，终于在下午三点多把王晓兰送到了山江煤矿医院。

大夫们紧张地进行抢救，但已经不行了，抢救了一个多小时，王晓兰还是没有抢救过来。

经诊断，王晓兰确实是毒蛇咬伤中毒致死。

当大夫停止了抢救，把白色的单子盖在王晓兰的头上时，韩天宇大声地喊着冲上前去。他不相信这是事实，王晓兰怎么就不行了呢？他拽住大夫，大喊：大夫，求你们，再抢救抢救吧，兴许还能好呢。

大夫摇摇头，说：毒液已经通过血液进入心脏，大家都节哀吧。

韩天宇掀开盖在王晓兰脸上的白布，大喊：晓兰！晓兰！你醒醒啊！醒

醒啊！脸上的泪水就像下雨一样哗哗地流下来。

田雨也趴在床前大喊着：晓兰！晓兰！

大家看着王晓兰安详平静的、俊俊的脸，都哭成了泪人。

王晓兰，多么好的姑娘啊！她和赵庆国一样虽然来到林场时间不长，但和林场所有的人相处得都很好。她来自首都北京的高干家庭，但一点儿都没有北京人和高干子女的那种傲气，她人长得那么美，那么漂亮，那种美是天然的出水芙蓉一样的美。她多才多艺，那比百灵还清脆的歌声，那柔韧优美的舞姿，她就是天上派到人间的天使。天使怎么能就这样死去啊。

他们不相信这是真的。这怎么能是真的啊。

晓兰！晓兰！你睁开眼睛，睁开眼睛看看我啊！韩天宇大声地喊道。但王晓兰就那么平静地躺着，不睁眼，也不出声，就像在那儿躺着睡觉一样。韩天宇看着眼前他的爱人，在心里呼喊：我们不是约定好一生一世相爱，永不分离，相爱到老吗？你为什么不守信用啊？我心爱的人哪！你让我的心碎了啊。

这时，吴国臣走到韩天宇跟前，拽着他说：好了，这已经是事实了，人死不能复生，我们都面对这个事实吧。他把韩天宇拽到一边说：赶快向公社汇报，然后怎么安葬，得想个办法。

韩天宇抬起头，看着吴国臣说：你向公社汇报吧，一切你安排就行。

吴国臣马上就用医院的电话向公社做了汇报。公社非常吃惊，赵庆国的坟头还没有干呢，王晓兰怎么又发生了这样的事呢，这是怎么了？

刘主任在检查各村的防震和防涝工作。现在唯一重要的工作就是防震和抗涝。他听到这件事后，非常震惊。这太突然了，他没想到林场接二连三地发生这样的事。怎么办？不管什么原因，死去了也得安葬，地点还放在赵庆国那儿。然后刘主任又安排人尽快落实打一口棺木，尽快安葬。人已经死了，尽早入土为安吧。

刘主任又安排人向区里做了汇报，又给王晓兰的家里发了一份电报。电报也是三天后才回。内容很简单，意思是说，无论什么情况，孩子去了，父母都很悲伤，但不能前来，政府妥善安葬即可。

在韩天宇的坚持下，王晓兰的遗体被运回了林场，这次是公社派的拖拉机，大家把王晓兰放到拖拉机的拖斗里，然后也都爬上拖斗，几个人围坐着，用手托着王晓兰，他们怕路途崎岖不平颠簸着她。一路颠簸一路哭泣，傍晚，王晓兰又回到了她劳动生活了三个月的青年林场。大家从拖拉机上把她托下来，安放到林场小屋和塑料防震棚的中间，还是用放赵庆国的木板，给王晓兰搭了一个临时的床。

田雨把王晓兰的褥子铺到板子上，然后大家把王晓兰稳稳地放到了这个赵庆国躺过的临时床板上。用王晓兰那洁净的床单盖在了她的身上。吴国臣又点着了两根蜡烛，插到王晓兰的床前，左边一根，右边一根。

没有分组，也没有分班，一夜大家谁都没有睡觉，就在王晓兰的身边陪着。王晓兰要走了，他们真的和这个好姑娘没有待够啊，他们要好好陪陪王晓兰，这个好姑娘。

他们谁都不说话，谁都不想说话。

王晓兰躺在这儿，大家都觉得她就是在这里睡觉。他们眼前是那个活泼可爱的王晓兰，耳边是那清脆的笑声，那银铃般的歌声。

田雨回想着和她相处这几个月的美好的时光，王晓兰的一颦一笑，举手投足，都深深地印在了她的脑海里。晓兰妹子啊，田雨哭泣着。

韩天宇默默地坐在王晓兰的前边，虽然有床单盖着，但他也看得到她的脸。王晓兰，你怎么就走了啊？韩天宇怎么也想不明白。这到底是怎么回事啊。看着王晓兰，眼前是第一次和她见面的情景，那是他和赵庆国摔跤时，他看到的可爱的微笑的脸。那次王晓兰就在他的心里扎下了根，他永远都忘不了。他一生都忘不了的还有他们第一次的约会，那是他和她心有灵犀的约会，他们一同来到平山，又一同回到林场，他们在木场西边的草地上，偎依在一起，感觉真好，既有点儿胆怯又有点儿新奇。他们感到他们的心是如此近，是如此相爱。两颗心都激动无比，他们的血都沸腾起来。那是青春的热血，青春的悸动。从那时起，他们就约定，一生都要生死相依，永不分离。韩天宇想到这儿，内心像被刀子割了一样，晓兰，你怎么就这样离去了呢，我们的约定呢？你为什么不坚守啊！

那两根燃烧着的蜡烛，那样昏暗。

夜深了，几个人依然无言地坐在王晓兰的周围，这是他们陪着王晓兰的最后一个夜晚。

第二天早晨，李德林、韩福利又领着那几个人来到林场，李梅、李芳、李英、韩香梅都来为王晓兰送行。他们来到赵庆国的墓地，他们要把王晓兰也葬在那块地上。中午，又一个棺材拉到了林场。李梅、李芳、李英还有韩香梅，她们是含着泪来的，又和这里的几个青年流着泪把王晓兰送到了墓地，

安葬在赵庆国的旁边。这两个来自北京的青年永远留在了大山里。

<h2 style="text-align:center">三</h2>

　　林场知青们还没有从想念赵庆国的悲痛中解脱出来，他们想念赵庆国的泪水还没有擦干，王晓兰又这么突然地离他们而去。他们的心痛，他们的悲伤，是无论如何都不能用语言来表达的。老天为啥要夺去这两个年轻人的生命啊？他们的理想还没有实现，他们的青春正燃烧着火一样的热情，他们的生命正像朝霞一样放射着多彩的光芒，他们就像两个待放的花蕾，等待他们的应是缤纷烂漫的绽放啊。然而一起都已经过去，永远不会回来了。

　　安葬了王晓兰，林场好像恢复了平静，但是，大家的心永远也不能平静。朝夕相处的活生生的两个人都不在了，留下来的是两座高高的坟头，两个年轻人躺在了那冰凉的土里。

　　不公平啊，老天。他们在心里大喊。

　　巨大的悲痛，绞碎了他们的心；巨大的打击，砸碎了他们的梦。他们，特别是韩天宇，彻底垮掉了，不论身体上还是精神上都垮掉了。

　　已经是傍晚时分，他们已经四顿饭没有进食了。安葬了王晓兰，他们谁都没有吃的欲望，他们的肚子已经空空，一个个无奈地、疲惫地躺在塑料棚内，没有一个人说一句话。他们都眯着眼睛，有的仰面，有的侧身，有的就趴在褥子上，他们经受了太大的打击啊。几顿饭不吃，劳动怎么累，都算不了什么，最可怕的是精神上、心灵上的打击、创伤和折磨，他们就像打了败仗从死人堆里爬出来的残兵，完全丧失了斗志。

　　巨大的伤感，巨大的悲痛，让所有的人都爬不起来了。

　　两条年轻的生命在短短的几天内连续消失，使这个小小的林场增添了阴森、悲凉、恐怖的气氛。

　　天已经黑下来，晚饭还没有做。田雨依然躺在塑料棚木板床的西边，韩天宇就在她的东边，中间隔着的是王晓兰睡觉的地方。王晓兰走了，这个地方空了。韩天宇把挂在男女分隔之处的塑料布挂起来，他呆呆地看着王晓兰曾经睡觉的地方，他为王晓兰的离去已经悲痛欲绝。田雨也面露悲伤，她无论如何都不能从失去好姐妹的痛苦中解脱出来。看到空着的那块地方，田雨不禁又流出泪来。

　　不觉之中，天黑下来，塑料棚里已经黑暗，但没人拉亮吊在棚顶的那盏电灯。

又过了一会儿，田雨抬起头来，她看着躺在板床上的像被抽去了筋骨、流尽了鲜血、又没有了精神的那几个青年，她的心又剧烈地疼起来。她为死去的悲伤，又为活着的痛苦。他们多么难受啊，快两天了，没有吃饭，没有喝水，没有休息，这都不算啥。最难以忍受的是失去战友的悲伤与痛苦，这是精神上的创伤，不是吃了饭、喝了水、睡了觉就能解决的。

不能这样下去，田雨想，虽然我还不能缓解他们精神上的痛苦，但我要尽力缓解他们肉体上的折磨，要不可真的都要垮下去了。

还做饭吗？她是不想吃了，也吃不下，他们呢，也不吃吗？不，一定要他们都吃点儿饭，使他们尽快地挺过来。

想到这儿，田雨一使劲爬起来，她要去做饭了。不吃不喝的可不行啊，活着的还要活下去啊，没有干完的事还要干下去。

田雨一动，韩天宇也爬起来，他不想动，不想吃，他都想过真的不如和王晓兰一块走了得了。但他知道这不可能，他还要活下去，还要干他们没有干完的事。想到这儿，他一个一个地把他们拽起来。

砌井还要继续，未完成的事还得去做。第二天，韩天宇早早地起来，他又组织仅有的几个人来到井边了。但他们每个人都默不作声，只顾埋头无精打采地干活，偶尔想和谁说啥也是抬头看看，如果两个人的目光相遇，就心有灵犀似的点点头，对方就心领神会了。韩天宇想调动一下大家的情绪，可怎么调动啊，他自己都已经痛苦成这样了。

七个人时刻都在想念已经离去的赵庆国和王晓兰。他们也时刻在挂念着离开他们回到唐山的四个战友。他们咋样了，他们的家人咋样了？

他们只能从广播中了解唐山大地震的一些情况。中共中央、国务院派出了中央慰问团抵达唐山慰问。地震除了自救，主要依靠解放军和全国各地派去的民兵救护。按照约定，回家的四个人应该回来了。但是，八月四日过去了，谁都没有回来。疑云再一次飘来，七个人都在为他们祈祷。

水井终于在八月八日全部竣工，水深九米，已经远远超乎大家预想，如果排除汛期因素，就是到明年春季干旱季节，水深也不会低于三米。这已经是非常理想的了。

打井的成功，给大家一些宽慰，但依然没有消除大家的那种低沉和悲伤的心绪。韩天宇没有办法改变自己，更没有办法改变别人。

　　下一步的任务是建设一个大型的养猪场。公社刘主任和吴副主任两次来到林场，和青年们一道选址，确定猪场的建设范围。几经商讨，最终确定了养猪场的具体位置和规模。养猪场建在林场东南二百米的一片荒地上，计划占地十余亩，建设猪舍一百间，最终养猪规模六百到七百头。宏伟的规模让人们看到了一线希望。刘主任在给他们开的动员会上说：今后，你们将是公社养猪场的主人，你们要继续发扬艰苦奋斗的精神，开创未来，创业建场，要将养猪场建成全区、全县最大的养猪场。

　　他们没有休整，也不用休整。水井完工了，他们马上就转移到了猪场建设工地。

　　建设这么大规模的养猪场，可不是他们几个人就能完成的任务。公社领导们几次研究，最后决定成立一个公社猪场建设领导小组，组长刘主任，副组长吴副主任和韩天宇，具体工作也是由吴副主任和韩天宇负责。其实现场的建设工作主要是韩天宇负责，需要协调时吴主任出面。

　　猪场建设是目前公社最主要的任务，要集中全力把这项工作做好。为了在最短时间内建成这个猪场，猪场建设领导小组在全公社抽调了三十名青壮劳力成立了建场突击队，并把公社农机站的一台拖拉机调到林场来，专门为建猪场使用，主要是拉建场的石头、白灰等建筑材料，还从区里借来了一辆推土机，这辆推土机在平整猪场场地方面起到了决定性的作用。

　　建筑的人员确定以后，建设大军就浩浩荡荡地开进了青年林场。林场又一次热闹起来。

　　在这支建设猪场的大军中，平山的民兵连长王立新作为建场突击队的队长来到了林场。王立新的到来，为猪场建设的进度起到了关键性的作用，但就在猪场建设的短短的两个月时间里，他改变了一个人的命运，这个人就是田雨。

　　王立新在两年前，也就是田雨刚到林场时就听说林场有这么一个漂亮女青年，当时他就有心想结识一下，只是路远又没有相关的事情联系，因此没有机会。在田雨经历了那次危险的性侵害之后，王立新对田雨的好奇更是与日俱增。王晓兰的到来，让王立新把所有的心都放到了她的身上，直到王晓兰离世。在埋葬赵庆国和王晓兰之时，王立新两次遇到了田雨，田雨的朴素、端庄、大方，深深地打动了他。城市的姑娘和农村的姑娘就是不一样，田雨虽然和王晓兰不能相比，但她和平山的所有姑娘比起来，那简直就是白天鹅了。他下定决心要追求田雨了。

建设猪场成立突击队，他主动要求参加突击队建猪场，他的主要目的就是更多地接触田雨。他还让他的爸爸找到公社的刘主任，托刘主任到林场找田雨做工作。刘主任在猪场选址时和田雨说了和王立新搞对象这件事，田雨委婉地谢绝了。但王立新没有灰心，他来到林场参加建场，就是想尽一切办法和田雨接触。他来到林场后使尽了一切手段，甜言蜜语，大献殷勤。在和田雨熟悉之后，就大胆地提出和田雨结婚，并多次邀请田雨到他家看看。当然这一切都被田雨拒绝了。

其实，田雨对王立新并没有反感，因为王立新不论是长相还是家庭，在年轻人中都是一流的，何况王立新也是高中毕业，又是年轻的干部呢。民兵连长在当时也是很有地位的，再加上刘主任在她面前对王立新大加赞赏，所以，每次王立新向她表白爱心时，她也曾有过心花怒放的感觉。终于在一个周末的晚上，田雨没能抵挡住王立新的甜言蜜语，和王立新约会去了，也就是那次约会，王立新彻底地征服了田雨。两个年轻人就在广袤的天地之间，情不自禁地献出了自己。

王立新和田雨从那天起正式建立了恋爱关系。也就是这一次，彻底改变了田雨的人生命运。

他们的恋爱在建设猪场的工地引起了极大的轰动，大家几乎不相信这是事实。但事实终究是事实。

建设猪场是一项浩大的工程，土方、石料、建筑……零零碎碎，相当繁多。

繁重的劳动又一次落到了这些青年身上。

韩天宇认真地思考后，他把他的几个青年都安排在重要的岗位上。他们在每个施工项目上都是主要的负责人。

吴国臣负责土方施工，张中正负责石料准备，马东风和杨柏负责建筑。吴国臣土方的第一项任务就是挖围墙的地基，他们前边挖着地基，张中正他们就把石料运到了，马东风和杨柏带领着人马这边就垒上了。建筑是紧紧跟随着土方进行的，石料跟得上，建筑就跟得上。

孙浩晨负责白灰和沙子等建筑材料的筹备。田雨依然负责食堂的管理。为了解决建筑工人的午饭问题，养猪场特地成立了一个公共食堂，他们把林场原来的食堂合并起来，还增加了两个临时帮忙做饭的，都是来自柳条沟的社员。她们早晨来，过午就回去，只做中午一顿饭。

一切工作都在有序地开展。

八月正是炎热的季节，虽然十几天前随着地震下了一场大雨，但丝毫没有减轻天的热度。每天人们就像在蒸笼里干活。他们甩掉上衣，光着膀子，有的只穿着大裤衩子。即使是这样，他们身上的汗水还是像水浇的一样，他们有的肩上搭着一条手巾，汗把眼睛迷住了的时候就用肩上的手巾擦一下，这样每个人的脸上都是连泥带土的。

猪场建设在紧张地进行，按计划应该在上冬前完工，按这样的进度十月一日就能完成，可以在国庆时献上一份大礼。

紧张忙碌的劳动，并没有消除青年点这几个人精神上的创伤，他们无声地劳动，除了吩咐劳动任务，带头苦干外，谁也不会多说一句话。但他们拼命一样地干活，让所有的人都感到惊讶，他们没有时间界限，早出晚归，中午没有休息。晚上别人都走了，他们要干到看不见为止。因为只有这样，才能消磨掉他们的时间。

但当躺在塑料棚里的时候，他们还是想念赵庆国和王晓兰，挂念孙一飞等四个人的安危和家人的平安。

终于，在九月一日这天，孙一飞回到了林场。九月四号这天，陈浩、李国峰也回来了，只有刘海剑没有回来。他们的回归让林场的青年更加悲伤了。

四

孙一飞、刘海剑、陈浩、李国峰四人回家的那天过午，他们坐上了通往唐山的汽车，一路上他们心急如焚，到了迁安，就能看到道路两旁村庄里倒塌的房屋，到了滦县附近，路旁村庄倒塌的房屋就更厉害。特别是道路已经不通，公路上的桥梁已经毁坏，他们只好搭乘救援部队的车辆。到了城区附近，房屋倒塌更是不忍入目。下午五点多，汽车到唐山火车站附近停了下来。几个人下了车，眼前的情景更让他们惊心动魄。

火车站附近已变成一片废墟，所有砖混结构的多层建筑，几乎倒塌殆尽；钢筋混凝土框架结构的高层建筑物亦未能幸免，东部铁轨成蛇形弯曲，其轮廓像一只扁平的铁葫芦或由于路基下沉而呈波浪式起伏，有的地方地表产生了宽大的裂缝。往远处望去，整个唐山已经没有了形状。到处是残垣断壁，到处是形形色色的人影，他们惊魂未定，步履踉跄，活像一群游梦者，恍恍惚惚地被抛到一个陌生的星球。谁也想不到会有这场规模如此浩大的劫难，他们无暇思索，无暇感觉，都在为骨肉分离而悲恸。

家，到哪里去找家啊。他们已经分不清东南西北，他们找不到自己的家了，因为所有的平房、楼房都已经坍塌，他们已经无法辨认自己家的位置。

几经周折，他们终于找到了自己家的位置，但那里的惨状让他们不敢相信这是真的。

孙一飞的家和刘海剑的家都在唐山地委党校附近，这里是地震裂缝穿过的地方，他们的家以及附近所有房屋都像被一只巨手抹去似的不见了。这里有的房屋被陷入到地下十米以下。孙一飞和刘海建他们没有找到家的影子，更没有看到家里的一个人，因为他们连同房屋一起都被陷到地下了。这里幸存的人们寥寥无几，有几个衣衫褴褛、蓬头垢面的男人在扒着活着的和已经死了的男男女女。

陈浩的家在唐山第十中学附近，唐山第十中学那条水泥马路，被拦腰震断，一截向左，一截向右，错位达一米之多。那里所有的楼房都已经倒塌，七零八落的混凝土梁柱东倒西歪，欲落未落的楼板悬挂在空中，到处是断墙残壁。活着的人们都在抢救被压在里面的人，哪怕是已经死了，也都在扒着，手已经鲜血淋漓。这个时候部队还没有开到这里。陈浩参加到了自救的队伍，但最终他的爸爸、妈妈还有妹妹无一存活。

李国峰的家在开滦医院前面，开滦医院七层大楼成了一座坟丘似的三角形斜塔，顶部仅剩两间病房，大小的建筑颤巍巍地斜搭在一堵随时可能塌落的残壁上，阳台全部震塌，三楼的阳台，垂直地砸在二楼的阳台上。他家及附近所有房屋已成一片废墟，在这里他也看到了自救的人群。庆幸的是他看到了爸爸，爸爸只穿一件裤衩，光着膀子，和大家一起搬着水泥板。看到儿子的到来，老人嚎啕大哭。包括爷爷、妈妈和弟弟的一家四口只有爸爸活着，他是在厕所里被楼板挡住，侥幸逃了出来。

看到地震成了这样，到处是哭喊，到处需要救护，凄惨的情景让他们的心都碎了，家人没了，邻居没了，活着的需要救护，死了的也要扒出来。他们不能马上回来，他们参加了抢险救护。

余震每天都有，有时一天几次、十几次，有时余震还相当严重，有很多救援人员在救援时余震来临来不及躲避而死去或受伤。刘海剑在救援时余震来临，他没有来得及从救援现场撤离，被塌下来的楼板砸到后背，造成脊椎粉碎性骨折，最后高位截瘫。他没有回到林场，再也没有回去。

他们在和林场的战友们讲述他们的所见所闻时，已是泪流满面，痛哭不已。他们说，那情景惨不忍睹。

那是人间最最悲惨的情景。

几个青年听到了他们的讲述，还有在猪场劳动的人们听到他们的诉说，没有一个不潜然泪下的。地震使唐山经受了一场浩劫啊。韩天宇满面泪水，他心痛地说。

他们回来没有看到王晓兰，在本来就碎了的心上又加了一把盐。

但他们很快就擦干了泪水，加入到猪场建设的行列中来。把自己的一切都抛到了一边，他们和大家一样都拼命地干活，设法让自己过度地劳累，使自己淡忘在唐山看到的悲惨情景。

但是赵庆国、王晓兰离去的悲伤还没有退去，对唐山地震失去亲人的悲痛还没有消除，又一个惊天的悲痛袭来了。

九月九日的傍晚，他们从收音机里听到了让所有人都悲痛欲绝的消息：毛主席逝世了。

林场的青年不知如何是好。毛主席逝世了，明天该怎么办？明天该干什么呀？他们就像迷失了方向的航船，不知向哪里走。万分悲痛的心情使他们痛哭不已，甚至田雨都做好晚饭了，但他们却没有心情吃一口。

第二天，工地上所有的人们，都带上了黑纱，有的还戴上了小白花。整个工地失去了所有的欢乐，他们都面带悲伤，默默地干着各自的活儿。

毛主席的追悼大会于一九七六年九月十八日在北京天门广场举行。

全国各地都设分会场举行悼念仪式。平山公社的追悼仪式在平山公社初中的大操场上举行，操场的正前方搭了一个大型的纪念毛主席的灵棚，灵棚的两边都摆上一大排花圈。全公社的广大社员都来到了这里参加毛主席的追悼大会。那天下午，林场的十个青年中午饭没有吃，早早地来到追悼会现场，这些青年和公社的社员们怀着极其悲痛的心情参加追悼会，他们都哭成了泪人。他们亲身感受到了广大贫下中农对伟大领袖毛主席的深厚感情，和对伟大领袖毛主席的最深切的怀念。

猪场建设突飞猛进，围墙垒好了，猪舍建好了，猪舍的棚顶搭好了，大家看到猪场建设速度这么快，悲痛的心情似乎得到了一些缓解。

十月初，猪场建设已经到了收尾阶段，公社计划在国庆节以后举行猪场竣工庆典。林场青年的脸上终于能见到一点点的笑容了。

就在这时，又一个爆炸性的消息传到了这个偏远的山沟。

十月六日，党中央一举粉碎了四人帮。全国人民欢欣鼓舞，举国欢庆党中央为民除害。平山公社到处充满欢庆的气息，到处都贴着各种颜色的标语。每个人的脸上终于可以见到笑容了。

在一片喜庆中，猪场建设进一步加快，最后的收尾工程即猪场房屋的建设也完成了。

十月底，公社组织召开了猪场建成的庆典仪式。在庆典的头一天，刘主任特批，宰一头林场饲养的肥猪，庆典的当天中午大家在一起好好地吃一顿，以示庆祝。韩天宇选了四头猪中最大的，足有二百多斤。吴国臣找来了赶车把式李占武，他是宰猪的行家里手。宰完猪的当晚田雨就炖了一大锅肉，几个青年还有李占武饱饱地吃了一顿。

第二天猪场竣工庆典上的仪式非常隆重，也非常热闹。各庄都派了代表参加，建设猪场的所有社员坐在前边。猪场的围墙上都贴上了彩色的大标语，大门的两边和墙上也插上了彩旗。庆典的主席台用红布蒙着，吴主任主持大会，刘主任在庆典上首先讲话，他讲了建养猪场的意义，表扬了参加建场的所有人的艰苦劳动。最后韩天宇作为猪场场长进行了表决心发言，他的发言精彩、激昂，表示一定不辜负全公社贫下中农的希望，把猪场办好，养出更多的肥猪贡献给社会。

庆典结束，刘主任有事回去了，吴主任和所有参加建场的人员进行了会餐。

午餐结束，一切又回复了原状。几十个建设猪场的壮劳力都撤回去了，但农机站的拖拉机留下了，公社决定把这台拖拉机分配给猪场，拉土、运饲料都要用拖拉机，这让林场的青年很是欢喜。

林场变成了猪场，扛木头的青年，一晃变成饲养员了。他们也从那个简易的防震塑料棚搬到了为他们建的比较坚固结实的木制防震棚。

猪场建设完成，公社马上派人到保定，到山东各地收购仔猪，但上百头仔猪总是不好收购，一周时间过去了，收效甚微。

于是公社决定，两条腿走路，养母猪和养肥猪并行。自产仔猪，自养肥猪，这样就有了自主权，有了主动权。

又一周过去了，十几头母猪运来了，二百多头仔猪也运来了。

新的任务又压到他们身上。

是尾声，也是序幕

一个意想不到的消息让猪场的青年欢欣鼓舞，他们做梦都没想到幸运来得如此之快。

一九七七年，北京先后召开全国高等学校招生工作会议，决定恢复已经停止了十年的全国高等院校招生考试。恢复高考的消息像爆炸了一颗原子弹，震撼了整个中国大地。

平山公社的养猪场像迎来了节日一样，大家欣喜若狂。这九个青年中以杨柏的表现最为突出，他竟然拿了两根木棍，叮叮当当地敲起了脸盆。是啊，对具有远大理想和抱复的他来说，这是一个多好的机会啊，他哪能不高兴呢。

田雨已经不在猪场了，她在和王立新确立了恋爱关系以后，王立新就更加强烈地展开攻势，并很快地向田雨提出结婚。田雨答应了。

一直对田雨心存爱恋的杨柏则受到了极大的打击，他曾经多少天吃不好睡不着，也曾经当面问过田雨，为什么会和王立新建立这样的关系，田雨只是简简单单地说这就是命。

最终她离开了养猪场，离开了她的战友，在一九七七年的五月一日和王立新结婚了。她来到了平山，成了王立新的媳妇，真正地成了平山社员中的一员。

到了一九八〇年，知青返城将近结束时，她没有回到天津。到一九八六年她才带领着她的两个女儿和丈夫回到天津。那时她都已经三十三岁了，她的两个孩子也已经上小学了。

回到天津的田雨几经周折，得到了一份在纺织厂的工作，而王立新没有工作，他只好自己在市场找了一块地方，每天以卖菜为生。四口人过着简单、简朴的生活。当然，这都是后话。

可以参加高考，大家都很高兴，他们知道，通过这个渠道可以进入高等学府进一步学习深造，学得更多的知识，将来为国家的建设多做点儿贡献。同时也可以顺理成章地回到城里。当然，他们并不是讨厌养猪，国家为青年们提供了这样一个学习的机会，为什么不试一试呢？

这天晚饭后，大家又集中到高考这个话题上，杨柏首先表态，他要不遗余力地进行复习，背水一战。

韩天宇脸上开始曾露出了笑容，但激动的心情很快就平静了下来。他想起了赵庆国和王晓兰，还有刘海剑。

其他人也都情绪激昂，都想在这个平等的舞台上展示一下自己。

他们几个都在第一时间报了名。

整个中国从此结束了一个时代。于是，读书复习便成为养猪场的知青们最主要的任务。他们背呀，写呀，把除了干活以外的所有时间都安排成复习功课了。

高考这天，出乎意料，韩天宇最终没有参加考试，他要在这里陪着他的两个战友。

在高考的第一天，杨柏、吴国臣他们看到了田雨和王立新，他们都参加考试来了。但在第二天的考试中，田雨就病了。这天刚刚发下试卷，她就呕吐不止，没有办法答题，硬挺了半个小时，就退出了考场。从考场出来，田雨就去了区中心卫生院，检查的结果是她怀孕了。

虽然没有完成高考，但她还是兴奋不已，因为她有了自己的孩子。

杨柏顺利地考上了南开大学，张中正考上了河北师范学院，吴国臣则考上了一所中专学校。养猪场的其他人包括王立新都没有被录取。

在杨柏拿到南开大学录取通知书的当天，他欣喜若狂。他来到韩天宇的面前，一脸严肃地对韩天宇说：如果你参加高考，一定比我考得还要好。

韩天宇笑了，轻轻地说：我一点儿都不后悔。他那淡定的态度，让杨柏无法相信，韩天宇这是怎么了，他真的要在这里待上一辈子吗？

是的，韩天宇没有离开平山，在下乡知青都陆续返城的时候，韩天宇没有离开他爱着的人，没有离开永远埋在这里的战友。

一九七八年的十月，养猪场的马东风、陈浩、杨一飞、李国峰、孙浩晨，还有韩天宇都面临着返城的问题。

一个月之后，马东风、陈浩、杨一飞、李国峰、孙浩晨五个人先后离开了养猪场，他们都回到了生养自己的城市。韩天宇没有走，他已决定在这里一辈子了。

他的爸爸妈妈知道后，为了说服他，专程从天津来到平山，爸爸妈妈苦

口婆心地劝他。但韩天宇态度坚决，他说：爸爸妈妈，儿子不孝，我已经决定，不回去了。我对这里已经产生了很深的感情，我真的要在这里扎根，在这里生活一辈子。但我会常回家看您二老的。

爸爸妈妈没能说服他，他留在了平山，留在了养猪场。

韩天宇真的在平山待下去了，至少到现在他还在平山。他现在依然住在当年的养猪场里，依然从事着他的养猪事业，依然单身生活。他说他的心里只有王晓兰。在韩天宇的心里，王晓兰并没有死，王晓兰就在他的身边，就在他的心里。

养猪场的青年走了，养猪场春夏秋冬，周而复始，成猪运走，小猪运来。养猪的人也是你走他来，他来你走。只有一个人，韩天宇，没走。

这里我们不能忘记一个人，那就是李梅。李梅在经历了赵庆国离世的巨大打击以后，像变了一个人似的，她没有了以往的欢乐，变得沉默寡言了。唯一没变的是，她始终如一地坚守自己和赵庆国的爱情。这么多年来，很多人给她介绍对象，她都无条件地回绝了，她发誓，她将守着她和赵庆国的孩子度过一生。在她生下了她和赵庆国的儿子赵强以后，她就下定了决心。在孩子呱呱坠地之后，她就有了希望，有了盼头。那时她只有一个念头，就是吃糠咽菜，就是砸锅卖铁，就是豁出一切也要把她和她心爱的人的孩子养大成人。

她坚信，她能做到。

她确实做到了。儿子快上小学了，为了让她的儿子受到最好的教育，她在一九八四年就冲破爸爸妈妈和所有人的阻力，领着七岁的儿子来到了滨海，在一个老旧的小区租了一间低矮的平房，把儿子送到了当时应该说是滨海最好的小学读书。而她则以捡破烂维持着两个人的生活。

赵强在妈妈的影响下，自强不息，努力上进。他还遗传了爸爸赵庆国的基因，不到初一就已经长到了一米九〇。他擅长打篮球，刚上初一就已经是市体校的篮球队员了。他不但体育很好，学习也非常优秀，用他妈妈的话说是文武双全。

初中毕业，市一中点名录取了他。三年的高中学习，他既练体育又不耽误学习，最后以优异的成绩被北京体育学院录取。大学毕业他放弃了留在北京工作的机会，回到了妈妈身边，回到了爸爸曾经生活过的平山，在平山初中当了一名体育老师。

在儿子上了大学以后，李梅又独身一人从滨海回到了平山。儿子赵强成家了，她也逐渐地年老了，但她和她的儿子没有忘记一个人，那就是赵庆国。每年清明这一天，她都会领着儿子来到当年青年林场东边的山坡上来看她的爱人。

同时到这里来的还有一个人，那人是韩天宇。

二〇一二年的四月五日，李梅领着孩子们又在林场的东山坡和他相遇了，这已经是他们在这里的第三十五次相遇了。

这次相遇后，李梅没有回去，她留在了猪场。